U0165564

（增訂版）

語音學教程

林　燾　王理嘉◎著

五南圖書出版公司 印行

增訂版前言

　　《語音學教程》出版已有二十餘年了。當初，林燾先生和我編寫這本書，是作為高年級本科生選修語音學專題課的參考書用的。為了加深和拓展現代漢語語音的基礎知識，並吸收當時國內外一些現代語音學的研究成果，教材的各章節幾乎都是先從傳統語音學的角度介紹一些基本概念，然後重點分析漢語普通話的語音系統，最後介紹實驗語音學的一些基本常識和研究成果。因此可以說，全書是由傳統語音學、普通話語音和實驗語音學三方面的知識組成的。作為文科高年級的選修課，書內還提出了一些在現代漢語基礎課內不宜論述和加以探討的問題，供學生進一步思考和研究。

　　《語音學教程》由北京大學出版社發行之初，印量不大，但之後卻連年重印，達十五、六次。因為當時高校文科開展的課程和教材建設工作需要有這樣一本有關普通話語音的較為淺近通俗的專業參考書，一些理工科出身從事語言聲學、言語工程、聽力矯治和言語心理研究的研究者以及這些領域的學生也需要這樣一本具有文理結合色彩的參考書。這本書後來又相繼在臺灣和韓國出版發行。有鑑於此，北大出版社漢語編輯室在林燾先生去世幾年後，找我和王韞佳同志商量，希望我們對本書加以修訂和增補。幾經商談研究，我們接受了出版社的建議，在通讀全書的基礎上，我們做了分工，王韞佳同志主要承擔原書「緒論」和前面各章的修訂增補工作，我主要承擔最後一章的擴展改寫工作。之後，兩人再一起審定全稿。

　　對「緒論」和前面各章的內容以及對全書體例進行的修訂增補工作主要有以下幾項：

　1. 修訂或刪減了原書中與目前國際語音學界通行說法不一致的地

方。例如原書中輔音的發音方法包括阻礙方式、送氣、清濁、附加特徵四個方面的內容，現在改為發音方法部分只講形成阻礙和克服阻礙的方法，送氣、清濁和附加特徵歸入一個獨立的小節「輔音的其他特徵」，其內容包括清濁和送氣、幾種常見的附加音、非肺部氣流音三個部分。又如原書把齶化、唇化等屬於發音部位特徵的附加特徵與吸氣、擠喉等屬於氣流來源的特徵都歸入「輔音的附加特徵」，現在把非肺部氣流音作為一個獨立的小類講解，並把原書中當成同一種類型的「先喉塞音」（相當於 voice dimplosive，今也稱「濁內爆音」）和「擠喉音」（即 ejective，今有人譯為「噴音」）分開講解，因為這兩種輔音的氣流來源並不相同。

2. 由於語音聲學研究的技術手段今天已經完全軟體化，因此刪去了原書中基於類比信號技術進行聲學分析的內容，代之以基於數位信號的軟體化分析內容。例如在第五章「聲調」中就刪去了原版中依據窄帶頻譜來觀察基頻的內容，因為現在各種語音分析軟體都可以直接得到基頻資料並顯示基頻曲線了。

3. 根據最近二十餘年來，國際和國內語音研究的進展，對一部分內容進行了修訂。例如在普通話韻母的分析中吸收了音系學家的看法，按韻尾對韻母進行了分類，並且把鼻韻母 en、in、uen、ün，鼻韻母 eng、ing、ueng 的韻腹都看作中母音 /e/。又如，第五章關於聲調感知的內容就吸收了 2000 年以來，國內外關於漢語普通話和漢語方言聲調感知研究的一些新成果。進入 21 世紀以來，由於漢語語音研究的主流方向是韻律研究，因此修訂最多的部分是原書第七章「輕重音和語調」。這一章的題目改為「韻律」，增加了句重音和節奏的內容，對詞彙層面的輕重音進行了比較大的修改。「語調」這一節完全重寫，吸收了自原書出版以來，國內漢

語語調方面一些公認的研究成果。

4. 國內漢語語音學和漢語方言學界有一些慣用已久的學術表達方式，這些表達方式與目前國際語音學界的作法不太一致，例如關於輔音的發音部位，國內習慣使用舌尖、舌面、舌根等與舌相關的術語來界定，而國際語音學界早已改用上顎的某個部位來界定，如齒齦、硬齶、軟齶等。增訂版採取折衷作法，把參與形成阻礙的兩個部位都列舉出來，如原書的「舌尖中」改為「舌尖中─齒齦」。又如，對漢語普通話及方言語音的描寫，國內一直使用「國際音標簡表」，增訂版在保留這個簡表的基礎上給出了最新版的國際音標全表的漢譯版。這樣做的目的在於既方便讀者了解國際語音學界的慣例，又能使本書的內容與國內通行的觀點有所銜接。

5. 對原書中一些技術和文字層面的欠妥之處或錯漏之處進行了修訂。

6. 按照現行學術規範，為所有的圖增加了圖題，對所有表格進行了編號，並在正文前列出了圖表目錄，以方便檢索。

7. 過去國內的教材一般都不設參考文獻部分，增訂版遵從現行的學術規範，給出了全書的主要參考文獻。此外，由於本書是一部教材，為遵從國內教材的通行作法，同時也為了行文的通俗和簡潔，在正文中盡量不出現參考文獻的資訊。

　　此次增訂對原書的第八章也做了較大的改動，原有一章的三個組成部分各自獨立成章，並予擴展重寫。之所以這麼做，是由於在各種語音學研討會的多次會下個人交談中，不少同志都反映本書關於音位學的那一章寫得過於簡括，教和學都很費勁。這些意見細想起來跟現今高校和科研單位學術背景的變化是有關聯的。一方面，20 世紀 90 年代後，作為高校文科低年級必修課的現代漢語教材，語音部分的內容有了很大的變動，幾乎都增加了以前不講授或極少講授的普

通話音位分析，有的甚至一直講到了音位的區別特徵。而音位分析的結果，各教科書又不盡相同，普通話的音位總數相去甚遠，五花八門，眾說紛紜，實在令人困惑卻又不容易找到可以解惑的參考書。另一方面，在普通話語音研究中，有一些理工科出身的人士，一般都是通過中文拼音來了解普通話語音的。而所謂音素制的拉丁化拼音，字母和語音之間又會涉及音位和音位變體的關係。如果把字母和語音簡單地等同起來，那麼在了解普通話語音時，有些問題就會糾纏不清，產生認識上的誤區。這些誤區甚至在高校文科的普通話教學和對外漢語的語音教學中也是存在的。

由於上面所說的這些情況，增訂版第八章著重說明了語音學和音系學、「音素」和「音位」這兩對概念學術內涵的不同，並介紹了音位歸納取捨的原則（它歷來被人稱為「將語言變為文字的技術」），以及這些原則內部包含的一些不確定因素，這一章為後兩章做了理論上的鋪墊。第九章則圍繞對普通話音位分析的討論，用具體的語言事實詮釋中國現代語言學之父──趙元任先生的經典論斷：音位歸納的多答案性是由音位分析原則的多重性造成的，而不同的音位答案之間，不是簡單的是非對錯問題，它各自適用於不同的目的和對象。第十章則在前一章的基礎上闡明了《中文拼音方案》和普通話音位、字母和語音，以及拼寫形式與實際讀音之間的關係，提醒讀者要透過字母學語音，並列出注音符號、中文拼音、音位的寬式標音和嚴式標音四者之間的對照表，以便應用。細心的讀者可以看到，這三章的內容，基本觀點和核心內容其實均濃縮在原書的最後一章，增訂版不過是予以擴展和增補而已。

本書的修訂和增補，因受每年的教學任務和其他許多必須刻期完成的科研專案的影響，前後持續了三年之久，現在雖然終於殺青定稿，但也不能說盡如人意。一方面是限於自己的學養水準，另一方面

也確實有一些客觀因素。比如說，在國際音標的應用方面，原本打算按國際語音學會公布的最新版本，對全書的標音加以改動，但這會涉及原書文字敘述上的修改，工作量太大。甚至於有些純粹是操作上的問題，例如，按理全書應該統一送氣符號的標寫方式並使用目前國際通行的符號 [h]，但許多用例均引自漢語方言和少數民族語言的專著，我們不宜擅自改動，因此在大部分章節中仍然保留了國內通行的 [ʻ]，引自方言和少數民族語言的材料就保留原材料的格式。在全書內容方面，也有其他前後有失照應的地方，例如關於普通話聲母 r 的通音性質的描寫，沒有做到貫徹始終（第一至七章用了國際音標的捲舌通音符號 [ɻ]（[r]），第八至十章用的是國際音標的捲舌濁擦音符號 [ʐ]），後三章為了照顧現行大多數著作和教科書的描寫傳統，便於學生學習閱讀，所以保留了原有的說法。在這些與國際慣例不一致的地方，或者前後不統一的地方，我們都用注腳加以說明。

　　我因年屆耄耋，且目疾嚴重，諸多不便，因此王韞佳同志承擔了本書增訂的主要工作。她在現代漢語與對外漢語的語音教學和研究方面始終緊密結合語音的實驗研究，成果喜人。倘若若干年之後，這本《語音學教程》仍有一定的參考價值而需要再一次修訂的話，她一定會改得更好、更出色。

　　北京大學出版社杜若明、王飆兩位老師促成了本書的增訂工作，杜老師還協助我們進行了前期的修訂。責任編輯周鸝女士為本書的編輯加工付出了艱苦的努力，她在專業層面和技術、文字層面都嚴格把關，幫我們找出了不少疏漏和欠妥之處，並提出了有價值的建議。中國科學院聲學研究所呂士楠教授對本書「緒論」的修訂提出了寶貴的意見，北京大學中文系的博士研究生束孝拓協助補充了部分參考文獻的詳細資訊。在此我們一併表示感謝。

　　這次修訂增補是對關心本書的讀者的回報，同時也是對我和王韞

佳共同的老師林燾先生的紀念。增訂版中的不妥或錯誤之處由我和王韞佳共同負責，望讀者不吝賜教，批評粲正，我們衷心感謝。

王理嘉

2013 年端午節於北京大學智學苑

序

　　醞釀寫這樣一本《語音學教程》已是將近十年前的事了。當時我正在為北大中文系漢語專業本科生講授「語音學」課程，由於近二、三十年來，語音學發展極為迅速，在講課時深感缺少一部適合漢語專業學生用的、能反映語音學新發展的新教材，當時就曾經動過編寫的念頭。不久以後，這門課改由王理嘉同志講授，我們就考慮根據幾年來的講課經驗，試著合作編一本這樣的教材。我先擬出了一份編寫提綱，王理嘉同志根據這個提綱，結合他的講稿，很快就寫出了緒論和前五章的初稿，陸續交給我修改補充。在修改過程中逐漸發現，只作為漢語專業本科生的教材來編寫，內容受到相當大的局限。目前語音學的作用已經遍及與人類語言有關的各個學科，這些學科都直接或間接地需要一定的語音學知識，如果把內容寫得開闊些，也許能適合各方面讀者的需要。在這樣的認識基礎上，我就對前五章初稿做了較大的修改和補充，有些章節可以說是全部重寫。然後由我寫出六、七兩章，王理嘉同志寫出最後一章「音位和區別特徵」。全部完成後由我通讀定稿，書中存在的缺點和錯誤，主要應該由我負責。

　　1986 年春，正在編寫得有些眉目時，我突然得了一場幾乎送了命的病，動了一次大手術，休養一年多，到 1987 年秋才逐步恢復工作。由於積壓下來許多工作，一時無暇顧及這部教材，直到 1989 年，才又拿出來斷斷續續地改，斷斷續續地寫，最近才算完成。

　　本教材是一部介紹語音學基礎知識的書，從傳統語音學入手，吸收了近年來國內外一些現代語音學的研究成果。在編寫過程中，較多考慮一般讀者的可接受性，盡量避免使用一些過於專門的新名詞概念。各章基本上都可以分為三部分：先從傳統語音學角度介紹一些基

本概念，然後重點分析普通話語音，最後介紹實驗語音學的一些基本常識和研究成果。因此，本書也可以說是由傳統語音學、普通話語音和實驗語音學三部分組成的，各部分基本上能夠自成系統，讀者可以通讀全書，也可以根據需要著重選讀自己有興趣的部分。最後一章「音位和區別特徵」只是簡介性質的，這方面的研究，無論是理論還是實踐，至今仍處於眾說紛紜、莫衷一是的階段，詳細的介紹不是這樣一本語音學教材所能夠包括的。各章之後都附有一定分量的練習。現代語音學雖然已經大量地使用儀器，但口耳訓練仍應是基礎，練習中有一些是訓練口耳的，最好能在有經驗的人的指導下進行，實在不得已，也可以採取互幫互學互相糾正的辦法，但效果可能會差一些。

近年來發表了大量有關漢語方言和我國少數民族語言的調查報告，為本書的編寫提供了極其有價值的資料，大大地充實了本書的內容，對這些報告的作者，是應該致以誠摯的謝意的。本書引用語音例證首先考慮北京話，北京話裡找不到的先從蘇州、廣州、廈門、福州等大方言點裡選，大方言點裡找不到的從小方言點裡選，漢語裡找不到的先從我國少數民族語言和英語裡選，只有在非常必要時才選用一些其他語言的例證。絕大多數例證都屬於間接引用材料，不可能——直接核正。第一、二兩章中的插圖有一些也是引自國內外的語音學著作，但大都根據本書需要，做了部分的修改。限於篇幅，對所引用的語言資料和插圖不可能一一注明來源。

在編寫本書的六、七年間，國內外又都陸續發表了不少非常有價值的著作和論文，編完以後再看一遍全稿，又覺得有許多需要補充修改的地方，如果長期這樣修改下去，恐怕永遠也不可能和讀者見面了，現在就把它作為一個階段性的總結拿出來請讀者批評指正。由於

本書是六、七年來斷斷續續編寫成的，前後難免有失照應，引用的語言資料也難免有失誤的地方，尚祈讀者不吝指正。

林燾

1991 年國慶日於北京大學燕南園

目　錄

緒論

語音學是研究人類說話聲音的學科。

我們生活在一個熱鬧喧騰的世界裡，每時每刻都聽到各種各樣的聲音。說起聲音，大家都容易想到風聲、雨聲、腳步聲、喇叭聲、馬達的轟鳴聲、動物的吼叫聲等。但是也許恰恰沒有想到說話也是一種聲音，而且是人類社會中最重要的聲音。如果沒有這樣的有聲語言，人類就無法表達各自的思想，無從協調彼此的行動，社會就會陷於混亂甚至崩潰。所以有人說，語言好比是社會的神經系統。

人類說話的聲音就是語音，語音是人類發音器官發出來的、具有一定意義、能起社會交際作用的聲音。自然界的各種聲音自然不能叫語音，因為這些聲音並不是人類發音器官發出來的；咳嗽、打哈欠雖然是人類發音器官發出來的，但也不能叫語音，因為這些聲音只是人類一種本能的生理反應，並不表示任何思想意義，也不起社會交際作用。

語言的聲音和它所代表的意義是互相依存的統一體，一方面，不代表任何意義的聲音不能稱之為語音；另一方面，意義必須借助於聲音才能表達出來。任何聲音都是物體顫動時所產生的聲波形成的，從本質上看，聲音是一種自然物質，所以語音應該說是語言的物質基礎，沒有語音，語言就失去了它所依附的客觀實體。

如果沒有語言，就不會有人類文明，但是人類如果不能利用發音器官發出語音，就根本不會有語言。發音器官是人體的一部分，隨人行止，可以隨時使用而不影響其他活動。有些動物也能夠利用自己的鳴叫聲傳遞資訊，但是所傳遞的資訊極其有限，而且這種能力是與生俱來的。人類的語音則是後天習得的，而且信息量極為豐富。人類的發音器官雖然相同，但不同的語言所習得的內容卻並不相同。一種語言所使用的最小語音單位不過幾十個，但是卻可以組合成種種不同的複雜語音形式，代表無數的詞語，使語言獲得無比豐富的表現力。如

果人類沒有這種能力，就不會有高度發展的語言，也不會有高度發展的文明。

言語交際連結著說話人的大腦和聽話人的大腦，言語鏈之間包括一連串心理、生理和物理的轉換過程。我們說話是爲了給人聽，發音器官發出聲音來，通過空氣中聲波的傳遞，通過聽覺神經，傳達到聽話人的大腦，聽話人懂得了我們說的是什麼意思，就達到了我們說話的目的，這就是言語交際的全過程。這個過程可以分爲「發音→傳遞→感知」三個階段。第一階段，說話人的大腦指揮發音器官發出語音，這是一個從心理現象轉換到生理現象的過程；第二階段，語音以空氣爲媒介傳遞到聽話人的耳朵裡，這是一種物理現象；第三階段，語音通過聽覺器官被聽話人的大腦所感知，這是一個從生理現象轉換到心理現象的過程。現代語音學也就根據這三個階段分爲三個主要分支：

1. **生理語音學**：研究發音器官在發音階段的生理特性，有較長的歷史，在 19 世紀中期前後就已經逐漸形成，成爲傳統語音學的主要內容，目前已是相當成熟的學科。近年來，醫療器械的發明和完善促進了發音生理的實驗研究，生理語音學又有了迅速的發展。

2. **聲學語音學**：研究口耳之間傳遞的語音的聲學特性，過去主要是聲學家研究的內容，稱爲「語聲學」。近幾十年和傳統語音學相結合，用聲學知識來解釋各種語音現象，大大促進了語音學的研究工作，是目前發展最爲迅速的一門新學科。

3. **感知語音學**：研究語音感知階段的生理和心理特性，以及心理制約對語言使用的影響，也就是研究耳朵是怎樣聽音的，大腦是怎樣理解這些聲音的。它和心理學關係密切，是近幾十年來才發展起來的新學科。

以上三個分支自然是密切相關的，要全面地、深入地了解語音的

特性，就必須對這三方面的內容都有所了解。傳統語音學以研究語音的發音階段爲主，經過語音學家一百多年的努力，取得了很大的成績，是現代語音學三個分支的源頭，也是三個分支的研究基礎。

　　傳統語音學主要是從聽音、記音入手來研究語音的，也就是憑耳朵聽辨語音，用一定的符號（如字母音標）把聽到的聲音記錄下來，加以分析，說明所研究的這種語言或方言一共有多少個不同的語音單位，這些語音單位是在發音器官的什麼部位，用什麼方法發出來的，它們又是怎樣組合在一起的，組合在一起時發生了什麼變化？最後歸納出這種語言或方言的語音系統。

　　憑耳朵聽辨語音，要求辨音能力越強越好，記錄語音越細越好，因此，一個語音學家必須經過比較嚴格的聽音、記音的訓練。但是人耳聽辨語音的能力總是有一定限度的，即使是經過嚴格訓練的語音學家，所記錄的也只能是他所聽到的聲音的主觀印象。爲了更客觀、更精確地記錄和描寫語音，20 世紀初，語音學家就已經借用一些生理、物理和醫學方面的儀器來輔助口耳審定語音。例如用浪紋計測定語音的長短、高低和強弱，用 X 光照相測定發音部位，用喉鏡觀察發音時聲帶的變化等。這方面的研究逐步發展成爲一門獨立的學科，叫作「實驗語音學」。隨著現代科學技術的發展，20 世紀 40 年代以後，出現了許多新的儀器。例如，語圖儀可以把語音變成可見的圖像，肌電儀可以測量發音時肌肉的細微變化，高速攝影機可以拍攝聲帶的振動。個人電腦的普及和語音聲學分析技術的軟體化，更使得語音研究獲得了前所未有的方便。實驗語音學的發展揭示出了許多過去不可能觀察到的語音現象，豐富並修正了傳統語音學的若干解釋和理論。目前，實驗語音學已經發展成爲涉及聲學、生理學、心理學、醫學、電子學等許多學科的綜合性邊緣學科。

　　實驗語音學對語音的自然特徵分析得非常精細，不過從語言交際

功能的角度來看，語音在生理或物理上的差別固然重要，但更重要的是這些差別在語言裡是否能起辨義作用。例如，大部分說漢語的人都認為 n 和 l 的分別非常明顯，但是說南京、長沙、重慶和蘭州等地方言的人分辨不出「男 nán」和「蘭 lán」或是「你 nǐ」和「李 lǐ」，他們或是都讀成 n，或是都讀成 l，或是 n、l 隨便讀。總之，n 和 l 的分別在這些方言裡並不能起到辨義作用。在整理歸納這些方言的語音系統時，就不能把 n 和 l 分成兩個語音單位。從語言的交際功能出發，我們把許多在生理和物理上不同的聲音歸納成數目有限的語音單位，這種語音單位的專業術語叫作「音位」。在漢語大多數方言中，n 和 l 分屬兩個音位；在南京、長沙等方言中，n 和 l 則同屬一個音位。各語言或方言的音位內容和數目都不相同，音位的組合規律也不一樣，不同的音位和不同的組合規律構成了各語言或方言的不同語音系統。歸納音位的方法是在傳統的聽音、記音方法的基礎上產生並逐步發展起來的，後來它從傳統語音學中分化出來，形成了一門新的學科，叫作「音系學」（早期叫「音位學」）。

　　音系學和實驗語音學都是在傳統語音學的基礎上發展起來的。音系學以各個具體語言為研究對象，主要著眼於語音的社會功能，從中概括出一般的理論，不大重視語音在生理和物理上的細微區別。實驗語音學則是用各種實驗儀器對語音進行客觀的精確分析，不大重視語音的社會功能。20 世紀中期以後，這兩門學科開始逐漸結合起來，音系學利用實驗語音學的研究成果，不僅檢驗了自己的某些理論，而且建立起了若干新的理論，50 年代以後形成的區別特徵理論就是以實驗語音學的研究成果作為基礎的。實驗語音學所研究的對象總是具體的語言，不可能完全忽視語言的社會功能，音系學的理論往往能起到很重要的參考作用。例如，有關語音感知方面的實驗就是與如何區分音位密切相關的。

　　近幾十年來，音系學和實驗語音學雖然發展迅速，成果很多，但並不能取代傳統語音學。音系學研究必須以傳統語音學的聽音、記音為基礎。儘管實驗研究已經成為當今語音學研究的基本方法，但實驗內容的安排、實驗材料的處理和資料的統計分析都離不開過去長期積累下來的傳統語音學知識，否則就很難取得令人滿意的成果。

　　語音學對我國推廣普通話、調查漢語方言和少數民族語言以及語言教學等方面工作所起的重要作用是非常明顯的。如果沒有足夠的語音學知識，這些工作就很難取得有效的成果。廣播朗誦、戲劇臺詞和詩歌韻律都是語音的藝術表現，如果掌握了一定的語音學知識，就能大大提高藝術的表現力。近年來，由於現代科學技術的飛速發展，語音學所起的作用已經遠遠超出了以上範圍，生理學、心理學和聲學中的一些內容都和語音密切相關。言語矯治、通信工程、自動控制以及人工智慧等方面的研究工作也都離不開語音學。語音學的作用已經遍及與人類語言有關的各個學科，這些學科都直接或間接地需要一定的語音學知識，語音學已經成為這些學科不可缺少的內容。下面舉兩、三個例子來說明。

　　聾啞人士不會說話，絕大部分並不是發音器官有毛病，只是因為聽不見聲音才無法學會說話，因此才會出現「十聾九啞」的現象。據統計，全世界每一千個人當中就有兩、三個聾人，在這些聾人中，有許多人因為沒有機會學說話而成了啞巴。實際上，其中只有極少數人是完全喪失了聽力的，其餘大多數人並不是一點聲音也聽不見，只是因為沒有對他們專門進行語音訓練，所以才不會說話。如何幫助這些人利用殘餘的聽力學會說話，以及如何幫助全聾的人利用視覺學習說話，使他們能像正常人一樣生活和工作，這是目前許多國家都非常關心的問題，近幾年來，我國在這方面也已做出了顯著的成績。此外，如何幫助因大腦受傷而患失語症的人恢復說話能力，如何訓練因

病切除聲帶的人恢復正常發音，都是醫學界迫切希望解決的問題。這些工作只有在各有關學科的密切配合下才能取得進展，由於要解決的是說話問題，所以語音學在其中無疑是具有特殊的重要性的。

電子電腦目前已經發展到了人工智慧階段，如何做到使人和電腦之間的對話像自然言語交際那樣方便準確，是人工智慧研究的一個重要課題。這個課題的主要任務是讓電腦聽懂人的話語（語音辨識）、辨認出說話的人（發音人識別），以及能和人一樣說話（語音合成）。

幾十年前，電腦只能識別特定發音人的發音，詞彙和句子的識別量也很有限，現在，語音辨識已經不受發音人和詞彙、語句的限制，語音辨識技術還被廣泛運用到了通信和公共服務等領域。例如手機短信的語音輸入技術已經被廣泛應用，語音輸入其實就是智慧手機對自然語言的語音辨識。當然，電腦的語音辨識目前還沒有達到盡善盡美的程度，在背景雜訊比較強或話語不夠清晰的情況下，識別的正確率可能會有所下降。人在自然的言語交際中，如果音段特徵（元音和輔音的音色）不夠清晰，往往可以利用超音段特徵來理解話語，而電腦的語音辨識技術對於自然語言中聲調、重音、語調等超音段特徵的利用還非常有限。如果語言學家能夠對複雜條件下，自然語音理解的規律有比較深入的了解，或許能為電腦語音辨識技術提供更多的識別特徵參數和決策理論的參考。

語音辨識要求電腦遮罩發音人的個性，在不同的發音人中尋找語音的普遍性，而發音人識別則是探求發音人的個性。語音的個性特徵在某種程度上就像指紋一樣具有唯一性，因此這種特徵也被稱為「聲紋」。例如在公安刑偵領域，若要確認犯罪嫌疑人是否為作案者，就需要對作案人和犯罪嫌疑人的語音個性進行比對，這種技術已經成為輔助確認犯罪嫌疑人的刑偵手段之一。聲紋識別技術在各種加密保密

裝置中也有著重要的應用價值。從這個角度來說，語音學不僅僅需要研究一般的語音規則，還需要研究發音人的個性特徵，以滿足不同領域技術發展的需要。

　　人機對話的另一個重要內容是讓電腦「開口說話」，與語音學相關的技術就是語音合成。語音合成的兩種基本方法是參數合成和錄音編輯（波形拼接）合成。前者是利用各種語音聲學參數（如共振峰頻率、基頻等）合成出言語聲，後者是將事先錄好的各種自然言語聲，根據需要，以音節或詞為單位重新編輯，通過平滑等技術手段的處理之後，拼接出新的詞彙或者句子，這些合成方法都離不開相關的語音學理論。早期的語音合成由於受到電腦存儲量等因素的制約，合成語音的自然度不太理想，能夠產出的句子數量也非常有限。今天，電腦的存儲量已遠非昔日可比，這使得波形拼接成為電腦語音合成的主流方向。由於用於拼接的自然語音資料庫有足夠多的聲音樣本可供合成時進行選擇，因此今天合成語音的自然度跟過去相比，已有大幅度的提升，而且可以產出與任何文本相對應的語句。目前合成語音的主要缺陷是句子的韻律特徵不夠理想，例如句子內部各語音單元輕重匹配不當，節奏鬆緊和語調都不夠自然。造成這些現象的原因是多方面的，其中一個重要原因是我們對自然語言韻律特徵的研究還不夠深入，因此還不能為語音合成技術提供足夠的理論基礎。而在另一方面，語音合成技術也一直應用於語音學的理論研究，例如在若干語音特徵中，哪些特徵在元語者的聽感中是敏感的，哪些是不敏感的，這是語音學研究必須回答的問題，同時也是音系學研究的重要內容——元語者敏感的特徵就是語音的區別性特徵，不敏感的特徵就是冗餘特徵。對於區別性特徵的探測就必須使用合成語音樣本，在人工合成樣本時，將需要探測的特徵作為變數來觀察元語者的知覺反映，這種心理——聲學的實驗方法已經成為實驗語音學的經典研究範式之一。

　　語音學與言語通信技術也有著密切的關係，電話、廣播和電視所傳遞的都是直接可以聽見的語音資訊，網路上也有大量可以線上收聽的音訊資訊。言語的聲音資訊有一個顯著的特點，就是所傳遞的資訊遠遠多於辨認時所需要的資訊。換句話說，說話人說出一句話來，所產生的各種聲音特徵並不全都是聽話人聽懂這句話時所必需的，其中有相當一部分是多餘的，這就是語音的多餘度。語音多餘度的大小和通信效率的高低密切相關，同一根通信電纜，傳遞的語音多餘度越小，所能傳遞的語音信息量就越大；同樣大的電腦存儲空間，語音的多餘度越小，所能儲存的語音資訊也就越多。研究語音的多餘度顯然對提高通信工程的經濟效益有非常重要的作用，語音的多餘度雖然妨礙通信效率的充分發揮，但它卻有抗干擾的作用。我們在雜訊的干擾下還能聽懂別人說的是什麼，就是利用了語音的多餘度說明我們去聽辨。如果雜訊太大，連語音的多餘度也起不了作用，就聽不清別人在說什麼了。在噴射機或坦克等強大雜訊的干擾下，如何提高語音通信的清晰度和辨識度，是國防科學研究的重要課題之一，這方面的研究工作顯然也是和語音學的研究成果密切相關的。

　　總之，語音是一種相當複雜的現象，語音的應用遍及社會的各個領域，語音學的研究涉及生理、物理和心理等方面的知識。隨著科學技術的發展，語音學又與電子電腦和通信工程等新興學科發生了密切的連繫。現代的語音學已經成為與語言有關的許多學科所必不可少的重要組成成分，形成了一些新興的與語音學有關的邊緣學科。語音學的研究和現代科學、現代生產技術的關係將會越來越密切，語音學為現代科學技術做出的貢獻也將越來越大。

第一章

語音的形成

一、聲波概述

1.聲音的傳播

物體處於靜止狀態是不會發出聲音的，發聲總是因為產生了振動。把鑼敲響以後，立刻用手把鑼面按住，鑼聲就會馬上消失。你按住的當然不是聲音，而是鑼面的振動。因振動而發聲的物體叫作聲源，如果只有聲源而沒有傳播聲音的物質，聲音還是無法被我們聽到。傳播聲音最重要的物質是空氣，把一個正在響著的電鈴放在密封的玻璃罩裡，逐步抽掉玻璃罩裡的空氣，抽掉的空氣越多，電鈴的聲音就越小，直到最後完全聽不到。這個簡單的實驗可以證明，離開空氣，聲源所發出的聲音就無法傳播。

聲音不僅在空氣裡傳播，也可以在固體和液體裡傳播，而且傳播得更快。把耳朵貼在鐵軌上可以聽到遠處火車車輪的響聲，耳朵離開了鐵軌在空氣中聽，就不可能聽到。水傳播聲音的性能更好，在水裡敲響一口半噸重的大鐘，聲音可以傳到 35 公里以外，比空氣和金屬的傳播要遠得多。不過，傳播聲音最重要的媒介當然還是空氣。

聲源的振動引起空氣的振動，產生振動波，這種振動波就是聲波。聲波傳入我們的耳朵裡，使得鼓膜也產生同樣的振動，於是我們就聽到了聲音。

聲波和水波都是波形運動，但是性質很不相同。把一塊小石子投到水池裡，會立刻出現水波，並向四面散開。如果這時水面上漂浮著樹葉，我們就會發現在水波散開時，樹葉只是上下移動，並不隨著水波散開的方向前移。這種現象說明水波中，水的質點主要是上下移動，和水波散開的方向垂直，形成一種高低的波形。這種振動方向與傳播方向垂直的波叫橫波。

圖 1-1 中，一個個小點代表水的無數質點，水波的運動方向是自

左向右，水的質點則是上下移動，最高到波峰，最低到波谷，如圖
1-1 中小箭頭所示。隨著水波逐漸減弱，質點上下移動的幅度也逐漸
縮小，最後趨於靜止。

圖 1-1　水波中質點的振動和波的傳播方向

　　聲波在空氣中傳播的方式和水波不同，聲源體開始振動以後，空
氣中的質點受振動的影響，隨著振動的方向運動，各質點之間時密時
疏，形成一種與聲波運動方向相同的疏密波，如圖 1-2 所示。這種振
動方向與傳播方向一致的波叫縱波。圖 1-2 中的聲源體是一支音叉，
音叉上的箭頭表示它左右振動的方向，小黑點代表空氣中的無數個質
點。當音叉受到外力的作用產生振動時，會影響到它附近的空氣質
點。以音叉的右臂為例，當它向右振動時，右邊的空氣質點被壓縮靠
近，形成密波；接著它又很快向左振動，右邊的空氣質點又被迫分開
得比靜止時遠一些，形成疏波。音叉如此左右振動不已，空氣質點也
就形成無數密波和疏波，向四周傳播。直到音叉停止振動，空氣質點
才恢復正常狀態，聲音也就消失了。

　　聲波這種疏密相間向四周傳播的方式，雖然與水波的波峰和波谷
性質很不相同，但也可以用類似水波的圖形來表現。聲波中每個空氣
質點因振動而左右搖擺，很像鐘擺運動。如果在正在擺動的鐘擺下面
放一張移動的紙，讓紙的移動方向和鐘擺擺動的方向垂直，那麼紙上
就會出現和水波相似的圖形，如圖 1-3 所示。我們可以把空氣質點左
右搖擺的密波當作波峰，疏波當作波谷，這樣聲波的疏密波就可以用

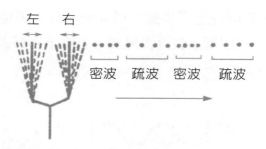

圖 1-2　空氣粒子的振動和聲波的傳播方向

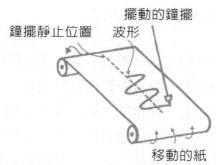

圖 1-3　鐘擺振動的「波形」

圖形清楚地表現出來。

　　圖 1-4 中，橫軸 A 表示空氣質點靜止時的位置。當聲源體開始振動時，空氣質點先被壓縮成密波，表現爲波峰 C；然後空氣質點又被迫分離成疏波，表現爲波谷 B。如此隨時間時密時疏，形成和水波相似的圖形，便於我們觀察。

2. 振幅和頻率

　　我們聽到的聲音有強有弱，有高有低，表現出的波形都不一樣。聲音強的時候，空氣質點振動的幅度就大；聲音弱的時候，振動的幅度就小。空氣質點的振動幅度叫作振幅，也就是空氣質點在振動時離開平衡位置的最大偏移量。圖 1-4 中從 A 到 C 和從 A 到 B 的距離就

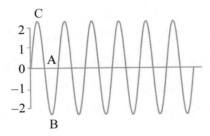

圖 1-4　一個聲波的波形

是這個聲波的振幅。圖 1-5 比較了兩個不同的波形，上一個和圖 1-4
的波形相同，下一個振幅比上一個小，聲音聽起來自然也要弱一些。

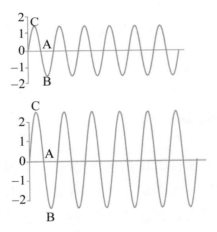

圖 1-5　兩個頻率相同，振幅不同的聲波的波形

　　聲音在傳播過程中，能量不斷消耗，振幅逐步變小，聲音也逐步
減弱，直到無法聽見。振幅逐漸衰減，最後減小到零，空氣質點恢復
靜止狀態，聲波也就完全消失了。

　　計算振幅的單位是分貝（dB），聲音的強弱是相對的，分貝值
也是相對的。為了便於比較，通常都採用相同的參考級來計算，普通
談話時聲音的強度大致在 60～70dB，如果高到 120～130dB，許多

人就會感到聲音太大，振得耳朵痛。

　　稍有音樂常識的人都知道，弦樂器的琴弦越緊，聲音就越高。這是因為琴弦緊，振動得就快，密波和疏波的交替相應加速，聽起來聲音就高。圖 1-6 中，兩個聲波的振幅基本相同，但下一個密波和疏波的交替比上一個快，聽起來聲音自然比上一個的高。

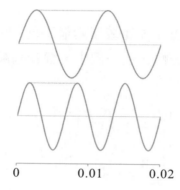

圖 1-6　兩個週期不同的聲波

　　空氣質點完成一個往返振動是振動的一個週期，如圖 1-6 中虛線所示的時間間隔就是一個週期。聲波振動的週期短，振動速度自然就快，次數也多，聽起來聲音就高。聲波每秒振動的週期次數就是聲波的頻率，計算頻率的單位是赫茲（Hz）。例如每秒振動 100 個週期就是 100Hz，如果完成一個振動週期所需要的時間是 1/1000 秒，那就是每秒振動 1000 次，也就是 1000Hz。人類所能聽到的聲音頻率大致在 20～20000Hz 之間。老年人能聽到的頻率範圍要比小孩子小得多，耳朵越背，聽到的頻率範圍就越小。頻率超過 20000Hz 的聲波，不是人耳所能聽到的，屬於超聲波。

　　在現代語音學中，聲波頻率這個概念非常重要，許多語音現象都需要用它來解釋。例如語音的高低就是由聲波頻率的大小決定的，女

子的聲音聽起來比男子高得多，就是因爲男子說話時的聲波頻率一般
在 80～200Hz 之間，而女子則可以高達 400Hz 左右。

3.複波和頻譜

　　用鋼琴和單簧管演奏同一個曲譜，音強和音高可以完全相同，但
是一聽就能區別出哪一個是鋼琴，哪一個是單簧管，這說明除了音強
和音高外，聲音還有它第三個特性——音色。

　　前面談到的聲波，波形都很簡單，振幅與時間之間爲正弦函數的
關係，這種聲音叫作純音。高級音又能發出這種聲音，聽起來非常單
調。世界上的聲音千差萬別，其中絕大多數都不是純音，而是由許許
多多不同的純音組成的複音，複音形成的複雜波形叫作複波。組成複
音的各個純音振幅不同，頻率也不同，其中頻率最低、振幅最大的叫
基音，基音的頻率稱爲基頻。其餘的都是陪音（或稱泛音），陪音的
頻率都是基頻的整倍數，振幅也都比較小。在複音中，由於基音和各
陪音之間的振幅關係和頻率關係複雜多變，形成千變萬化的波形，
所以聽起來音色也就千差萬別。圖 1-7 是只由兩個純音組成的複音所
形成的波形，其中聲波 A 和 B 代表兩個純音，聲波 C 是由 A 和 B 組
成的複波。橫軸時間單位爲秒（s），聲波 A 每百分之一秒振動一個
週期，頻率爲 100Hz；聲波 B 每百分之一秒振動三個週期，頻率爲
300Hz。聲波 A 的振幅比聲波 B 大一倍，這兩個純音聲波組合在一
起，由於頻率和振幅都不相同，互相影響，就形成了聲波 C 那樣比
較複雜的波形，其中聲波 A 是它的基頻諧波，聲波 B 是它的第二諧
波。我們通常聽到的聲音是由許許多多諧波組成的，所形成的複波波
形也要比圖 1-7 中的聲波 C 複雜得多。正是這些複雜多變的千萬種複
波，構成了世界上千萬種不同聲音的音色。

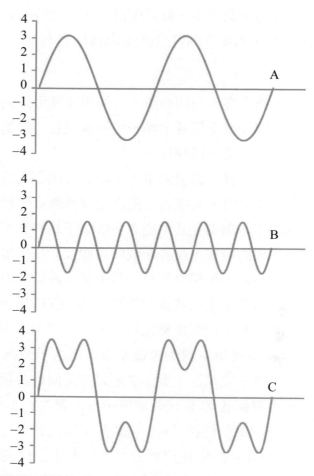

圖 1-7　兩個純音和由它們組合的複音的波形

　　為了便於分析比較，我們可以把複波分解開，用頻譜把各個諧波的振幅和頻率表現出來，圖 1-7 的複波就可以分解成圖 1-8 的二維頻譜。在二維頻譜中，橫軸代表頻率，豎軸代表振幅，圖 1-7 中的聲波 C 由兩個諧波組成，在圖 1-8 中表現為兩條譜線，諧波 A 和 B 頻率和振幅的不同在頻譜中都能非常準確地表現出來。

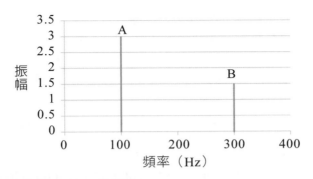

圖 1-8　圖 1-7 中複音 C 的二維頻譜

　　分解複波中各個諧波的頻率和振幅本是非常複雜的計算工作，現在則可以通過語音分析軟體的「頻譜分析」直接顯示出來，一目瞭然。圖 1-9 是鋼琴和單簧管的頻譜，鋼琴的音高是低音 C，單簧管的音高是中音 C，高出八度，也就是高出一個倍頻程。

　　比較圖中的兩個頻譜，可以明顯看出鋼琴和單簧管音色之所以不同，是由於諧波的數目、頻率和振幅都不相同。鋼琴音高是低音 C，基頻 132Hz，以下諧波都是它的整倍數，即 264、396、528、660、792、924、1056……單簧管音高是中音 C，基頻高一倍，是 264Hz，以下各諧波也都是它的整倍數，即 528、792、1056、1320、1584……頻譜上的譜線越密，聲音越低；譜線越稀，聲音越高。並不是每一個諧波都必然在頻譜上出現，有的諧波振幅是零或接近於零，在頻譜上就空出一條譜線。圖 1-9 鋼琴頻譜 2112Hz 以上就連續空出三條譜線，單簧管頻譜空出 528Hz 和 1056Hz 兩條譜線。

4. 聲音的共振作用

　　能夠發音的物體都有它固有的頻率，如果兩個物體的固有頻率相同，其中一個在外力的作用下發出聲音，另一個物體受到相同頻率空氣質點運動的影響，也會發出聲音來，這種現象叫作聲音的共振。

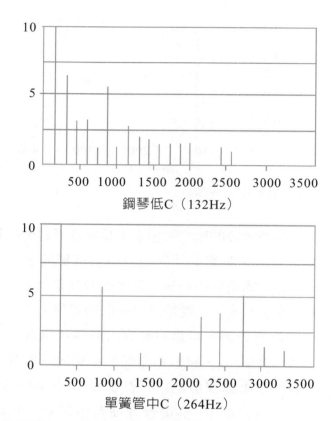

圖 1-9 一個鋼琴音和一個單簧管音的二維頻譜

　　我國古代早就發現聲音有共振現象。唐代韋絢編撰的《劉賓客嘉話錄》記錄了詩人劉禹錫對他所談的一些故事和史實，其中有這樣一段記載：

　　　洛陽僧房中磬子夜輒自鳴，僧懼而成疾。曹紹夔素與僧善，往問疾，僧具以告。夔出錯磬數處，聲遂絕。僧問其故，夔曰：「此磬與鐘律合，故擊彼應此也。」

僧房裡的磬半夜常常自己響起來，僧人受驚得了病，僧人的朋友曹紹夔知道後，用銼（錯）把磬磨（鑢）了幾處，磬就不再自動發聲了。曹還講出了其中的道理，磬自動發聲是因為和半夜敲響的鐘聲「律合」，也就是磬和鐘的固有頻率相合。所謂「擊彼應此」，就是聲音發生了共振。磬被銼了幾處以後，固有頻率改變，自然就不再受鐘聲頻率的影響而自動發聲了。

　　從瓶口向粗細不同的瓶子裡吹氣，粗瓶子發出的聲音低，細瓶子發出的聲音高，這說明瓶子之類的容器粗細形狀不同，固有頻率也不一樣。容器的固有頻率往往不只一個，如果和由許多不同頻率的純音組成的聲波產生共振，聲波中和容器固有頻率相同或相近的那些純音成分會因共振作用而得到振幅的加強，其餘純音成分的振幅或是保持原狀，或是減弱甚至消失。聲波通過容器時，就這樣因共振作用而改變原來的波形。如果通過不同形狀的容器，改變的波形自然也就不一樣，改變比較大時聽起來就成了不同的聲音。人類發音器官之所以能發出各種各樣的聲音，和這種共振現象是有非常密切的關係的。因為聲道從聲帶到雙唇就是一個形狀不規則的聲腔，發音器官正是通過唇、舌、軟齶等活動器官的調節，使聲腔的形狀發生各種變化，產生不同的共振，才把由聲帶顫動形成的微弱的聲音放大成人耳可聞的具有不同音色的語音的。

二、語音的發音機制

1.語音的來源

　　從生理觀點看，人類並沒有專門用來發音的器官，能起發音作用的實際上是呼吸器官和消化器官的一部分。為了便於說明人類的發音機制，我們經常把這些部分統稱為發音器官，語音就是人類調節呼吸器官所產生的氣流，通過發音器官發出來的聲音，氣流通過的部位不

同、方式不同，形成的聲音也就不同。了解發音器官的構造以及各種
發音器官在語音產生過程中的作用，可以直接幫助我們正確發出或辨
別各種不同的語音。傳統語音學對語音的定性描寫和分類也是以分析
發音器官的部位及其活動方式為基礎的。

　　人類發音器官可以用圖 1-10 來表示。

　　由聲帶和口腔所產生的聲音，按聲源的性質主要可以分為三種。

(1) 濁音聲源

　　氣流通過聲門時，使聲帶顫動，產生聲帶音，也叫嗓音。聲帶音
是週期性樂音聲源，由聲帶音產生的波叫聲門波。對於語音來說，如

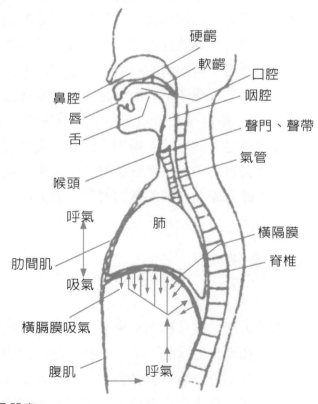

圖 1-10　發音器官

果其聲音的來源或者來源之一是聲帶音，那麼這樣的音就是濁音。濁音最為響亮，是語音中最重要的聲源，語音中的元音一般都是濁音。圖 1-11 是普通話 ɑ[a] 的聲門波中的一小段，包含四個週期。

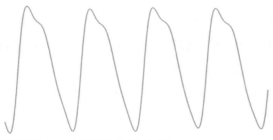

圖 1-11　普通話單元音 ɑ[a] 的嗓音波形片段

(2) 紊音聲源

　　發音器官的某一部分緊縮成非常窄小的通路，氣流通過時形成紊亂的湍流，產生嘶嘶的雜訊，就是紊音。紊音的氣流變化紊亂，沒有規則，不像濁音聲源那樣具有週期性，所形成的聲波是非週期波。普通話擦音 s 的聲波就是非週期性波，屬於紊音聲源。圖 1-12 是 s 聲波中的一小段，波形紊亂，沒有週期性。

圖 1-12　普通話擦音 s[s] 的波形片段

(3)瞬音聲源

　　發音器官的某一部分緊縮到完全不讓氣流通過，使氣流產生比較強的壓力，然後突然放開，氣流暫態間衝出去，產生一種非常短暫的暫態爆破聲，就是瞬音（或暫音）。瞬音聲源使聲波形成一個短暫的間歇，普通話的塞音（爆破音）b、d、g 都是在發音前先有短暫間歇然後產生暫態的爆破聲，都屬於瞬音。圖 1-13 是普通話「大地」發音的波形圖，第二個音節的塞音聲母之前有短暫的靜音段，兩個音節的聲母在氣流衝破阻礙時有暫態的脈衝波。

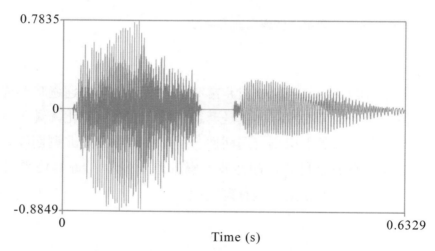

圖 1-13　普通話「大地」的波形圖

2.語音的動力基礎

　　發音的動力是呼吸時肺所產生的氣流。肺是由無數肺氣泡組成的海綿狀組織，本身不能自動擴張和收縮，要依靠肋間肌、橫膈膜和腹肌的活動。肋間外肌收縮使肋骨上升，同時橫膈膜下降，胸腔因而擴大，肺也隨之擴張而產生吸氣力。腹肌收縮壓迫內臟使橫膈膜上

升，同時肋間內肌收縮使得肋骨下降，胸腔因而縮小，肺也隨之收縮而產生呼氣力。呼吸就是依靠這些肌肉的活動來進行的，呼吸所產生的氣流就成爲發音的動力，這個動力的基地就是肺。

在平靜呼吸時，肺氣流相當穩定，一般聽不見呼吸的聲音，呼氣和吸氣時間大致相等，每分鐘 16 次左右，肺氣壓只略高於大氣壓。說話時呼氣放慢，使一個呼吸週期僅有約 15% 的時間用於吸氣。如果要用「一口氣」說許多話，呼氣和吸氣的時間比例差別還要大許多。呼吸時，肺氣壓只比大氣壓高出 0.25%，說話時則可高達 1%，是呼吸時的四倍。

沒有肺的呼吸作用就不可能有語音，但肺對語音所起的作用主要也只在於提供呼吸的動力。呼氣量的大小和語音的強弱密切相關，但語音的其他性質就和肺的活動沒有直接的關係了。

3. 喉頭和聲帶

由肺呼出的氣流經過氣管到達喉頭。氣管是由半環狀軟骨構成的，上部接喉頭，下部分成兩支通左右兩肺，在兩肺裡又形成無數樹狀小分支，最小的分支直接和肺氣泡相連。氣流就是從肺氣泡通過氣管各小支到達喉頭的。

喉頭由環狀軟骨、杓狀軟骨、甲狀軟骨以及與它們相連的肌肉和韌帶組成。環狀軟骨處於喉頭下部，與氣管相連，形狀像一個前低後高的指環。杓狀軟骨在環狀軟骨後面高出的部分之上，分爲左右兩塊，像兩個椎形的小杓。甲狀軟骨最大，分爲左右兩塊，在喉頭前部合在一起，略向前突，形狀像盾甲，成年男子突出較明顯，從頸的外部就可以看出來，通常稱爲喉結。喉頭的構造如圖 1-14 所示。

圖 1-14 中，左圖是從正面看喉頭，中圖是從背面看喉頭，右圖是側面分解。會厭軟骨在喉頭上面起喉蓋作用，吞嚥食物時舌骨向下

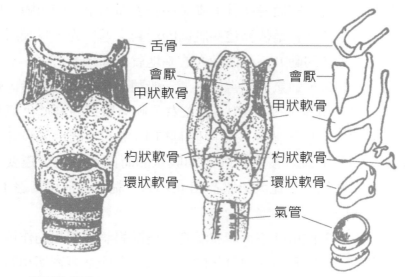

圖 1-14　喉頭的構造

壓，會厭軟骨被推彎蓋住喉頭的通路，防止食物進入喉頭和氣管。呼吸或說話時，會厭軟骨打開，氣流可以順利地通過喉頭。

　　喉頭在語音中之所以具有特殊的重要作用，是因為產生濁音聲源的聲帶就處在喉頭的中間。甲狀軟骨、杓狀軟骨和環狀軟骨以及與它們相連的肌肉和韌帶自上而下組成一個圓筒形的空腔，當中有四對韌帶褶，兩兩相對，上面一對叫假聲帶，對發音並不起作用，下面一對就是發音時起主要作用的聲帶。

　　聲帶是一對唇形的韌帶褶，邊緣很薄，富有彈性，成年男子的聲帶約有 13.4 公釐長，女子比男子的聲帶約短三分之一，小孩子的要更短一些。聲帶的一端併合附著在甲狀軟骨上，是固定不動的，另一端分別附著在兩塊杓狀軟骨上，平時分開，呈倒「V」形，當中的空隙是聲門。發聲時，杓狀軟骨靠攏，使得聲帶併合，聲門關閉，呼出的氣流被隔斷，形成壓力，衝開聲帶，不斷顫動，產生聲音。從

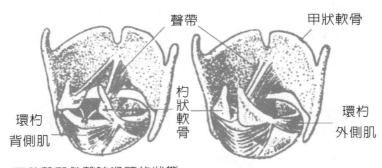

圖 1-15 不發聲和發聲時喉頭的狀態

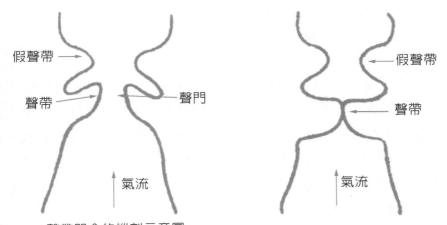

圖 1-16 聲帶開合的縱剖示意圖

圖 1-15 的兩個圖中可以看出發聲和不發聲時喉頭的不同狀態。左圖是不發聲時喉頭的狀態，這時環杓背側肌收縮，杓狀軟骨分開，聲帶呈倒「V」形，聲門敞開，氣流可以自由進出。右圖是發聲時喉頭的狀態，這時環杓外側肌收縮，杓狀軟骨轉動靠攏，聲帶併合，聲門關閉。圖 1-16 是聲帶開合的縱剖示意圖。

杓狀軟骨非常靈活，它的活動直接影響到聲帶的位置和聲門的狀態。圖 1-17 是聲門最常見的四種狀態示意圖，其中，A 是正常呼

吸，聲門敞開；B 是深呼吸，聲門大開；C 是耳語，聲帶基本併合，
杓狀軟骨之間形成三角形空隙，稱爲氣聲門，氣流從這裡擦出；D 是
發聲，杓狀軟骨轉動合攏，聲帶完全併合。

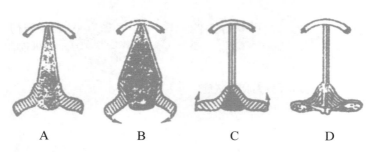

　　A　　　　　　B　　　　　　C　　　　　　D

圖 1-17　　聲門的四種狀態

　　說話時聲門經常處於圖 D 那樣完全關閉的狀態，這時呼出的
肺氣流被阻斷，積聚在聲門下面形成一股壓力，衝開聲帶，壓力解
除，聲帶重新併攏，又形成壓力，再次衝開聲帶，如此循環往復，聲
帶不斷迅速開閉，形成持續的顫動，把肺氣流切成一連串的噴流，產
生像蜂鳴一樣的嗡嗡聲，這就是聲帶音，也可以稱之爲嗓音。這是語
音的原始聲波，即聲門波。
　　聲帶的顫動有很強的節奏性，一般人在正常說話時每秒鐘顫動大
約 80～400 次，它所產生的聲帶音也就是有節奏性的週期波，成爲
語音中的濁音聲源。
　　聲帶音要經過咽腔、口腔和鼻腔才能使我們聽到，這時的聲波已
經經過咽腔、口腔和鼻腔共振的調節，不再是原來聲帶音的原始聲波
了，因此我們是無法聽到原始的聲帶音的。用高速電影攝影機以及測
量氣流的儀器可以直接觀察發聲時聲帶顫動的情況和氣流噴出的情
況，用聲門波儀也可以探集到聲帶音。聲帶顫動的方式和原因是很複
雜的，氣流在發聲時被阻和衝開時壓力的變化也有很強的週期性，如

果測量氣流壓力的變化用波形來表示，應該和聲帶音所形成的週期波相當一致。圖 1-18 是氣流在發聲時所形成的週期波：

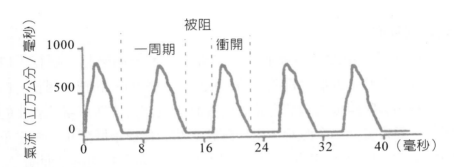

圖 1-18　聲帶音的波形

圖中橫軸表示時間，縱軸表示每毫秒氣流量。當聲門全閉，氣流被阻時，氣流量是零。當聲帶被衝開時，氣流量迅速上升，約2毫秒時間就從0升到700立方公分左右。當聲帶重新併攏時，氣流量下降比較緩慢，要3毫秒才又降到0，然後又重複另一個週期。

　　聲帶和語音的高低關係最為密切。樂器的琴弦越細、越短，繃得越緊，音調也就越高。聲帶也是這樣，當連接杓狀軟骨的肌肉牽引杓狀軟骨側向轉動時，聲帶就繃緊，顫動就快，聲音就高；杓狀軟骨反向轉動，聲帶就放鬆，顫動就慢，聲音也就變低。人類這種控制語音高低的能力在語言中起著極其重要的作用，漢語是有聲調的語言，聲調的高低升降就是由聲帶的繃緊和放鬆所決定的。

　　每個人聲帶的寬窄、厚薄和長短都不一樣，說起話來聲音的高低也不相同。小孩子的聲帶短而薄，因此聲音又高又尖。成年以後，男子的喉腔比小時候增大一倍半左右，聲帶也隨之變厚變長，聲音比原來降低約八度；女子的喉腔只比小時候增大三分之一左右，聲帶也比

男人略短略薄一些，聲音只比原來降低約三度。到了老年，聲帶和喉頭的肌肉都變得相當鬆弛，無論男女，聲音都要比成年時期更粗更低一些。

4.語音的共振腔

　　嚴格地講，由聲帶顫動而產生的聲帶音是通過喉腔、咽腔、口腔、唇腔和鼻腔這五個共振腔才傳到人的耳朵裡的。喉腔、咽腔、口腔、唇腔和鼻腔組成人類發音器官的聲腔，是非常靈活、富於變化的共振腔。聲帶音通過聲腔時，由於聲腔形狀的種種不同變化，產生不同的共振，形成種種不同的聲音。圖 1-19 是人類聲腔的縱剖面圖。

　　喉腔和咽腔在聲帶和小舌之間，聲帶音產生後首先進入喉腔和咽腔。喉腔和咽腔的形狀和大小可以隨著舌頭的動作、喉壁的縮張和喉頭的升降而發生變化。人類很少直接用喉腔或咽腔作為主要共振腔來

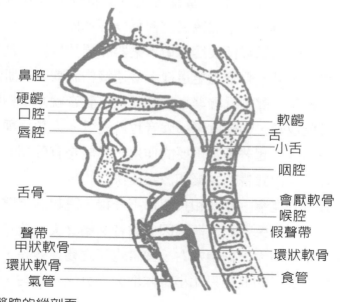

圖 1-19　聲腔的縱剖面

發音，但是由於舌頭的動作會影響喉腔和咽腔的形狀，當改變舌頭的位置時，喉腔和咽腔的形狀有時也會隨之變化，影響到聲帶音的共振。聲帶音進入喉腔和咽腔後所產生的共振對形成語音也起著相當重要的作用。

喉腔和咽腔在人類演化過程中，對提高發音能力起到了很大作用。一般來說，動物的聲門很高，在聲門和口腔之間幾乎沒有空腔，口腔裡舌頭和軟顎可以活動的餘地很小。人類的聲門部位很低，在聲門和口腔之間形成一個幾十公釐長的空腔，就是喉腔和咽腔，舌頭和軟顎因此有了前後上下活動的充分空間，使得聲腔的形狀千變萬化，可以發出種種不同的聲音。人類雖然很少直接用喉腔和咽腔發音，但喉腔和咽腔的形成對人類語言的迅速發展是起到了非常重要的作用的。

口腔是人類發音器官中最重要的部分，發音活動的一切複雜變化都是在口腔裡進行的，這是因爲發音器官中可以活動的部分幾乎都集中在口腔裡，包括唇、舌、軟顎和小舌。這些可以活動的部分可以改變口腔的形狀、容積和氣流的通路，使聲帶音產生種種不同的共振。它們也可以和固定部位接觸，形成種種不同的阻礙，使氣流不能順利通過，成爲紊音和瞬音產生的聲源。圖 1-20 是口腔示意圖，其中除牙齒、齒齦和硬顎外，都是能活動的。

口腔中最重要同時又最靈活的器官是舌頭，舌頭的肌肉組織縱橫交錯，十分複雜，不僅整個舌頭可以上下升降，前後移動，而且各個部分（舌尖、舌葉、舌面和舌根）都可以獨立活動。舌頭的活動千變萬化，形成了千變萬化的共振腔，產生出種種不同的聲音來。舌頭在發音時的位置、形狀和活動方式一向是語音生理分析的主要內容，也是語音分類的主要依據。在後面的章節裡，我們還要對舌頭的作用做進一步論述。

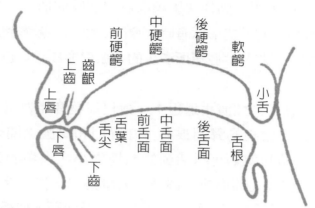

圖 1-20　口腔中的發音器官

　　雙唇是聲腔的主要出口，在唇和齒之間形成一個小小的共振腔，就是唇腔。雙唇可以完全閉塞，成為堵住氣流的閘門，也可以形成狹縫，讓氣流摩擦通過，還可以撮起攏圓，使唇腔延長，改變共振作用。雙唇的這些活動都能使聲音發生明顯的變化。在協助表達言語資訊和說話人的感情方面，雙唇還具有其他發音器官起不到的作用，因為臉部的表情有時是可以通過發音時雙唇的動作表達出來的。

　　軟齶和小舌也是口腔中能活動的部分，它們的主要作用是改變氣流的通路。呼吸時，軟齶和小舌是下垂的，鼻腔和咽腔相通，氣流自由從鼻腔進出。說話時，軟齶和小舌有兩種活動方式：一種是軟齶和小舌向後上升，抵住咽壁，擋住通往鼻腔的通路，到達咽腔的聲帶音只能從口腔出去，在口腔形成共振，這時發出來的音是口音，如 a、t 等。另一種是軟齶和小舌下垂，咽腔通往口腔和鼻腔的通路都打開，到達咽腔的聲帶音可以同時從口腔和鼻腔兩條通路出去，在兩個共振腔裡形成共振。這時如果口腔某一個部位閉塞起來，堵住氣流，聲音只能從鼻腔出去，就形成通常所說的鼻音，如 m、n 等。如果口腔和

鼻腔的通路都暢通，聲音同時從兩條通路出去，就形成了所謂鼻化音，也叫口鼻音，如〔ã〕〔ũ〕等。圖 1-21 是三種狀態的示意圖：

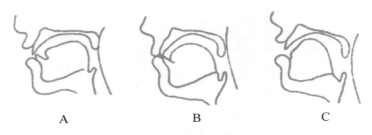

A   B   C

圖 1-21　口音、鼻音和鼻化元音發音的縱剖面示意圖

圖A軟齶和小舌向後上升，聲音只能從口腔出去。圖B軟齶和小舌下垂，打開鼻腔通路，聲音按說可以同時從兩條通路出去，但是因為雙唇緊閉，阻擋氣流外出，結果只能從鼻腔出去，形成雙唇鼻音m。圖C則是兩條通路都暢通，發出的鼻化音同時具有口腔音和鼻腔音的特點。

　　咽腔和口腔都是可變共振腔，鼻腔則是固定共振腔。不同的鼻音是由唇或舌的調節形成的。發鼻音時鼻腔是主要共振腔，口腔則是副共振腔。發鼻化音時鼻腔和口腔所起的共振作用同等重要。

三、語音的感知

1.人耳的構造

　　說話時發出聲來，通過聲波的傳遞，到達另一個人的耳朵裡，聽懂了意思，這才完成了言語的全過程。要想了解聽覺器官是怎樣接收和分析語音的，必須對人耳的構造有一個大概的了解。人耳能感覺到空氣壓力極微小的變化，是非常靈敏的器官，人耳由外耳、中耳和內耳三部分組成，如圖 1-22 所示。

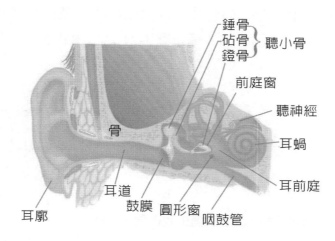

錘骨
砧骨 } 聽小骨
鐙骨

前庭窗

聽神經

耳蝸

骨

耳前庭

耳道

鼓膜　圓形窗　咽鼓管

耳廓

圖 1-22　人耳的構造

　　外耳包括耳廓、耳道和鼓膜。許多動物都可以根據聲音的方向轉動耳廓，以加強接收聲音的能力，人類的耳廓則是固定的，對接收聲音所起的作用很小。耳道長度約 2.5 公分，直徑平均約 0.7 公分，一端通向耳廓，對外敞開，接收聲音，另一端被鼓膜封閉起來，是一條細長的管子，共振頻率約爲 3500Hz。聲波進入耳道後，接近於 3500Hz 的頻率都因共振作用而放大兩倍以上，因此一般人對 3000～4000Hz 的聲音最爲敏感。鼓膜處於耳道的一端，呈橢圓形，稍向內陷，非常薄，只有 0.01 公分的厚度。聲波通過耳道到達鼓膜時，它的壓力變化會引起鼓膜的振動，轉化爲鼓膜的機械運動傳到中耳。

　　中耳是鼓膜後面一個小小的骨腔，只有約 2 立方公分大，裡面有三塊聽小骨：錘骨、砧骨和鐙骨，每塊只有 20 多毫克，是人體內最輕最小的骨頭，它們共同形成鼓膜和內耳之間的機械鏈。鼓膜因聲波的作用產生振動後，首先推動錘骨，錘骨推動砧骨，砧骨再推動鐙骨。鐙骨的底板覆蓋在內耳入口處的一塊小薄膜上，稱爲前庭窗。鼓

膜振動產生壓力推動錘骨後，由於三塊聽小骨的槓桿作用，在鐙骨底板上產生了比錘骨上更大的力，再加上鼓膜的面積比前庭窗要大二十五倍左右，前庭窗所承受的力本來就比鼓膜大得多，兩方面合起來，前庭窗所承受的壓力猛增，使內耳受到更大的振動，大大提高了人類的聽覺能力。中耳骨腔的下方還有一條通向咽腔的咽鼓管，是與外界空氣溝通的一條通道，可以調節氣壓，使鼓膜內外兩面的壓力保持平衡。中耳還有保護內耳的作用，如果外來的聲音太大，鐙骨就會轉動，和前庭窗接觸得不那麼緊密，鼓膜也會繃緊，使振動減弱，避免損傷內耳。當然，如果聲音來得過於迅猛，中耳來不及起保護作用，內耳自然還是會受到損傷影響聽力的。

內耳深埋在頭骨中，由半規管、前庭窗和耳蝸三部分組成。半規管的作用是維持身體平衡，和聽覺無關。前庭窗是內耳的入口，一面和中耳的鐙骨相連，一面和內耳的耳蝸相連，把從鐙骨接收到的振動傳給耳蝸。耳蝸的外形很像蝸牛殼，實際上是一條盤起來的管子，越近中心越細，管子中間有一條非常細的導管叫作耳蝸中階，又稱耳蝸導管，把耳蝸分為上下兩部分，上一部分叫前庭階，下一部分叫鼓階，裡面都充滿了淋巴液。在耳蝸管的尖端有一個小小的蝸孔，使前庭階和鼓階之間的淋巴液可以流通。耳蝸中階外面包著前庭膜和基底膜，中間充滿黏度很高的內淋巴液。前庭膜把中階和前庭階隔開，基底膜把中階和鼓階隔開。基底膜上附有數以萬計的毛細胞，細胞上端和耳蝸覆膜相連，組成非常精細的器官，叫柯蒂氏器官。柯蒂氏器官直接和聽神經相連，通過毛細胞把接收到的機械運動轉化為神經衝動，由聽神經傳送到大腦。圖 1-23 是耳蝸橫剖面示意圖。

柯蒂氏器官的功能是把聲波的機械振動資訊轉化為神經系統的神經資訊，大致說來，在前庭窗被鐙骨推動發生振動後，隨著壓力的變化，耳蝸裡的淋巴液影響到基底膜，基底膜上的毛細胞就以不同的彎

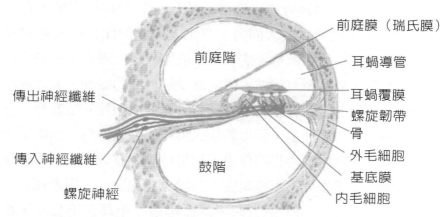

前庭膜（瑞氏膜）

耳蝸導管

前庭階

耳蝸覆膜

傳出神經纖維

螺旋韌帶

骨

外毛細胞

傳入神經纖維

鼓階

基底膜

內毛細胞

螺旋神經

圖 1-23　耳蝸的橫剖面和柯蒂氏器官

曲方式刺激聽覺神經纖維，使神經細胞產生電化學脈衝，沿著聽覺神經傳送給大腦的知覺中樞。聲波的頻率不同，蝸管裡淋巴液的壓力就會發生不同的變化，基底膜振幅最大的部位也會隨之不同。頻率高，最大振幅的部位就靠近前庭窗；頻率低，最大振幅的部位就接近蝸孔，即耳蝸最細的部分。不同部位反映不同的頻率，這個部位的毛細胞也就只反映這個對應的頻率。但是人可以分辨的頻率變化是非常精細的，單靠基底膜不同部位的反映是達不到如此高的解析度的。對於聽覺機理，顯然還有許多問題有待進一步探索。

2.聽覺和語音辨識

　　上文對聲波、發音機制和聽覺的介紹可能會給人這樣的印象：發音、聲波、聽覺三者之間存在著因果關係，即特定的聲腔形狀產生特定的聲波，形成特定的聽覺。這並不能說是錯誤的，但把三者的關係看得太簡單了。發音、聲波和聽覺之間實際上並不是簡單的因果關係，同樣的聲波，聽辨結果可以不同；不同的聲波，也可以聽成相同的聲音，其間的關係是很複雜的。無論男子、女子、老人、小孩發

出的 a 音，聽起來都是 a，但是聲波顯然有很大的差異。聲腔的形狀（包括聲帶的厚薄、長短等）和容貌、體型一樣，因人而異，每個人都有自己特有的音色、特有的聲波特點。但是不管個人之間的聲波特點差異有多大，在語音辨識時，都不會因此感到困難。我們不但能聽懂每個人說的話，而且有能力分辨出每個人特有的語音，也就是每個人特有的聲波特點。叼著香菸說話，口腔的活動受到很大限制，聲腔形狀自然和平時說話不一樣，但是我們不但照樣能聽懂，而且能聽得很清楚。這些例子都說明聲波通過聽覺器官傳到大腦進行語音辨識時，是經過了異常複雜的加工過程的。近些年來，由於科學儀器和電子電腦的迅速發展，已經可以通過各種實驗手段來了解這個加工過程了。但這方面的研究工作目前仍處於摸索階段，大腦識別語音的奧祕還遠遠沒有揭開。

　　大腦識別語音時，對從聽覺器官傳送來的聲波，顯然只選擇跟識別語音有關的資訊，聲波所攜帶的其他資訊對識別語音來說，都是多餘的。研究哪些資訊和識別語音有關，對人工合成語音和通信工程都非常重要。例如從 a 的頻譜上分析出哪些資訊是識別 a 所必需的，提取出這些資訊，就可以人工合成出 a 音來。其餘的資訊也許能反映出個人聲音的差異，也許根本就沒有必要去感知（例如說話時伴隨而來的其他雜訊），無論是哪種情況，都和識別 a 這個音無關。

　　人類識別語音的能力是和發音能力密切連繫在一起的。兒童先要聽懂了話才能學會說話，這時識別語音的能力先於發音能力。一旦掌握了發音能力，又會對識別語音的能力產生影響，對自己能發的音易於識別，對自己不能發的音就不容易分辨。學習語音學，就要學會分辨自己不能發的音，不但能識別這些音，最好還能學會發出這些音。

　　說話所產生的聲波不但能傳到聽話人的耳朵裡，而且說話人自己也能聽到自己的聲音。大腦指揮發音器官發出來的聲音被自己的聽覺

器官接收，重新傳送回自己的大腦，這個迴圈過程叫作聲音回饋。大腦根據回饋的聲音判斷發出的聲音是否符合要求，如果不符合，就迅速發出指令，讓發音器官做必要的調整。如果讓說話人戴上耳機邊說話邊錄音，同時控制放音磁頭，使聲音延遲半秒左右到達說話人的耳朵，那麼這時大多數人說話會變得結結巴巴，有的人甚至無法說出話來。這是因為說出來的聲音和聽到的聲音脫節了，原來的聲音回饋關係被破壞了，無法判斷自己的發音是否正確，就產生了這種遲疑或停頓的現象。由此可見，聲音回饋對發音是有相當大的影響的。長期嚴重耳聾的人，往往會出現某些音發不準的現象，這也是因為他們聽不見自己說話的聲音，喪失了聲音回饋的能力，無法校正自己發出的聲音，日久天長，就形成了錯誤的發音習慣。

四、語音的切分和分類

　　任何科學在研究過程中都需要把研究對象分解成若干單位並加以分類，分類的標準和方法可以因研究目的的不同而有所不同，語音學也是如此。怎樣把一連串話切分成若干單位，並且根據一定的標準和方法對這些單位做出必要的分類，正是語音學的一項重要任務。

　　前面已經談到，聲波是由音質（即音色）、音高、音強和音長四個要素組成的，這四種組成成分在語音中起著不同的作用，但在時間上又是同時並存的。說話人說出一連串話傳到聽話人耳朵裡，聽話人按照時間順序接收到這一連串話所產生的聲波，傳送到大腦進行分析，這時音質、音高、音強和音長是同時到達大腦的，大腦有能力把這四部分分解開。就語音來說，音質的變化起最主要的作用，音高、音強和音長可以認為是依附於音質的，在不同的語音中所起的作用也不相同。因此，首先可以把同時並存的這四部分切分成兩個不同層次：一個層次是音質成分（也稱為「音段成分」），另一個層次

包括音高、音強和音長，統稱為「超音質成分」（又稱「超音段成分」）或「非音質成分」。

　　無論是音質成分還是超音質成分，都可以從發音、聲波或聽覺三個不同的角度做進一步分析，對它們進行切分和分類。傳統語音學對音質成分的進一步分析主要從發音部位和發音方法入手，對超音質成分主要從主觀的聽覺感知入手。現代語音學對語音的聲波分析有了重大的突破，對發音機制和聽覺感知的研究也有了不少進展，但在語音的切分和分類上，一般仍沿用傳統語音學的方法。這種方法今天看來雖然不十分精密，但能比較概括地說明各種語音現象，沿用這種方法，不但便於初學，也能體現語音學研究的繼承性。

　　在一段話語中，音質成分是隨著時間的變化而不斷變化的，我們可以根據音質成分的變化情況把這段話語切分成若干音段，音段的切分可大可小。例如，根據語音停頓切分的音段就是比較大的音段，其中包括許多小音段。最小的音段發音應該是穩定不變的，波形應該是前後一致的，聽覺上也應該只聽成一個聲音。例如單獨發 a 這個音時，發音器官在發音過程中始終沒有變化，無論發音時間有多長，這個 a 總是最小的音段。但是當 a 進入比較大的音段時，受前面和後面音的影響，往往在它和前後音之間出現過渡音，這種音只是從一個音到另一個音之間的過渡，雖然有時很重要，但不能算是最小的音段。我們單獨發 i（衣）和 a（阿）這兩個音時，兩個音段之間的界限非常清楚，如果連起來說成 ia（鴨），這個音段除了包含兩個最小音段 i 和 a 以外，還可以明顯地感覺到從 i 到 a 是逐漸過渡的，中間並沒有清楚的界限。這些過渡音雖然占據了一定的時間，但一般並不把它算作最小的音段。

　　在聽覺上最容易分辨的音段是「音節」，音節可以是最小的音段，例如普通話的語氣詞 ā（啊）就是由一個最小音段形成的單音

節詞。但是更常見的情形是由幾個最小的音段組合成的,例如普通話 biān(邊)這個音節是由四個最小音段組成的音節,英語 get(得到)這個音節是由三個最小音段組成的。漢語音節之間的界限最為清楚,除了極少數例外,一個漢字就是一個音節。在漢語裡,「字」除了指書面上的書寫單位以外,還可以指口語裡的一個個音節,如「他說話字字清楚」指的就是每個音節都清楚。甚至一個孩子也能夠回答出一句話裡有多少音節(雖然他可能是用一共有多少字來回答的)。音節在聽覺上如此容易分辨,可是要從發音機制或聲波特性上說明它的本質特點,卻不是很容易的事。直到目前為止,還沒有一種理論能充分說明音節的本質,也沒有一種客觀方法能把音節的界限完全劃分清楚。

　　超音質成分包括音高、音強和音長三個部分。從聲波特性來分析超音質成分最為準確:根據基頻確定音高,根據振幅確定音強,根據時間確定音長。但就一般應用來說,根據聽話人的主觀估計來分析也就夠用了,在語言裡,聲音的高度、強度和長度的變化遠沒有音質的變化那樣靈敏,所起的辨義作用也沒有音質重要。超音質成分可以依附於一個音節上,也可以依附於比音節更大的音段上,如多音節詞甚至句子。

　　在不同的語言裡,超音質成分所起的作用很不相同,因此很難有完全統一的分類標準。比如音高,在漢語裡就有它的特殊重要性,「媽 mā」「麻 má」「馬 mǎ」「罵 mà」的音質成分相同,區別主要在於音高,這種音高的區別傳統稱為「聲調」(或「字調」)。對漢語和其他有聲調的語言來說,可以完全依靠聽覺對聲調的音高變化加以分類和描寫,而這種分類和描寫對英語、法語或俄語等沒有聲調的語言就沒有必要。

　　許多語言的音節都有輕重音的分別,輕重音也能起區別意義的作

用，例如普通話「買賣 mǎimài」兩音節都重讀是「買和賣」的意思，「買賣 mǎimai」第二音節輕讀是「商業」的意思；英語 content 重音在前一音節是「內容」的意思，重音在第二音節是「滿意」的意思。輕重音的分別往往包括音高、音長和音強三方面的變化，有時甚至還會引起音質的變化，這個問題後面還將詳細討論。

練習

1. 某一複波由五個諧波組成，基本頻率 150Hz，振幅第一諧波 60dB，第二諧波 45dB，第三諧波 50dB，第四諧波 20dB，第五諧波 35dB，試畫出該複波的二維頻譜。

2. 比較下面普通話 a 和 i 的頻譜示意圖。(1) 指出哪一個音比較高，並說明理由；(2) 兩個示意圖的振幅變化都形成三個峰，三個峰位置不同，說明 a 和 i 的音色不同，指出處於峰位置的各頻率的大致頻率值。（kHz= 千赫）

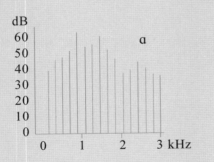 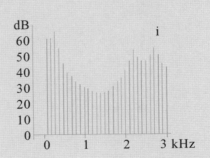

3. 比較下列普通話 i、u、n、f 的發音器官示意圖，指出唇、舌和軟齶的位置各有什麼變化。

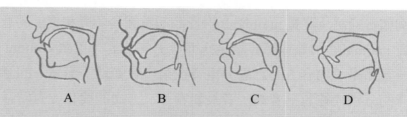

4. 用中文拼音拼寫下面這句話。其中，「女兒」、「幼兒園」、「一塊
   兒」、「花兒」各有幾個音節？包括哪些超音質成分？各個「兒」的
   語音是否相同？

   他的女兒和幼兒園的小朋友一塊兒去公園看花兒。

第二章

元音

一、元音的性質

1.元音和輔音

　　一段話總是由一些音質各不相同的最小音段組成的，我們可以根據發音動作的不同狀態，把這些最小音段分爲開放型和封閉型兩大類。氣流從喉腔、咽腔進入口腔從唇腔出去時，這些聲腔完全開放，氣流能夠順利通過，這樣產生的最小音段就是開放型的。如果這條通路的某一部分封閉起來，氣流被阻不能暢通，這樣產生的最小音段就是封閉型的。在一段話裡，開放型音段和封閉型音段總是交替出現，形成音質各不相同的、連續不斷的最小音段。傳統語音學把開放型的最小音段稱爲「元音」，把封閉型的最小音段稱爲「輔音」。元音和輔音是語音學最基本的兩個概念，統稱爲「音素」。語音中音質成分的分類和描寫都是以這兩個概念爲基礎的。

　　發元音時氣流順利通過聲腔，聲帶顫動，形成的聲波都是週期性的，因此元音都是濁音。如普通話裡的 ɑ、o、i 都是典型的元音。發輔音時由於氣流暫時被阻不能通過或只能勉強擠出去，所產生的聲音大都是瞬音或紊音。如普通話裡的 b、d、g 就是氣流被完全阻斷後產生的瞬音，f、s、x 則是氣流勉強擠出產生的紊音。如果這時聲帶保持顫動，這些音就同時具有濁音的性質。普通話裡的 sù 和英語裡的 zoo 開頭的輔音 [s] 和 [z] 都是紊音，但發 [s] 時聲帶暫時停止顫動，發 [z] 時聲帶保持顫動，[z] 就兼有濁音的性質。

　　發 m 和 n 一類音時，聲腔也是封閉性質的，氣流在口腔中被阻，不過這時軟齶和小舌下垂，打開了通往鼻腔的通路，使氣流能夠從鼻腔順利出去，形成鼻音。發 l 時，聲腔處於部分封閉的狀態，一般是舌頭把口腔中部封閉起來，氣流從舌頭的兩邊順利出去。像 m、n 和 l 這些音，由於發音時氣流可以暢通無阻，因此性質比較接近元音，

形成的聲波也和元音比較相似。但是這時氣流通往口腔的通路處於全
封閉或半封閉的狀態，因此仍應該屬於封閉型的音段，通常都把它們
歸入輔音。但也有一些語音學著作把它們跟元音一起歸納爲一個更大
的類別，叫作「響音」，因爲 m、n、l 這一類音是樂音成分占優勢
的語音，性質比較接近元音。

　　發元音時，聲腔各部分用力比較自然均衡，氣流能夠暢通無阻。
發輔音時由於聲腔封閉不讓氣流外出，起封閉作用的那部分聲腔就要
特別用力，因此聲腔各部分用力是不均衡的。根據聲腔的開放和封
閉，基本上可以把元音和輔音分別清楚，但是聲腔的開放是可大可小
的，如果開放得很小，接近於封閉狀態，氣流外出時只受到極輕微的
阻礙，那麼這時發出來的就是介於元音和輔音之間的聲音。例如我們
發 i 時，如果再把舌頭略略抬高一些，舌面比較用力，聲腔就接近於
封閉狀態，氣流外出時會受到一些阻礙，聽起來有輕微的摩擦聲，這
時 i 的性質就變得很接近輔音。這種處於元音和輔音之間的聲音，語
音學中稱爲「通音」，在分類上通常歸入輔音類，列在輔音表內。

2.聲腔共振和元音音色

　　元音的音色是由聲腔的共振頻率決定的，發元音時，首先聲帶顫
動，產生聲帶音，同時軟齶和小舌上升，擋住通往鼻腔的通路，使聲
帶音只能從口腔出去。口腔是人類聲腔中最靈活、最富於變化的部
分，口腔內的發音器官，特別是舌頭的每一個細微變化都會改變聲腔
的形狀，從而對聲帶音的共振產生影響，形成不同的元音音色。

　　喉腔、咽腔和口腔、唇腔所形成的聲音通道是一條彎曲的、略
成直角形的共振腔。就聲音的共振作用看，共振腔的曲或直對共振
頻率的影響並不大。成年男子的這條共振腔，從聲帶音的聲源聲帶
開始，到聲腔的終端雙唇爲止，共約 17 公分長（成年女子略短一

些）。我們可以把它看成是一端封閉、一端開放的 17 公分長的管子，封閉一端是聲帶，氣流通過聲帶時使聲帶顫動產生聲帶音後進入這條管子，聲帶音在管子裡發生共振，從管子開放的一端出去，就形成了元音。管子的形狀不同，所起的共振頻率就不同，形成的元音音色自然也就不同。我們可以用普通話 a 和 i 的不同來說明這個道理，圖 2-1 顯示的是這兩個元音發音時，舌頭的位置及口腔的開閉程度。

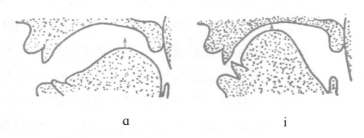

a　　　　　　　　　　　i

圖 2-1　發 a 和 i 時口腔與舌頭的狀態

從圖中可以清楚地看出，發a和i時，舌頭的位置有很大變化，舌頭隆起的最高點和上顎形成口腔中的最狹窄點（圖中用箭頭來表示），這個最狹窄點把聲腔分為前後兩部分。發a時口腔大開，前聲腔寬而長，後聲腔窄而短；發i時口腔較閉，前聲腔窄而稍短，後聲腔寬而稍長。a和i音色的不同就是因為前後聲腔的這種變化引起不同的共振所造成的。其他元音音色的不同，主要也是這個原因。

　　元音前後兩個聲腔長短和寬窄的變化，主要由舌面收緊隆起的最高點的位置決定。從圖 2-1 中可以看出，舌頭位置的變化不只直接改變口腔的形狀，而且也影響到咽腔。舌頭最高點位置靠後咽腔就變窄，位置靠前咽腔就變寬。舌頭是極為靈活多變的肌肉組織，位置的任何一點改變都會使前後兩個聲腔的形狀發生變化，產生不同的共振，從而形成種種不同音色的元音。

　　嘴唇的變化對聲腔的形狀也能起到很大的作用，在一般情況下，嘴唇是平展的，如果發音時把嘴唇撮圓，唇腔向前延伸，整個聲腔變得長了一些，共振頻率就會改變，元音的音色也會隨之產生很大的變化。普通話「意 yì」和「遇 yù」的分別就在於前者不圓唇，後者圓唇。嘴唇的變化從外形很容易看出來，不像舌頭那樣在口腔內變化，不易直接觀察。

二、元音的分類

1.元音分類的標準

　　為了便於說明不同音色的各個元音之間的差別，需要根據一定的標準對元音加以分類。無論用什麼標準分類，事實上都不可能在各類元音之間畫出一條明顯的界限。這正像無法在不同顏色之間畫出明顯的界限一樣，我們可以只把顏色分成「紅、黃、藍、白、黑」五類，也可以細分為十幾類甚至二十幾類，分類的目的不同，分類的粗細也就不一樣，但是無論分成多少類，各類顏色之間都是沒有明顯界限的。元音的分類也是可粗可細的，不同類的元音用不同的字母符號來代表，如 ɑ、i、u 等，這些字母符號只是用來說明各類元音之間關係的一種標記，它們的內涵因分類粗細的不同而有所不同，因此無法給這些代表元音的符號定出絕對的標準。語音學是專門研究語音的，對元音的分類自然需要細一些，所用的字母符號也會多一些，每個字母符號的內涵自然也就小一些。

　　語音的生理、物理和聽覺三個方面都可以作為元音分類的標準。聽覺只是一種主觀印象，從聽覺感受到的元音的洪和細、長和短、強和弱、鈍和響等往往含有主觀成分，很難據此對元音做出科學的分類和細緻的描寫。從元音的聲學特性入手來分類自然非常精確，但過於細緻，不便描述和調查記音。因此在語音學中，一般都採用生理分類

法，也就是根據舌頭的位置和嘴唇的形狀對元音進行分類和描述，這種分類法不但簡單可靠，而且還可以和發音動作直接連繫在一起。

前面已經談到，元音的音色從發音生理上說，主要是由舌頭和嘴唇的活動決定的，給元音分類，最方便的辦法就是以舌頭的位置和嘴唇的形狀爲標準。舌頭的位置可以根據舌頭隆起的最高點在口腔中所處位置（簡稱「舌位」）的高低和前後這兩個方面來確定，嘴唇的形狀可以根據嘴唇的圓展來確定。這樣，語音學爲元音的分類定下了三項標準：

(1)舌位的高低——舌位高的是高元音，舌位低的是低元音。

(2)舌位的前後——舌位前的是前元音，舌位後的是後元音。

(3)嘴唇的圓展——嘴唇圓的是圓唇元音，嘴唇不圓的是不圓唇元音。

任何一個元音都可以從這三個方面來描寫。例如發 i 時，舌頭隆起的最高點相當高，也相對靠前，同時嘴唇是平展的，從圖 2-1 中 i 的發音示意圖中也可以看出 i 的這些特點。因此，i 的定性描寫就是：舌位高而前的不圓唇元音，這三方面的特點正可以描寫出 i 這個字母所代表的元音音色。

2.定位元音和元音舌位圖

在確定元音音色的三項標準中，嘴唇的活動只有圓展之分，而且是可以看見的，比較容易描寫。舌頭的活動非常靈活，從外部又完全無法看見，要說明它在口腔中的位置就比較困難。我們以 ɑ、i、u 爲例，比較一下發這三個元音時，舌頭在口腔中變化的情況，這三個元音正可以代表發元音時，舌頭在口腔中活動的範圍，基本情況如圖 2-2 所示。圖中的黑點表示舌面隆起的最高點，是前後兩個聲腔的分界處，代表舌位。這三個元音舌位的高低和前後都不相同，形成一個不等邊三角形，在圖 2-2 中用虛線表示。口腔橫向長，縱向短，

開口處寬，舌根和軟齶相對處窄，再加上舌頭肌肉組織所起的牽制作用，使得舌位的高低和前後的關係互相影響。例如，i 和 u 都是高元音，但因為 u 同時是後元音，舌位受到舌頭後縮的影響，就要比前元音 i 的高度略低。同樣，舌頭放低後，舌位前後移動的範圍就變小，發 a 時雖然舌頭也可以前後移動，但比 i 和 u 之間的舌位距離小得多。

在發元音時，舌位的活動範圍實際上形成了一個不等邊的四邊形，這個四邊形代表了發元音時舌頭活動的周邊極限，一般用圖 2-3 的圖形來表示，圖中四角的四個字母代表極限的四個點。這四個字母是國際上通行的國際音標所採用的，為了區別於其他拼音字母，按照國際習慣，國際音標的符號外加方括號，即 [i][u][a][ɑ] 等。國際音標是語音學的專用符號，由國際語音學協會擬定，經過一百多年的修訂和補充，現已成為國際上最通行的標寫語音的符號。

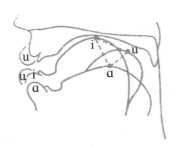

圖 2-2　ɑ、i、u 三個元音的舌頭活動位置

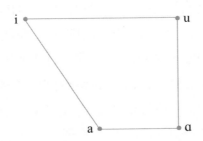

圖 2-3　舌位活動的極限

　　在這四邊形的周邊極限之內，舌位可以任意變動，發出各種不同音色的元音來。爲了便於描寫發元音時，舌位在這一音域內所處的位置，一般把舌頭的縱向活動位置分爲四度，即高、半高、半低、低。前後元音各分四度，共計八個點，作爲元音舌位定位的尺規，處在這八個點上的元音就稱爲定位元音或標準元音，國際音標用圖 2-4 中的符號來代表。圖 2-4 中按四等分確定的八個點，代表八個定位元音的舌位範圍，有了這個範圍，在確定和描寫其他元音的舌位時，就有了可供比較的客觀依據。

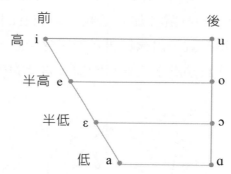

圖 2-4　八個標準元音的舌位

　　舌位只能確定元音的高低和前後，並不能反映發元音時唇的狀態。從原則上說，不管哪一種舌位的元音都可以有相對的圓唇元音和不圓唇元音。但是實際上，前元音以不圓唇的較爲常見，後元音則以圓唇的居多。八個定位元音正反映了人類語音的這個特點，四個前元音都是不圓唇的，四個後元音除 [ɑ] 外都是圓唇的。圓唇的程度和舌位的高低密切相關，舌位越高唇越圓，隨著舌位降低，圓唇的程度也降低。圖 2-4 中舌位最低的定位元音 [a] 就是不圓唇元音。圖 2-5 列出了常見國際音標的元音舌點陣圖。其中舌位的高低分爲高、

半高、半低、低四度（前元音在四度之間增加［I］［E］［æ］三個音標，
實際是分爲七度），舌位的前後分爲前、央、後三度，圓唇和不圓唇
並列，圓唇元音線上右，不圓唇元音線上左，共列出二十一個常用國
際音標。下面逐一描寫這二十一個元音的音值，並舉出北京話的例字
作爲練習發音時的參考，北京話沒有的元音，舉常見漢語方言中的例
字。

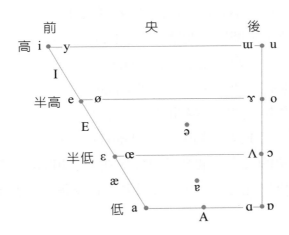

圖 2-5　常見元音的舌位

　　［i］前、高、不圓唇。北京「衣」［i］
　　［I］前、次高、不圓唇。蘇州「面」［mI］
　　［e］前、半高、不圓唇。廈門「提」［t'e］
　　［E］前、中、不圓唇。蘇州「三」［sE］
　　［ɛ］前、半低、不圓唇。北京「滅」［miɛ］
　　［æ］前、次低、不圓唇。蘇州「毛」［mæ］
　　［a］前、低、不圓唇。北京「安」［an］
　　［y］前、高、圓唇。北京「魚」［y］
　　［ø］前、半高、圓唇。蘇州「南」［nø］

[œ] 前、半低、圓唇。廣州「靴」[hœ]

[ə] 央、中、不圓唇。北京「恩」[nə]

[ɐ] 央、次低、不圓唇。廣州「民」[mɐn]

[A] 央、低、不圓唇。北京「阿」[A]

[ɯ] 後、高、不圓唇。合肥「樓」[nɯ]

[ɤ] 後、半高、不圓唇。北京「鵝」[ɤ]

[ʌ] 後、半低、不圓唇。松江「脫」[t'ʌ]

[ɑ] 後、低、不圓唇。北京「骯」[ɑŋ]

[u] 後、高、圓唇。北京「烏」[u]

[o] 後、半高、圓唇。成都「哥」[ko]

[ɔ] 後、半低、圓唇。廣州「火」[fɔ]

[ɒ] 後、低、圓唇。蘇州「賣」[mɒ]

　　除上面列舉的二十一個音標以外，在 [y] 和 [ø] 之間還可以有一個前、次高、圓唇元音 [Y]，在 [u] 和 [o] 之間還可以有一個後、次

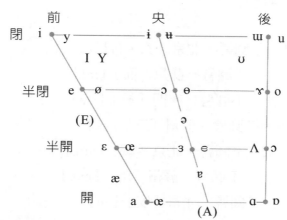

圖 2-6　元音舌點陣圖

（引自國際音標全表，國際語音協會 2005 年公布）

高、圓唇元音 [ʊ]，央元音還可以有高元音 [ɨ] 和 [ʉ]，在 [ə] 和 [ɐ] 之間還可以有央、半低、不圓唇元音 [ɜ]。下面是國際語音協會公布的元音舌點陣圖（2005 年版），其中 [E] 和 [A] 是漢語語音學界慣用已久的符號，國際音標的元音表中實際上沒有這兩個符號。

　　了精確地表示出舌位和唇形的細微變化，在必要的時候還可以給音標加上附加符號，主要有以下七種：

符　號	意　義	例
⊥	舌位略高	[e̝][o̝]
⊤	舌位略低	[e̞][o̞]
+	舌位略前	[u̟][e̟]
-	舌位略後	[u̠][e̠]
··	舌位偏央	[ë][ö]
ɔ	圓唇度增	[ɔ̹][ɒ̹]
c	圓唇度減	[o̜][ɣ̜]

3. 舌尖元音、捲舌元音和鼻化元音

　　發一般元音時，舌肌用力比較均衡。此外還有一種主要依靠舌尖用力的元音，稱爲「舌尖元音」。和舌尖元音相對，一般元音就稱爲舌面元音。北京話裡 zi、ci、si（資、磁、思）和 zhi、chi、shi（知、吃、詩）裡的 i 就都是舌尖元音，它們和舌面元音 [i] 讀音的區別是非常明顯的。zi、ci、si 裡的 i 國際音標用 [ɹ] 來表示，zhi、chi、shi 裡的 i 國際音標用 [ʅ] 來表示。

　　舌尖元音發音時，舌的中線呈馬鞍形，實際上有兩個舌高點，第一個在舌尖部分，第二個在舌面後部。[ɹ] 的第一舌高點比 [ʅ] 靠前，第二舌高點又比 [ʅ] 靠後，從圖 2-7 中可以看出這種區別。一般根據

舌尖位置的前後，稱 [ɿ] 爲舌尖前元音，[ʅ] 爲舌尖後元音。

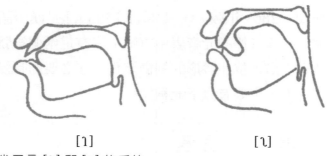

[ɿ]　　　　　　　　　　[ʅ]

圖 2-7　舌尖元音 [ɿ] 和 [ʅ] 的舌位

　　發舌尖元音時不只聲帶顫動，而且聲道並不封閉產生摩擦，屬於開放型發音，具有元音的特點，並不是前面輔音的延長。在漢語一些方言裡，舌尖元音還可以和不同部位的輔音相配，如安徽合肥、山西汾陽都有 [mɿ]（米）、[tɿ]（低）之類的聲音，甚至可以自成音節，如汾陽「姨」[ɿ]，那就更不能認爲是前面輔音的延長了。

　　[ɿ] 和 [ʅ] 都是不圓唇舌尖元音，和它相對的圓唇舌尖元音是 [ʮ] 和 [ʯ]，如蘇州的「詩」[sʮ] 和湖北麻城的「魚」[ʯ]。這樣，舌尖元音一共有四個：

	不圓唇	圓唇
舌尖前元音	[ɿ]	[ʮ]
舌尖後元音	[ʅ]	[ʯ]

　　發舌面元音的同時，舌尖向硬齶翹起，就形成了捲舌元音。這種由舌尖翹起形成的捲舌作用可以用倒寫的 r 來表示，如 [aɹ] 或 [ɔɹ]，也可以合併成一個音標，如 [a˞][ɚ]。爲了書寫和印刷方便，一般寫成 [ar][ər] 等，這個 [r] 只表示前面元音的捲舌作用，並不獨立發音。

　　捲舌元音在漢語方言裡很常見，大都出現在所謂「兒化韻」裡，如北京話「花兒 huār」、「歌兒 gēr」、「兔兒 tùr」等音節的韻腹都要讀成捲舌元音。兒化韻的變化相當複雜，在第六章會再詳細介紹。除兒化韻外，只有「兒」、「耳」、「二」、「而」等少數幾個讀 er 的字在一些方言裡必須讀成捲舌央元音 [ɚ]。在北京話裡，讀 [ɚ] 的字開始時，舌位比較低，隨著捲舌的動作，舌位也略略上升，產生一個很小的動程，這個動程在去聲字中比較明顯，如「二 èr」，嚴格一些就應該標成 [ɐɚ] 或 [ʌɚ]。

　　美國英語中的捲舌元音也比較多，這是英美英語的一個明顯差別。例如，sir（先生）、poor（窮）、board（板）、hard（硬）等詞，元音後面緊跟著一個 r，英國人並不把這個 r 讀出來，但大部分美國人都會把這些元音讀成捲舌元音。

　　如果在發元音的同時軟齶垂下來，打開鼻腔通路，使聲音不但從口腔出去，也從鼻腔出去，形成兩個共鳴腔，那麼元音的音色就會隨之發生變化，帶上鼻音色彩，成為鼻化元音（參看圖 1-21）。國際音標用附加符號 [~] 加在元音的上面表示鼻化，如 [ã][ũ][ĩ] 等。

　　漢語許多方言有鼻化元音，如廈門「影」讀 [ĩã]，紹興「三」讀 [sæ̃]，昆明「煙」讀 [iɛ̃]，蘭州「門」讀 [mə̃]，太原「陽」讀 [iɔ̃]。北京話的鼻化元音只和捲舌元音同時出現，即只出現在兒化韻中，如「縫兒 fèngr」讀 [fɔ̃r]。

　　法語是鼻化元音相當豐富的語言，如 bon（好）讀 [bɔ̃]，vin（酒）讀 [vɛ̃]，un（一）讀 [œ̃]，dans（在……內）讀 [dɑ̃]。鼻化元音成為法語一個突出的語音特色。

　　元音可以在開始發出時就產生鼻化，也可以在發出後不久軟齶才開始下垂產生鼻化。後一種叫作半鼻化元音，在需要嚴格區別時，可以把鼻化符號移到元音之後，表示鼻化產生較晚。不少上海人把

「忙」讀成 [mã]，南京也有不少人把「煙」讀成 [iẽ]，都屬於半鼻化元音。嚴格地說，北京話「忙」[maŋ]、「缸」[kaŋ] 裡的元音，因受後面鼻輔音的影響，也是帶有鼻音色彩的半鼻化元音。

4.元音的長短和緊鬆

　　發出一個元音的時間是長是短本來是相對的，例如說話速度快一些，每個音節占的時間都短，音節內的元音自然也就短一些。但是在一般情況下，哪些音節的元音應該讀長一些，哪些音節的元音應該讀短一些，往往是固定的。例如廈門話「挹」[ip] 裡的 [i] 因為處在輔音 [p] 的前面，讀得要比「衣」[i] 短；英語 bit（一些）裡的 [i] 因為處在清輔音 [t] 之前，讀得也要比 bid(表示)、big（大）、bin（箱）裡的 [i] 短一些。

　　在需要分別元音長短的時候，國際音標用 [ː] 號加在元音之後，表示長元音，如 [iː][aː]；也可以用 [˘] 號加在元音之上，表示元音比較短，如 [ĭ][ă]。有一些語言利用元音長短的對立區別意義，這在我國少數民族語言裡就很常見，例如：

	短元音	長元音
藏語	[mi]（人）	[miː]（人的）
蒙語	[ud]（中午）	[uːd]（門）
壯語	[in]（疼）	[iːn]（煙）
瑤語	[lai]（菜）	[laːi]（籮筐）

漢語方言中這種情況比較少見，廣州話裡有類似的區別，例如「心」[sɐm]和「三」[saːm]、「立」[lɐp]和「臘」[laːp]的元音除音色的差異外，明顯也有長短的不同。

　　就大多數情況看，元音長短的區別往往還伴隨有其他方面的區

別，例如廣州話短元音 [ɐ] 要比長元音 [aː] 舌位略高、略後一些，
廣州話 [ɐ] 和 [aː] 音長的不同可以從 [ɐ] 和 [a] 音色的不同中表現出
來。英語 eat[iːt]（吃）和 it[it]（它）這兩個詞裡的元音也有長短的
不同，但後一個詞裡的短元音，嚴格地說是比 [i] 舌位略低的 [I]。
壯語和瑤語的長元音和短元音音色一般也都略有區別。藏語長短元音
的聲調不同，如 [mi]（人）和 [miː]（人的）除元音長短不同外，聲
調也不一樣。

　　發音器官肌肉緊張的程度不同也可以影響元音的音色，肌肉比
較緊張的稱爲緊元音，肌肉比較鬆弛的稱爲鬆元音。北京話「媽媽
māma」裡第二個 ɑ 輕讀，不但比較短，而且肌肉比較鬆，影響音
色，具有了央元音色彩，就是鬆元音。

　　在一些語言裡，元音的緊鬆可以區別意義。例如英語 beat（打）
和 bit（一些）、pool（池）和 pull（拉）的分別主要就在於元音的緊
鬆，beat 裡的 [i] 和 pool 裡的 [u] 都讀緊元音，比較長，也比較清
晰，bit 裡的 [i] 和 pull 裡的 [u] 則是鬆元音，比較短，舌位也略低，
可以標成 [I] 和 [ʊ]。在需要分別元音的緊鬆時，可以在音標下加短
橫來表示緊元音[1]。我國少數民族語言裡有不少依靠元音緊鬆區別意義
的，例如：

	緊元音	鬆元音
彝語	[vu̠]（進入）	[vu]（腸）
景頗語	[te̠]（斜）	[te]（大小）
哈尼語	[na̠]（黑）	[na]（肯）
蒙語	[u̠s]（水）	[us]（毛）

---

[1]　現行國際音標版本裡無緊元音符號，用下加短橫表示緊元音是過去通行的標音方法。

各語言元音緊鬆的原因和具體表現並不完全相同，例如英語中，鬆元音的舌位比相應的緊元音偏央。彝語等語言發緊元音時，主要是喉頭和聲門部分肌肉緊縮，氣流量減小；發鬆元音時聲帶較鬆馳，聲門閉合不緊，有氣流的洩露，屬於發聲類型中的氣化嗓音。

三、普通話的單元音

　　不和其他元音結合就能在音節中單獨存在的元音叫作單元音。普通話一共有九個單元音，其中六個是舌面元音，兩個是舌尖元音，一個是捲舌元音。下面對這九個單元音做進一步的描寫：

　　i [i] 例字：衣　低　西　集　體　希　奇

　　i [i] 的舌位高而前，是普通話裡口腔通道最窄的前元音，和國際音標中定位元音 [i] 的舌位是一致的。

　　u [u] 例字：烏　都　蘇　圖　書　鼓　舞

　　u [u] 的舌位高而後，同時圓唇，是普通話裡圓唇程度最高的元音，和國際音標中定位元音 [u] 的舌位和唇形是一致的。

　　ü [y] 例字：迂　居　區　語　句　序　曲

　　ü [y] 是和 i[i] 大致對應的圓唇元音。先發出 [i] 音，然後逐漸把嘴唇撮圓，舌位不要移動，就變成了 [y]，嚴格地說，ü 是比 [y] 舌位略低一些的 [ʏ]。有一些北京人在發 ü 這個音時，開始嘴唇並不圓，然後迅速圓唇化，有一個從 [i] 到 [y] 的過程，嚴格地講，這種發音應該標寫成 [iy]。

　　o [o] 例字：波　潑　摸　薄膜　磨墨

　　o [o] 比國際音標中的定位元音 [o] 舌位略低一些，是介於半高和半低之間的後元音，嚴格標音應該是 [ɔ]。由於 o[o] 的舌位明顯比 [u] 低，圓唇程度也要比 [u] 差一些，圓唇程度較差也是舌位較低所產生的必然結果。普通話裡的 o[o] 只單獨出現在唇輔音之後，前

面往往有一個很短暫的 [u]，這樣，o 的精確的嚴式標音按說應該是
[ᵘo̞]，也就是說具有複合元音的色彩，舌位最終也比定位元音 [o]
偏低，唇形略展。

　　普通話中真正的單元音 o[o] 出現在嘆詞和語氣詞如「哦、噢」
中，不過這些詞的讀音不太穩定，既可能是 [o]，也可能是 [o̞] 甚
至接近於 [ɔ]。

　　e [ɤ] 例字：鵝　哥　車　合格　特色

　　[ɤ] 是 [o] 的不圓唇元音，先發出 [o] 音，然後嘴唇後縮不再圓
唇，就變成了 [ɤ]。普通話裡的 e[ɤ] 和 o[o] 一樣，舌位都略低，
但 e[ɤ] 和 o[o] 的差別並不僅僅在唇的圓展，普通話 e[ɤ] 的舌位比
o[o] 偏央，而且有一個微小的從高到低的動程，這一動程在讀去聲
時比較明顯，嚴格標音應該是 [ɤ̈^]。

　　ɑ [a] 例字：啊　他　沙　發達　大麻

　　ɑ [a] 作為單元音出現在音節中時，舌位比國際音標中的定位元
音 [a] 偏後，嚴式標音可以寫成 [A]。這個單元音 a 在與其他元音或
輔音韻尾結合時，還會發生一些明顯的變化。

　　ï [ɿ] 例字：資　詞　思　自私　此次

　　普通話 i 出現在 z、c、s 後面時要讀成舌尖前元音 [ɿ]。發 [ɿ]
時舌尖比較用力，形成兩個舌高點，一個在舌尖，另一個在舌面後
部。舌尖接近上齒背，但不發生摩擦，嘴唇不圓。

　　ï [ʅ] 例字：知　吃　詩　支持　日蝕

　　普通話 i 出現在 zh、ch、sh、r 後面時要讀成舌尖後元音 [ʅ]。[ʅ]
和 [ɿ] 都是舌尖元音，發音方法相同，但舌高點不同。發 [ʅ] 時舌尖
接近硬顎，所形成的第一舌高點比 [ɿ] 靠後，第二舌高點比 [ɿ] 靠
前，咽腔比 [ɿ] 略寬（參看圖 2-7）。為了便於和 i[i] 分別，[ɿ] 和 [ʅ]
可以寫成 ï。

er [ər] 例字：而　爾　耳　二

　　er 是一個捲舌的尖元音，發音時舌位處於央元音 [ə] 的狀態，同時舌尖向硬齶翹起形成捲舌元音 [ər]，其中的 r 只表示捲舌作用，國際音標也可以用 [ɚ] 表示。在去聲裡，「二」的實際讀音已十分接近 [ar]。

　　捲舌元音是舌尖和舌面同時起作用的元音，也可以看作一種特殊的舌尖元音。

　　除以上幾個單元音外，普通話還有兩個舌面元音可以作爲單元音出現在音節中，但出現條件有比較大的限制。

　　e [ə]：發音時舌頭不前不後，不高不低，處於最自然的狀態。這種單元音 [ə] 只出現在普通話輕音音節中，讀輕音的「的、了、著」等字的元音就是 [ə]，發音時音長比較短，肌肉也比較鬆，和其他單元音相比，輕音音節中的 [ə] 應該屬於短元音和鬆元音。

　　ê [ɛ]：ê 單獨使用時只限於語氣詞「欸」，讀音很不穩定，一般用半低前元音 [ɛ] 來代表，語氣不同，[ɛ] 的舌位也會產生一些變化，甚至可以讀成 [ei]。

　　根據上面的描寫，普通話舌面單元音在元音舌點陣圖中的位置大致如圖 2-8 所示。圖中各元音的位置只是代表舌位的大致範圍，由於說話人的習慣不同，普通話有的單元音舌位存在著個人讀音差異。例如，有人讀 [y] 時舌位略低一些，有人讀 [ɤ] 時舌位略後一些。低元音 [a] 的個人讀音差異更大，嚴式音標應該是 [A]，有人舌位靠前，有人舌位靠後，但基本上都不出央元音的範圍，圖 2-8 採用了舌位靠前的讀法。

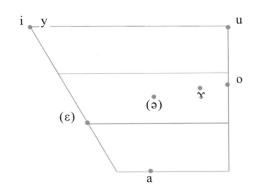

圖 2-8　普通話單元音的舌位

四、元音的聲學特性

1.聲腔和共振峰

　　元音的聲源是聲帶顫動產生的週期性聲帶音，聲帶音通過聲腔時產生共振作用，複合音和聲腔固有頻率相同或相近的一些分音的振幅得到加強，另外一些分音的振幅則減弱甚至消失。聲腔形狀的改變使得它的固有頻率發生變化，聲帶音通過聲腔時所產生的共振作用也隨之發生變化，原來振幅比較強的分音可能減弱，原來比較弱的分音可能反而加強，元音的音色自然也就隨之改變。

　　原始聲帶音的基本特點是：分音（或稱諧波）的頻率越高，振幅就越小，頻譜的振幅從高到低形成明顯的斜坡。在發元音時，原始聲帶音因聲腔形狀的變化而產生不同的共振作用，頻譜發生了很大的變化，形成了不同的元音音色。圖 2-9 是 [u][i][ɑ] 三個元音訊譜的變化示意圖，其中，左圖是原始聲帶音的頻譜，振幅隨頻率提高而逐步下降。三個元音的聲帶音的頻率是相同的，也就是說，通過聲帶音是無法區分元音音色的（如果都是正常嗓聲的話）。中間三個圖是 [u]

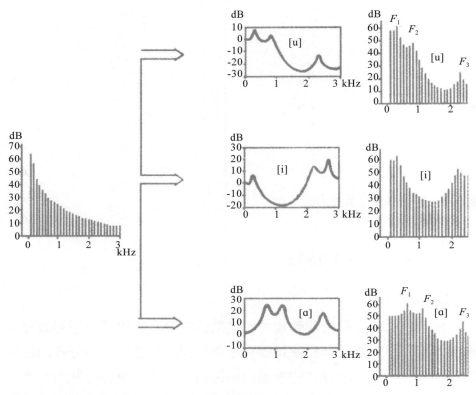

圖 2-9　聲腔的共振作用與元音音色的關係

[i][ɑ] 三個元音共振腔固有頻率的頻譜模式，右邊三個圖是聲帶音通過三個不同共振腔產生共振後的不同頻譜，也就是我們聽到的 [u][i][ɑ] 的頻譜圖。

　　比較這三個頻譜圖可以發現，每個頻譜都有三個振幅比較強的頻率區，在頻譜上呈峰狀，稱為「共振峰」（formant），從低頻到高頻順序分別為第一共振峰、第二共振峰和第三共振峰，簡稱 F_1、F_2、F_3，如圖中所示。還可以有 F_4、F_5，在圖中沒有出現，和語音的關係不大。元音音色的不同，主要就是由共振峰頻率的不同造成的，在頻

譜中表現爲共振峰的位置不同，其中 F_1 和 F_2 最爲重要，這兩個共振峰的頻率基本上可以決定一個元音的音色。

　　元音的共振峰頻率和基頻（用 f_0 表示）之間並沒有相互依存的關係，基頻由聲帶顫動的頻率決定，共振峰頻率則取決於聲腔的形狀，兩種頻率的變化是彼此獨立的。圖 2-9 中原始聲帶音 f_0 = 100Hz，通過聲腔的變化形成三種不同音色的元音之後，f_0 並沒有改變。發元音時，只要保持發音器官的形狀不變，不管音高發生多大變化，元音的音色也不會改變。圖 2-10 是音高（基頻）不同的 [ɑ] 的頻譜圖：

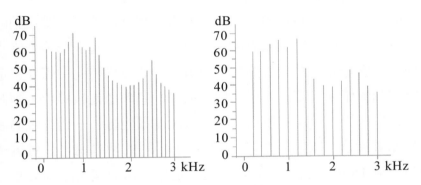

圖 2-10　兩個基頻不同但音色相同的元音的頻譜

左圖基頻 f_0 = 100Hz，頻譜和圖2-9中的[ɑ]相同，接近於一般男子的音高，諧波頻率以整倍數增長，即200Hz、300Hz、400Hz……頻譜的諧波相當密。右圖基頻 f_0 = 200Hz，接近於一般女子的音高，諧波頻率也以整倍數增長，即400Hz、600Hz、800Hz……頻譜諧波比較疏，聲音也比較高。雖然兩者的音高差別相當大，但是共振峰的頻率位置並沒有變化，因此聽起來都是元音[ɑ]。

2.元音的語圖顯示

　　二維頻譜所表現的只是頻率和振幅的二維關係，並沒有包括時間因素。分析一個音段，無論切分得多小，都必然占有一段時間，只有能夠反映頻率、振幅和時間三維關係的頻譜，才能把一個音段的聲學特性全面表現出來。現代語音學研究常用的三維語圖就具有這樣的功能。

　　三維語圖以時間為橫軸，以頻率為縱軸，以圖樣灰度的深淺表示振幅的大小，灰度越深振幅越大。如果是寬頻語圖（用頻寬較寬的濾波器分析出來的語圖）[2]，語圖的紋樣就是排列整齊的分隔號紋，每一個條紋代表聲帶振動的一個週期，也就是一次強聲壓和弱聲壓（或無聲壓）的交替。每秒時長內分隔號紋的數目相當於聲帶每秒振動的次數，也就是基頻值。每個條紋中的濃黑部分連在一起，形成一條濃黑色的橫槓，就是元音共振值的頻率位置，一般以橫槓的中線作為這個共振峰的頻率值來計算。如果兩個共振峰的頻率值比較接近，兩條橫槓可能合成一條比較粗的橫槓，無法分開測量中線。一種比較簡便的辦法是測量橫槓下限的頻率加 150Hz 得到 F_1 的頻率值，測量橫槓上限的頻率減 150Hz 得到 F_2 的頻率值。這個辦法只適用於濾波頻寬為 300Hz 的語圖，所得資料也只是近似值，但基本上已能滿足語音學的要求。

　　圖 2-11 是元音 [i][e][ɛ][a] 在語圖上的顯示，圖中縱座標表示頻率，單位是赫茲（Hz）；橫座標表示時間，單位是秒（s）。從圖中可以看出，不同的元音在語圖上顯示的模式很不一樣。不同的人發

---

[2]　關於寬頻語圖、窄帶語圖和濾波的問題，詳見《實驗語音學概要》「附錄一」，吳宗濟、林茂燦主編，高等教育出版社，1989 年。

出同一個元音，共振峰的絕對頻率雖然會有些差別，但這個元音的模
式不會有太大改變。這樣，原來只能從聽覺去體會的元音音色在語圖
上就變成看得見、能測量的模式了。測量圖 2-11 中四個元音的前兩
個共振峰所得數值如下：

	[i]	[e]	[ɛ]	[a]
F_1	300	550	750	1000
F_2	2500	2050	1850	1250

對於不同的發音人來說，這些共振峰頻率值自然不是固定不變的，但
是兩個共振峰所形成的模式是不會改變的。這四個元音的不同模式
在語圖中主要表現在F_1和F_2的距離不同，[i]的距離最大，[a]的距離

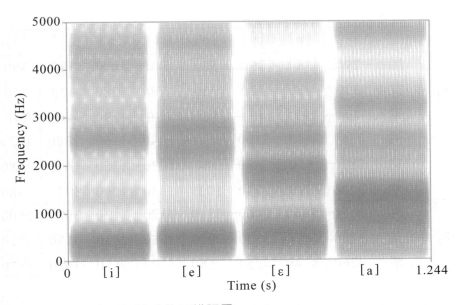

圖 2-11　元音 [i][e][ɛ][a] 的三維語圖

最小，F₁和F₂已經合成了一條較寬的橫槓。無論頻率值怎樣改變，F_1和F_2之間的相互關係不會改變，[i][e][ɛ][a]這四個元音的F_1和F_2之間的距離總是依次遞減的。觀測語圖已經成為當前語音研究經常使用的一種方法，使用Praat等語音分析軟體可以很方便地做出元音的語圖，軟體還可以給出每一個共振峰的中心頻率，不過在使用軟體進行共振峰頻率分析時，要注意選擇合適的參數。

　　為了更準確地說明元音各共振峰之間的相互關係和各元音的不同模式，避免個人發音偶然因素的影響，可以採取多人發音計算平均值的辦法。20 世紀 50 年代計算七十六個美國人英語元音的頻率平均值是最早採用這種辦法的，至今仍被廣泛應用。中國社會科學院語言研究所語音研究室用同樣的方法對普通話元音進行測量計算，發音人共十二位，男、女和兒童各四人，所計算出的普通話單元音共振峰的頻率平均值如下表：

		[i]	[u]	[y]	[o]	[ɤ]	[a]	[ɿ]	[ʅ]
F_1	男	290	380	290	530	540	1000	380	390
	女	320	420	320	720	750	1280	420	370
	童	390	560	400	850	880	1190	440	410
F_2	男	2360	440	2160	670	1040	1160	1380	1820
	女	2800	650	2580	930	1220	1350	1630	2180
	童	3240	810	2730	1020	1040	1290	1730	2380
F_3	男	3570	3660	3460	3310	3170	3120	3020	2600
	女	3780	3120	3700	2970	3030	2830	3130	3210
	童	4260	4340	4250	3580	4100	3650	3920	3870

　　把以上六個舌面元音和兩個舌尖元音的共振峰頻率值用語圖的形

式表現出來（以男性為例），就可以比較形象地看出各元音共振峰的位置和相對關係很不相同，構成普通話各單元音不同共振峰的模式如圖 2-12 所示。

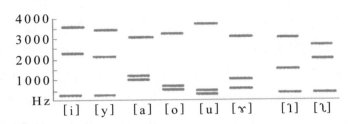

圖 2-12　普通話八個單元音的前三個共振峰

3. 元音發音機制和共振峰的關係

如果把元音的語圖模式和元音的發音機制連繫起來比較，就會發現聲腔、共振峰頻率和元音音色三者是密切關聯的，主要表現在以下三方面：

(1) F_1 和舌位的高低密切相關。舌位高，F_1 就低；舌位低，F_1 就高。圖 2-11 中，從四個前元音的語圖可以清楚地看出這種現象，從 [i] 到 [a] 舌位逐漸降低，F_1 的頻率卻逐漸升高。圖 2-12 中，普通話六個舌面單元音的語圖模式也同樣可以看出這種關係來：[i][y][u] 舌位最高，F_1 就最低；[a] 舌位最低，F_1 就最高，[o] 和 [ ] 介於二者之間，F_1 的頻率也居中。

(2) F_2 和舌位的前後密切相關。舌位靠前，F_2 就高；舌位靠後，F_2 就低。[i][e][ɛ][a] 這四個前元音除舌位高低不同外，舌位前後也隨著舌位下降逐步後移，表現在語圖模式上，就形成 F_2 像階梯一樣逐步降低，F_1 則像階梯一樣逐步升高。比較圖 2-12 中普通話 [i] 和 [u] 的 F_2，可以更清楚地看出這種關係，兩者都是高

元音，但 [i] 是前元音，F_2 的頻率高達 2000Hz 以上，[u] 是後元音，F_2 的頻率只有 500Hz 左右。

(3) F_2 和嘴唇的圓展也有關係，圓唇作用可以使 F_2 降低一些。從 F_2 和舌位前後的關係可以看出，F_2 的升降實際和前共振腔的大小有關。舌位後移，前共振腔面積變大，於是 F_2 降低；舌位前移，前共振腔面積變小，於是 F_2 升高。圓唇作用實際是把前共振腔向前延伸一些，因此 F2 也略略降低。從圖 2-12 中也可以看出，[y] 和 [i] 舌位相同，但因爲圓唇，[y] 的 F_2 頻率比 [i] 就略低一些，[o] 和 [ɤ] 的舌位也相近，但 [o] 的 F_2 頻率也比 [ɤ] 略低一些。

F_3 和元音舌位的關係並不十分密切，但是要受舌尖活動的影響，當舌尖抬高卷起發音時，F_3 的頻率就明顯下降，從圖 2-12 舌尖元音 [ɿ] 和 [ʅ] 的語圖模式中就可以看出這種變化。

共振峰頻率是元音聲學特性的表現，我們聽到的元音音色則是聽覺的感知結果。聲學和心理學聽覺實驗的研究結果表明，頻率的實際高低和聽覺的音高感並不是成比例的變化。如果以 1000Hz 的聲音作爲標準，當聽覺感到音高降低一半時，實際上頻率並不是降到 500Hz，而是 400Hz 左右。當聽覺感到音高升高一倍時，實際頻率也並不是升到 2000Hz，而是上升四倍，達到 4000Hz 左右。頻率單位和聽覺的音高單位之間是存在著一定的換算關係的。用這種換算關係來表現元音的頻率，更符合我們對元音的聽感，也更接近於我們對元音舌位的認識。圖 2-13 中的縱座標（F_1）爲算術座標，橫座標（F_1）爲對數座標，方向朝左，對應舌位的前後，零點放在右上角。圖中的六個元音點是前面列舉的普通話六個舌面元音 F_1 和 F_2 男性平均值的位置。

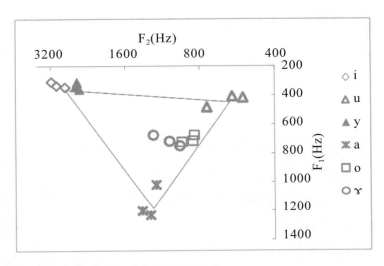

圖 2-13　普通話六個舌面元音的聲學元音圖

　　根據元音 F_1 和 F_2 的頻率畫出來的元音分布圖稱爲元音頻率圖或聲學元音圖。按圖 2-13 的方法畫出的聲學元音圖中，各元音所處的位置和傳統的元音舌點陣圖大致是相當的，[i][u][a] 這三個元音所形成的不等邊三角形和圖 2-2 中用虛線表示的舌位活動範圍極爲相似。

　　共振峰頻率的個人差異很大，每個人的聲學元音圖在座標圖上的位置都不相同，但是圖的構形基本上都是一樣的。即使是同一個人發同一個元音，共振峰的頻率也總是會有一些變化的。因此，聲學元音圖上各個元音的位置不可能像標準元音舌點陣圖那樣固定。比較圖 2-13 聲學元音圖和圖 2-6 元音舌點陣圖，最明顯的差別是 [ɤ] 的位置不同，聲學元音圖中的 [ɤ] 從舌位來看，已經接近於央元音，和我們前面對普通話單元音 e[ɤ] 的描寫基本上是一致的。

　　現代語音學用定量的方法考察不同元音之間的關係，聲學元音圖已經成爲展示元音音色的常規手段。不過，元音舌點陣圖能和發音器

官的活動直接連繫，對初學語音學的人理解元音的音色是非常合適的。

練習

1. 從舌位和唇形上描寫下列各元音。

[ɤ] [æ] [ə] [ɑ] [ɯ] [ɔ] [ɐ] [ɛ] [ʌ] [ø]

2. 根據下列各元音的舌位和唇形標寫國際音標。

前、半高、不圓唇	前、半低、圓唇
前、次高、不圓唇	後、低、圓唇
央、中、不圓唇	前、高、圓唇
後、半高、圓唇	央、低、不圓唇
前、次低、不圓唇	前、中、不圓唇

3. 練習發音，注意舌位和唇形的變化。

[i]—[e]—[ɛ]—[a]	[a]—[ɛ]—[e]—[i]
[u]—[o]—[ɔ]—[ɑ]	[ɑ]—[ɔ]—[o]—[u]
[a]—[ʌ]—[ɑ]	[ɑ]—[ʌ]—[a]
[i]—[y]　[y]—[i]	[e]—[ø]　[ø]—[e]
[ɛ]—[œ]　[œ]—[ɛ]	[u]—[ɯ]　[ɯ]—[u]
[o]—[ɤ]　[ɤ]—[o]	[ɔ]—[ʌ]　[ʌ]—[ɔ]
[ɑ]—[ɒ]　[ɒ]—[ɑ]	
[y]—[ø]—[œ]	[œ]—[ø]—[y]
[ɯ]—[ɤ]—[ʌ]	[ʌ]—[ɤ]—[ɯ]
[ə]—[ɐ]—[ʌ]	[ʌ]—[ɐ]—[ə]
[i]—[ɪ]—[e]	[e]—[ɪ]—[i]

$$[e]-[E]-[\varepsilon] \qquad\qquad [\varepsilon]-[E]-[e]$$
$$[\varepsilon]-[æ]-[a] \qquad\qquad [a]-[æ]-[\varepsilon]$$

練習時，最好能同時聽國際音標錄音並有他人指導。如無此條件，可先選幾個比較有把握的音，如 [i][u][a] 等作為標準，逐步比較擴展，不一定完全按照練習所列順序。

4. 在元音舌點陣圖上填寫八個標準元音和漢語普通話六個舌面單元音的位置。

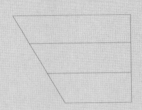

5. 測量下列 [i][ε][æ][u] 四張語圖中 F_1 和 F_2 的頻率值（只要求近似值），並確定哪張語圖代表哪個元音。

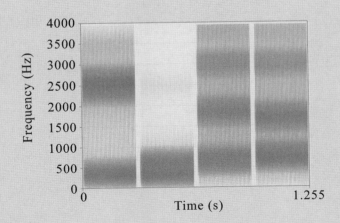

6. 根據下列英語九個元音的 F_1 和 F_2 頻率值（三十二名美國男性發音人的平均值），畫出元音頻率圖。

	[i]	[ɪ]	[ɛ]	[æ]	[ɑ]	[ɔ]	[ʊ]	[u]	[ʌ]
F_1	270	390	530	660	730	570	440	300	640
F_2	2290	1990	1840	1720	1090	840	1020	870	1190

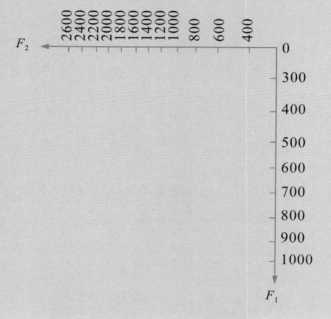

第三章

輔音

一、輔音的發音部位

　　發輔音時，聲腔都要形成一定的阻礙。阻礙是由聲腔中活動的發音器官和固定的發音器官或兩個活動的發音器官接觸而形成的，接觸點不同，發出的輔音音色就不相同，這個接觸點叫作輔音的發音部位，我們可以根據發音部位的不同給輔音分類。發音部位一般可以分為十一個，圖 3-1 是這十一個部位的示意圖。

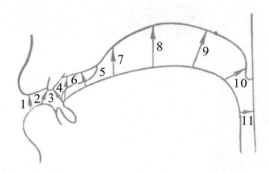

圖 3-1　聲腔中的十一個發音部位

　　這十一個部位可以根據聲腔活動部分的不同分為六大類。

1.唇音

　　上下唇都屬於聲腔的活動部分，但活動的範圍比較狹窄，以下唇為主，一般只形成下面兩種輔音：
　　⑴雙唇音：下唇和上唇接觸形成阻礙，如北京話「八」bā[pa] 和「媽」mā[ma] 裡的 [p] 和 [m]。
　　⑵唇齒音：下唇和上齒接觸形成阻礙，如北京話「發」fā[fa] 裡的 [f]，蘇州話「肥」[vi] 裡的 [v]。

2. 舌尖音

　　舌尖在聲腔中最為靈活，可以前伸，可以上翹，從下齒背到硬齶都是舌尖能夠接觸到的地方。舌尖音可以分為以下三種：

(1)舌尖－齒音：舌尖可以和上齒尖接觸形成阻礙，也可以前伸到上下齒之間和上下齒尖同時接觸，因此又稱「齒間音」，如山東莒縣話「叔」[θu] 裡的 [θ]、英語 thin [θin]（薄）裡的 [θ] 和 this [ðis]（這）裡的 [ð]。

(2)舌尖－齒齦音：又稱「舌尖前音」或「齒齦音」。舌尖和上齒齦或上齒背接觸形成阻礙，如北京話「答」dá[ta] 裡的 [t]、「拿」ná[na] 裡的 [n]。發這種輔音時，舌尖也可以和上齒背接觸，甚至可以同時和上下齒背接觸，如北京話「蘇」sū[su] 裡的 [s]，在聽感上並沒有明顯的差異，必要時可以用 [̪] 號表示舌尖略向前移接觸齒背，如 [t̪][n̪][s̪]。

(3)舌尖－硬齶音：又稱「舌尖後音」、「翹舌音」或「捲舌音」。舌尖翹起向硬齶前部接觸形成阻礙。舌尖翹起的程度不同，接觸硬齶的部位也不相同，如果接觸的部位比較靠後，和硬齶接觸的就不是舌尖上部而是舌尖的背面了。北京話「樹」shù[ʂu] 裡的 [ʂ] 就是舌尖－硬齶音。可以先試著讓舌尖抵住齒齦或齒背發出 [s] 音，然後隨著發音舌尖逐漸翹起，就變成了 [ʂ]，舌尖放平，又變成了 [s]，這樣不斷發出 [s ʂ s ʂ s ʂ s ʂ]，聽起來就像是用耳語音不斷說「四十」。國際音標用字母加右鉤或者筆畫延長的辦法表示舌尖－硬齶音，如 [ʂ][ʐ][ʈ][ɳ] 等。

3. 舌葉音

　　舌葉音只有一種，即：舌葉－齒齦後音：舌葉和齒齦後接觸形成阻礙，又稱「舌葉音」或「齦後音」。發音時舌面向硬齶靠攏，舌葉

靠近齒齦隆起部分後邊的位置，舌面的邊緣也比較用力，和上臼齒相接觸，氣流只從舌葉和齒齦後之間出去。廣州話「詩」[ʃi]、金華話「書」[ʃ̢ɯ]、英語 she[ʃi]（她）裡的 [ʃ] 和法語 je[ʒə]（我）裡的 [ʒ]（與 [ʃ] 相對的濁擦音）都是舌葉音。相比較而言，廣州話和金華話發音部位比較靠前；英語和法語比較靠後，而且往往同時圓唇。

4.舌面音

舌面的面積比較大，可以分為前、中、後三部分，分別和硬齶、軟齶接觸。常見的舌面音有三種：

(1)前舌面—前硬齶音：又稱「舌面前音」或「齦齶音」。舌面前部和硬齶前部接觸形成阻礙，構成齒齦齶音。國際音標用字母末筆向左鉤的辦法來表示，如北京話「西」xī[ɕi] 裡的 [ɕ]、蘇州話「宜」[ȵi] 裡的 [ȵ]。

(2)中舌面—後硬齶音：又稱「舌面中音」或「硬齶音」。舌面中部和硬齶後部接觸形成阻礙。如山東煙臺「雞」[ci] 裡的塞音 [c]、浙江永康「虛」[çy] 裡的擦音 [ç]。元音 [i] 的舌位最高點也在舌面中部，只要再把元音 [i] 的舌位略略提高一些，和硬齶接觸，使氣流受到阻礙，就是輔音性的舌面中音了。先試著發元音 [i]，隨著發音逐漸抬高舌面，直到氣流受到阻礙。開始時只產生比較輕微的摩擦聲，就是通音 [j]，到摩擦聲比較強烈時，就完全變成了輔音，國際音標仍舊用 [j] 來代表。如果這時聲帶停止顫動，就成為清輔音 [ç]。可以練習連續發 [iiijjjii ijjj]，再練習連續發 [jjjçççjjjçççç]，就可以逐步掌握舌面中音的發音部位。

(3)後舌面—軟齶音：又稱「舌面後音」或「舌根音」。舌面後部和軟齶接觸形成阻礙，一般接觸在軟齶前部，即軟齶和硬齶的

交界處，所以國際音標中也簡稱「軟齶音」，如北京話「姑」gū[ku] 和「喝」hē[xɤ] 裡的 [k] 和 [x]。

5. 小舌音

小舌也是聲腔中可以活動的部分，但是它只能隨著軟齶移動，或是受氣流的衝擊產生顫動，自己並沒有獨立活動的能力。小舌音形成的接觸點常見的只有一種：

舌根前－小舌音：簡稱「小舌音」。舌根前部和小舌接觸形成阻礙，接觸點一般在舌根和舌面的交界處。先發舌面後音 [k][x]，把發音部位後移一些就是小舌音 [q][χ] 了，如浙江永康「虎」[χu] 裡的 [χ]。少數民族語言如羌語和水語都有成套的小舌音，四川理縣桃坪羌語「割」[ku] 和「鋼」[qu] 不同音，貴州三都水語「龍」[ka] 和「烏鴉」[qa] 不同音，分別就在於前者是舌面後音，後者是小舌音。

6. 喉音

喉音是從咽腔到聲帶這一段聲腔發出的聲音，可以是舌根和喉壁接觸形成的阻礙，也可以是喉部自己緊縮形成的阻礙，後者的發音部位要比前者更靠下一些。常見的喉音數目不多，不再做進一步分類。

舌根－喉壁音：簡稱「喉音」。舌根和喉壁接觸形成阻礙。當我們用力呵氣的時候，喉部往往發出摩擦的聲音，就是喉音 [h]，如英語 hot[hɔt]（熱的）裡的 h。如果聲帶同時顫動，就是濁喉音 [ɦ]。廣州話「蝦」[ha] 裡的 [h] 和蘇州話「話」[ɦo] 裡的 [ɦ] 就都是舌根－喉壁音。如果發音時喉下部靠近聲門的地方緊縮，然後突然放開，就形成喉塞音 [ʔ]。發元音 [a] 時，不斷緊縮喉部，使 [a] 的聲音因喉部每次緊縮而出現短暫的間歇，就形成一連串 [a ʔ a ʔ a ʔ a] 的聲音。[ʔ] 在漢語方言中比較常見，往往出現在元音之後，使元音有突然結束的感覺，如蘇州話「答」[taʔ]、太原話「德」[təʔ]。有

一些北京人在讀「挨」āi、「歐」ōu、「恩」ēn 一類音節時，開頭也緊縮一下喉部，成爲以 [ʔ] 開頭的音節。

　　發喉音時，如果舌根和喉壁的摩擦部位略高，在咽頭部位，國際音標用 [ħ]（清擦音）和 [ʕ]（濁擦音）表示，也可另稱爲「咽音」。

二、輔音的發音方法

　　聲腔由氣流暢通變爲形成阻礙，一定要有一個動程，這個動程按時間順序可以分爲三個階段：⑴ 參與發音的兩個部位互相靠攏形成阻礙，稱爲「成阻」階段。⑵ 形成阻礙部分的肌肉保持一定時間的緊張，使阻礙持續，稱爲「持阻」階段。⑶ 參與發音的活動部位脫離另一部位，肌肉放鬆，阻礙解除，稱爲「除阻」階段。在動程的不同階段採取不同的阻礙方式來發音，就形成了不同的輔音。分析輔音的發音方法，就是看發音的整個動程中，阻礙的形成方式和克服方式。

　　按照形成和克服阻礙的方式，可以把輔音分成以下七種：

⑴爆發音：持阻階段阻礙完全閉塞，使氣流無法通過，聲音短暫間歇，維持到除阻階段，阻礙突然放開，氣流驟然衝出，爆發成音，形成極爲短暫的瞬音。由於發音時阻礙必須完全閉塞，因此又稱爲「塞音」或「閉塞音」。[1]以下各發音部位的塞音都比較常見：

[p] 雙唇塞音。北京「八」[pa]

[t] 舌尖—齒齦塞音。北京「都」[tu]

[ʈ] 捲舌塞音。西安「朝」[ʈɔ]

1　「爆發音」（plosive）和「塞音」（stop）的意思有一定差別。「塞音」是指口腔中形成完全的閉塞發出的音，有無暫態的除阻並不重要。不過，在沒有特殊需要的情形下，也可以用「塞音」代指「爆發音」。

[ȶ] 前舌面塞音。衡山「假」[ȶia]

[c] 舌面—硬齶塞音。煙臺「雞」[ci]

[k] 舌根—軟齶塞音。北京「姑」[ku]

[q] 小舌塞音。羌語「鋼」[qu]

[ʔ] 喉塞音。蘇州「屋」[oʔ]

(2) 擦音：持阻階段阻礙並不完全閉塞，讓氣流擠出去摩擦成音形成湍流，產生粲音。由於氣流擠過阻礙時必然發生摩擦，因此稱為「擦音」或「摩擦音」。語言中常見的十一種發音部位都能產生擦音，舉例如下：

[Φ] 雙唇擦音。松江「夫」[Φu]

[f] 唇齒擦音。北京「夫」[fu]

[θ] 齒間擦音。莒縣「叔」[θu]

[s] 舌尖—齒齦擦音。北京「蘇」[su]

[ʂ] 捲舌擦音。北京「書」[ʂu]

[ʃ] 舌葉—齦後擦音。廣州「史」[ʃi]

[ɕ] 舌面前—硬齶前擦音。北京「虛」[ɕy]

[ç] 舌面—硬齶擦音。煙臺「虛」[çy]

[x] 舌根—軟齶擦音。北京「呼」[xu]

[χ] 小舌擦音。永康「虎」[χu]

[h] 喉擦音。蘇州「好」[hæ]

擦音通過阻礙時，由於持阻階段沒有完全閉塞，氣流要比塞音弱一些。擦音的持阻階段時間可以任意延長，只要氣流不斷，就一直有聲音。到除阻階段，阻礙解除，聲音自然消失，這和塞音一發即逝、無法延長的性質很不相同。

(3) 塞擦音：成阻階段阻礙完全閉塞，氣流無法通過，進入持阻階段後阻礙略微放鬆，讓氣流擠出去產生摩擦，形成一種先塞後

擦的音，稱爲「塞擦音」。塞擦音中閉塞部分和摩擦部分結合得很緊，一般把它看成是一個發音動程。塞擦音的發音部位一般都在中舌面之前，舌面之後的塞擦音是比較少見的。常見的塞擦音有以下六種：

[pf] 唇齒塞擦音。西安「豬」[pfu]

[tθ] 齒間塞擦音。莒縣「豬」[tθu]

[ts] 舌尖—齒齦塞擦音。北京「租」[tsu]

[tʂ] 捲舌塞擦音。北京「豬」[tʂu]

[tʃ] 舌葉—齦後塞擦音。廣州「豬」[tʃu]

[tɕ] 舌面前—硬顎前塞擦音。北京「居」[tɕy]

(4)鼻音：成阻階段口腔裡形成的阻礙完全閉塞，但軟顎下降，打開氣流通往鼻腔的通路，在持阻階段氣流能順利從鼻腔出去，形成鼻音。鼻音是可以任意延長的。一般鼻音都是濁音性的，發音時聲帶顫動產生週期性聲波，因此它有特殊的共振峰模式。常見的鼻音有以下六種：

[m] 雙唇鼻音。北京「媽」[ma]

[n] 舌尖鼻音。北京「泥」[ni]

[ɳ] 捲舌鼻音。深縣「南」[ɳan]

[ȵ] 前舌面鼻音。蘇州「宜」[ȵi]

[ɲ] 舌面—硬顎鼻音。永康「魚」[ɲy]

[ŋ] 舌根—軟顎鼻音。廣州「牙」[ŋa]

此外，還有唇齒鼻音 [ɱ]，一般在音節連讀時出現，如英語 emphasis（強調）中的 m 受後面唇齒音 ph[f] 的影響，讀成唇齒鼻音 [ɱ]。其他發音部位的鼻音如小舌鼻音 [N] 則更少見一些。

(5)邊通音：舌尖形成阻礙不讓氣流通過，但舌頭兩邊或一邊留出空隙，讓氣流從舌邊流出，這樣發出的聲音稱爲「邊通音」，

簡稱「邊音」。和鼻音一樣，邊音都是濁音，有特殊的共振峰模式。最常見的邊音是：

[1] 舌尖—齒齦邊音。北京「拉」[la]

舌尖形成阻礙的部位可以在齒齦，也可以在硬齶前部，甚至可以形成捲舌邊音 [l]。如山東壽光「絲兒」[səl]、山西平定「梨兒」[1l̩]，捲舌邊音 [l] 在前一個例子裡是兒化韻尾，在後一個例子裡是兒化韻母。有一些語言，如臺灣高山族排灣語，舌尖邊音 [1] 和捲舌邊音 [l] 區別非常明顯，排灣語 [lə ləl]（嘴唇）前後兩個邊音就不能相混。舌面—硬齶邊音 [ʎ] 比較少，歐洲一些語言如法語、西班牙語有這種讀法，如南部法語 œil（眼睛）就讀成 [œʎ]。

發邊音時，如果舌邊空隙留得很窄小，氣流流出時產生摩擦，就是「邊擦音」。邊擦音以聲帶不顫動的居多，聲音和舌尖擦音 [s] 有些相似，只是摩擦部位不在舌尖而在舌的兩側或一側，即：

[ɬ] 舌尖—齒齦邊擦音。臺山「四」[ɬi]

我國少數民族語言中，舌尖邊擦音相當常見，如藏族拉薩語 [ɬa]（神）、彝語 [ɬu]（炒）、黎語 [ɬau]（二）等。

(6)顫音和閃音：發音器官中雙唇、舌尖和小舌的肌肉都具有一定的彈性，當氣流通過時，這些部位受氣流衝擊產生顫動，發出來的聲音就是「顫音」。漢語方言中顫音很少，但其他語言中顫音並不少見，例如：

[ß] 雙唇顫音。聖乍彝語 [tßy]（管轄）

[r] 舌尖—齒齦顫音。拉薩藏語 [ra]（羊）

[ʀ] 小舌顫音。法語「Paris」[paʀi]（巴黎）

如果舌尖不是連續顫動而只是彈動一次，輕輕一閃，就是舌

尖—齒齦閃音〔ɾ〕。西班牙語舌尖顫音和舌尖閃音區別明顯，如 perro〔pero〕（狗）裡的 r 是舌尖顫音，pero〔peɾo〕（但是）裡的 r 則是舌尖閃音，只是一閃而過。小舌也可以有閃音，仍用顫音〔ʀ〕的符號來表示。

(7)通音：持阻階段口腔的通路接近於開放，氣流通過時只產生極輕微的摩擦，甚至可以沒有摩擦，稱爲「通音」或「無擦通音」。通音都是濁音性的，性質已經接近於元音，下面這三個通音也稱爲「半元音」：

〔w〕雙唇圓唇通音。發這個通音時，一般還會伴隨舌根上抬，　　靠近軟齶。北京「吳」〔wu〕

〔j〕舌面—硬齶通音。北京「移」〔ji〕

〔ɥ〕舌面—硬齶圓唇通音。北京「魚」〔ɥy〕

除以上三個通音之外，常見的通音還有以下三個：

〔ɹ〕舌尖—齒齦通音。英語「red」〔bɹ〕

〔ɻ〕捲舌通音。北京「入」〔ɻu〕

〔ʋ〕唇齒通音。北京「瓦」〔ʋa〕

說北京話的「吳、移、魚」時，開頭往往有短暫的肌肉緊張階段，有時會產生輕微的摩擦，國際音標分別用〔w〕〔j〕〔ɥ〕表示這種輕微的摩擦成分，漢語各方言以元音〔i〕〔u〕〔y〕開頭的音節大都有此現象。通音在有的語言裡有區別詞義的作用，如英語 year〔jiə〕（年）和 ear〔iə〕（耳）的分別就在於前面是否有通音〔j〕。英語 red（紅）、right（權利）等詞開頭的 r- 摩擦很輕微，是舌尖—齒齦通音〔ɹ〕，美國英語一般讀成捲舌通音〔ɻ〕。北京話的 r-（如「熱」rè、「然」rán）除特別重讀以外，一般也只產生輕微的摩擦，也應該屬於捲舌通音，但不像美國英語那樣需要同時圓唇。此外，有一些北京人把「蛙」wā、「文」wén、

「微」wēi 等音節裡的 w 讀成摩擦極輕的唇齒音 [ʋ]，也是一種通音。

由於英語和北京話都沒有舌尖顫音 [r]，爲了標音方便，一般都用 [r] 來代替 [ɹ] 或 [ɻ]，如 red 可以標成 [red]，「入」可以標成 [ru]。近幾年也有人根據「通音」的英文名稱 Approximant，把「通音」直譯爲「近音」，同時把「邊音」直譯爲「邊近音」。

三、輔音的其他特徵

1.清濁和送氣

發輔音時，聲帶可以處於兩種狀態：一種是聲帶不顫動，如 [p] [t][s][ts] 等，另一種是聲帶顫動，產生濁音，如 [m][n][l] 等，前者稱爲「清輔音」，後者稱爲「濁輔音」。一般輔音都可以有清濁兩套，英語 seal[siːl]（印證）和 zeal[ziːl]（熱情）的分別就在於音節開頭的輔音清濁不同。北京話裡的「畢」bì[pi] 和英語 be[bi]（是）聽起來很相像，但實際聲音不同：「畢」的輔音 [p] 是清音，be 的輔音 [b] 則是濁音。

擦音可以任意延長，在發清擦音時，只要在持阻階段讓聲帶顫動起來，就變成了濁擦音，用這種辦法可以不斷發出 [f v f v f] 或 [s z s z s] 等清濁交替的聲音。塞音和塞擦音不能任意延長，清濁之間的分別就沒有擦音明顯，可以先在前面加上一個同部位的鼻音，試著發出 [mpa][ntsa] 等，在鼻音之後聲音不要中斷，後面的清塞音就變成了濁塞音，然後捏緊鼻孔不讓氣流從鼻孔出去，反覆練習幾次以後，放開鼻孔，同時取消前面的鼻音，繼續保持聲帶顫動，就是濁塞音或濁塞擦音了。

一般的塞音、擦音和塞擦音都可以有清濁兩套，在國際音標中，濁音另用一套字母表示，比較常見的有：

	清　濁		清　濁		清　濁
塞音：	p—b	擦音：	Φ—β	塞擦音：	pf—bv
	t—d		f—v		tθ—tð
	ʈ—ɖ		θ—ð		ts—dz
	ȶ—ȡ		s—z		tʂ—dʐ
	c—ɟ		ʂ—ʐ		tʃ—dʒ
	k—g		ʃ—ʒ		tɕ—dʑ
	q—ɢ		ɕ—ʑ		
			ç—ʝ		
			x—ɣ		
			χ—ʁ		
			h—ɦ		
			ɬ—ɮ		

　　在漢語方言中，只有江浙、湖南和閩南一些方言有比較豐富的濁塞音、濁擦音和濁塞擦音。廈門話中的「麻」[ba] 和「爬」[pa]、「宜」[gi] 和「奇」[ki] 的分別主要就在塞音的清濁不同。湖南中部和南部湘語的一些方言有成套的清濁音對立，如雙峰話：

巴 [po]—爬 [bo]　　　資 [tsʅ]—時 [dzʅ]
刀 [tə]—桃 [də]　　　知 [tʂʅ]—池 [dʐʅ]
高 [kə]—攬 [gə]　　　雞 [tɕi]—其 [dʑi]
　　　　　　　　　　花 [xo]—華 [ɣo]

吳語大多數方言也有清濁對立，這也成為吳語的一大特色，如浙江溫州話：

閉 [pi]—弊 [bi]　　火 [fu]—禍 [vu]
搭 [ta]—達 [da]　　所 [so]—坐 [zo]
街 [ka]—茄 [ga]　　蝦 [ho]—下 [ɦo]
　　　　　　　　　記 [tsʮ]—忌 [dzʮ]

蘇州話也有清濁對立，但蘇州話的濁塞音和濁塞擦音在發音時聲帶實際並沒有顫動，只是在除阻之後喉部產生一股摩擦性濁氣流[ɦ]，和元音同時發出，並不是典型的濁音，嚴格標音可以用[pɦa][tɦa]等來表示，這種現象被稱爲「清音濁流」。目前蘇州話這套比較特殊的濁輔音正在逐漸消失，一些年輕人已經讀得和清輔音沒有分別了，「部」[pɦu]也讀成[pu]，和「布」變成同音，只有在音節連讀時還保持它的濁音性，例如，在「分布」和「分部」中，「部」和「布」仍舊保持著原來清濁的分別。

　　一般的鼻音和邊音都是濁音性的，如果發音時聲帶不顫動，就成了清鼻音和清邊音。國際音標用附加符號 [̥] 表示清音化，如[m̥][ŋ̊][l̥]。可以先發一般鼻音 [m̥][ŋ]，然後聲帶停止顫動，就成了[m̥][ŋ̊]，聽起來只是鼻孔出氣的聲音。漢語方言裡很少清鼻音和清邊音，西南少數民族語言裡則很常見，例如：

[m̥]　　貴州三都水語 [m̥a]（狗）
[ŋ̊]　　四川喜德彝語 [ŋ̊u]（深）
[ȵ̥]　　雲南碧江怒語 [ȵ̥i]（住）
[l̥]　　貴州大南山苗語 [l̥aŋ]（帶子）

　　如果在輔音除阻之後還有雜訊氣流呼出，這樣的輔音就是送氣輔音。除阻之後的這段氣流大部分時候來自咽腔或者聲門，因此國

際音標用喉擦音符號的上標形式 [ʰ] 表示輔音的送氣，如漢語普通話
「怕」[pʰa]、英語 two[tʰu]。不過，當輔音的發音部位是在舌面前
或者舌尖位置，同時後接元音的舌位也比較靠前時，送氣氣流的部位
就與輔音的發音部位相同了，比如 [tɕʰi][tsʰi][tʂʰɻ] 這幾個音節中，
輔音送氣氣流的來源就跟同部位擦音一致。當輔音的送氣氣流較強
時，也可直接用 [h] 表示。漢語語音學界習慣用單引號的上引號表示
送氣，如普通話的「他」[tʻa]。

最常見的送氣輔音是清塞音和清塞擦音，往往成套出現，如北京
話：

罷 [pa]—怕 [pʻa]　　　自 [tsɿ]—次 [tsʻɿ]
地 [ti]—替 [tʻi]　　　住 [tʂu]—處 [tʂʻu]
故 [ku]—庫 [kʻu]　　　記 [tɕi]—氣 [tɕʻi]

送氣濁輔音遠沒有送氣清輔音常見，所送氣流也是濁氣流，較強
時可以用 [ɦ] 來表示。四川中江縣一帶有一種來源於湘方言的「老湖
廣話」，濁塞音和濁塞擦音分為送氣和不送氣兩套，如永興話「地」
[di] 和「提」[dʻi]、「在」[dzai] 和「才」[dzʻai]，這在漢語方言
中是很少見的。雲南滄源佤語有整套的送氣濁輔音，塞音和塞擦音的
對應相當整齊，共有四套，例如：

[ta]（蒼白）—[tha]（等待）
[da]（晒）—[dɦa]（預先）
[tɕa]（蟬）—[tɕha]（試）
[dʐa]（遮）—[dʐɦa]（席子）

此外，鼻音、邊音和濁擦音也都有送氣音和不送氣音相配，例如：

　　　　[ma]（地）—[mɦa]（篾片）
　　　　[la]（竹）—[lɦa]（遲）
　　　　[va]（寬）—[vɦak]（掛）

吳語的鼻音和邊音有時也讀成送氣音，如蘇州話「面」和「來」，嚴格標音應該是[mɦɪ]和[lɦɛ]。濁輔音所送濁氣流一般比較弱，往往伴有較明顯的喉部摩擦，一直影響到後面的元音。

　　我國一些少數民族語言如苗語和藏語的一些方言以及怒蘇語等都有送氣清擦音，這種送氣往往伴隨著喉部摩擦，和後面的元音同時發出，在一般語言中不常見。貴州臺江苗語送氣清擦音和不送氣清擦音是成套出現的，例如：

　　　　[fa]（瓜）—[fʻa]（搓）
　　　　[so]（花椒）—[sʻo]（消失）
　　　　[ɕi]（紙）—[ɕʻi]（嘗）

2.幾種常見的附加音

　　每個輔音都有固定的發音部位和發音方法，在發音時如果條件允許，還可以利用其他可以利用的部位和方法為所發輔音加上一種附加的發音作用，使音色產生一定的變化。常見的附加音有以下三種：

⑴齶化音：發輔音時，舌面前部略向硬齶方向抬起，使輔音帶一些 [i] 的色彩。國際音標在輔音後加小 [j] 表示齶化，如 [pj] [kj]，也可以寫成 [pj][kj]。我國西南少數民族語言齶化音比較

多，往往和一般輔音形成對立，有區別意義的作用，例如：

貴州榕江侗語：[pa]（魚）—[pja]（岩石）
貴州三都水語：[sa]（晒）—[sja]（痧）
廣西龍勝瑤語：[tsen]（錢）—[tsjen]（神）
廣西武鳴壯語：[ka]（腿）—[kja]（秧）

俄語的所謂軟音如 ть、нь、ль 等，實際就是輔音 т[t]、н[n]、
л[1] 等的齶化音，可以和 [t][n][1] 等形成對立，例如：
брат[brat]（兄弟）—братъ[bratj]（拿）、стал[stal]（〔他〕曾
來）—сталъ[stalj]（鋼）。漢語方言中也有齶化音，但很少形
成這種對立現象。蘇州話輔音之後的 [i] 如果後面還有其他元
音的話，讀得很短，和前面的輔音結合比較緊，使得輔音產生
齶化作用。由於不存在對立現象，一般不作為齶化音處理，如
「標」[piæ]、「香」[ɕiaŋ]、「寫」[siɒ]，嚴格標音可以是 [pʲ
ᵢæ][ɕʲᵢaŋ][sjᵢɒ]，這可能是蘇州話聽起來比較軟的原因之一。
(2)唇化音：發輔音時同時圓唇，使輔音帶有圓唇音的色彩。國際
音標在輔音右上方或下方加 [w] 表示唇化，如 [tʷ][kʷ] 或 [t]
[k]。廣州話「瓜」[ka] 和「家」[ka]、「群」[k'ən] 和「勤」
[k'ən] 的不同，主要就在於前者是唇化音。西南少數民族語言
中，唇化輔音很常見，而且往往成套出現，如廣西羅城仫佬話：

[pa]（大姑媽）—[pwa]（婆）
[ta]（過）—[twa]（鎖）
[tsa]（渣）—[tswa]（抓）
[ka]（烏鴉）—[kwa]（雲）

輔音的唇化作用是和輔音同時產生的，輔音後接圓唇元音 [u] 則是先發輔音後發 [u]，兩者性質很不相同。

(3)軟齶化音：發輔音時舌面後部略略向軟齶方向移動，使輔音略帶不圓唇後元音 [ɯ] 的色彩，國際音標用在音標中間加上 [～] 的辦法來表示，如 [t][ɬ][z] 等。英語處在音節末尾的 l 一般都讀成軟齶化音，如 feel[fiɬ]（感覺）、pool[pʻuɬ]（池）。

3.非肺部氣流音

上文所介紹的輔音，發音時克服阻礙的氣流都來自肺部呼出的氣流，因此也叫肺部氣流音，人類語言中的輔音多數都是這樣發出的。但也有一些輔音在發音時克服阻礙的氣流不是來自肺部，這些輔音叫非肺部氣流音，包括吸氣音（又稱嘖音）、縮氣音（又稱濁內爆音）和擠喉音（又稱噴音）。從發音方法上來說，這三種輔音以塞音為常見。

(1)吸氣音（嘖音），過去也有人稱之為搭嘴音。發音時舌根向上與軟齶接觸形成閉塞，形成一個腔體，通過雙唇的封閉或舌與上顎某個部位的接觸，這個腔體的前部就形成了完全的閉塞，當閉塞突然打開時，這個腔體的體積突然增加，其內部的氣壓隨之降低，導致氣流的突然吸入而形成塞音。我們通常所說的「嘖嘖稱讚」中，表感慨的「嘖嘖」聲（一種副語言的聲音）就是一種吸氣音，吸氣音作為真正的語言音素主要分布在南部非洲的一些語言中。

(2)縮氣音（濁內爆音）。發音時喉頭下降，聲門關閉，導致整個聲門上系統的氣壓低於腔外部的氣壓，除阻時外部氣流向聲腔內部衝擊，造成閉塞的解除。這種輔音的氣流與肺部氣流的爆發音的氣流方向正好相反，是向內而非向外的，因此叫內爆

音。在喉頭位置較低的情況下，聲門很難完全關閉，因此就會有來自肺部的氣流從聲門的縫隙中洩露。這些氣流會使聲帶產生不自覺的振動，所以縮氣音總是濁音，濁內爆音的名稱也由此而來。國際音標用常規爆發音上加向右彎的小鉤表示，如 b—ɓ。濁內爆音的分布比吸氣音廣，在非洲和美洲的一些語言中都有發現。中國境內西南地區的一些少數民族語言（壯語、水語、布依語等）和一些漢語方言（吳語、粵語、閩語）中也存在濁內爆音，例如海南文昌話中有正常爆發音和濁內爆音的對立：「磨」[bo]—「波」[ɓo]、「書」[tu]—「豬」[ɗu]。

(3)擠喉音（噴音）。發音過程中，氣流的方向與縮氣音正好相反。發音時，聲門關閉，喉頭上升，使聲門上系統的氣壓大於外部氣壓，因此氣流向外排出。擠喉音與正常的肺部氣流輔音的相同之處在於都是氣流向外，但是氣流的來源並不相同。擠喉音的國際音標用下單引號表示，如 [p']，這種輔音主要分布在高加索地區以及非洲和美洲的一些語言中。

　　表 3-1 為國內語言學界慣用的國際音標簡表，表 3-2 為國際語音學會 2005 年公布的國際音標全表，表 3-3 為普通話輔音表。

表3-1　國際音標簡表

音別				雙唇	唇齒	齒間	舌尖前	舌尖中	舌尖後	舌葉	舌面前	舌面中	舌面後(舌根)	小舌	咽頭	喉
輔音	塞	清	不送氣	p				t	ʈ		ȶ	c	k	q		ʔ
		清	送氣	pʰ				tʰ	ʈʰ		ȶʰ	cʰ	kʰ	qʰ		ʔʰ
		濁	不送氣	b				d	ɖ		ȡ	ɟ	g	ɢ		
		濁	送氣	bʰ				dʰ	ɖʰ		ȡʰ	ɟʰ	gʰ	ɢʰ		
	塞擦	清	不送氣		pf	tθ	ts		tʂ	tʃ	tɕ					
		清	送氣		pfʰ	tθʰ	tsʰ		tʂʰ	tʃʰ	tɕʰ					
		濁	不送氣		bv	dð	dz		dʐ	dʒ	dʑ					
		濁	送氣		bvʰ	dðʰ	dzʰ		dʐʰ	dʒʰ	dʑʰ					
	鼻	濁		m	ɱ			n	ɳ		ȵ	ɲ	ŋ	ɴ		
	閃	濁						ɾ	ɽ					ʀ		
	顫	濁		ʙ				r						ʀ		
	邊	濁						l	ɭ			ʎ				
	邊擦	清						ɬ								
		濁						ɮ								
	擦	清		ɸ	f	θ	s		ʂ	ʃ	ɕ	ç	x(ʍ)	χ	ħ	h
		濁		β	v	ð	z		ʐ	ʒ	ʑ	ʝ	ɣ	ʁ	ʕ	ɦ
	無擦通音和半元音	濁		w ɥ	ʋ			ɹ	ɻ			j(ɥ)	ɰ(w)	ʁ		

元音

舌面元音

	前	央	後
高(閉)	i y	ɨ ʉ	ɯ u
半高(半閉)	ɪ ʏ		ʊ
	e ø	ɘ ɵ	ɤ o
半低(半開)	ɛ œ	ɜ ɞ	ʌ ɔ
	æ	ɐ	
低(開)	a ɶ		ɑ ɒ

舌尖元音

前	後
ɿ	ʅ

捲舌：ɚ

表3-1　國際音標簡表

發音方法 \ 發音部位	唇		舌尖			舌葉	舌面			小舌	喉
	雙唇	唇齒	齒間	齒齦	硬齶	齶	前硬齶	后硬齶	軟	舌根	舌根
塞音	p、b			t、d	ʈ、ɖ		c、ɟ		k、g	q、ɢ	ʔ
擦音	Φ、β	f、v	θ、ð	s、z	ʂ、ʐ	ʃ、ʒ	ɕ、ʑ	ç、ʝ	x、ɣ	χ、ʁ	h、ɦ
鼻音	m	ɱ		n	ɳ		ȵ	ɲ	ŋ	ɴ	
邊音				l	ɭ			ʎ			
邊擦音				ɬ、ɮ							
顫音	ʙ			r						ʀ	
閃音				ɾ	ɽ						
通音	w	ʋ		ɹ	ɻ		j	ɥ			

表3-2　國際音標全表（國際語音學會 2005年公布）

音別	發音方法			雙唇	唇齒	齒間	舌尖前	舌尖中	舌尖後	舌葉	舌面前	舌面中	舌根	小舌	咽頭	喉
輔音	塞	清	不送氣	p				t	ʈ			c	k	q		ʔ
		清	送氣	pʻ				tʻ	ʈʻ			cʻ	kʻ	qʻ		ʔʻ
		濁	不送氣	b				d	ɖ			ɟ	g	ɢ		
		濁	送氣	bʻ				dʻ	ɖʻ			ɟʻ	gʻ	ɢʻ		
	塞擦	清	不送氣		pf	tθ	ts		tʂ	tʃ		tɕ				
		清	送氣		pfʻ	tθʻ	tsʻ		tʂʻ	tʃʻ		tɕʻ				
		濁	不送氣		bv	dð	dz		dʐ	dʒ		dʑ				
		濁	送氣		bvʻ	dðʻ	dzʻ		dʐʻ	dʒʻ		dʑʻ				
	鼻	濁		m	ɱ			n	ɳ			ɲ	ŋ	ɴ		
	閃	濁						ɾ	ɽ							
	顫	濁						r	r				ʀ	ʀ		
	邊	濁						l	ɭ							
	邊擦	清						ɬ			ʎ					
		濁														
	擦	清		Φ	f	θ	s		ʂ	ʃ	ɕ	ç	x	χ	ħ	h
		濁		β	v	ð	z		ʐ	ʒ	ʑ	j	ɣ	ʁ	ʕ	ɦ
	無擦通音和半元音	濁		w	ʋ			ɹ	ɻ			j(ɥ)	ɰ(w)	ʁ		

表3-2　國際音標全表

輔音（肺部氣流）

	雙唇	唇齒	齒	齦	齦後	捲舌	硬顎	小舌	咽	喉
爆發音	p　b			t　d		ʈ　ɖ	c　ɟ			ʔ
鼻音	m	ɱ		n		ɳ	ɲ			
顫音	ʙ			r						
拍音或閃音		ⱱ		ɾ		ɽ				
擦音	Φ　β	f　v	θ　ð	s　z	ʃ　ʒ	ʂ　ʐ	ç　ʝ	χ　ʁ	ħ　ʕ	h　ɦ
邊擦音				ɬ　ɮ						
近音		ʋ		ɹ		ɻ	ɥ			
邊近音				l		ɭ	ʎ			

　　成對出現的音標，右邊為濁輔音。陰影區域表示不可能產生的音。

輔音（非肺部氣流）

噴音		濁內爆音		噴音	
ʘ	雙唇音	ɓ	雙唇音	’	例如：
ǀ	齒音	ɗ	齒音／齦音	p’	雙唇音
ǃ	齦（後）音	ʄ	硬顎音	t’	齒音／齦音
ǂ	顎齦音	ɠ	軟顎音	k’	軟顎音
ǁ	齦邊音	ʛ	小舌音	s’	齦擦音

其他符號

ʍ	唇一軟齶清擦音	ɕ ʑ	齦一齶擦音
w	唇一軟齶濁近音	ɺ	齦邊濁閃音
ɥ	唇一硬齶濁近音	ɧ	同時發ʃ和X
ʜ	會厭清擦音	若有必要，塞擦音及雙重調音可以用連音符連接兩個號，如：	
ʢ	會厭濁擦音		
ʡ	會厭爆破音	k͡p　t͡s	

附加符號　如果是下伸符號，附加符號可以加在上方，例如：ŋ̊。

̥	清化	n̥　d̥	̤	氣聲性	b̤　a̤	̪	齒化	t̪　d̪
̬	濁化	s̬　t̬	̰	嘎裂聲性	b̰　a̰	̺	舌尖性	t̺　d̺
ʰ	送氣	tʰ　dʰ	̼	舌唇	t̼　d̼	̻	舌葉性	t̻　d̻
̹	更圓	ɔ̹	ʷ	唇化	tʷ　dʷ	̃	鼻化	ẽ
̜	略展	ɔ̜	ʲ	齶化	tʲ　dʲ	ⁿ	鼻除阻	dⁿ
̟	偏前	u̟	ˠ	軟齶化	tˠ　dˠ	ˡ	邊除阻	dˡ
̠	偏後	i̠	̴	咽化	tˤ　dˤ	̚	無聞除阻	d̚
̈	央化	ë	̴	軟齶化或咽化ɫ				
̽	中-央化	e̽	̝	偏高 e̝ (ɹ̝ = 齦濁擦音)				
̩	成音節	n̩	̞	偏低 e̞ (β̞ = 唇濁近音)				
̯	不成音節	e̯	̘	舌根偏前 e̘				
˞	ɹ 音性	ɚ　ɑ˞	̙	舌根偏後 e̙				

元音

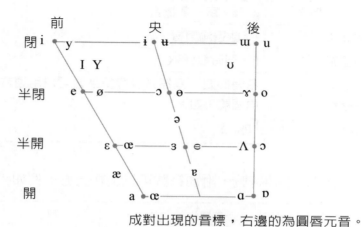

成對出現的音標，右邊的為圓唇元音。

超音段

' 　主重音

, 　次重音

　　　　'foʊ,ˌtɪʃən

ː 　長　　　eː

ˑ 　半長　　eˑ

˘ 　超短　　ĕ

| 　小（音步）組塊

‖ 　大（語調）組塊

. 　音節音節　ɹi.ækt

‿ 　連接（間隔不出現）

聲調與隔重調

平調　　　　　　　　　　非平調

e̋或˥　超高　　　　　　　ě或˩　升

é ˦ 高　　　　　　ê ˥˩ 降
ē ˧ 中　　　　　　ē̌ ˨˦ 高升
è ˨ 低　　　　　　ê̌ ˩˨ 低升
ȅ ˩ 超低　　　　　ē̂ ˦˥˨ 升降
↓ 降階　　　　　　↗ 整體上升
↑ 升階　　　　　　↘ 整體下升

四、普通話的輔音

　　普通話一共有二十二個輔音，下面根據發音部位和發音方法分別做一些說明。

1. 普通話輔音的發音部位

　　一個輔音的發音部位總是關涉兩種發音器官，在不是對輔音做詳細的定性描寫時，習慣上只列出其中一個發音器官的名稱，例如「舌尖—齒齦音」可以簡稱為「舌尖音」，「舌面前—硬齶前音」可以簡稱為「舌面前音」或「舌面音」，「舌根—軟齶音」可以簡稱為「舌根音」。按照發音部位，普通話的輔音可以分為以下六種：

　　(1) 雙唇音

　　　b [p]　　雙唇不送氣清塞音。例字：罷　布　辦　辨別　標本

　　　p [pʻ]　　雙唇送氣清塞音。例字：怕　鋪　盼　批評　偏僻

　　　m [m]　　雙唇濁鼻音。例字：罵　木　慢　美滿　面貌

　　(2) 唇齒音

　　　f [f]　　唇齒清擦音。例字：發　父　飯　方法　反覆

　　(3) 舌尖音（舌尖—齒齦）

　　　d [t]　　舌尖不送氣清塞音。例字：度　代　島　道德　地點

　　　t [tʻ]　　舌尖送氣清塞音。例字：兔　太　討　團體　探討

　　　n [n]　　舌尖濁鼻音。例字：怒　耐　腦　牛奶　泥濘

　　l [l]　　　舌尖濁邊音。例字：陸　賴　老　聯絡　力量

　　z [ts]　　 舌尖不送氣清塞擦音。例字：字　早　宗　走卒　自尊

　　c [ts']　　舌尖送氣清塞擦音。例字：次　草　聰　層次　粗糙

　　s [s]　　　舌尖清擦音。例字：四　掃　鬆　思索　瑣碎

(4)捲舌音（舌尖─硬齶）

　　zh [tʂ]　　捲舌不送氣清塞擦音。例字：志　找　丈　政治　主張

　　ch [tʂ']　 捲舌送氣清塞擦音。例字：斥　吵　唱　出產　車床

　　sh [ʂ]　　 捲舌清擦音。例字：事　少　上　手術　聲勢

　　r [r]　　　捲舌濁通音。例字：日　擾　讓　柔軟　容忍

(5)舌面音（舌面前─硬齶前）

　　j [tɕ]　　 舌面不送氣清塞擦音。例字：記　借　見　經濟　積極

　　q [tɕ']　　舌面送氣清塞擦音。例字：氣　竊　欠　請求　確切

　　x [ɕ]　　　舌面清擦音。例字：戲　謝　現　學習　虛心

(6)舌根音（舌面後─軟齶）

　　g [k]　　　舌根不送氣清塞音。例字：故　個　告　骨幹　公共

　　k [k']　　 舌根送氣清塞音。例字：庫　課　靠　刻苦　寬闊

　　h [x]　　　舌根清擦音。例字：戶　賀　號　歡呼　輝煌

　　ng [ŋ]　　 舌根濁鼻音，只出現在音節末。例字：東　登　工廠
　　　　　　　長江

　　在以上六種普通話的發音部位中，雙唇音、唇齒音、舌面音和
舌根音的部位都相當固定，舌尖音和捲舌音的部位則允許有一些變
化。也就是說，舌尖和固定部分的接觸點不十分穩定。

　　普通話的七個舌尖輔音都是舌尖─齒齦音，但是有不少人是分成
兩種不同部位來發音的。在發舌尖塞擦音 [ts][ts'] 和擦音 [s] 時，
舌尖要更靠前一些，接觸的是上齒背或下齒背（少數北京男青年在
讀 [s] 時，舌尖甚至更向前伸，讀成齒間音 [θ]）。在發舌尖塞音 [t]

[t'] 和鼻音 [n]、邊音 [1] 時，舌尖所接觸的位置又比齒齦略略靠後一些（有的人在讀 [1] 時甚至舌尖翹起，讀成捲舌邊音 [l]）。對這些人來說，舌尖—齒齦音可以進一步分爲兩類：一類是 [ts][ts'][s]，一類是 [t][t'][n][1]，需要分別時，前一類可以標寫成 [ts̠][ts̠'] 等。

普通話的四個捲舌輔音都是舌尖翹起接觸硬齶，翹起的程度不是很穩定，可以接觸硬齶前部，也可以接觸硬齶中部，因人而異。如果翹得太過，接觸點過於靠後，就不是舌尖而是舌尖的背面接觸硬齶，聽起來就不像是普通話的捲舌輔音了。

2.普通話輔音的發音方法

按照發音方法中的阻礙方式，普通話的輔音可以分爲以下六種：

⑴塞音：[p][p'][t][t'][k][k']

⑵擦音：[f][s][ʂ][ɕ][x]

⑶塞擦音：[ts][ts'][tʂ][tʂ'][tɕ][tɕ']

⑷鼻音：[m][n][ŋ]

⑸邊音：[1]

⑹通音：[r]

典型的清塞音在發音時，阻礙部位的肌肉都比較緊張，衝破阻礙的氣流也比較強。濁塞音由於聲帶顫動的影響，到達阻礙部位的氣流和肌肉的緊張程度都有所減弱。普通話的塞音雖然都是清音，但發音時肌肉並不十分緊張，氣流也不十分強，聽起來不像漢語其他一些方言如蘇州話或廣州話的清塞音那樣硬而脆。從肌肉的緊張程度和氣流的強弱看，更接近於濁塞音，只是聲帶沒有顫動，嚴格地講，應該用 [b̥][d̥][ɡ̊] 等來描寫。普通話的清塞擦音同樣也有這種傾向。

普通話一共有六個送氣輔音，和漢語其他方言一樣，所送出的氣流都相當強，往往使喉部產生輕微的摩擦，嚴格的標音應該是 [ph]

[th][kh][tsh][tṣh][tɕh]。例如，說「兔」[thu] 或「車」[tṣhɤ] 的時候，在 [t] 或 [tṣ] 之後有時可以聽到一種和「戶」[xu] 或「喝」[xɤ] 相當接近的聲音，這就是由於送氣強產生了喉部摩擦造成的。

　　普通話裡送氣輔音都是強輔音，不送氣輔音都是弱輔音，所以在語流音變和輕聲音節中，[p][t][k] 和 [tɕ][tṣ][ṣ] 這一類聲母往往會因同化作用的影響由清變濁。

　　在普通話四個濁輔音中，只有捲舌通音 [r] 的性質比較特殊。在一般情況下，[r] 的摩擦很輕微，甚至可以完全沒有摩擦，是典型的濁通音。只有在有意強調這個音時，才會產生比較明顯的摩擦，變成濁擦音 [ʐ]。過去一般都用 [ʐ] 來描寫這個音，實際上並不十分恰當。從這個音的一般發音和聲學特性以及它在普通話語音系統中的地位來看，都不宜把它看成是和 [ṣ] 形成清濁對立的濁擦音，因爲這會使普通話語音系統出現唯一的一對清濁對立的聲母。如果把它看作舌尖後濁通音 [r]，跟邊音 [l] 一起歸入通音這一類，那麼普通話輔音表發音方法這一欄中就可以取消濁音項。因爲鼻音、邊音、通音通常都是有濁無清，極少構成清濁對立，所以一般無須標明是濁音。這樣，普通話的輔音表就可以更加簡潔概括地突顯自己有送氣不送氣對立，而無清濁對立的特點。如表 3-3：

五、輔音的聲學特性

1. 發音方法和發音部位的聲學表現

　　發輔音時，既有不同的阻礙部位，又有不同的阻礙方式，還有清濁、送氣和種種附加音的分別，可以說是把人類所具備的發音能力全部用上了。輔音的聲學特徵也比元音複雜得多，每一個輔音都是由好幾方面的聲學特徵組成的，組成的模式不但多樣化，而且不大穩定。從語圖上辨認輔音要比元音困難得多。

表3-3　普通話的輔音發音部位

發音方法 ＼ 發音部位		唇音	舌尖音	舌根音	舌面音	舌尖後音	舌尖前音
發音	不送氣	p	t	k			
	送　氣	p'	t'	k'			
鼻音		m	n	ŋ			
塞擦音	不送氣				tɕ	tʂ	ts
	送　氣				tɕ'	tʂ'	ts'
擦　音		f		x	ɕ	ʂ	s
通　音			l			r	

　　輔音的發音方法和聲源的性質密切相關，方法的不同只不過是三種聲源（濁音、紊音、瞬音）的不同或組合方式的不同。三種聲源在語圖上表現爲三種截然不同的紋樣：

⑴衝直條：或稱「尖鋒」，是瞬音在語圖上的表現。瞬音是突然爆發成聲，一發即逝的，時間一般只有 10 毫秒左右，在語圖上表現爲一條細窄的垂直尖線條。

⑵亂紋：是紊音在語圖上的表現。紊音是摩擦成聲、可以延續的噪音段，在語圖上表現爲一片雜亂的雨淅狀的分隔號紋樣。

⑶橫槓：是濁音在語圖上的表現。發濁音時聲帶顫動，產生週期波，在語圖上表現爲深色的寬橫槓，已在第二章「元音」介紹過。

　　塞音是典型的瞬音，擦音是典型的紊音，塞擦音則是二者的結合，從圖 3-2 中 [ta] [sa] [tsa] 的語圖可以清楚地看出這種區別。圖 3-2 中 [t][s][ts] 的後面都是 [a]（爲印刷方便，[a] 後半刪節去了一部分），[t] 表現爲一條細而窄的衝直條，[s] 表現爲一片相當雜亂

的豎紋，[ts] 則表現爲衝直條之後緊接亂紋，但比較淡，沒有 [t] 和 [s] 清晰，三者的區別非常明顯。

塞音的持阻階段並不發出聲音來，在語圖上表現爲衝直條之前的一段空白的間隙。當塞音之前另有其他聲音時，這段表現爲空白的間隙是很容易辨認出來的，這也成爲辨認塞音的標誌。如果塞音之前沒有其他音，這段空白就看不出來。圖 3-3 是普通話「大地」和「大事」普通話發音的語圖，在「大地」中「地」的輔音 [t] 的衝直條和前面「大」的元音 [a] 共振峰之間有一段間隙（圖中箭頭所指），正是發 [t] 的持阻階段。如果塞音的除阻較弱或語圖顏色較淡，衝直條有時顯現不出來，這段間隙就成爲分辨塞音的主要標誌。

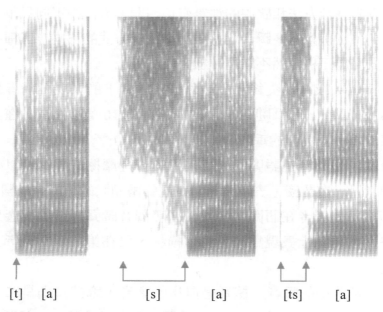

[t]　　[a]　　　　　[s]　　　　[a]　　　　[ts]　　　　[a]

圖 3-2　塞音、擦音和塞擦音的語圖模式

濁輔音所顯示的橫槓和元音共振峰很相似，但要弱得多，只在基線上的低頻部分有一條較濃的橫槓，輔音的清濁主要就表現在這條低

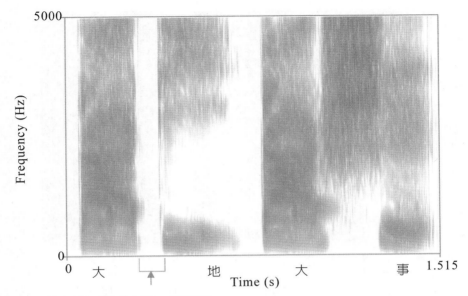

圖 3-3　「大地」和「大事」的語圖

頻橫槓的有無上。圖 3-4 列出了兩組清濁輔音對比的語圖（後接元音都是 [a]）：

[s] 和 [z] 的分別主要就在於 [z] 的基線上，在亂紋最下方（即低頻部分）有一條比較濃的橫槓（圖中箭頭所指部分），而 [s] 沒有，[z] 在較高頻率上也有共振峰顯現出來，但往往不夠明顯。[t] 和 [d] 的清濁分別則只表現在塞音前的間隙有無低頻橫槓，[d] 有較濃的橫標，[t] 則是空白的。

送氣輔音所送出的氣流在語圖上也表現為雜亂紋樣，但比擦音亂紋分布廣，一般也略淡一些。圖 3-5 為不送氣輔音 [t] 和送氣輔音 [t‘] 的對比語圖。圖 3-5 中 [t] 和 [a] 之間結合緊密，[t‘] 和 [a] 之間有一小段亂紋（圖中箭頭所指部分），就是送氣的聲音。

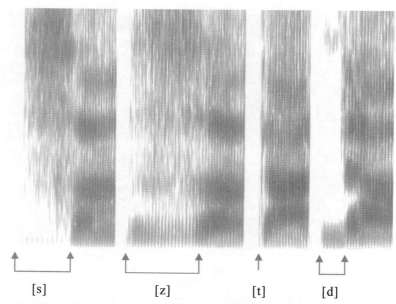

圖 3-4　清、濁擦音和清、濁塞音的語圖

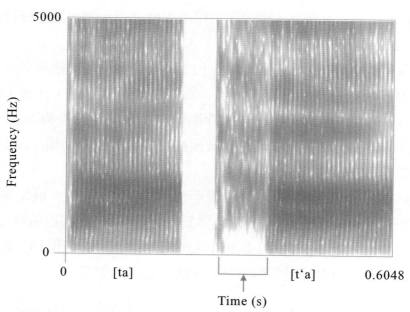

圖 3-5　不送氣和送氣塞音的語圖

　　顫音和閃音在語圖上也表現爲衝直條，顫動幾次就出現幾次衝直條，一般都非常細，而且相互之間距離很近，不大容易辨認。

　　鼻音和邊音的性質接近於元音，語圖的顯示也和元音相似，由於共振峰較弱，顯示的橫槓比元音要淡一些。和元音相連時，兩種橫槓之間往往出現斷層現象。鼻音的 F_2 往往較弱，有時甚至消失，邊音則 F_2 以上的共振峰都比較弱，有時只顯示出一個低頻橫槓，是語圖中比較難認的音。圖 3-6 是邊音 [l] 和鼻音 [n] 的語圖（後接元音爲 [a]）：

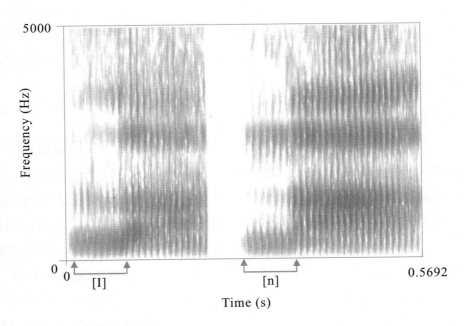

圖 3-6　邊音和鼻音的語圖

　　前一章討論元音時已經談到，元音的共振峰實際上是一個個能量集中、振幅較強的頻率區域，頻率區的位置是由聲腔的形狀決定的。發輔音時發音部位的變化也就是聲腔形狀的變化，也同樣能形成

不同位置的能量集中區或強頻區。只是輔音主要是依靠阻礙而不是依靠共振發音的，除鼻音和邊音外，不可能形成元音那樣的共振峰，一般只是在一定的頻率位出現一片強頻區，強頻區的強弱和聚散都能表現出發音部位的變化。以擦音爲例，[f] 的強頻區一般都比較分散，也比較弱，在語圖上往往表現不夠明顯；[s] 的強頻區比較集中，下限較高，振幅也比較強；[ɕ] 的強頻區範圍比 [s] 略大，頻率下限比 [s] 略低；[x] 的強頻區下限更低，振幅也很弱。

　　根據強頻區的位置和強弱聚散，在語圖上確定輔音的發音部位有相當大的局限性。較弱的擦音在語圖上表現很不明顯，塞音所顯示的衝直條只是一條窄細的直線，很難看清這條線上頻率的變化。鼻音和邊音的聲源不是瞬音和紊音，雖然能形成共振峰但相當弱，較難從語圖上確定它的發音部位。

2. 音徵和濁音起始時間

　　我們分析一段話語的語音時，習慣於把這個語音片段看成是離散的聲音序列，分析時要把這些離散的聲音一個個切分開（參看第一章第四節「語音的切分和分類」）。從語言學角度看，這種切分辦法是行之有效的，並不存在任何問題，但是從聲學角度看，一段語音的聲波是一個連續的過程，所包括的各個音並不是離散的序列，而是連續不斷相互影響的，各個音的聲學特徵都會對它前後的音產生影響。仔細觀察圖 3-4 中 [sa][za][ta][da] 四張語圖中 [a] 的共振峰橫槓，其中 F_2 的開頭都是從上向下彎曲的，這個共振峰的彎頭正是前面輔音的聲學特徵對元音 [a] 產生影響的徵象，稱爲「音徵」（acoustic cue）。從生理方面看，它反映了發音器官從輔音發音部位轉移到元音舌位的過程；從聲學方面看，它反映了輔音對鄰接元音共振峰頻率的影響。

　　音徵是從聽覺上感知輔音的非常重要的資訊。塞音一發即逝，時間只有 10 毫秒左右，語圖上表現出的衝直條相當細窄，有時甚至顯現不出，但它可以影響前後的元音，使元音的 F_2 產生彎頭，成為這個塞音的音徵。如果把塞音的衝直條切去，保留這段彎頭，聽起來照舊還是這個塞音。如果把這段彎頭切去，就很難識別出它前面是什麼塞音了。這說明在感知輔音時，塞音的音徵比衝直條的作用還要重要。圖3-7是舌尖塞音 [t] 和不同元音結合時產生不同音徵的示意圖：

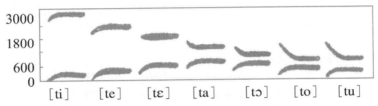

圖 3-7　[t] 後接不同元音的音徵

圖3-7只列出了各元音的前兩個共振峰，F_1的彎頭都是向下的，F_2的彎頭則有時向上，有時向下，有時平指，隨元音F_2頻率位置的高低而變化。F_3也有類似的現象，只是未在圖中畫出。仔細比較示意圖上各元音的彎頭，就會發現這些彎頭有相同的軌跡指向 —— 都指向1800Hz。如果把圖3-7簡化一下，只留下[ti][tɛ][tu]三個元音的F_2，把它們的語圖合併在一起，如圖3-8所示，這條軌跡就更加清楚了。圖3-8中的虛線表示這三個元音都指向1800Hz的共同軌跡，稱為「音軌」。輔音的不同發音部位有不同的音軌頻率，1800Hz正是舌尖輔音的音軌頻率，輔音前接或後接的各元音的F_2和F_3都指向這一頻率，形成語圖中共振峰橫槓開頭的彎頭。雙唇輔音的音軌頻率在700Hz左右，舌根輔音的音軌頻率在3000Hz左右。同是元音[a]的F_2，前面的輔音發音部位不同，音軌（focus，圖3-9用虛線表示）走向不同，音

徵所指方向也不同。假定[a]F_2 = 1200Hz，處在[p][t][k]之後時，音徵所指方向的不同如圖3-9所示。從圖3-9中音徵的不同指向可以確定前面輔音的發音部位，這個指向是聽辨輔音的重要資訊。在語圖上所顯示的音徵目前還不可能像圖3-8和圖3-9的示意圖那樣清晰明確，但已可以根據共振峰橫槓彎頭的指向，確定輔音的大致發音部位。音徵的發現和音軌頻率的確定對推動人工合成語音工作起了很大作用，例如在合成塞音時，可以根據不同發音部位的音軌頻率確定音徵，合成出不同部位的塞音，這就使合成出來的塞音的辨識度得到了很大的提高。

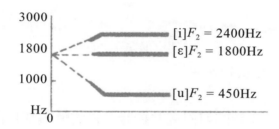

圖 3-8　[t] 的音軌

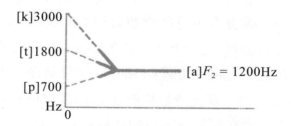

圖 3-9　[pa][ta][ka] 中音徵的不同指向

　　當輔音處在元音之後時，元音的末尾也會出現同樣性質的音徵。廣州話「濕」[sap]、「失」[sat]、「塞」[sak] 或「碟」[tip]、

「秩」[tit]、「敵」[tik]的分別就在於元音後塞音發音部位不同，這時的[-p][-t][-k]只有持阻，沒有除阻。也就是說，只形成阻礙，並不讓氣流衝開阻礙，語圖上也不會出現衝直條。聽覺上之所以能夠分辨這三個音，元音末尾音徵的變化起了非常重要的作用，在語圖上就表現為共振峰橫槓末尾指向的變化。圖3-10顯示的是[apa]（上）、[ata]（中）和[aka]（下）的語圖，中間的空白段是清塞音的成阻和持阻階段，圖中箭頭所在的位置分別是元音的結束處和起始處，箭頭所指的方向是元音共振峰的變化方向。可以看到，[a]後接[p]時，第二共振峰向下，前接[p]時，第二共振峰略向上，箭頭指向的頻率位置約為700Hz。[a]後接[t]和[k]時，第二共振峰都是向上的，前接[t]和[k]時，第二共振峰都是向下的。但變化斜率有所不同，與[k]相鄰時，第二共振峰變化的斜率更大，與[t]相鄰時，箭頭指向的頻率位置約為1800Hz，與[k]相鄰時，箭頭指向的位置約為3000Hz。

　　在輔音和元音之間，除了音徵以外，還有一種很重要的聲學表現，就是「嗓音起始時間」（Voice Onset Time），簡稱VOT。嗓音起始時間主要是指塞音除阻和聲帶顫動之間的時間關係，它能比較精確地說明塞音的清濁和送氣的情況，可以用圖3-11來說明。圖3-11中將除阻的時間點設為0，0之前的時間為負值，0之後的時間為正值，時間以毫秒（ms）計算。發音器官在0前兩條線靠攏，表示發音器官的主動部分和固定部分形成阻礙，是發音的持阻階段；0後兩條線分開，表示除阻之後阻礙完全解除。圖下部的五條線代表VOT的五種情況，直線部分表示聲帶未顫動，波形線部分表示聲帶顫動。「(1)全濁音」和「(2)半濁音」都是除阻以前的一段時間，聲帶就開始顫動，VOT ＜ 0；「(3)不送氣清音」是除阻時聲帶立即顫動，VOT=0；「(4)弱送氣清音」和「(5)強送氣清音」都是除阻

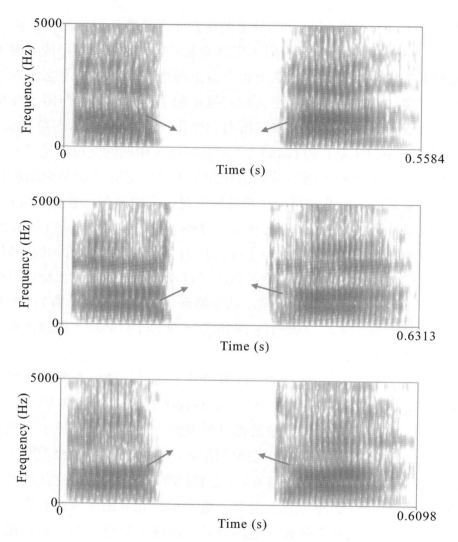

圖 3-10　［apa］［ata］［aka］的語圖
（圖中箭頭所指方向是元音第二共振峰的走向）

以後的一段時間，聲帶才開始顫動，VOT＞0。假定某一塞音在除
阻之前 50 毫秒聲帶就開始顫動，VOT=-50ms，那麼它就是濁塞音；

在除阻時或除阻剛結束不久聲帶就開始顫動，VOT=0 或略大於 0，
那麼它就是不送氣清塞音；在除阻之後 50 毫秒聲帶才開始顫動，
VOT=+50ms，就是送氣清塞音。濁音和送氣的程度又可根據 VOT
的大小分為全濁、半濁和弱送氣、強送氣。

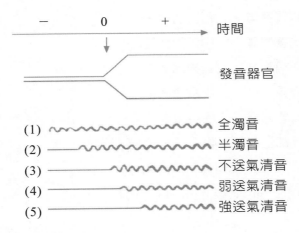

圖 3-11　五種不同類型輔音的 VOT

　　不同語言或方言的濁音起始時間有一定的差異，甚至個人之間也
會有一些區別。英語的濁塞音比法語的 VOT 起點遲，接近於半濁音
甚至不送氣清塞音。蘇州話單音節濁塞音「清音濁流」的 VOT 實際
上是正值，並不是真正的濁音。漢語不送氣清塞音 VOT 起點遲，數
值大，英語略早一些，俄語起點更早，數值最小。這些區別可以說明
各語言的不送氣清塞音並不完全相同，從語圖上是可以比較準確地測
量出來的。

練習

1. 從發音部位和發音方法兩方面描寫下列各輔音。

   [θ] [ç] [ɳ] [ɬ] [tʃ] [ŋ̊] [tʂ'] [β] [pf] [ʀ]

2. 根據下列各輔音的發音部位和發音方法，標寫國際音標。

   舌根不送氣清塞音　　　舌尖清邊擦音

   捲舌送氣清塞擦音　　　中舌面通音

   雙唇不送氣清塞音　　　唇齒濁擦音

   舌面前清擦音　　　　　小舌清擦音

   舌葉送氣清塞擦音　　　舌尖濁鼻音

3. 給下列音標加上附加符號。

   k（唇化）　　　d（縮氣）　　　s（齶化）

   l（軟齶化）　　m（緊喉）　　　n（清化）

4. 練習發音。

   [f Φ f Φ f]　[s θ s θ s]

   [s ʂ s ʂ s]　[s ʃ s ʃ s]

   [ç ç ç ç ç]　[ç x ç x ç]

   [x χ x χ x]　[x h x h x]

   [s ʂ ç ç x χ h]

   [p f p f]　[t s t s]　[t̪ ʃ tʃ]　[t̪ ʂ tʂ]　[t̪ ç tç]

   [z s z s z]　[m m̥ m m̥ m]　[n ŋ̊ n ŋ̊ n]

   [ma m̥a ma m̥a ma] [na n̥a na n̥a na]

   [p mb b]　[ta nda da]　[k ŋg g]

   [pa ba pa ba]　[ta da ta da]　[ka ga ka ga]

   [ta t'a]　[tsa ts'a]　[sa s'a sa s'a]

   [la ɬa la ɬa]

[sa sja sa sja] [ka kja ka kja]

[sa swa sa swa] [ka kwa ka kwa]

[la ła la ła]

[d ɓ d ɓ] [d ɗ d ɗ]

練習時，最好能同時聽國際音標錄音並有他人指導。如無此條件，可先選幾個比較有把握的音，如 [p][t][k][s][m] 等作為標準，逐步比較擴展，不一定完全按照練習所列順序。

5. 用國際音標拼寫下列各詞語的普通話讀音的聲母和韻母。

父母　　思慮　　汽車　　歷史

吃了　　逼迫　　可惜　　刻薄

古詩　　記者　　他的　　大字

呼吸　　摩擦　　戲劇　　泥土

博士　　日期　　志氣　　次序

6. 分析下列語圖中輔音的 VOT 模式，並對各輔音的 VOT 進行估算。

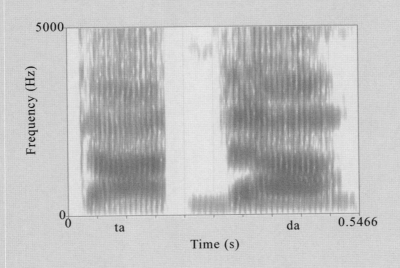

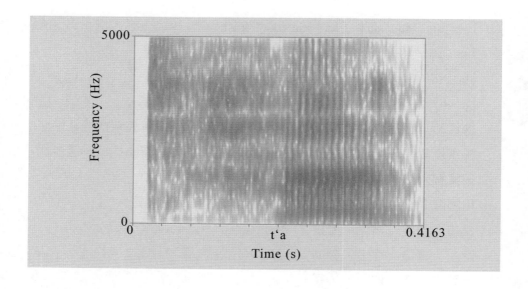

第四章

音節和音節結構

一、音節的劃分

音節是聽覺上最容易分辨的語音片段，我們聽到 wǒqùtúshūguǎn
這樣一段聲音，很自然地會把它劃分成五個片段，也就是五個音
節，寫出來就是五個漢字：「我去圖書館」。聽到英語 university（大
學）這個詞，不管是否懂它的意思，也會把它分成 [juː-ni-və-si-ti]
五個音節，說英語的人也都承認這個詞是由五個音節組成的。可見音
節可以直接憑聽覺來劃分，並不需要專門的語音學知識。

一般說來，一個漢字代表漢語的一個音節，但漢字是書寫單位，
不能根據書寫單位給語音劃分音節，何況有時一個漢字並不代表一個
音節，如「花兒」、「罐兒」等，寫成兩個漢字，實際上只代表一個
音節：huār、guànr。

音節雖然可以直接憑聽覺來劃分，但是如何給音節下一個比較準
確的定義，如何科學地說明音節的實質，以及如何確定音節之間的界
限，卻一直是語音學中最難解決的問題之一。曾經有人對此做過形象
化的比喻：劃分音節像是劃分兩座山頭，乍看似乎非常清楚，但是要
想精確地劃清兩座山頭之間的界限，又是非常困難的事。

一百多年來，語音學家不斷提出種種不同的劃分音節的方法，這
些方法實際上不外乎兩個角度：一是從聽覺入手劃分，一是從發音入
手劃分。

從聽覺入手的方法中，最有影響的是把音節的劃分和聲音的響度
連繫在一起。實驗證明，音強、音高和音長相同時，元音比輔音聽起
來響，低元音比高元音響，濁音比清音響，鼻音比擦音響，擦音比塞
音響。在一個較長的音段裡，隨著元音和輔音的不斷交替，響度也時
大時小，不斷變化。這種方法認為，音節正是由響度變化決定的，聽
起來響度最大的音就是一個音節的中心，聽起來響度最小的音就是音

節的分界線。例如，「北京大學 [peitɕiŋtaɕyɛ]」這個音段，根據響度變化，大致形成圖 4-1 所示的響度起伏。

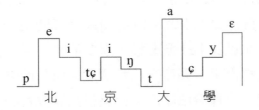

圖 4-1　「北京大學」的響度曲線

圖中每一次響度起伏就是一個音節，在一個音節中，輔音一般都處在開頭和結尾，形成響度的下降，因此這種看法對大部分有輔音的音節可以說是適用的。但是有一些音節以元音或通音開頭和結尾，如果根據響度來劃分音節，就會遇到一些困難。例如北京話裡「大衣」是兩個音節，「吳阿姨」是三個音節，可是按照響度曲線來劃分，都只有一次響度起伏，如圖4-2所示。只根據響度的起伏也很難看出兩個音節的「大衣」和一個音節的「代」有什麼明顯的區別，三個音節的「吳阿姨」和一個音節的「外」有什麼明顯的區別，但是聽覺上卻是非常容易把它們區分開的。

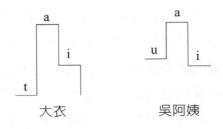

圖 4-2　「大衣」和「吳阿姨」的響度曲線

　　在說話時，實際上很少有兩個音的強度、長度和高度完全相同，因此，單純對比響度顯然不能把聽覺的實際感受完全反映出來。例如，[a] 比 [i] 的開口度大得多，在音強、音長和音高都相同的條件下，[a] 的響度自然比 [i] 大。但是如果發音時把 [i] 的音強加大，音長加長，聽起來就比 [a] 還要響，還要清楚。爲了彌補單純依據響度的缺陷，有人提出用明顯度來代替響度。所謂明顯度，是指聽覺上的實際明顯程度。這種看法認爲，應該根據聽覺實際所感受到的明顯度的大小來確定音節的界限。也就是說，除了響度以外，還要考慮各個音實際的音強、音長和音高的不同。聽覺明顯度要受到響度、音強、音長和音高四方面的制約，如果有一種方法能夠把這四方面的相互影響同時考慮進去，從而對聽覺的明顯度做出比較客觀的評估，自然非常理想，但是目前還沒能做到。因此這種看法還只是一種理想，還無法用來作爲劃分音節的客觀標準。

　　從發音入手劃分音節也曾經有過種種不同的嘗試，其中比較有影響的是根據發音時，肌肉的緊張程度來確定音節的界限。發音時，發音器官的肌肉總是有張有弛的，這種看法認爲，肌肉每張弛一次，就形成一個音節。比如北京話 [ɕiou]，如果發音時肌肉只緊張一次，就是一個音節，聽起來像是「休」；如果肌肉緊張兩次，就是兩個音節，聽起來像是「西歐」。這種看法和我們發音時的直接感覺比較接近。但是發音時，發音器官的所有肌肉幾乎都參與了活動，有的緊張，有的鬆弛，緊張和鬆弛的時間和程度也各不相同，要受到音質、音強、音高各個因素的制約，究竟哪些肌肉的活動對劃分音節是起決定作用的，目前還無法弄清楚。還有人根據實驗認爲，肋間肌緊縮迫使較多的空氣外流時，每緊縮一次就形成一個音節，也就是說話時脈搏的次數決定了音節的數目。這種說法至今並沒有得到廣泛的證實，而且似乎和我們說話時的直接感覺也並不一致。

　　總之，音節雖然是我們直覺上最容易劃分出來的最小語音單位，但是至今還沒有能對音節的特性做出令人滿意的科學解釋。我們一方面應該繼續探討音節的一般特性，另一方面也要考慮到音節的劃分和語音的社會性有密切的關係。每種語言都有自己特有的音節結構，在劃分音節時，總會受到自己原有音節結構的影響。例如聽到 [is] 這樣一個音段，說英語的人必然認爲是 is（是），是一個音節，因爲英語音節結構允許擦音處在音節末尾；說漢語的人必然認爲是「意思」，是兩個音節，因爲漢語音節結構只允許擦音處在音節開頭，不能處在音節末尾，所以主觀上會認爲 [s] 之後還有個元音 [ʅ]。英語 golf 是一個音節，音譯成漢語，就成了三個音節「高爾夫」，也是同樣的道理：漢語的音節結構不允許兩個輔音連在一起，也不允許 l 和 f 這樣的輔音處在音節末尾，所以說漢語的人就會把 [l] 聽成可以自成音節的 er，把 [f] 聽成 fu。

　　即使是說同一種語言的人，對音節的數目也可能會有不同的看法。有時是因爲讀法不同，例如英語的 temperate（溫和），有的人讀 [temprit]，有的人讀 [tempərit]，前一種讀法是兩個音節，後一種讀法是三個音節。但是另外還有一種情況是，讀法明明相同，對音節數目的看法仍可能不同，例如英語的 fire[faiə]（火），有人聽起來認爲是一個音節，有人認爲應該算是兩個，即把末尾的 [ə] 看成一個獨立的音節。

二、音節的結構

1. 音節結構類型和音聯

　　一般的音節都以元音作爲音節的核心，以輔音作爲音節核心的很少，多半都是濁輔音。例如北京話的 fu，實際上往往讀成 [fʋ]，

又如廈門話口語音「媒」[hm]、「光」[kŋ]，蘇州話口語音「你」[ŋ]、讀書音「兒」[ɭ]，大南山苗語 [pɭ]（野貓），英語 little [litɭ]（小），捷克語 krk[krk]（頸）。語言裡的應答詞大都也是以鼻輔音作爲音節核心的，如北京話「嗯」[ŋ]、「呣」[m̩]、「噷」[hm]、「哼」[hŋ] 等。以清輔音作爲音節核心的非常少見，多出現在表示情感的嘆詞中，如北京話「嘖」用與 [ts] 同部位的吸氣音（嘖音）表示稱讚或不滿，英語 psst[pst] 是提醒人注意。這樣的結構在語言裡出現的頻率是非常之低的。

在一般的音節裡，元音處於核心地位，輔音在元音的前面或後面，依附於元音。由元音和輔音構成的音節共有以下四種基本類型：

⑴ V　⑵ CV　⑶ VC　⑷ CVC

V代表元音，C代表輔音。V型和CV型不以輔音收尾，稱爲「開音節」；VC型和CVC型以輔音收尾，稱爲「閉音節」。大多數語言都同時具備這四種類型，也有一些語言以開音節的V型和CV型爲主，閉音節很少，如日語。有的語言甚至完全沒有閉音節，如雲南麗江納西語，非洲和美洲的一些語言也有類似的情況。

這四種基本音節類型可以擴展成種種不同的音節結構。V 可以擴展成兩個或三個不同元音組成的元音群 VV 和 VVV，例如北京話的「壓」[ia] 是由 V 型擴展成的 VV，「表」[piau] 是由 CV 型擴展成的 CVVV，「端」[tuan] 是由 CVC 型擴展成的 CVVC。C 也可以擴展成兩個或三個不同輔音組成的輔音群 CC 和 CCC，例如英語 east[i:st]（東）是由 VC 型擴展成的 VCC，play[plei]（玩）是由 CV 型擴展成的 CCVV，strange [streindʒ]（陌生）是由 CVC 型擴展成的 CCCVVCC。音節中由 VV 或 VVV 組成的元音群稱爲複元音，由

CC 或 CCC 組成的輔音群稱爲複輔音。漢語有豐富的複元音，複輔音則很少出現。

在一段話裡，元音和輔音總是交替出現的，前面已經談到，我們之所以能把一段話劃分成一個個音節，除聽覺和發音的根據以外，和不同語言的不同音節結構特點也有密切的關係。例如漢語很少出現複輔音，遇到兩輔音相連，如 CVCCV 這樣的音段，可以肯定音節界限在兩輔音之間，即 CVC+CV。而在英語中，則有 CV+CCV、CVC+CV 和 CVCC+V 三種可能性，因爲這三種劃分法都不違背英語語音結構的特點。

類似的情況在漢語裡也是存在的，例如 CVCVC 這樣的音段，漢語就可以有兩種劃分法：CV+CVC、CVC+VC，如北京話 [fanan]，既可以劃分成 [fa+nan]（發難），也可以劃分成 [fan+an]（翻案）。在複輔音比較豐富、音節結構比較複雜的語言裡，這種現象就更加明顯，以英語爲例：

a. [ə+neim] a name（一個名字）

　[ən+eim] an aim（一種目的）

b. [grei+dei] grey day（陰天）

　[greid+ei] grade A（一級品）

c. [wait+ʃuːz] white shoes（白色的鞋）

　[wai+tʃuːz] why choose（爲什麼選）

但是說英語的人都能把這一對對聲音分辨得清清楚楚，這是因爲「音聯」在起作用。

從一個音到另一個音，中間總要經歷一個過渡階段，也就是說，兩個不同的音在聯接起來的時候，必然要有一定的聯接方式，稱爲

「音聯」或「音渡」（juncture）。如果音聯是在音節內部各音之間發生的，稱為「閉音聯」，第三章第五節介紹的輔音過渡音徵就是一種閉音聯。如果音聯是在音節之間發生的，稱為「音節音聯」或「開音聯」，用「＋」號表示。

音節音聯可以幫助我們分清音節的界限。北京話 [ɕiou]（休）和 [ɕiɛn]（先）是一個音節，[ɕi+ou]（西歐）和 [ɕi+iɛn]（吸菸）是兩個音節，就是因為後者有音節音聯而前者沒有。[fa+nan]（發難）和 [fan+an]（翻案）、[tɕʻiɛn+niɛn]（前年）和 [tɕʻiɛn+iɛn]（前言）之所以不同，則是因為音節音聯的位置不同。

音節音聯實際是音節的邊界信號，漢語音節結構簡單，每個音節又都有聲調，音節的邊界信號相當清楚。例如北京話除了 [-n] 和 [-ŋ] 兩個鼻輔音以外，其餘的輔音都只能處在音節開頭，不能處在音節末尾，這就為劃分音節提供了非常可靠的語音信號。

有種種不同的語音信號可以作為音節音聯幫助我們劃分音節。例如，[n] 處在音節末尾時比處在音節開頭時要弱得多，而且往往使它前面的元音產生鼻化作用，這就能夠幫助我們區分開漢語的「發難」 [fa+nan] 和「翻案」[fan+an]、英語的 a name 和 an aim。又如，元音開頭的音節往往會在前面加上喉塞音 [ʔ] 或通音 [j][w] 等作為音節開頭的信號，這就能夠說明我們區分開「休」[ɕiou] 和「西歐」 [ɕi+ʔou]、「先」[ɕiɛn] 和「吸菸」[ɕi+jiɛn]。此外，英語 ice cream 裡的 [k] 和 I scream 裡的 [k] 相比，前者有較長的送氣，也能說明我們分辨出兩者音節音聯位置的不同。

音長也常常用來作為區分音聯的信號。北京話「前年」 [tɕʻiɛn+niɛn] 裡的 [-n+n-] 聽起來是一個很長的 [n]，比「前言」 [tɕʻiɛn+iɛn] 裡的第一個 [-n] 長出兩倍左右。這可以幫助我們覺察到這個長 [n] 是兩個 [n]，一個在音節末尾，一個在音節開頭，雖然中

間沒有明顯的界限，但還是能把它一分爲二，分屬兩個音節。英語裡的 [d] 處於音節開頭比處在音節末尾要長，這就幫助我們區分開了 grey day 和 grade A；white shoes 裡的 [ʃ] 也要比 why choose 裡的 [ʃ] 長得多。

　　從一個音向另一個音過渡，往往會產生音的協調作用。例如北京話裡的 ian，由於舌位低的 a 處於舌位高的 i 和 n 之間，舌位差距很大，經過協調以後，a 的舌位略略升高，ian 實際上讀成 [iɛn]。這種協調作用一般只存在於音節內部，超越音節界限後，協同發音作用往往就會減弱甚至消失，這可以幫助我們判斷音節邊界的位置。例如「先」[xiɛn] 和「西安」[xi+an] 中的兩個 /a/ 音值不同，因爲後者的 /a/ 並沒有產生協調作用改讀成 [ɛ]。

　　能說明音節音聯的語音信號很多，在我們確定音節的界限時也往往不只使用一種信號。我們之所以不會把「西安」聽成一個音節「先」，除了 [a] 沒有因協調作用讀成 [ɛ] 以外，還因爲「西」和「安」各自有自己完整的聲調，[a] 的前面還可以加上喉塞音 [ʔ] 之類的音作爲分界信號。英語 grey day 除了 [d] 比 grade A 裡的 [d] 長以外，[d] 後面 [ei] 的基頻也比 A 的 [ei] 略高一些。

2.元音在音節中的結合 ── 複元音

　　在一個音節裡，兩個或三個元音結合在一起稱爲複元音。兩個元音結合成的 VV 是二合元音，三個元音結合成的 VVV 是三合元音。

　　複元音有以下兩個特點：

⑴舌頭的運動是滑動的，音質的變化是連續不斷的，例如發複元音 [ia] 時，從 [i] 到 [a] 舌位逐漸下降，音質逐漸變化，中間包括了許多過渡音，並不是發完 [i] 以後另外再發一個 [a]。在語圖上，複元音表現爲元音共振峰有明顯的滑移段，處在開頭元

音和結尾元音之間，無法在兩個元音之間劃出明顯的界限。試比較圖 4-3 的三個語圖：[ia] 的語圖中，[i] 的 F_1 逐漸上升，F_2 逐漸下降，形成滑移段，最後達到 [a] 共振峰位置。滑移段正反映出複元音舌位滑動的特點。三合元音則是舌位在三個點之間滑動，一般都是中間元音的舌位較低，舌位從高到低又從低到高，中間改變了一次方向，在語圖上表現爲前後兩個方向相反的共振峰滑移段。

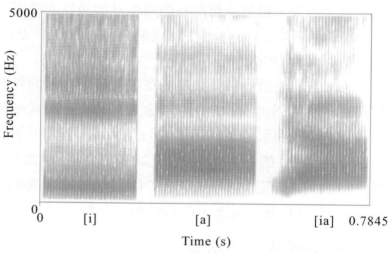

圖 4-3　[i][a][ia] 的語圖

(2)各元音的音長和音強一般是不相等的，其中只有一個聽起來最爲響亮清晰，例如在北京話「鴉」[ia] 中，[i] 聽起來遠沒有 [a] 響，從圖 4-3 中也可以看出，[i] 非常短暫，共振峰基本沒有穩定階段就進入了滑移段，[a] 占的時間較長，嚴格的標音應該是 [i̯a]。在二合元音中，聽起來前一個元音比較響的稱爲前響複元音，如 [ai][ou][ɔi] 等。後一個元音比較響的稱爲後響複元音，

如 [ia][uo][iɔ] 等，一般都是舌位低的比較響。三合元音一般都是中間響兩頭弱，稱為中響複元音，如 [iau][iai][uai][uɔi] 等。圖 4-4 是 [ai](左)、[ia](中) 和 [iau]（右）三種複元音的語圖，三個語圖中的 [a] 都有較明顯的穩定階段，是音節中最響的部分。

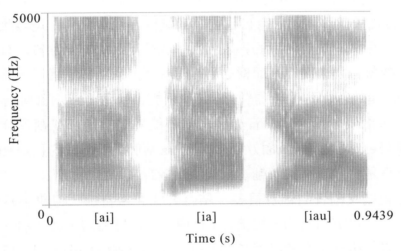

圖 4-4　[ai][ia][iau] 的語圖

　　兩個元音同樣響亮的二合元音在語言裡比較少見，如藏語拉薩話裡的 [tau]（配偶）、阿里方言裡的 [tia]（嗓子），前後兩元音長度相近，聽起來響度比較相當，過渡段也較短，有人稱之為真性複元音，通常的複元音則稱為假性複元音。有人認為三合元音也有中間弱兩頭強的，如英語 our[auə]（我們的），但也有人認為應該算是 [au] 和 [ə] 兩個音節，並不是真正的三合元音。

3. 輔音在音節中的結合 —— 複輔音

　　輔音和輔音可以在一個音節裡組成複輔音，這在印歐語系的語

言裡很常見。絕大多數複輔音是由兩個輔音和三個輔音組成的，如英語 play[plei]（玩）、box[bɔks]（盒子）、spring[spriːŋ]（春天）、distinct[distiŋkt]（明顯）等。有時可以多到四、五個，如英語 glimpsed[glimpst]（瞥見）、俄語 к встрече[kfstretɕ]（遇見）等。

　　複輔音和複元音的性質很不相同，複元音裡的 VV 是有機的組合，音質的變化是連續的，中間沒有突然轉變的界限。複輔音裡的 CC 組合比較鬆散，各自有自己的發音過程，音質的變化是離散的、跳躍的，中間有突然轉變的界限。爲了區分兩者的不同性質，有人主張不用複輔音這個名稱，而稱之爲「輔音群」或「輔音叢」。無論怎樣稱呼，都必須明確，所謂複輔音，只能指一個音節內部輔音的結合，如果兩個音節之間輔音相連，就不能算是複輔音或輔音群。例如，英語 extra[ekstrə]（額外）是 ex 和 tra 兩個音節組成的［eks+trə］，不能認爲是由［kstr］四個輔音組成的複輔音。

　　能組成複輔音的輔音很多，結合方式非常自由，但也不是毫無規律可尋。以英語爲例，複輔音 CC 處於音節開頭時，如果前一個輔音是塞音，後一個音節必然是［1］［r］或通音，如 play[plei]（玩）、try[trai]（試）、quick[kwik]（快）。如果後一個輔音是塞音和鼻音，前一個音節必然是［s］，如 speak[spiːk]（說）、smile[smail]（笑）。如果是 CCC 處於音節開頭，第一個輔音一定是［s］，第三個輔音一定是［1］［r］或其他通音，如 split［split］（劈開）、street[striːt]（街）、square[skwɛə]（方形）。

　　漢藏語系語言裡的複輔音總的說來沒有印歐語言那樣豐富，迄今爲止，在漢語各方言裡還沒有發現眞正的複輔音，廣東臺山一帶和安徽黃山附近的方言有［tɬ-］［tɬʻ］，如臺山端芬地區「字」[tɬɿ]、「詞」[tɬʻɿ]是舌尖塞音和舌尖邊擦音的結合，和其他方言中的塞擦音[ts][tsʻ]相當，並不是眞正的複輔音。客家方言「瓜」讀[kva]，其中

的 [v] 和其他方言的 [u] 相當，是 [u] 的一種變體，也不能認爲 [kv] 是複輔音。

　　屬於壯侗語族和苗瑤語族的語言都有複輔音，但數量都比較少，如廣西武鳴壯語 [kve]（割）、貴州畢節大南山苗語 [plou]（毛）。屬於藏緬語族的語言大都有相當豐富的複輔音，最多的可達 100 多個。四川甘孜道孚藏語一共有 106 個複輔音，如 [pta]（采）、[fsi]（猴）、[rtʂa]（頭髮）、[zgru]（羽毛）、[xçak]（劈開）等，組合方式比一般印歐語言還要靈活。拉薩藏語則已經基本不存在複輔音。

　　有一些少數民族語言還常出現以鼻音開頭的複輔音，鼻音後面多是發音部位相同的塞音，如廣西都安布努瑤語 [mpo]（蓋）、[ntu]（紙）、[ɲce]（柱）、[ŋku]（下去），拉薩藏語也有人把 [pu]（蟲）讀成 [mpu]、[ta]（箭）讀成 [nta]。發音部位也有不同的，如道孚藏語 [mtsʻo]（湖）、[mɲə]（人）等。漢語有的方言在鼻輔音之後也可能出現塞音或擦音，山西中部文水、平遙一帶就有這種現象，如文水話「元」[mbu]、「努」[ndou]、「女」[nzu]、「暖」[nzuen]，其中 [nz] 擦音成分較重一些，有人稱之爲「鼻擦音」。這些音實際上只是鼻輔音解除阻礙時，肌肉比較緊張造成的，嚴格標音應該是 [mb][nd][nz]，後面的塞音或擦音只是一種過渡性的附加音，和上述少數民族語言中的 [mb][nt][mtsʻ] 等性質並不相同，不能算是複輔音。

　　塞擦音是由發音部位相同而且清濁一致的塞音和擦音組成的，從語圖上可以很清楚地看出先塞後擦的組合過程（參看第三章圖 3-2），很像是由塞音和擦音組成的複輔音。但是這個組合過程是在發輔音的一個動程中完成的，也就是說，從塞音到擦音只經歷了一次成阻、持阻和除阻，因此不能算是複輔音。在許多語言裡，塞擦音的功能也是和一個輔音相同的，例如漢語 [ts][tɕ][tʂ] 的功能和 [t][s]

[ʂ] 等相同，「租」[tsu] 和「都」[tu]、「蘇」[su]、「書」[ʂu] 一樣，在 [u] 之前都只起一個聲母的作用。英語 [tʃ][dʒ] 的功能也和 [t][ʃ][ʒ] 等相同，chop [tʃɔp]（砍）和 top [tɔp]（頂）、shop [ʃɔp]（商店）一樣，在 [ɔp] 之前只起一個輔音的作用。如果起的是兩個輔音的作用，就不能算是塞擦音，例如英語 cats[kæts]（貓）和德語 trotz [trots]（儘管）音節末尾的 [ts] 聲音完全相同，德語的 [ts] 既可以處在音節末尾，又可以處在音節開頭，功能完全和一個輔音相同，如 scherz[ʃɛrts]（笑話）、zu [tsuː]（到，向）、nation [natsioːn]（國家）等，[ts] 自然是一個塞擦音。英語 cats 裡的 [s] 是一個獨立的語素，只能處在音節末尾，還可以和其他塞音結合，如 cats、cups [kʌps]（杯子）、books [buks]（書）裡的 [s] 都表示名詞複數，puts [puts]（放）、leaps [liːps]（跳）、looks [luks]（看）裡的 [s] 則表示第三人稱單數動詞，其中 [ps][ks] 都不可能是塞擦音，[ts] 也不能看成是代表單個輔音的塞擦音。

三、漢語的音節結構

1.漢語音節結構的特點

漢語和大多數語言一樣，具備音節結構的四種基本類型。例如北京話「阿」[a] 是 V 型，「大」[ta] 是 CV 型，「安」[an] 是 VC 型，「單」[tan] 是 CVC 型，四種基本類型的擴展有相當嚴格的限制。漢語有相當豐富的複元音，但不允許複輔音存在，也就是說，V 可以擴展成 VV 和 VVV，C 不能擴展成 CC 和 CCC。三合元音 VVV 只能在開音節裡出現，此外，閉音節裡的第二個輔音 -C 只能是鼻音（N）或塞音（P）。整個音節的構成序列一般不能超出四個構成成分，因此音節結構顯得簡單明瞭，便於分析。

由於有以上各種條件的限制，漢語的音節一般只能出現十種不同

的結構方式，如果把閉音節末尾的 -C 分為 -N 和 -P 兩類，也不過是十四種。下面以差別較大的四種方言為例，列舉出這十四種不同的結構方式：

	北京	蘇州	福州	廣州
(1) V	阿 [a]	安 [ø]	阿 [a]	丫 [a]
(2) VV	鴨 [ia]	冤 [iø]	也 [ia]	歐 [ɐu]
(3) VVV	腰 [iau]	—	歪 [uai]	—
(4) CV	打 [ta]	擔 [tɛ]	家 [ka]	花 [fa]
(5) CVV	到 [tau]	多 [təu]	交 [kau]	教 [kau]
(6) CVVV	吊 [tiau]	—	嬌 [kieu]	—
(7) VN	安 [an]	翁 [oŋ]	安 [aŋ]	暗 [ɐm]
(8) VP	—	惡 [oʔ]	物 [uʔ]	鴨 [ap]
(9) VVN	彎 [uan]	容 [ioŋ]	恩 [ouŋ]	晏 [ian]
(10) VVP	—	欲 [ioʔ]	越 [uəʔ]	滑 [uat]
(11) CVN	擔 [tan]	張 [zaŋ]	斤 [kyŋ]	幫 [bɔŋ]
(12) CVP	—	閘 [zaʔ]	粒 [laʔ]	駁 [bɔk]
(13) CVVN	端 [tuan]	詳 [ziaŋ]	半 [puaŋ]	—
(14) CVVP	—	菊 [tɕioʔ]	局 [kuɔʔ]	—

從上面可以看出，這十四種結構方式並不是漢語各方言都必須全部具備的。北京話沒有以 -p 收尾的音節，蘇州話和廣州話都沒有三合元音，在這四種方言中，只有福州話十四種結構方式俱全。此外，在江浙、閩粵等方言裡，還有單個輔音自成音節的例子，例如蘇州話「你」[n̩]、「畝」[m̩]、「魚」[ŋ̍]；廈門話「梅」[m̩]、「酸」[ŋ̍]；廣州話「五」[ŋ̍]。這一類自成音節的輔音，跟元音一樣是音

節的核心，在漢語的音節結構分析中，都劃在韻母部分，叫作「聲化韻」，因此應列入 V 型音節結構中。

　　根據以上十四種結構方式，可以把漢語音節結構歸納成以下框架：

$$（C）+（V）V（V）+（N，P）$$

括弧表示音節結構中可有可無的成分，N和P同處一個括弧內表示二者互相排斥。在表述時只有一項限制，即N和P之前不能出現三個元音，因此不能存在VVVN、VVVP、CVVVN、CVVVP這四種結構。後兩種是五個音構成的序列，本就是一般漢語音節結構所不允許的。這種限制只是就一般情況說的，也有極少數方言個別音節的讀音並不受這種限制，例如廈門話口語音中的[ŋī kiauʔ kiauʔ]（硬□□，意思大致和「硬梆梆」相當），[kiauʔ]有音無字，結構方式是CVVVC，就超出了這種限制。海南省有的方言「剪」讀[tsienʔ]，「仰」讀[ŋiaŋʔ]，結構方式是CVVNP，喉塞音[ʔ]出現在鼻音之後，更是漢語方言中極爲罕見的。此外還需要注意，閉音節中連續出現的兩個元音並非眞正的複合元音，其中一個是韻頭，一個是韻腹，韻腹首先跟輔音韻尾組成韻基，然後才與韻頭結合。

2.聲母、韻母和四呼

　　漢語音節結構簡單，便於切分歸納，早在漢代，一些經學家爲了給古代經書中的難字注音，已經知道把一個字的語音結構一分爲二，用兩個字注一個字的聲音，前一個字的前一半聲音和後一個字的後一半聲音合起來，就是所要注的字的聲音，這就是所謂「反切」。例如「垢，古厚切」，把「古」[ku]開頭的[k]和「厚」[xou]後面

的〔ou〕合起來，就切成了「垢」〔kou〕的聲音。

　　反切注音的辦法很適用於像漢語這樣音節結構簡單的語言，能反映出漢語音節結構的基本特點，也符合當時作詩押韻的要求，因爲反切下字相同必然能夠押韻。這種辦法使古人悟到了可以把一個字的音節進一步切分開的道理，後來就逐步發展成爲分析漢語音節最基本的方法，一直沿用到今天。

　　這種傳統方法把一個音節切分成兩部分，音節開頭的輔音稱爲「聲母」，聲母後面的部分統稱爲「韻母」。也就是說，在漢語音節結構中，開頭有 C- 的，這個 C 就被稱爲聲母，C- 的後面，不管還有幾個構成成分，都屬於韻母。如果音節的開頭沒有輔音 C，這個音節的聲母就是零，像 V、VC、VVC 等音節就都是零聲母音節。這種分析方法很符合漢語音節結構的特點，有了聲母和韻母這兩個概念，漢語音節內部的基本組合規律以及整個語音系統就可以非常簡單清楚地揭示出來。

　　音節結構簡單明瞭是漢藏語系語言的共同特點，漢語音節的結構框架（C）＋（V）V（V）＋（N，P）對漢藏語系其他一些語言來說，也是適用的。聲母和韻母的分析方法不但也適用於漢藏語系的其他語言，而且便於用來對比各語言之間的關係，因此已成爲研究漢藏語系語言廣泛使用的方法。

　　在音節結構框架中，把聲母 C- 分離出去以後，剩餘的部分（V）V（V）＋（N，P）都是韻母，其中不帶括弧的 V 是韻母中的必要成分，也是音節的核心，稱爲「韻腹」，在韻母中開口度最大，也最響。韻腹前面的（V-）稱爲「韻頭」，處在聲母和韻腹之間，因此也稱「介音」。韻腹後面的（-V）（-N）（-P）稱爲「韻尾」。充當韻頭和韻尾的 V，舌位都比較高，如北京話的〔iau〕，〔a〕是韻腹，〔i〕是韻頭，〔u〕是韻尾。韻母可能出現的結構方式共有七種：V、

VV、VN、VP、VVV、VVN、VVP。其中 VV 既可以是前響複元音，也可以是後響複元音，也就是說，在 VV 型二合元音中，韻腹既可以在前，也可以在後；在 VVV、VVN 和 VVP 中，韻腹一定居中。

　　根據聲母和韻母的分析方法，漢語音節的結構框架可以改寫爲：

$$（C）+（V）V（V，N，P）$$

$$聲　　韻\ 韻　　韻$$

$$頭\ 腹　　尾$$

$$母 \quad\underline{\hspace{5cm}}$$

$$韻　　　　母$$

韻尾（V，N，P）是互相排斥的。有少數方言韻尾V可以和N或P共存，成爲雙韻尾的韻母，如福州話「鶯」[eiŋ]、「江」[kouŋ]、「惡」[auʔ]、「十」[seiʔ]，但前面不能再出現韻頭。這種雙韻尾韻母在漢語方言中是很少見的。

　　韻頭（V-）在漢語中一般只能是高元音 [i][u][y]，再加上沒有韻頭的，一共只有四種可能性。傳統所謂「四呼」是對韻母的一種分類方法，和韻頭就有密切的關係。四呼的分類標準如下：

　⑴開口呼 —— 沒有韻頭，韻腹又不是 [i][u][y] 的韻母，如 [a][ou][ər] 等。

　⑵齊齒呼 —— 韻頭或韻腹是 [i] 的韻母，如 [i][ia][iou] 等。

　⑶合口呼 —— 韻頭或韻腹是 [u] 的韻母，如 [u][ua][uan] 等。

　⑷撮口呼 —— 韻頭或韻腹是 [y] 的韻母，如 [y][yɛ][yən] 等。

　　四呼實際上是根據韻母的開頭是否是 [i][u][y] 進行分類的，韻腹是 [i][u][y] 的韻母前面不可能再出現韻頭，也和韻頭是 [i][u][y] 的韻母一樣，分別歸入齊齒呼、合口呼和撮口呼。

　　韻母和聲母結合在一起構成音節時，和聲母直接接觸的就是韻母開頭的元音。哪些聲母可以和哪些韻母結合有相當強的規律性，這主要是由聲母的發音部位和韻母開頭元音的性質決定的。傳統的四呼分類非常便於說明聲母和韻母的配合關係，例如北京話的舌尖塞擦音聲母只能與開口呼和合口呼配合，不能與齊齒呼和撮口呼配合，只能出現「贊」[tsan]、「蘇」[su] 之類的音節，不可能出現 [tsin][sy] 之類的音節。蘇州話的舌尖音聲母則只能與開口呼和齊齒呼配合，不能與合口呼和撮口呼配合，只能出現「災」[tsɛ]、「心」[sin] 之類的音節，不可能出現 [tsuɛ][syn] 之類的音節。不同的方言有不同的聲韻母配合關係，表現出各自的方言特色。

四、普通話音節結構分析

　　普通話是以北京語音為標準音的，分析普通話的音節結構，實際上就是分析北京話的音節結構。由於說北京話的人，年齡、性別、文化程度、環境等方面的不同，北京語音內部存在著一定程度的個人差異，但音節結構基本上是一致的，這些個人差異並不會影響我們對普通話音節結構的分析。

1. 普通話的聲母

　　普通話的二十二個輔音中，舌根鼻音 [ŋ] 只能出現在音節末尾，不能充當聲母；舌尖鼻音 [n] 既能出現在音節末尾，又能充當聲母。除此以外，其餘二十個輔音都只能充當聲母。普通話裡絕大部分音節是以輔音開頭的，零聲母的音節比較少。北京人讀零聲母音節時，在前面也會加上喉音性輔音或通音。在開口呼韻母前面往往有一個比較輕微的喉塞音 [ʔ] 或喉擦音 [ɦ]，例如「餓」讀成 [ʔɤ]，「傲」讀成 [ɦɑu]。在齊齒呼、合口呼和撮口呼韻母前面往往帶有一個同部位的通音 [j][w][ɥ]，如「鴨」[jia]、「窩」[wuo]、「約」[ɥyɛ]（參看

第三章中有關通音的介紹）。由於這些音的摩擦成分或喉塞成分都比較輕微，而且是可有可無的，所以通常就不用音標標寫出來。

　　普通話裡的零聲母音節一共有六類，分別以高元音 [i][u][y] 和非高元音 [a][o][ɤ] 起頭。由於零聲母音節前的這些輔音性的通音 [j][w][ɥ] 和喉音性的輔音 [ʔ][ɦ] 都是音節起始元音的伴隨音，不是獨立的發音單位，而且零聲母所指的也不是同一類輔音成分，並不代表某一類有固定音值的輔音，所以一般不把它列在以發音部位、發音方法分類的聲母表裡。

　　普通話共有二十二個輔音，除舌根鼻輔音 [ŋ] 外，其餘二十一個輔音聲母可以根據發音部位和發音方法列成表 4-1（列在國際音標之前的是中文拼音方案）：

表4-1　普通話輔音聲母表發音部位

發音方法 \ 發音部位		雙唇音	唇齒音	舌尖（齒齦）音	捲舌音	舌面（硬齶）音	舌根（軟齶）音
發音	不送氣	b[p]		d[t]			g[k]
	送氣	p[p‘]		t[t‘]			k[k‘]
塞擦音	不送氣			z[ts]	zh[tʂ]	j[tɕ]	
	送氣			c[ts‘]	ch[tʂ‘]	q[tɕ‘]	
擦音			f[f]	s[s]	sh[ʂ]	x[ɕ]	h[x]
鼻音		m[m]		n[n]			
邊間		f		l[l]			
通音						r[r][1]	

---

[1]　關於捲舌通音的國際音標符號，參見第三章第二節對該通音符號的使用說明。

這個聲母表可以和前面第三章第四節表3-3對照參看。在該節中曾經提到，有不少北京人把舌尖音分成兩套來發音，[ts][ts'][s]是舌尖前音，[t][t'][n][l]是舌尖中音。但是在普通話聲母裡，這兩個發音部位並不形成對立，沒有顯示這種區別，因此也可以統稱為舌尖音。

　　與其他語言和漢語的其他方言比較起來，普通話的聲母可以說有以下幾方面的特點：

(1)有三套整齊相配的塞擦音和擦音，即 [ts][ts'][s]—[tʂ][tʂ'][ʂ]—[tɕ][tɕ'][ɕ] 整齊相配，其中捲舌音 [tʂ][tʂ'][ʂ] 是許多方言所沒有的，吳方言、閩方言、粵方言、客家方言都沒有這套捲舌音。北方方言大多數和普通話一樣分成三套，但東北話如瀋陽等地區也沒有這套捲舌音。西南方言絕大部分地區不分，只有昆明等少數地區能分。沒有捲舌音的方言大都把這套聲母和舌尖音聲母 [ts][ts'][s] 合併，把「找」[tʂ-] 和「早」[ts-]、「初」[tʂ'-] 和「粗」[ts'-]、「詩」[ʂ-] 和「思」[s-] 讀成同音。也有把普通話的 [tʂ][tʂ'][ʂ] 讀成其他聲母的，以在合口呼韻母前最複雜。例如（並列兩音的上一行是讀書音，下一行是口語音）：

	普通話	瀋陽	武漢	西安	蘇州	福州	廈門	梅縣	廣州
豬	tʂ-	ts-	tɕ-	pf-	ts-	t-	t-	ts-	tʃ-
除	tʂ'-	ts'-	tɕ'-	pf'-	z-	t-	t-	ts'-	tʃ'-
書	ʂ-	s-	ɕ-	f-	s-	ts-	s-	s-	ʃ-
								ts-	ts-

閩、粵、客家方言不但沒有捲舌音一套，連舌面音 [tɕ][tɕʻ][ɕ]
也沒有，普通話讀舌面音聲母的字分別歸入了 [ts][tsʻ][s]（粵
方言一些地區如廣州話讀成舌葉音 [tʃ][tʃʻ][ʃ]）和 [k][kʻ][x]。

(2) 有捲舌通音 [r]。捲舌通音 [r] 在各方言中的讀音分歧很大，相
當多的方言讀成零聲母，此外還有 [l][n][z][v] 等讀法，讀 [r]
的並不占多數。例如：

	普通話	瀋陽	武漢	西安	蘇州	福州	廈門	梅縣	廣州
人	r-	j-	n-	r-	z- ɳ-	j- n-	l-	ɳ-	j-
日	r-	i	ɯ	z- ɚ-	z- ɳ-	n-	l-	ɳ-	j-
如	r-	y	y	v-	z-		l- n-	i	j-

上例中零聲母的讀法最多，讀 [r] 的除普通話外，只有西安
「人」一例。[r] 的讀法在南方方言中很少見，主要只出現在北
方方言中，大都和北京話一樣，在強調發音時摩擦性增強，變
成濁擦音 [ʐ]。

(3) 有唇齒擦音 [f]，[f] 和 [xu-] 不相混。除閩方言外，絕大多數
漢語方言都有 [f] 聲母，但出現的條件很不相同，主要是 [f-]
和 [xu-] 的分合問題。普通話的 [f-] 和 [xu-] 在一些方言裡部分
合併甚至全部合併成了一個音。例如：

	普通話	成都	長沙	福州	廈門	梅縣	廣州
夫	f-	f-	f-	xu pu-	hu p-	f-	f-
呼	xu	f-	f-	xu- k'u	h- k'-	f-	f-
飛	f-	f-	f-	xi pu-	hu- p-	f- p-	f- p-
灰	xu-	xu-	f-	xu-	hu-	f-	f-

長沙話的 [f] 帶有雙唇摩擦性質（南昌話的 [f] 更接近於雙唇清擦音 [Φ]）。一般說來，南方方言 [f-] 和 [xu-] 的分合情況都比較複雜，閩方言和粵方言處於兩個極端，福州、廈門等地根本就不用 [f] 作聲母，廣州等地相反，[f] 出現的頻率比普通話還要高，除了把普通話裡的 [xu-] 也讀成 [f-] 以外，還把一部分 [k'-] 和少數 [ɕy-] 也讀成 [f-]，如「苦、款、課、科」和「訓、勳」，在廣州話裡都是用 [f] 作聲母的。

(4) 能分別 [n] 和 [l]。普通話和漢語許多方言都能把聲母 [n] 和 [l] 分別得十分清楚。但是也有不少方言區，如閩方言、湘方言、贛方言、西南方言以及江淮一帶的方言，不能分別這一對音，西北方言也有一些地方不能分。不能分別 [n] 和 [l] 的方言估計約占漢語方言地區的一半。其中一些地區只在開口呼韻母和合口呼韻母之前不能分別，另一些地區則在所有韻母之前都不能分。混讀的情形也各有不同：有的方言全讀成 [n]，有的全讀成 [l]，還有一些方言 [n] 和 [l] 是自由變讀的。例如：

	普通話	成都	武漢	南京	揚州	蘭州	南昌	長沙	廈門
南	n-	n-	n-/l-	l-	l-	n-/l-	l-	n-/l-	l-
蘭	l-	n-	n-/l-	l-	l-	n-/l-	l-	n-/l-	l-
年	n-	ȵ-	n-/l-	l-	n-	n-/l-	ȵ-	n-/l-	n-
連	l-	n-	n-/l-	l-	n-	n-/l-	l-	n-/l-	l-

　　有的方言 [n][l] 的分合內部就有分歧，如福州話，大部分人能
分，也有少數人 [n][l] 自由變讀，不能分別。

(5)濁音聲母少。普通話和大多數漢語方言一樣，濁音聲母很少。
　　除鼻音 [m][n] 和邊音 [l] 在一般語言裡都是濁音以外，只有一
　　個濁通音 [r]。漢語中濁音聲母最豐富的是吳方言，塞音、塞擦
　　音和擦音都有濁聲母和清聲母配套，形成 [p，p'，b][ts，ts'，
　　dz][f，v] 相配的局面，湘語也有一些方言濁聲母較多，如雙峰
　　話。這一類濁聲母在普通話和其他方言一般都歸入同部位的清
　　聲母，塞音和塞擦音是否送氣由聲調決定，例如「定」和「同」
　　在蘇州話都讀成濁聲母 [d-]，在普通話裡「定」是去聲，讀
　　[t-]，是不送氣塞音，「同」是陽平聲，讀 [t'-]，是送氣塞音。

2.普通話的韻母

　　普通話一共有三十八個韻母，根據韻母組成成分的特點，分成三
大類。

　(1)單韻母

　　指由單元音 V 構成的韻母，一共有九個：a[a]、o[o]²、e[ɣ]³、

2　韻母o[o]到底算單韻母還是複韻母，學界未有定論，這裡暫時從《中文拼音方案》的歸類。
3　韻母e[ɣ]在實際發音中舌位有所變化，嚴式標音應該是[ɣˀ]。

i[i]、u[u]、ü[y]、ï[ɿ]、ï[ʅ]、ər[ɚ]。構成這些單韻母的元音已經在第二章「元音」中做過比較詳細的介紹，這裡不再重複。其中六個舌面單元音韻母既可以和聲母相拼，也可以單獨自成音節。兩個舌尖元音韻母[ɿ]和[ʅ]只能出現在同部位的塞擦音和擦音聲母之後，捲舌韻母[ɚ]恰恰相反，只能自成音節，不能和聲母相拼。單元音中的[ə]和ê[ɛ]都不能單獨充當韻母。至於韻母兒化所產生的捲舌作用，如「花兒」、「玩兒」裡的「兒」所起的作用，屬於所謂「兒化韻」，並不是單韻母。兒化韻將留到第六章專門討論。

(2) 複韻母

指由複元音 VV 或 VVV 構成的韻母，一共有十三個，分為三組，分別舉例說明如下：

① 前響複韻母（零韻頭、元音韻尾）

ai [ai]	例字：挨	來	改	白菜	愛戴
ei [ei]	例字：碑	雷	給	北美	配備
ao [ɑu]	例字：襖	勞	搞	報告	號召
ou [ou]	例字：歐	樓	狗	口頭	熟肉

前響複韻母一共有四個，這類韻母的共同特點是韻頭為零（開口呼），韻尾是高元音-i或-u。這些韻母中的前一個元音往往有向央元音靠攏的趨勢，其中以ai和ou較明顯。ai[ai]裡的[a]實際舌位要比元音舌點陣圖上的[æ]略略靠後，嚴格標音也可以寫作[æ̙]或[ä]，一般為求符號通俗起見，就直接採用[a]。ou[ou]裡的[o]實際舌位要比元音舌點陣圖上的[o]略略靠前而且偏低，嚴格標音應該寫作[o̞̟][o̞]；[o]的圓唇程度也比較低，有人讀起來已經接近於[ə]，把ou標寫成[əu]也是可以的。後一個元音只是用來表示整個動程的趨向，不一定必然達到音標所代表的舌位，例如[ɑu]裡的[u]往往讀成[ʊ]或[o]，[ai]裡的[i]往往讀成[ɪ]，甚至可以讀成[e]。從低到高的動程

往往也不是筆直的，而是有一個向央元音靠攏的過程，從圖4-5的舌位示意圖中可以大致看出這四個前響複韻母動程的趨向。動程可長可短，在非常認真地讀或是有意強調的時候，動程比較長，韻母的兩端能夠達到音標所記的位置。在日常隨便談話的時候，動程比較短。如果整個音節的音長很短，動程可以小到接近於一個單元音，ai[æi]有可能讀成接近於單元音[ɛ]的聲音。

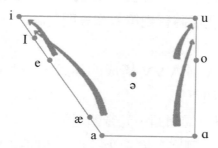

圖4-5　普通話前響複韻母舌位變化示意圖

　②後響複韻母（有韻頭、零韻尾）

　　ia [ia]　　　例字：鴉　加　霞　加價　假牙
　　ie [iɛ]　　　例字：爺　街　邪　結業　鐵鞋
　　ua [ua]　　　例字：蛙　刷　華　花襪　掛畫
　　uo [uo]　　　例字：窩　說　活　火鍋　錯過
　　üe [yɛ]　　　例字：約　薛　決　約略　雀躍

後響複韻母一共有五個，這類韻母的共性是韻尾為零，韻頭為高元音i-、u-或ü-。這些韻母中，前後兩元音的舌位都比較穩定。iɑ[ia]和uɑ[ua]裡的[a]和單韻母ɑ[a]的舌位基本相同，都略略靠後，接近於央元音[ʌ]。ie[iɛ]和üe[yɛ]裡的[ɛ]舌位略偏高，接近於[ɛ]，兩者音色略有不同，[yɛ]裡的[ɛ]受韻頭影響略有圓唇。後響複韻母的韻

頭都讀得相當短，嚴格標音應該是[ǐa][ǐɛ][ǔa][ǔo][y̌ɛ]，韻頭的舌位都很穩定，整個韻母的動程也比較穩定，無論是認眞讀還是隨便讀，後響複韻母的動程都不大會受到影響。不像前響複韻母，動程能夠縮短到接近於單元音。

③中響複韻母（有韻頭、元音韻尾）

iao [iɑu]　　　例字：腰　　聊　　叫　　巧妙　　叫囂

iou [iou]　　　例字：優　　流　　舊　　悠久　　牛油

uai [uai]　　　例字：歪　　懷　　帥　　摔壞　　外快

uei [uei]　　　例字：微　　回　　睡　　追隨　　摧毀

中響複韻母一共有四個，由三合元音VVV組成，實際的結構關係是V+VV，即由韻頭加前響複韻母組成，韻頭讀得短，但舌位很穩定。iao[iɑu]裡的[ɑu]和uai[uai]裡的[ai]的性質與前響複韻母完全相同，例如[uai]裡的[a]舌位略靠上接近[æ]，韻尾[i]也可以讀成[ɪ]或[e]或[ɛ]，整個韻母可以縮短動程，讀得接近於[uɛ]。iou[iou]裡的[o]和uei[uei]裡的[e]讀得比較短，在聲調是陰平和陽平時尤其明顯，試比較「優、油」和「有、又」，「微、圍」和「偉、胃」，聽起來「優」yōu、「油」yóu和「微」wēi、「圍」wéi中的o和e要更短一些。

(3)鼻韻母

指由鼻音韻尾 -N 構成的韻母，一共有十六個，分爲兩組，分別舉例說明如下：

①舌尖鼻韻母

an [an]　　　例字：安　　單　　含　　談判　　燦爛

ian [iɛn]　　　例字：煙　　顛　　鮮　　前線　　片面

uan [uan]　　　例字：彎　　端　　歡　　貫穿　　轉換

üan [yan]　　　例字：冤　　捐　　宣　　全權　　淵源

en [ən]　　　例字：恩　痕　身　認眞　根本
in [iən]　　　例字：因　侵　新　殷勤　親近
uen [uən]　　例字：溫　昏　順　論文　倫敦
ün [yən]　　　例字：暈　群　尋　均勻　軍訓

舌尖鼻韻母以[-n]爲韻尾，共有八個，分爲兩組，每組內都有開、齊、合、撮四種韻母。

　　第一組以 /a/ 爲韻腹，但 [ian] 由於韻腹前後音的舌位都很高，產生協調作用，韻腹的舌位也相應地提高了一些，一般都用 [ɛ] 來表示。實際上，[yan] 裡 [a] 的舌位也往往因協調作用變得略高一些[4]，其實際讀音應該是一個舌位偏上的次低前元音 [æ]，嚴式標音爲 [yæn]。這個韻母在北京話裡有內部讀音差異，也有人用 [yɛn] 來標寫。

　　第二組鼻韻母從中文拼音的書寫形式上看，韻腹似乎不一樣，其中 en 和 uen 的韻腹都是 e，而 in 和 ün 的韻腹從字面上看分別是 i 和 ü。但是從實際發音來說，in 和 ün 在從 i、ü 到鼻音韻尾的中間都有比較短暫的 [ə]，如果將這兩個韻母的發音拖長，就能夠覺察到 [ə] 的存在了。在現代北京話的押韻系統中，第二組的四個鼻韻母歷來也都屬於一個韻轍（「人辰」轍）。互相押韻的韻母，韻腹和韻尾在音位上來說都是相同的。從這四個韻母的兒化規律來看，它們的韻腹也應該是相同的（參見本書第六章第三節）。在《中文拼音方案》韻母表裡，en、in、uen、ün 四個韻母排列在同一行，這也說明方案實際上也是認爲這四個韻母的韻腹都是 /e/ 音位。由於 in 和 ün 的韻腹在

---

[4]　也有人認爲這個韻母是一個雙介音韻母，即有兩個介音[yu-]。參見王福堂〈普通話語音標準中聲韻調音值的幾個問題〉，載於《語言學論叢》第35輯，北京：商務印書館，2007 年。

發音上比較短暫，它們的音值可以記為 [iə̃n] 和 [yə̃n]，如果是寬式記音，也可以簡單地記成 [in] 和 [yn]。

②舌根鼻韻母

ang [aŋ]	例字：昂	郎	張	廠房	幫忙
iang [iaŋ]	例字：央	涼	將	響亮	想像
uang [uaŋ]	例字：汪	荒	莊	狂妄	狀況
eng [əŋ]	例字：烹	登	爭	豐盛	更正
ing [iəŋ]	例字：平	丁	星	命令	評定
ong [uŋ]	例字：紅	東	中	工農	從容
ueng [uəŋ]	例字：翁	蓊	甕		
iong [yuŋ]	例字：擁	兄	雄	洶湧	窮凶

舌根鼻韻母以 [-ŋ] 為韻尾，共有八個，分為兩組。

第一組以 /a/ 為韻腹，沒有撮口呼，韻腹的音值均為 [a]，舌位略微靠前。第二組韻母開、齊、合、撮四呼俱全，但是從拼音形式上看韻腹不同。eng 裡的 [ə] 由於受到後鼻音韻尾的逆同化影響，舌位靠後，而且略低，大致在 [ə] 和 [ʌ] 之間，嚴式標音可以記為 [ʌ]，比較「分」[fən] 和「風」[fʌŋ] 就能感覺到兩者的區別。韻母 ing 的韻腹實際上也是 /e/，在 [i-] 跟 [-ŋ] 之間有一個比較短暫的 [ə]，由於來自韻頭和韻尾兩方面的協同發音作用的影響，這個韻腹的發音不如開口呼 eng 中韻腹的發音那麼清晰，嚴式標音可以記為 [iəŋ] 或 [iə̆ŋ]，寬式記音也可以簡單地記為 [iŋ]。這兩個韻母在現代北京話中也是互相押韻的。ong 從拼寫形式上看是開口呼，但是字母 o 實際上表示的是音位 /u/，為了手寫時字形更加清晰，用字母 o 替代了字母 u，因此這個韻母實際上是合口呼。不過 [u] 的舌位略低，實際讀音介乎 [u] 和 [o] 之間，嚴式標音可以記為 [ʊŋ]。ueng 在分布上與 ong 形成互補關係，ong 只能與輔音聲母搭配，而 ueng 只能出現在

零聲母條件下，因此這兩個韻母實際上可以看成是同一個韻母在不同條件下的變體，而這個韻母與 eng 形成開合相配的關係。iong 從拼音字形上看似乎是齊齒呼，但是它的實際發音是以 [y] 起始的，因此應該看成撮口呼。這個韻母的 [y] 和 [-ŋ] 之間有一個短暫的 [u]，如果把這個 [u] 看成是 /e/ 在韻頭和韻尾雙重協同發音下的特殊變體，我們就可以認爲第二組是韻腹音位相同，只是介音不同的一套韻母了。以上分析與《中文拼音方案》的字母書寫形式稍有不同，但是《中文拼音方案》是一套面向全體普通話使用者的拼音符號，而不是專供語音學研究之用的專業性記音符號，因此應該允許它與普通話音系之間存在一些差別。拼音符號除了要在最大程度上反映它所記錄的語言的語音系統之外，還需要遵循書寫儉省和閱讀醒目的原則，因此完全可以在字母的選擇和取捨上進行一些靈活的處理。

　　表 4-2 列出了普通話所有韻母的中文拼音形式和具體音值。從表中可以看出，《中文拼音方案》裡韻母的拼寫形式和實際讀音基本上是相當的，但也略有差異，主要有三點不同：(1)[i][ɿ][ʅ] 都寫成 [i]；(2)[uŋ] 寫成 ong，[yuŋ] 寫成 iong，並根據拼寫形式中的字母 o 和 i 歸入開口呼和齊齒呼；(3)《中文拼音方案》韻母表不列 er。

　　和其他方言比較起來，普通話的韻母可以說有以下幾方面的特點：

　(1)有舌尖韻母 [ɿ] 和 [ʅ]。漢語大部分方言都有 [ɿ]，只有有捲舌音聲母的方言才有 [ʅ]。這兩個韻母一般只能和同部位的聲母配合，也有少數方言例外，如合肥話「比」[pɿ]、「米」[mɿ]。沒有這兩個韻母的方言主要集中在粵方言和閩方言。例如：

表4-2　普通話韻母表

		開口	齊齒	合口	撮口
零韻尾		-i[ɿ][ʅ] ɑ[a] o[o] e[ɤ] er[ər]	-i[i] ie[iɛ]	u[u] uɑ[ua] uo[uo]	ü[y] üe[yɛ]
元音 韻尾	i韻尾	ɑi[ai] ei[ei]		uɑi[uai] uei[uei]	
	u韻尾	ɑo[au] ou[ou]	iɑo[iau] iou[iou]		
鼻音 韻尾	n韻尾	ɑn[an] en[ən]	iɑn[iɛn] ien[iən]	uɑn[uan] uen[uən]	üɑn[yæn] ün[yən]
	ng韻尾	ɑng[aŋ] eng[əŋ]	iɑng[iaŋ] ing[iŋ]	uɑng[uaŋ] ueng[uŋ]/ong[uəŋ]	iong[yuŋ] ([yŋ])

	資	絲	知	汁	時	日
普通話	[tsɿ]	[sɿ]	[tʂʅ]	[tʂʅ]	[ʂʅ]	[rʅ]
廈　門	[tsu]	[si]	[ti]	[tsiap]	[si]	[lit]
福　州	[tsy]	[si]	[ti]	[tsaiʔ]	[si]	[niʔ]
廣　州	[tʃi]	[ʃi]	[tʃi]	[tʃɐp]	[ʃi]	[jɐt]

　　有一些方言還有圓唇舌尖元音，如蘇州話「時」[zʮ]、「豬」[tsʮ]；陝西咸陽話「蘇」[sʮ]、「書」[ʂʮ]。湖北東部有一些地方甚至把全部撮口呼韻母裡的[y]都讀成圓唇舌尖元音[ʮ]或[ʮ]，如湖北應城「魚」[ʮ]、「說」[sʮe]，黃陂「如」[ʮ]、「水」[ʂʮei]。

(2)有捲舌韻母[ər]。普通話裡只有十來個字讀[ər]，常用的只有

「兒、而、耳、爾、二」等幾個。北方方言絕大部分讀音和普通話相同，其他方言則分歧相當大。例如：

普通話	武漢	合肥	蘇州	溫州	長沙	南昌	福州	廈門	梅縣	廣州
[ər]	[ɯ]	[a]	[1]	[ŋ]	[ɤ]	[ə]	[i]	[li]	[n̠i]	[ji]

(3)四呼俱全，合口呼韻母較多。漢語大部分方言都是四呼俱全，只有閩南方言、客家方言和西南官話雲南、貴州一帶沒有撮口呼。閩南方言和客家方言把撮口呼分別歸入齊齒呼和合口呼，西南一些方言則全部歸入齊齒呼。例如：

	普通話	昆明	廈門	梅縣
呂	[ly]	[li]	[lu]	[li]
靴	[ɕyɛ]	[ɕie]	[hia]	[hiɔ]
宣	[ɕyɛn]	[ɕiɛn]	[suan]	[siɛn]

普通話有一些合口呼韻母的字在一些方言裡並不讀合口，因此合口呼韻母就顯得比較多。例如：

	普通話	武漢	蘇州	長沙	南昌	福州	廈門	梅縣	廣州
杜	[tu]	[tou]	[dəu]	[təu]	[t'u]	[tou]	[tɔ]	[t'u]	[tou]
多	[tuo]	[to]	[təu] [tɒ]	[to]	[tɔ]	[tɔ]	[to]	[tɔ]	[tɔ]
孫	[sun]	[sən]	[sən]	[sən]	[sun]	[souŋ]	[sun] [sn̩]	[sun]	[ʃyn]

在以上三個例字中，「杜」只有兩個方言讀合口，「孫」只有四個方言讀合口，「多」則沒有一個方言讀合口。這種讀音不同實際只是部分韻母的分化，並不是普通話屬於這三個韻母的字在這些方言裡都不再讀合口，比如「斧」[fu]，在這些方言裡的韻母幾乎都是[u]。

(4)複韻母多。普通話的複韻母比較豐富，一共十三個，占全部韻母的三分之一。大部分漢語方言也都有比較豐富的複韻母，有的方言比普通話還要多，例如長沙話比普通話多出[io][ya][yai][yei]四個複韻母，如「削」[çio]、「刷」[çya]、「帥」[çyai]、「水」[çyei]；粵方言和閩方言比普通話多出一個元音韻尾[-y]，如福州話「預」[øy]、廣州話「虛」[hœy]。複韻母少的方言主要集中在粵方言和吳方言。粵方言後響複韻母比較少，如廣州話就沒有後響複韻母。比較下列這幾個字的讀音：

	家	花	街	多	嶽	外	交
普通話	[tçia]	[xua]	[tçiɛ]	[tuo]	[yɛ]	[uai]	[tçiɑu]
廣　州	[ka]	[fa]	[kai]	[tɔ]	[ŋɔk]	[ŋɔi]	[kɑo]

廣州話的韻母結構沒有韻頭，「瓜」[kwa]、「歸」[kwai]、「誇」[kʻwa]、「群」[kʻwɐn]等音裡的[w]看上去很像韻頭，但[w]只與聲母[k]和[kʻ]結合，而且結合得很緊，實際是[k]和[kʻ]的圓唇化，嚴式標音應該是[kw]和[kwʻ]，一般都把這兩個音看成是圓唇化的聲母，不把其中的[w]看作韻頭。此外，廣州話還有以[j]和[w]開頭的音節，如「夜」[jɛ]、「幼」[jau]、「華」[wa]、「威」[wai]，[j]和[w]也應該看成是聲母，不是韻頭。吳方言和粵方言相反，前響複韻母很少，這可以說是吳方言的一大特點。蘇州話就只有一個前響複

韻母[əu]，如「多」[təu]、「蘇」[səu]、「歌」[kəu]。普通話裡的前響複韻母蘇州話都讀成單韻母，這種單元音化的傾向在北方方言裡也是存在的。試比較下列各例：

	擺	悲	包	收
普通話	[pai]	[pei]	[pɑu]	[ʂou]
蘇　州	[pɒ]	[pE]	[pæ]	[sɤ]
紹　興	[pa]	[pE]	[pɒ]	[sɤ]
揚　州	[pɛ]	[pəi]	[pɔ]	[sɤɯ]
濟　南	[pɛ]	[pei]	[pɔ]	[ʂou]
西　安	[pæ]	[pei]	[pau]	[ʂou]

　　屬於吳方言的蘇州話和紹興話都是全部變成單韻母，屬於北方方言的揚州話、濟南話和西安話都只是部分變成單韻母。

(5)輔音韻尾只有[-n]和[-ŋ]。漢語輔音韻尾有塞音 -p 和鼻音 -N 兩大類，普通話輔音韻尾比較少，沒有塞音韻尾，鼻音韻尾也只有[-n]和[-ŋ]兩個。粵方言和閩南方言塞音韻尾最豐富，如廣州話「獵」[lip]、「列」[lit]、「力」[lik]，廈門話「立」[lip]、「日」[lit]、「力」[lɪk]、「裂」[lɪʔ]（口語音）。廈門話塞音韻尾共有四個，可能是漢語方言中塞音韻尾最多的方言。其他方言只有一個[-ʔ]的占大多數。有塞音韻尾的韻母發音一般都比較短促，傳統稱為「入聲韻」，是聲調中特殊的一類，將在下一章討論聲調時再詳細介紹。漢語鼻音韻尾主要有[-m][-n][-ŋ]三個，各方言分配很不相同。試看下列各字讀音（帶＊號的是讀書音，口語音未列）：

	三	森	心	山	身	新	桑	生	星
普通話	[san]	[sən]	[ɕin]	[ʂan]	[ʂən]	[ɕin]	[sɑŋ]	[ʂəŋ]	[ɕiŋ]
太　原	[sæ̃]	[səŋ]	[ɕiŋ]	[sæ̃]	[səŋ]	[ɕiŋ]	[sɒ̃]	[səŋ]	[ɕiŋ]
成　都	[san]	[sən]	[ɕin]	[san]	[sən]	[ɕin]	[saŋ]	[sən]	[ɕin]
揚　州	[sæ̃]	[sən]	[ɕiŋ]	[sæ̃]	[sən]	[ɕiŋ]	[saŋ]	[sən]	[ɕiŋ]
蘇　州	[sᴇ]	[sən]	[sin]	[sᴇ]	[sən]	[sin]	[sɒŋ]	*[sən]	[sin]
長　沙	[san]	[sən]	[ɕin]	[san]	[sən]	[ɕin]	[san]	[sən]	[ɕin]
南　昌	[san]	[sɛn]	[ɕin]	[san]	[sən]	[ɕin]	[sɔŋ]	*[sɛn]	*[ɕin]
福　州	[saŋ]	[seiŋ]	[siŋ]	[saŋ]	[siŋ]	[siŋ]	[souŋ]	*[seiŋ]	[siŋ]
廈　門	*[sam]	[sim]	[sim]	*[san]	*[sin]	[sin]	*[sɔŋ]	*[sɪŋ]	[sɪŋ]
梅　縣	[sam]	[sɛm]	[sim]	[san]	[sən]	[sin]	[sɔŋ]	*[sɛn]	[sɛn]
廣　州	[ʃam]	[ʃɐŋ]	[ʃɐm]	[ʃan]	[ʃɐŋ]	[ʃɐŋ]	[ʃɔŋ]	*[ʃɐŋ]	*[ʃɪŋ]

　　以上所列各方言中，只有廈門話、梅縣話和廣州話有 [-m] 韻尾，第一欄這三種方言讀 [-m] 的字其他方言都和第二欄的韻母合併了，這些方言中，「心」和「新」同音，廈門等方言則是前者收 [-m]，後者收 [-n]，並不同音。大部分方言都和普通話一樣，有兩個鼻音韻尾，也有一些方言只有一個，如長沙話只有 [-n]，福州話只有 [-ŋ]。有的方言部分韻母變成鼻化元音（如太原話、揚州話），有的方言部分韻母鼻韻尾脫落，變成單韻母（如蘇州話），情況是相當錯綜複雜的。

3. 普通話聲母和韻母的配合關係

　　漢語音節結構的系統性也表現在聲母和韻母的配合關係上。普通話如果包括零聲母共有二十二個聲母、三十九個韻母，不分四聲，可能構成的基本音節數目應該有八百五十個，但是實際能夠出現的音節只有四百一十個左右。可見聲母和韻母的配合是有限制的，這種限制

就體現在聲母和韻母的配合關係上。

　　漢語聲母和韻母的配合關係主要表現在聲母的發音部位和韻母四呼的關係上。如果聲母的發音部位相同，韻母的四呼也相同，它們的配合關係一般也相同。普通話聲母和韻母的配合關係可以列成下表（零聲母的音標符號用 ∅ 表示）：

表4-3　普通話聲母和韻母配合關係表

四呼 聲母	開	齊	合	撮
b，p，m [p，pʻ，m]	+	+	(u)	
f [f]	+		(u)	
d，t [t，tʻ]	+	+	+	
n，l [n，l]	+	+	+	+
z，c，s [ts，tsʻ，s]	+		+	
zh，ch，sh，r [tʂ，tʂʻ，ʂ，r]	+	+		
j，q，x [tɕ，tɕʻ，ɕ]				+
g，k，h [k，kʻ，x]	+	+	+	
∅	+	+	+	+

表內空格表示聲韻不能配合，+號表示可以配合，（u）表示這類聲

母只能和合口呼中的單韻母[u]配合，例如[p]只能和[u]配合成[pu]（布），不可能出現[puo]⁵[pua][pun]之類的音節，因爲這類音節不表示任何字音。表4-3只能說明普通話聲韻母配合關係的概貌，並不能反映出每個聲母和每個韻母的配合細節，例如[ər]雖然是開口呼韻母，但不能和任何聲母配合（不包括兒化韻）；[ɿ]和[ʅ]也屬於開口呼韻母，都只能和同部位的塞擦音或擦音聲母配合；舌尖音[t][t‘]和[n][l]都能和開口呼韻母配合；但能和韻母[ən]配合的實際上只有[tən]（拖）和[nən]（嫩），沒有[t‘ən]和[lən]；這四個舌尖音聲母也都能和齊齒呼韻母配合，但能和韻母[ia]配合的只有[l]，而且只有「倆」一個字能讀[lia]。這種配合細節只有從聲韻母配合總表中才能反映出來。

　　從聲母看，普通話能夠和四呼都配合的只有 [n][l] 和零聲母。從韻母看，普通話開口呼韻母的配合能力最強，除三個舌面音聲母外，和其他聲母都能配合。開口呼韻母的數目本來就多，因此在普通話裡開口呼韻母的出現頻率遠遠大於其他韻母，幾乎達到韻母出現總頻率的一半。撮口呼韻母本來就只有五個，又只能和六個聲母配合，因此出現頻率很低，還不到總頻率的百分之五。

　　各方言的聲母和韻母不同，配合關係也不完全相同。有的方言唇音聲母可以和單韻母 [u] 以外的合口呼韻母配合，例如福州「杯」[puei]、廣州「般」[pun]。有的方言 [f] 可以和齊齒呼韻母 [i] 配合，例如蘇州「飛」[fi]。西安、洛陽一帶的老派讀音也是把普通話的 [fei] 讀成 [fi]。以上這些配合關係都是普通話不允許的。

5　從實際音值看，普通話音節bo[po]實際上是buo[puo]的簡寫形式。此處的限制是指拼音形式上的限制。

　　普通話的 [tɕ][tɕʻ][ɕ] 只能和齊齒呼和撮口呼的韻母配合，有不少方言把其中的一部分分出來併入 [ts][tsʻ][s]，也就是說，允許 [ts][tsʻ][s] 與齊齒呼和撮口呼韻母配合。下列這些對字在普通話都讀成同音：

[tɕ]	積＝基	精＝經	聚＝巨	絕＝決
[tɕʻ]	七＝期	千＝鉛	趣＝去	全＝權
[ɕ]	西＝希	小＝曉	須＝虛	迅＝訓

但是在那些方言裡，前字讀[ts][tsʻ][s]，後字讀[tɕ][tɕʻ][ɕ]。傳統把前一類字稱爲「尖音」，後一類字稱爲「團音」，普通話讀成同音，就是尖團不分。北方方言大部分地區都不分尖團，只有約五分之一的地方能分尖團，其中有一些地方也已有了不分尖團的傾向。河北南部、山東東部以及河南、陝西一些地方都能分尖團，但分法不盡相同，石家莊、鄭州、寶雞等地都是尖音字讀舌尖音，團音字讀舌面前音，山東東部如煙臺則是尖音字讀舌面前音[tɕ][tɕʻ][ɕ]，團音字讀舌面中音[c][cʻ][ç]。粵方言、閩方言和客家方言都沒有以[tɕ][tɕʻ][ɕ]作聲母的音節，尖音字一般讀[ts][tsʻ][s]，團音字一般讀[k][kʻ][x]。

(練)(習)

1. 練習拼讀下列八個漢字的北京、蘇州、廈門、廣州四種方言的讀音（這四種方言的陰平聲調讀音基本相同）。

	北京	蘇州	廈門	廣州
車	[tʂʻɤ]	[tsʻo]	[tsʻia]	[tʃɛ]
書	[ʂu]	[sᵻ]	[su]	[ʃu]
杯	[pei]	[pE]	[pue]	[pui]
刀	[tɑu]	[tæ]	[to]	[tou]
歡	[xuan]	[huø]	[huan]	[fun]
心	[ɕin]	[sin]	[sim]	[ʃɐm]
風	[fəŋ]	[foŋ]	[hɔŋ]	[fʊŋ]
忠	[tʂuŋ]	[tsoŋ]	[tiɔŋ]	[tʃʊŋ]

2. 給下列各英語詞語劃分音節，列出每個音節的結構類型（如
   phonetics[fou+nɛ+tiks]是 CVV ＋ CV ＋ CVCC），最後練習拼讀這
   些詞語。

   English [ɪŋglɪʃ]（英語）

   using [juziŋ]（用）

   number [nʌmbə]（數目）

   simplest [simpləst]（最簡單）

   transcription [trænskripʃən]（音標）

   chrysanthemum [krisænθəməm]（菊花）

   ice cream [ais kriːm]（冰淇淋）

   I scream [ais kriːm]（我喊叫）

3. 下列各對詞語的音節音聯不同，試舉出各有哪些語音信號說明我們劃
   分各對詞語的音節。

西醫——希　　　初五——楚　　　提要——跳
劇院——倦　　　海岸——海燕　　　淡年——大年
翻譯——發膩　　大鹽——袋鹽

4. 用《中文拼音方案》拼寫普通話的所有韻母，有哪幾個韻母和實際讀音不完全一致？請思考為什麼有這些不一致的地方，並試做解釋。

5. 根據 140 頁所列普通話和十種方言鼻音韻尾異同表統計普通話 [an—aŋ][ən—əŋ][in—iŋ] 在各方言的分合異同情況。

6. 用國際音標標出下列各音節的普通話讀音，根據這些讀音列出普通話聲母 b[p]、p[pʻ]、m[m]、f[f]、d[t]、t[tʻ]、n[n]、l[l] 和韻母 o[o]、uo[uo]、e[ɤ] 的配合關係表。

得　　破　　多　　樂　　佛
妥　　特　　博　　挪　　末
洛　　潑　　拖　　磨　　羅

第五章

聲調

一、聲調的性質

1.聲調語言和非聲調語言

　　一個音節除了包括由元音和輔音按時間順序排成系列的音質單位以外，還必然包括一定的音高、音強和音長，否則這個音節就不可能成爲有聲語言。語音學之所以要研究音高、音強和音長這些超音質成分，固然因爲它們是言語中不可缺少的物理因素，但更重要的是因爲它們往往和音質成分一樣有區別意義的作用。在一些語言裡，音高在音節中所起的作用可以說是和元音、輔音同等重要的。漢語就是這樣的語言，普通話的 ma 是由輔音和元音構成的 CV 型音節，如果不管它的音高，就很難確定它究竟代表什麼意義，只有給予它一定的音高，它的意義才能確定。不同的音高代表不同的意義，如 mā「媽」、má「麻」、mǎ「馬」、mà「罵」。這種能區別音節的意義的音高就是「聲調」。

　　根據聲調的有無可以把世界上的語言分爲聲調語言和非聲調語言兩大類。所謂非聲調語言，當然並不是指音節沒有高低升降的音高變化，只是這種變化只能起改變語氣的作用，並不能區別意義。例如在說英語 book[buk] 這個音節的時候，音高可以逐漸下降，也可以逐漸上升，下降是陳述語氣，上升就變成了疑問語氣。但無論怎樣變，book 所代表的詞彙意義「書」絲毫沒有改變，不像漢語的「書」[ʂu]，音高上升變成「熟」，音高下降就變成了「樹」，詞義完全不同。

　　世界上有許多語言是聲調語言，漢藏語系語言最突出的一個特點就是有聲調。南亞語系的越南語和南島語系的菲律賓他加祿語也都是聲調語言。非洲的班圖語是中部和南部非洲約一百五十種語言的統稱，其中除斯瓦希里語以外，都有聲調。美洲的印第安語是分布在美

洲各地近千種土著語言的統稱，其中大部分也是聲調語言。澳大利亞和新幾內亞也有一些語言有聲調。印歐語系語言一般都是非聲調語言，但是瑞典語、挪威語和南斯拉夫的塞爾維亞語都用音節的音高變化區別意義，也都被認爲是聲調語言的特殊類型[1]。

聲調語言實際是遍布世界各地的。聲調語言分爲兩種類型：一種是高低型，也叫平調型；另一種是旋律型，也叫曲拱型。

高低型聲調語言只根據音的高低區分聲調，非洲和美洲的聲調語言大都屬於高低型。最少的只分爲高低兩級，以班圖語中的剛果語爲例，[lakolo] 這個詞的三個音節都讀低調時意思是「棕櫚果」，後兩個音節改讀成高調，意思就變成了「驅魔符」。也有分爲高、中、低三級的，以奈及利亞西部的約魯巴語爲例，[owa] 這句話，前後兩音節都讀高調是「他來」，前高後中是「他看」，前高後低是「他在」。最多的可以分爲四級甚至五級，如墨西哥印第安語中馬薩特克語的聲調就分爲四級，[ʃka] 這個詞，讀高調是「褲子」，讀半低調是「大水獸」，讀低調是「葉子」；此外還有一個半高調，如 [ntʃa]，讀半高調是「粥」。

旋律型聲調語言除音的高低外，還根據音的升降變化區分聲調。聲調的音高和時間本來就是函數關係，旋律型聲調的音高隨著時間的推移或升，或降，或平，或高，或低，或呈拱形，或呈波形，畫出來很像音樂中的旋律線，聽起來也有較強的音樂性。漢藏語系語言的聲調一般都是旋律型的，北京話只有四個聲調，其中有升，有降，有高，有低，有平，有曲，就很具有旋律性，聽起來很像是一種具有音

1　瑞典語等歐洲語言以及東亞的日語也被稱為音高重音語言（pitch-accent language），參見 Clark & Yallop著*An Introduction to Phonetics and Phonology*，北京：外語教學與研究出版社，2000年，347～348頁。

樂性的語言。

　　聲調除辨別詞義的作用以外，在有的語言裡還具有語法功能。例如奈及利亞南部埃多語（又稱比尼語）的 [ima]，兩音節都讀低調是「我顯示」，前高後低是「我正在顯示」，前低後高是「我已經顯示」，前後兩音節的高低變化區分了動詞的不同時態。古代漢語中不同聲調代表不同詞類的現象相當普遍，例如「衣」yī、「王」wáng、「雨」yǔ 都是名詞，讀成去聲，就都變成了動詞。現代漢語也還存在這種現象，北京話「牆上釘（dìng）著個釘（dīng）子」、「背（bèi）上背（bēi）著個包袱」，都是依靠聲調來分辨動詞和名詞的。藏語拉薩話 [ȵɛ] 讀升調是「睡」，讀高平調是「使睡」，也是用聲調區分不同的語法意義。但是在現代漢語和藏語中，這種現象並不是系統地存在的。

2.調值和調類

　　聲調的音高主要決定於基音的頻率，從聲調的最低音到最高音是基頻的變化範圍，也就是聲調的「調域」，一般約占一個八度音。調域的高低和寬窄因人而異，男性大致在 100～200Hz 之間，女性大致在 150～300Hz 之間。即使是同一個人，由於說話時感情或語氣不同，調域的高低和寬窄也會有變化。

　　記錄聲調基頻的變化，得到的只是一個人在一定語言環境裡，聲調的絕對頻率值，不便於用來說明聲調的本質特點。描寫聲調最簡便有效的辦法是五度制標調。五度制標調把調域分為五度，用一條四等分的分隔號代表，共五個點，自下而上用 1、2、3、4、5 代表低、半低、中、半高、高五度音高。五個數字的絕對音高和各數字之間的音高差距都是相對的，並不等於音樂簡譜中的 do、re、mi、fa、so。用一條線自左至右把音高隨時間產生的變化按五度的標準畫在分隔號左邊，畫出來的線的高低升降就反映出聲調高低升降的變化，

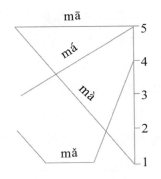

圖 5-1　五度制框架下普通話四個聲調的音高曲線

也就是這個聲調的「調值」，例如北京話四聲的調值就可以在圖 5-1
中相當準確地表現出來。調值也可以用數位表示，北京話的 ˥ 也可
以寫成 [55]，˧˥ 也可以寫成 [35]，˨˩˦ 也可以寫成 [214]，˥˩ 也可以寫
成 [51]。調號要放在音節之後，用數字表示時寫在右上角，如 [ma˥˩]
或 [ma^{51}]。

　　五度制所描寫的調值是相對的，不管基頻的絕對頻率值是多少，
也不管音域本身高低寬窄的變化有多大，一律都歸併到相對的五度之
中，這是符合人類對聲調感知的客觀實際的。一個人只要稍經訓練就
能憑聽覺把調值的高低升降在五度的音域之中定下來，五度制標調已
成為目前描寫聲調最通用的方法。

　　調值所形成的曲線是多種多樣的，有平、升、降、升降、降升、
升降升、降升降種種不同形式，而且高低可以不同。但是一種語言的
調值總是有限的，在目前已知的聲調語言裡，平調的高低不同最多不
超過五種，這說明把調值分為五度是符合語言的客觀實際的。漢語方
言中，廣州話的平調可能最多，共有三個，如 [fɐn^{55}]（分）、[fɐn^{33}]
（訓）、[fɐn^{22}]（份），另外還有一個 [fɐn^{21}]（墳），讀音也很接近
於低平調。有五個平調的語言比較少，除非洲和美洲的高低型聲調

語言偶有所見外，我國貴州東部臺江縣施洞口苗語和錦屏、劍河兩縣之間的高壩侗語也都有五個平調，如高壩侗語 [ta⁵⁵]（中間）、[ta⁴⁴]（過）、[ta³³]（山林）、[ta²²]（搭）、[ta¹¹]（抓）。施洞口苗語另外還有兩個升調和一個降調，高壩侗語另外還有三個升調和一個降調，這是和高低型聲調語言不同的地方。

　　從理論上講，在五度制標調中，可能出現的高低不同的升調或降調各可以達到十種之多，但是在實際的語言或方言裡，升調或降調一般不超過兩種，高壩侗語有三種升調，如 [ta⁴⁵]（魚）、[ta²⁴]（釘子）、[ta¹³]（公的），是比較罕見的。漢語方言中有兩種升調或降調的相當多，升調如廣州話 [fu³⁵]（苦）、[fu¹³]（婦），降調如蘇州話 [sʮ⁵²]（暑）、[sʮ³¹]（樹）。一種語言或方言同時有高低兩種升降調或降升調的很少，浙江溫州話 [ta³²³]（搭）、[da²¹²]（達），降升調一高一低，是不多見的。最複雜的調值曲線可以有升降升或降升降兩次起伏，在語言中更是罕見，自然更不可能再分成高低兩類。

　　調值的變化有時能對韻母音色產生影響，北京話複韻母 iou、uei 讀 [55] 和 [35] 時，韻腹 [o] 和 [e] 變短，就明顯是受了調值的影響。福州話韻母讀降升調、升降調和升調時，單元音要變成複元音，複元音韻母舌位要變低，這是福州話的一大特點。例如，「衣、姨、以」都讀 [i]，可是「意、異」要讀成 [ei]，因為「意」是降升調 [213]，「異」是升降調 [242]；「登、等」都讀 [teiŋ]，可是「凳、鄧」要讀成 [taiŋ]，因為「凳」是降升調，「鄧」是升降調；「勿」讀 [uʔ]，可是「屋」要讀 [ouʔ]，因為「屋」是升調 [23]。

　　把一種語言裡出現的所有調值加以歸類，得出的類別就是「調類」，最簡單的辦法是根據調值是否相同來歸納，調值相同的歸為一類。但是語言中調值分布的情況往往相當錯綜複雜，必須通盤考慮各種調值在語言裡出現的條件和環境，才能歸納出符合語言實際情況的

調類。例如北京話「馬、好、寫」等，單唸時是 [214]，後面緊跟著其他音節時就讀成了 [21]（如「馬車、好人、寫字」）或 [35]（如「馬腳、好酒、寫稿」）。如果完全根據調值是否相同來歸類，北京話的 [214][21] 和 [35] 就必須分為三類，而且 [35] 調值又必須和另一個讀成 [35] 的調類（如「麻、豪、鞋」）合併在一起，這顯然把北京話的調類關係弄亂了，失去了歸納調類的實際意義。

漢藏語系語言的聲調一般都很豐富，是旋律型聲調語言的代表語系，只有藏語安多方言、羌語麻窩方言和西藏珞巴語等極少數語言沒有聲調，但這些語言裡的許多音節也有類似聲調的習慣性音高。有聲調的漢藏語系語言一般有 4～8 個調類，調類最少的只有兩個，如雲南普米語箐花話，只有 [55] 和 [13] 兩個調類。目前所知調類最多的是貴州榕江縣車江侗話，一共有 15 個調類。

二、漢語的聲調

1.平上去入和陰陽

早在西元五世紀末，南北朝時的沈約等人就已經發現了漢語有聲調，並且把當時的聲調分為「平、上、去、入」四類，從此奠定了漢語聲調分類的基礎，為歷代所沿用。現代漢語各方言的調類差別雖然很大，但都和古漢語的聲調系統有著直接的繼承發展關係。為了便於比較各方言之間的調類關係，也為了便於說明古今調類的演變過程，今天在稱呼各方言的調類時，一般都仍沿用「平、上、去、入」的名稱。

漢語調類的發展和聲母的清濁有著密切的關係，傳統音韻學把聲母分為四類：不送氣清聲母稱為「全清」，送氣清聲母稱為「次清」，濁塞音、濁擦音和濁塞擦音聲母稱為「全濁」，鼻音、邊音和

通音等濁音聲母稱爲「次濁」。聲母的清濁影響到調值和調類的發展變化，所以由清聲母形成的調類傳統稱爲「陰調」，由濁聲母形成的調類傳統稱爲「陽調」。這樣，「平、上、去、入」四個調類就可以根據聲母的清濁進一步分爲八類：陰平、陽平、陰上、陽上、陰去、陽去、陰入、陽入。傳統用漢字四角加半圈的辦法標明這八個調類，平聲圈在左下角，上聲圈在左上角，去聲圈在右上角，入聲圈在右下角。陰調只圈半圈，陽調在圈下加一短橫。例如：東、同、董、動、凍、洞、督、獨。現代漢語各方言的調類都是由這八個調類演變來的，都可以根據這八個調類考察調類的分合情況並給予適當的名稱。

　　古代的全濁聲母在現代漢語大多數方言裡都已經變成了全清或次清聲母，只有吳方言和湘方言還保存著全濁聲母，可以相當清楚地看出聲母清濁和調類的關係。下面是蘇州話平聲和去聲各分陰陽兩調類的例子：

陰平 [44]　　例字：詩 [sʅ]　　飛 [fi]　　侵 [tsʻin]　　標 [piæ]
陽平 [24]　　例字：時 [zʅ]　　肥 [vi]　　琴 [dʑin]　　苗 [miæ]
陰去 [412]　例字：試 [sʅ]　　輩 [pE]　　棟 [toŋ]　　替 [tʻi]
陽去 [31]　　例字：示 [zʅ]　　倍 [bE]　　動 [doŋ]　　例 [li]

蘇州話陰平[44]和陽平[24]兩調類不同，聲母的清濁也不一樣：陰平全是全清和次清聲母，陽平全是全濁和次濁聲母。陰去[412]和陽去[31]兩調類的情況也是這樣：陰去全是全清和次清聲母，陽去全是全濁和次濁聲母。

　　在全濁聲母已經清化的大多數漢語方言裡，原來的陽調類有的隨全濁聲母的清化而合併到陰調類中去了，有的還保持獨立的調類。但屬於這些陽調類的聲母不再都是濁聲母，也包括了許多清聲母，其中

大多數是原來全濁聲母清化的結果。各方言在全濁聲母清化後，陰陽調類分合的情況很不一致，這裡只以北京話為例。今天的北京話平聲仍分為陰平和陽平兩類，但是讀陽平聲的字除「明」、「泥」、「來」、「人」等次濁聲母的字以外，還包括「皮」、「臺」、「極」、「濁」、「形」等一大批清聲母的字，這些字中的大多數原來都屬於全濁聲母。北京話上聲和去聲都不分陰調和陽調，原來的陽上和陽去都合併到了去聲，上舉蘇州話分屬陰去和陽去兩調類的「試、示」「輩、倍」「棟、動」在北京話都讀成了同音。至於入聲，在北京話裡已經完全消失，陰入和陽入兩類都合併到陰平、陽平、上聲和去聲之中去了，如「壓、擇、筆、目」。

　　苗瑤語族聲調的演變過程和漢語非常相似，古代苗語的聲調也可以分為平、上、去、入四大類，也可以根據聲母清濁的不同進一步分為陰平、陽平、陰上、陽上、陰去、陽去、陰入、陽入八類。在現代苗語中，有不少方言整齊地保存著這八個調類，也有一些方言合併了一些調類，最少的合併成了三個調類，有的方言則進一步分化，最多的分化成了十一類。現代苗語各方言的調類數目雖然並不完全一樣，但是各調類之間的對應關係十分整齊，這一點也是和現代漢語非常相似的。

2.普通話的四聲

　　普通話的聲調根據北京話的調類和調值分為四類，舉例如下：

		例字：				
陰平 ˥ [55]		例字：	衣	都	鍋	先　窗
陽平 ˧˥ [35]		例字：	疑	獨	國	賢　床
上聲 ˨˩˦ [214]		例字：	椅	賭	果	顯　闖
去聲 ˥˩ [51]		例字：	義	杜	過	現　創

以上調值是單說一個音節（即單字調）時所表現的音高變化，和其他音節連在一起說時，音高還會產生種種變化，留到下面第六章再討論。陰平調值的主要特點是高調，也可以讀成[54]或[44]；陽平調值的主要特點是升調，也可以讀成[24]或[25]；上聲調值的主要特點是低調，也可以讀成[213]或[212]甚至[21]；去聲調值的主要特點是降調，也可以讀成[41]。

　　普通話共約四百一十個音節，並不是每個音節都四聲俱備。四個聲調都有意義的音節實際只有一百六十多個。其餘的音節中，只有三個調類有意義的約一百三十多個，如 ku[kʻu]（枯、○、苦、庫）陽平有音無義，tou[tʻou]（偷、頭、○、透）上聲有音無義，這種音節以陽平聲有音無義的居多。只有兩個調類有意義的約七十個左右，如 shuo[ʂuo]（說、○、○、碩）陽平和上聲有音無義，min[min]（○、民、敏、○）陰平和去聲有音無義。只有一個調類有意義的約四十個左右，如 hei[xei] 只有陰平（黑），neng[nəŋ] 只有陽平（能），gei[kei] 只有上聲（給），te[tʻə] 只有去聲（特）。普通話的音節總數，除一些文言專用音節（如「麕」nún、「堧」ruán 等）和方言土語專用音節（如「偬」cèi、「夼」kuǎng 等）以外，約有一千兩百五十個。

　　和其他方言比較起來，普通話的四聲可以說有以下幾方面的特點：

(1)平聲分為陰平和陽平。漢語絕大多數的方言都和普通話一樣，在聲調的歷史演變中，平聲分為陰平和陽平兩類。陰平聲是從古代清聲母平聲演變而來的，按說其中不應該有濁聲母音節，但是在今天的普通話裡，次濁音聲母也可以有陰平聲字，如「媽、貓、捏、妞、拉、撈、扔」，這類字數量很少，都是些口語常用字，應該屬於語音演變的例外。陽平聲是從古代濁聲

母平聲演變而來的，但是在今天的普通話陽平聲裡，也包括了一些古代清聲母字，如「答、得、急、足、菊、博、閣、潔、決、袂」等，這些字原來都是清聲母入聲字，入聲消失後併入了陽平聲，和聲母的清濁無關。

(2)全濁上聲併入去聲。這可以說是北方方言的共同特點。古代陽上聲在這些方言裡分為兩類，次濁聲母和清聲母上聲仍讀上聲，全濁聲母上聲分化出來，和去聲合併成一類。普通話去聲已經包括了陰去聲和陽去聲兩類，再加上全濁上聲，成為普通話四聲中字數最多的聲調。上聲由於全濁聲母已分化出去，成了字數最少的聲調（「上」字現在讀成 shàng，就是隨著全濁聲母分化到去聲的，在用作調類名稱「上聲」時，為了名實相符，仍舊保持 shǎng 的讀法）。下面分三類列出例字，這三類在普通話是讀成同音的：

全濁上聲：抱　待　受　部　動　斷
陰 去 聲：報　戴　獸　布　凍　鍛
陽 去 聲：暴　代　售　步　洞　段

保持這三個調類區別的方言有廣州話、紹興話、溫州話等，這些方言讀這些字時自然不同音，如廣州話「抱」[p'ou¹³]、「報」[pou³³]、「暴」[pou²²]。

(3)入聲消失，分別歸入陰平、陽平、上聲和去聲。北方方言大部分地區都沒有入聲，都分到其他各調類中去了。普通話的分配情況最為複雜，全濁入聲字如「達、極、直、食、獨、局、活、白」等歸入陽平聲，次濁入聲字如「木、莫、納、虐、力、列、日、肉」等歸入去聲，清入聲字則分別歸入陰平、陽平、上聲

和去聲，並沒有明顯的規律。下面的例字原來都屬於清入聲字：

陰平：八　吃　屋　缺　黑　屈　插　潑
陽平：答　級　竹　決　伯　福　國　革
上聲：筆　法　北　渴　雪　屬　穀　甲
去聲：必　式　祝　不　色　迫　促　刻

總起來看，在普通話裡，入聲的分配以歸入去聲的最多，占常用入聲字總數的一半以上。約有三分之一歸入陽平聲，二者合計占常用入聲字總數的六分之五以上，剩下的少數字才歸入陰平和上聲，其中歸入上聲的最少，常用的還不到二十個。東北方言也是入聲分配到四聲中去，但讀成上聲的比普通話要多得多，上面舉的普通話讀成陰平、陽平和去聲的清入聲例字中，後四個字在東北許多方言裡都讀成上聲。

3.漢語方言的調類

漢語各方言的調類分合差別很大，調類最少的只有三個，河北灤縣、山東煙臺、寧夏銀川等方言在一個個字單說時都只有平聲、上聲和去聲三類，江西井岡山一帶的方言只有陰平、陽平和去聲三類。目前所知調類最多的是江蘇吳江縣松陵鎮一帶的方言，當地的老派讀音除了平、上、去、入四聲按聲母清濁分為八類以外，陰調類還要根據聲母是否送氣再分為全陰調和次陰調兩類。聲母不送氣的是全陰調，送氣的是次陰調，兩者調值不相同。以平聲為例，除分為陰平和陽平兩類以外，陰平又根據聲母是否送氣分為全陰平和次陰平兩類，如「丁」[tin55]、「廳」[t'in33]。這樣一共有十二個調類：全陰平、次陰平、陽平、全陰上、次陰上、陽上、全陰去、次陰去、陽

去、全陰入、次陰入、陽入。但是當地的新派讀音已經把次陰平併入全陰平，次陰上併入次陰去，只剩下十個調類，不過這在漢語方言中仍舊是調類最多的。

　　漢語方言調類分合的總趨勢是北方方言的調類少，南方方言的調類多。北方方言一般不超過五個調類，以四個調類的居多。湘方言、贛方言和客家方言略多一些，以五、六個調類的居多。吳方言和閩方言一般可以有七、八個調類。粵方言最多，一般有八、九個，最多的可以有十個調類。各方言調類數目雖然差別相當大，但根據平、上、去、入四聲是可以相當清楚地說明它們之間的分合關係的。

(1)平聲：絕大多數漢語方言的平聲都分爲陰平和陽平兩類，但是在北方，從河北東部灤縣一帶開始，向西經張家口、內蒙古呼和浩特、山西太原和平遙一帶、甘肅天水和臨洮一帶，直到新疆伊寧、焉耆等地，在這狹長的地帶中，有不少方言平聲在單說時都不分陰陽，陰平和陽平調值相同。在這些方言裡，「梯」和「題」、「方」和「房」、「天」和「田」在單說時都同音。也有一些方言陰平聲和上聲單說時調值相同，如山西五臺一帶、陝西米脂一帶，「梯」和「體」、「方」和「紡」同音。另外，有些方言陽平聲和上聲單說時調值相同，如河北滄縣一帶、寧夏銀川一帶，「題」和「體」、「房」和「紡」同音。

(2)上聲：上聲分爲陰上和陽上兩類的漢語方言不多，比較重要的有紹興話、溫州話、潮州話和廣州話，都在東南沿海一帶。大多數方言只有一類上聲，大都是全濁上聲併入去聲，次濁上聲和清上聲合爲一類。有的方言如蘇州話，連次濁上聲也併入陽去聲了。客家方言上聲的變化最複雜，雖然大部分客家話也都只有一個上聲，而且也是全濁上聲併入去聲。但無論是古陰上聲字還是陽上聲字，都有一部分改讀成陰平聲，其中以陽上聲

字居多（如「美、冷、坐、動」等），這成爲客家方言的一個
特點。還有一些方言不再存在上聲這個調類，如江西井岡山一
帶的客家話，只有陰平、陽平和去聲三個調類，古全濁上聲字
讀陰平，其他上聲字讀去聲。陝西北部的延長話所有上聲字都
和去聲合併成一個調類，也不再單獨存在一個上聲調類。

(3) 去聲：一般說來，北方方言去聲都只有一類，不分陰去和陽
去，山西南部長治和臨汾一帶去聲分爲陰陽兩類，這在北方方
言中是比較少見的。南方方言去聲大都分爲陰去和陽去兩類，
只有客家方言去聲以不分陰陽的居多，但廣東惠州和福建長汀
一帶的客家話也和其他南方方言一樣，仍分爲陰去和陽去兩
類。還有的客家話如贛南石城話是古陰去聲分出來歸入上聲，
粵北翁源話則是古陽去聲分出來歸入上聲，去聲也只有一類了。

(4) 入聲：入聲在現代漢語方言中大致可以分爲兩大類。一類入聲
已經消失，歸入其他調類，主要集中在北方方言區。另一類入
聲仍舊保留，有種種不同情況。有的方言只有一個入聲調類，
如南京話；有的方言陰入和陽入分爲兩個調類，如蘇州話；有
的方言可以分爲三類甚至四類，如廣州話的陰入因元音音色的
不同影響到調值，又分爲上陰入和下陰入兩類，廣西博白話則
陰入和陽入都一分爲二，共有四個入聲調類。入聲調類的分合
情況最爲複雜，下文還將專門討論。

　　以上所介紹的只是漢語方言調類分合的總趨勢，下面以一些有
代表性的方言爲例，舉出例字，列成表格（表 5-1），從中可以看出
方言之間調類分合既複雜又有規律的情況。例字每類舉兩個，可以
組成詞語，爲的是便於記憶。兩字之間用逗號隔開，表示不要連起
來讀，因爲有些方言兩字連讀時，有的音節的聲調的調值會發生變
化。表中加括弧的調類表示已經併入括弧內的調類。

表5-1 十六種現代漢語方言的調類與古漢語聲調的對應關係

清濁＼例字	平 全清 (東、方)	平 次清 (春、天)	平 次濁 (明、年)	平 全濁 (賓、窮)	上 全清 (短、小)	上 次清 (土、産)	上 次濁 (老、母)	上 全濁 (舅、父)	去 全清 (報、到)	去 次清 (快、去)	去 次濁 (賣、弄)	去 全濁 (自、治)	入 全清 (八、百)	入 次清 (匯、切)	入 次濁 (日、曆)	入 全濁 (學、習)	聲調數目
江蘇吳江	全陰平	次陰平	陽平	陽平	全陰上	次陰上	陽上	陽上	全陰去	次陰去	陽去	陽去	全陰入	次陰入	陽入	陽入	12
廣西博白	陰平	陰平	陽平	陽平	陰上	陰上	陽上	陽上	陰去	陰去	陽去	陽去	上陰入 下陰入	上陰入 下陰入	上陽入 下陽入	上陽入 下陽入	10
廣州	陰平	陰平	陽平	陽平	陰上	陰上	陽上	陽上	陰去	陰去	陽去	陽去	上陰入 下陰入	上陰入 下陰入	陽入	陽入	9
溫州	陰平	陰平	陽平	陽平	陰上	陰上	陽上	陽上	陰去	陰去	陽去	陽去	陰入	陰入	陽入	陽入	8
蘇州	陰平	陰平	陽平	陽平	上聲	上聲	上聲	(陽去)	陰去	陰去	陽去	陽去	陰入	陰入	陽入	陽入	7
福州	陰平	陰平	陽平	陽平	上聲	上聲	上聲	(陽去)	陰去	陰去	陽去	陽去	陰入	陰入	陽入	陽入	7
廈門	陰平	陰平	陽平	陽平	上聲	上聲	上聲	(陽去)	陰去	陰去	陽去	陽去	陰入	陰入	陽入	陽入	7
梅縣	陰平	陰平	陽平	陽平	上聲	上聲	上聲	(陽去)	去聲	去聲	去聲	去聲	陰入	陰入	陽入	陽入	6
長沙	陰平	陰平	陽平	陽平	上聲	上聲	上聲	(陽去)	陰去	陰去	陽去	陽去	入聲	入聲	入聲	入聲	6
南昌	陰平	陰平	陽平	陽平	上聲	上聲	上聲	陰去	陰去	(上聲)	陽去	陽去	入聲	入聲	入聲	入聲	6
揚州	陰平	陰平	陽平	陽平	上聲	上聲	上聲	(去聲)	去聲	去聲	去聲	去聲	入聲	入聲	入聲	入聲	5
太原	平聲	平聲	平聲	平聲	上聲	上聲	上聲	(去聲)	去聲	去聲	去聲	去聲	陰入	陰入	陽入	陽入	5
北京	陰平	陰平	陽平	陽平	上聲	上聲	上聲	(去聲)	去聲	去聲	去聲	去聲	(分入四聲)	(分入四聲)	(去聲)	(陽平)	4
成都	陰平	陰平	陽平	陽平	上聲	上聲	上聲	(去聲)	去聲	去聲	去聲	去聲	陽平	陽平	陽平	陽平	4
銀川	平聲	平聲	平聲	平聲	上聲	上聲	上聲	上聲	去聲	去聲	去聲	去聲	上聲	上聲	去聲	去聲	3
井岡山	陰平	陰平	陽平	陽平	(去聲)	(去聲)	(去聲)	(去聲)	去聲	去聲	去聲	去聲	(去聲)	(陽平)	(去聲)	(去聲)	3

　　表 5-1 中共列出十六種方言的調類，分合的一些細節無法在表中
反映出來。例如，表中列出南昌話古次濁平聲讀陰去聲，實際上，古
濁擦音聲母也要讀陰去，「時、譯」和「麻、龍」一樣，都和「霸、
細」等陰去聲字同調。又如井岡山客家話古次濁入聲，除表中所列讀
去聲以外，還有一部分讀陰平，「綠」讀陰平，「六」讀去聲，並不
同調。

4.入聲問題

　　漢語大部分方言都有入聲調類，沒有入聲的方言主要集中在北方
方言區。北方方言內部也有一些地區有入聲，如江淮一帶和山西一帶
的方言，但是就大部分地區看，入聲都已經消失。有沒有入聲可以說
是北方方言和其他方言語音上最明顯的區別之一。

　　有入聲的方言大致可以分為兩類，一類入聲音節讀音短促，音節
末尾帶有塞音韻尾，可以稱為「促聲調」，其他調類則可以稱為「舒
聲調」。這種分別在其他有聲調的語言中也是存在的，例如車江侗語
的十五個調類中，有六個就是促聲調。促聲調在漢語方言中都屬於入
聲，韻尾可以有 [-p][-t][-k] 三種，如廣州話「答」[tap]、「八」
[pat]、「百」[pak]，梅縣話和廈門話也是如此。潮州話略有不同，
三種塞音韻尾是 [-p][-k][-ʔ]，海南文昌話的塞音韻尾最多，除 [-p]
[-t][-k] 以外，還有一個 [-ʔ]，如「納」[nap]、「力」[lat]、「六」
[lak]、「臘」[laʔ]，一共有四種塞音韻尾，這在漢語方言裡是比較
少見的。南昌話有 [-t] 和 [-k] 兩種，大部分方言則只有一種，大都
是喉塞音 [-ʔ]，如蘇州話、合肥話和揚州話。福州話大部分人唯讀
[-ʔ]，也還有一些人是 [-ʔ] 和 [-k] 並存的，但 [-k] 很輕微，可以標
寫成 [-kˣ]，如「葉」[ieᵏ]。另外還有少數方言的入聲是以邊音收尾
的，如湖北通城「八」[pal]、「力」[dʻil]，安徽桐城「目」[mɤɬ]、
「曆」[liɤɬ]，也可以附在這一類。

　　這一類入聲的調值有的和其他調類相同，如廣州話，陽入調值和陽去相同，只是長短不同。短調值在五度制用短橫表示，只寫一個數字，廣州話陽入是 [˨2]，陽去是 [˨22]，「熱」[jit²] 和「義」[ji²²] 的分別只在音長和有無塞音韻尾，這種調類的不同實際是音長和音節結構的變化，和音高無關。有的入聲調值和其他調類不同，如蘇州話的陽入是短促的 [23]，雖然和陽平調值 [24] 很相似，但畢竟是其他調類沒有的調值。對這種短促的升調或降調，五度制用短斜線表示，寫成數字時下加橫線，蘇州話陽入是 [˦23]，陽去是 [˦24]，「白」[bɒʔ˦] 和「排」[bɒ˦] 的分別主要仍在音長和有無塞音韻尾，[23] 和 [24] 的分別並不是劃分這兩種調類的主要依據。由此可見，在這一類有入聲的方言裡，入聲和其他調類的分類標準並不一致，其他調類主要以調值的高低升降作爲分類標準，入聲則主要以調值的長短和塞音韻尾的有無作爲標準。在漢語方言中，有塞音韻尾的音節調值一般都是短的，因此也可以認爲在這類方言裡，入聲和其他調類的分別主要在於調值的長短不同。

　　另一類入聲音節末尾不帶塞音韻尾，讀音也不短促，只是自成一類，並沒有分化到其他調類裡去。例如長沙話和溫州話都有入聲調類，長沙話只有一個入聲，調值是 [24]，溫州話陰入是 [323]，陽入是 [212]，讀音都不短促，和其他調類的區別只在於調值不同，音長和音節結構都沒有明顯的差別。

　　沒有入聲的方言大致上也可以分爲兩類，一類是古入聲整體轉化，併入另一個調類，比如成都話，古入聲現在全歸入陽平，這可以說是西南官話的一個特點。再如銀川話，入聲歸入去聲，也是整體轉化到了另一個調類。另一類是古入聲分別歸入不同的調類，例如濟南話古全濁入聲歸入陽平，次濁入聲歸入去聲，清入聲歸入陰平。蘭州話古全濁入聲歸入陽平，其餘歸入去聲，分化條件都很清楚。北京

話和另外一些北方方言入聲分別歸入陰平、陽平、上聲和去聲四個調類，其中全濁入聲歸入陽平，次濁入聲歸入去聲，清入聲的分配則沒有明顯的規律。

　　從上面的介紹可以看出，入聲在各方言中的分合和歸屬有很大差異，這種差異反映了古今入聲演變的不同發展階段。古代入聲讀音短促，有 [-p][-t][-k] 三種不同塞音韻尾，這些韻尾在現代一些南方方言如廣州話中仍完整地保存著。表 5-2 列舉了幾種方言入聲字的讀音情況，從中可以看出古今入聲演變的大致過程：

表 5-2　漢語方言入聲字讀音舉例

古調類	陰入	陽入	陰入	陽入
例　字	八[-t]	十[-p]	百[-k]	麥[-k]
廣　州	pat^{33}	ʃɐp^2	pak^{33}	mɐk^2
南　昌	pat^5	sət$^{\underline{21}}$	pak^5	mak$^{\underline{21}}$
福　州	paiʔ$^{/k\underline{23}}$	seiʔ$^{/k4}$	paiʔ$^{/k\underline{23}}$	meiʔ$^{/k4}$
蘇　州	pɒʔ^4	zɤɒʔ^{23}	pɒʔ^4	mɒʔ^{23}
溫　州	po^{323}	sei^{212}	pa^{323}	ma^{212}
長　沙	pa^{24}	sʅ^{24}	pɤ^{24}	mɤ^{24}
成　都	pa^{11}	sʅ^{31}	pe^{31}	me^{31}
北　京	pa^{55}	ʂʅ^{35}	pæi^{214}	mæi^{51}

廣州話完整地保存了古入聲的塞音韻尾[-p][-t][-k]。南昌話古代以[-p]收尾的入聲併入了[-t]（在讀書音中，[-k]也有併入[-t]的趨勢，如「百」的文讀音是[pɛt]，「麥」的文讀音是[mɛt]），仍保存著[-t]和[-k]兩個塞音韻尾。福州話[-p]和[-t]都已消失，[-k]韻尾正處於向[-ʔ]轉變的過程中，因此兩音並存。蘇州話則是古代的[-p][-t][-k]一律變成[-ʔ]，代表了塞音韻尾演變的最後階段，吳方言裡有入

聲的方言，一般也都是如此。溫州話和長沙話代表入聲演變的另一個
階段，即塞音韻尾已經消失，但仍自成調類，有自己的調值。到成都
話和北京話，則是入聲演變的最後階段，即完全消失，併入其他調
類，成都併入陽平，北京分入四聲。

三、聲調的感知與測量

1.聲調的感知

　　聲調的高低升降曲直是由基頻的變化導致的，但是音節的基頻
變化跟聲調並不能完全等同。首先，基頻的微弱變化我們未必能夠
聽到，例如一個女聲所發出的 240Hz 的音高和 250Hz 的音高在漢語
普通話元語者聽起來都是陰平調。第二，聲調是一種相對的而不是
絕對的音高，一個男聲所發出的 150Hz 的音高和一個女聲所發出的
240Hz 的音高在普通話元語者聽起來都是具有高平特徵的陰平，二
者之間絕對音高的差異在聲調感知中會被過濾掉。這是因為人們在感
知聲調的時候，總是把一個聲調與跟它的條件（發音人、該聲調所處
的語音環境等）完全相同的其他聲調對比，以此來判斷這個聲調的高
度。每個人說話時的音高變化範圍都有自己的特點，也就是說，每
個人都有自己的聲調音域（調域），因此不同的發音人，尤其是不
同性別和年齡的發音人的絕對音高在聲調感知中是沒有可比性的。
第三，客觀的基頻值與主觀感知到的音高值之間並非簡單的線性關
係，因此在聲調研究中，人們往往使用一些相對音高的單位而不是
表示絕對音高值的單位 Hz，這個問題在下面「聲調的測量」中還會
詳談。

　　在聲調語言中，聲調的數目都比元音和輔音少得多。在漢語中，
聲調的數目自然也比聲母和韻母少得多，聲調在語音結構中的負擔自

然也就重得多。例如普通話有二十一個輔音聲母，可是只有四個聲調，如果某一個聲母讀得不正確，並不一定很快就被聽的人察覺出來，因為另外還有其他許多聲母也在話語中不斷出現，各聲母的出現率都不會很高。但如果某一個聲調讀得不準，很快就會被人聽出來，因為平均每四個音節就要出現一次這個聲調，出現率非常高，自然容易被人察覺。聲調可以說是語音結構中最為敏感的成分，但是感知聲調要比感知元音和輔音複雜。

聲調的調域是相對的，不只每個人調域的頻率範圍不同，就是同一個人，說話時的調域也是有時寬，有時窄，有時高，有時低的，要求一個人永遠用同樣寬窄和高低的調域說話是不可能的。此外，每一個調類的調值在一定的調域範圍內也並不是很穩定的，但是我們在感知聲調時，不但有能力把各種高低寬窄都不相同的調域統一起來，而且有能力把種種不同的基頻頻率的變化分別歸入少數幾個調類中去。例如在普通話中，如果一個音節的聲調接近 [55] 但卻有微弱的上升，普通話元語者仍然會把它聽成陰平。只有在升調的上升幅度足夠大的時候，普通話元語者才會把它聽成陽平。

與上述現象相關的是，既然不同的聲調都有各自的音高變化範圍，那麼它們之間是否存在一個感知上的範疇邊界呢？實驗研究的結果表明，漢語普通話的陰平和陽平之間有範疇邊界，一個上升的調子只有在上升幅度達到一定程度時才會被聽成陽平，如果升幅小於某個臨界線，元語者就會認為這是一個陰平調，這個臨界線就是陰平和陽平的範疇邊界。普通話陽平和去聲的感知情況與陰平和陽平的情況相似，一個高降調如果降幅很小，普通話元語者會把它聽成陰平，只有在降幅達到一定程度之後才會被聽成去聲。但並非所有聲調的感知都是範疇性的，感知實驗的結果表明，有些語言的不同平調之間就沒有範疇邊界，例如泰語的不同平調之間和漢語粵方言（廣州話）的不同

平調之間都沒有感知上的分界線。

　　聲調感知主要依據基頻的變化，但基頻並不是辨認聲調的唯一資訊。在耳語時，氣流從氣聲門擦出，形成一種噪音，這時聲帶並不振動，自然也不會產生基頻。但是只要能聽見耳語所形成的這種噪音，就能理解耳語說的是什麼，不但能辨認耳語中的元音和輔音，同樣也能分清不同的聲調，否則用耳語交流思想就將成為不可能的事。甚至用耳語單獨讀普通話的四個聲調，辨認率也可以在一半以上，可見除基頻外，還有一些資訊能夠說明我們感知聲調。發耳語時，只是聲帶最後面的氣聲門打開，大部分聲帶仍是併合的，聲門基本上仍處於關閉狀態（參看第一章圖1-17）。雖然耳語時聲帶沒有振動，但使聲帶緊張和鬆弛因而產生音高變化的肌肉活動並沒有因此而停止，這可能對耳語所形成的噪音頻譜產生了影響，從而起到了分辨聲調的作用。

　　聲調音高的變化對音長和音強都可能產生影響，例如普通話的四個聲調在單說時，往往是去聲最短、最強，上聲最長、最弱，陰平和陽平居中，陽平又往往比陰平略長一些。當基頻起作用時，這些都只是一些可有可無的輔助資訊，當基頻不起作用時，這些輔助資訊都有可能成為我們感知聲調的依據。

2. 聲調的測量

　　傳統語音學依靠聽覺對聲調的調值進行描寫，如前文所述，五度的差別對於聲調的理論描寫基本上夠用了。但是如果希望對聲調進行更加精細的觀察分析，或者希望用客觀的物理資料來驗證主觀聽感的可靠性，那麼仍然需要對聲調進行聲學測量。

　　語音分析軟體可以將語音信號的基頻提取出來，並根據提取結果作出音高曲線圖。需要注意的是，我們所看到的基頻曲線和傳統語音

學對聲調的理論描寫並不完全一致。一個聲調的開始和結束階段都可能出現與該聲調調型不符的短暫的升降變化，如高平調在開始時的輕微上升以及在結束處的略微下降，這是聲帶振動在啟動和結束時的慣性導致的，因此在聲調測量中需要剔除這部分音高資訊。

　　圖 5-2 是一位男性發音人所唸的普通話的四個聲調，可以看到陰平的音高曲線並非理論上的一條水平直線，開始的地方有略微上升，結尾部分略有上升之後又有所下降；陽平的音高曲線也不是直接

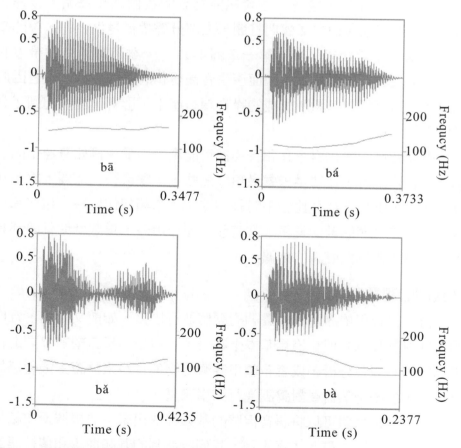

圖 5-2　普通話四個聲調的基頻曲線

上升的，而是稍稍下降之後再上升。音高曲線上這些與本來的調型不符的地方都不是聲調的本質特徵，因此在聲調的測量中是應該捨棄的。測量陰平時可以用發音穩定階段基頻的平均值，陽平、上聲和去聲都是有曲拱的調型，因此需要測量音高曲線上發音穩定階段的極點值（最低值、最高值、拐點的音高值）。在連續話語中進行聲調的測量就更加困難些，這是因為連續話語中的某個聲調總是被前面聲調的終點音高和後面聲調的起點音高所影響。此外，語調也會對字調產生各種不同的作用，這樣一來，一個音節的整體音高曲線可能會嚴重偏離單字調，在這種情況下，對測量點的選擇就需要慎之又慎。

3. 從頻率值到五度值的轉換

用語音分析軟體測量出來的音高單位通常是赫茲（Hz），這是絕對音高的單位。一些軟體也可以提供相對音高數值，使用的單位有半音（semitone）、美（mel）等。如前文所述，人們在感知聲調的時候會自動忽略絕對音高的個體差異，基於主觀感知的五度標調法實際上就是對音高進行了歸一化處理。但多數軟體都無法直接消除個體差異，因此即便在測量時選擇相對音高標度，仍然無法把測量到的結果與五度標調法直接連繫起來。

對音高的歸一化處理可以有多種方法，這裡介紹兩種與五度制相連繫的標調法[2]。

$$T = 5 \frac{\lg \dfrac{f_0}{f_{min}}}{\lg \dfrac{f_{max}}{f_{min}}} \quad (1) \qquad\qquad D = 1 + 4 \frac{\lg \dfrac{f_0}{f_{min}}}{\lg \dfrac{f_{max}}{f_{min}}} \quad (2)$$

2　該公式為中國科學院聲學研究所呂士楠教授提出的建議。

這兩個公式裡的f_0均表示實測基頻值，f_{min}和f_{max}分別表示發音人所發所有聲調的最低和最高基頻值。從公式⑴可以推出，當音高為最低和最高時，T分別為0和5，從0到1T都歸入1度，大於1T而小於等於2T的為2度，依次類推。從公式⑵可以推出，音高為最低和最高時，D分別為1和5，小於或等於1.5D的都歸入1度，大於1.5D而小於等於2.5D的為2D，以此類推到4度，大於4.5D的為5度。這兩個公式的差別在於：⑴在進行音高歸一時，把調域最低值設為0，進行五度離散時，每一度所覆蓋的音高空間都是1T。⑵在進行音高歸一時，把調域最低值設為1，離散出的1度和5度所覆蓋的音高空間最窄，只有0.5D，而其他3度都分別覆蓋了1D的範圍。這兩種演算法得到的結果不會有本質的差異，例如，假設一個女性發音人所發的某方言所有聲調的最低和最高值分別為75Hz和250Hz，那麼一個150Hz平調的T值為2.9，D值為3.3，均應歸入3度：一個200Hz平調的T值為4.1，歸入5度，D值為4.3，歸入4度。

　　基頻的歸一可以有不同的處理方法，上面介紹的這種方法適用於單字調的研究，對於語調研究來說不一定是完全適用的。因此，選擇什麼樣的音高測量方法，或者說對絕對的音高值如何進行處理以滿足理論研究的需要，還要視具體的研究對象和研究目的而定。

練習

1. 以單元音 [a] 或 [i] 作為音節單位，反覆練習聲調發音：

[˥55]—[˦44]—[˧33]—[˨22]—[˩11]

[˥55]—[˥˩51]—[˥˧53]—[˩˧35]—[˥55]

[˧33]—[˩˧˥135]—[˥˧53]—[˧33]

[˩11]—[˩˥15]—[˩˧13]—[˧˩31]—[˩11]

[˩˧˥135]—[˨˦24]—[˩˧13]—[˩˥15]

[˥˧53]—[˦˨42]—[˧˩31]—[˥˩51]

[˨˩˦214]—[˧˩˧313]—[˦˨˦424]—[˥˧˥535]

[˩˧˩131]—[˨˦˨242]—[˧˥˧353]—[˨˦˨242]

練習時，最好能同時聽國際音標錄音並有他人指導。如無此條件，可先選幾個比較有把握的音，如普通話的 [˥55][˩˧˥135][˨˩˦214][˥˩51] 作為標準，逐步比較擴展，不一定完全按照練習所列順序。

2. 下列八個漢字在北京、濟南、太原、長沙和南昌五種方言中聲母和韻母讀音相同，但調類的調值不同，試按各方言的不同調值練習發音。

	北京	濟南	太原	長沙	南昌
低 [ti]	[˥55]	[˨˩˧213]	[˩11]	[˧33]	[˦˨42]
私 [sɿ]	[˥55]	[˨˩˧213]	[˩11]	[˧33]	[˦˨42]
扶 [fu]	[˩˧˥135]	[˦˨42]	[˩11]	[˩˧13]	[˨˦24]
麻 [ma]	[˩˧˥135]	[˦˨42]	[˩11]	[˩˧13]	[˨˦24]
古 [ku]	[˨˩˦214]	[˥55]	[˥˧53]	[˥˩41]	[˨˩˧213]
李 [li]	[˨˩˦214]	[˥55]	[˥˧53]	[˥˩41]	[˨˩˧213]
怕 [pʻa]	[˥˩51]	[˨˩21]	[˦˥45]	[˥55]	[˦˥45]
寄 [tɕi]	[˥˩51]	[˨˩21]	[˦˥45]	[˥55]	[˦˥45]

3. 普通話雖然已經沒有入聲，但是從普通話聲母、韻母和聲調的配合關係可以看出一些音節原來是否來源於入聲，比如所有鼻音韻母的音節原來都不可能是入聲。和鼻音韻母相反，以下四種情況原來都來源於

入聲：(1) 不送氣塞音和塞擦音聲母音節讀陽平聲調。(2) 捲舌音聲母和韻母 uo[uo] 配合。(3) 舌尖音聲母和韻母 e[ɤ] 配合。(4) 除「嗟、靴、瘸」以外所有讀韻母 üe [yɛ] 的字。試根據以上四種情況確定下面三十個漢字中，哪些原來是入聲字。

白	特	者	平	足	桌	國	多
略	若	靴	宅	及	排	說	測
條	缺	別	雪	竹	得	初	弱
凡	答	桔	月	婆	昨		

4. 假定測量某人所說普通話四聲的基頻頻率和頻率對數值如下：

陰平	陽平	上聲	去聲
頻率值：310—305Hz	230—310Hz	210—160—250Hz	320—150Hz

試根據調域轉換成五度制，並按五度制確定其調值。

第六章
語流音變

一、語流音變的性質

1.不自由音變和自由音變

　　我們用語言進行交際的時候，總是一個音緊接著一個音說的，各個音連續不斷，形成了長短不等的一段段語流。語流內的一連串音緊密連接，發音部位和發音方法不斷改變，有時難免相互影響，產生明顯的變化，這種語音變化就稱為「語流音變」。前面已經談到過，北京話韻母 ian 裡的 a 讀成 [ɛ]，是受前面 i- 和後面 -n 高舌位影響產生的語音協調作用，這種協調作用就是語流音變的一種表現。

　　語流音變是共時性的，但有時能成為語言歷時性音變的原因。例如，古代漢語舌根音聲母 [k][kʻ][x] 是可以和齊齒呼韻母配合的（古代沒有撮口呼韻母），現代閩粵一帶的方言仍保存著這種配合關係，如「基、欺、希」廈門話讀成 [ki][kʻi][hi]，「驕、橋、曉」廣州話讀成 [kiu][kʻiu][hiu]。而在其他地區的方言中，這些字大都讀成舌面音聲母 [tɕ][tɕʻ][ɕ]，這是因為舌根音 [k][kʻ][x] 受它後面前元音 [i] 的影響，產生協調作用，發音部位前移，讀成了舌面音。這本是幾百年前產生的共時性語流音變，後來成為古代聲母 [k][kʻ][x] 到現代在齊齒呼和撮口呼韻母前變為 [tɕ][tɕʻ][ɕ] 這個歷時性音變的原因。

　　更常見的語流音變是在音節之間產生的，也稱「連讀音變」，例如北京話語氣詞「啊」[a] 前面的音節如果以 [i] 收尾，「啊」就要變讀成「呀」[ia]（如「你呀」），如果以 [n] 收尾，就要變讀成「哪」[na]（如「看哪」）。福州話聲母 [p][pʻ] 前面的音節如果是鼻音韻尾，就要變讀成 [m]，如「棉袍」[miɛŋ pɔ → miɛŋ mɔ]、「產品」[saŋ pʻiŋ → saŋ miŋ]。英語 can not [kæn nɔt]（不能）兩音節連讀時合成一個音節 can't[kænt]，也是語流音變的結果。超音質成分

也同樣可以產生音節間的語流音變，其中以連讀變調最爲常見，北京話兩上聲音節相連，前一個上聲音節變得和陽平調值相同，就是很典型的例子。

　　語流音變一般都有比較強的規律性，但是這種規律性只適用於特定的語言和特定的時代。各語言和方言都有自己特殊的語流音變規律，漢語方言中有韻母 ian 的很多，但並不是都和北京話一樣因協調作用而變讀成 [iɛn]。福州話 [p][pʻ] 在鼻音韻尾後變讀成 [m] 在漢語方言中更是不多見的。有的規律具有一般性，但在各語言和方言中所表現的具體內容並不完全相同，這一點在下文還會談到。

　　語流音變可以分爲兩種類型：一種是不自由的，只要音變條件出現，音變現象就必然產生。北京話的上聲變調和「啊」變讀成「呀、哪」以及福州話的 [p][pʻ] 變讀成 [m] 等，都屬於不自由音變。另一種是自由的，音變條件雖然出現，但是音變現象並不一定必然產生，也就是說變不變是兩可的，隨語言環境和個人習慣而異。例如下文所舉的「啊」，在北京話中的音變就有不自由的和自由的兩種情況。

　　不自由音變不受語言環境的影響，不論說話速度快還是慢，態度認眞還是隨便，都會產生音變。自由音變則往往要受語言環境的影響，說話快一些，隨便一些，就出現音變；慢一些，認眞一些，音變現象就可能消失。個人習慣也對語流音變有影響，有的音變現象對一些人是自由的，對另外一些人可能就是不自由的，這和每個人的年齡、性別、文化程度、社會地位等都有關係。

　　在語言環境中，說話速度對自由音變的影響最大。各語言說話速度並不相同，英語正常說話速度平均每秒約五個音節，漢語要慢一些，北京話的正常說話速度平均每秒約四個音節，每個音節平均 250 毫秒左右。如果說話速度較快，每秒能達到五個音節甚至更多，每個音節平均不到 200 毫秒，就會產生一些正常速度不存在的音變現象。

例如，「四個」[sʅ kə] 可以讀成 [sʅ ə]，「不知道」[pu tʂʅ tɑu] 可以讀成 [pu ʅ tɑu]，第二音節聲母脫落，這種現象只有在說話隨便、語速較快時才會出現。

北京話語氣詞「啊」經常要受它前面音節韻母或韻尾的影響產生種種不同的語流音變，其中有些是不自由的，有些則是自由的，音變情況如下：

前音節韻母或韻尾	「啊」的音變	例
[-a，-i，-y]	[a → ia]	他呀，你呀，去呀
[-n]	[a → na]	看哪

（以上為不自由音變）

前音節韻母或韻尾	「啊」的音變	例
[-o，-ɤ，-ɛ]	[a → ia]	說呀，喝呀，寫呀（啊）
[-u]	[a → ua]	哭哇（啊）
[-ʅ]	[a → za]	字啊
[-ʯ]	[a → ra]	紙啊
[-ŋ]	[a → ŋa]	聽啊

（以上為自由音變）

自由音變的結果因說話速度和個人習慣而異，其中說話速度是主要的，說話速度比較快時，以上這些音變都必然會產生，不因個人習慣而有所不同。只有說話速度正常或更慢一些時，個人習慣的不同才有可能顯示出來。例子中外加括弧的「啊」表示漢字既可以寫成

「呀」、「哇」，也可以寫成「啊」，是兩可的，不像不自由音變那樣一定要寫成「呀」或「哪」。

2.幾種常見的音變現象

　　各語言和方言都有自己特有的語流音變規律，音變現象千差萬別，產生音變的原因也多種多樣。有的音變原因比較簡單，例如北京話「啊」變讀成「哪」，很明顯是受了前面音節收尾 [-n] 的影響。有的音變原因相當複雜，例如北京話兩上聲相連為什麼前一個上聲會變得和陽平調值相同，到目前還沒有能夠找到十分合理的解釋。

　　最常見的語流音變是語音的同化。不相同的音在語流中相互影響，變得發音相同或相似，這種音變稱為同化作用。

　　音節內部的同化作用往往表現為各音之間發音部位的協調，例如輔音處在圓唇元音之前時往往被同化成圓唇化輔音，北京話除唇音聲母外，其他聲母處在合口呼和撮口呼韻母之前時都要受 [-u] 和 [-y] 的影響圓唇化。「都」[tu]、「國」[kuo]、「去」[tɕ'y] 裡聲母的實際讀音是 [t̥][k̥][tɕ̥']；英語 do[du:]（做）、cool[ku:l]（涼），法語 du[dy]（從）、cour[ku:r]（宮廷）等音節開頭的輔音也都受後面圓唇元音的影響讀成 [d̥][k̥] 等。舌根輔音 [k][k'][x] 處在元音 [i][-y] 之前時，發音部位受 [-i][-y] 的影響，前移接近於舌面中音，和處在 [-a][-u] 等元音之前時的發音部位顯然不同。這種語音上的協調也是音節內部常見的一種同化作用，比較廈門話「急」[kip] 和「甲」[kap]，廣州話「驕」[kiu] 和「雞」[kai]，英語 key[ki:]（鑰匙）和 car[kɑ:]（汽車），法語 cuve[ky:v]（桶）和 cave[kɑ:v]（地窖），都可以明顯感到 [k] 發音部位的這種變化。

　　音節之間的同化最容易出現在兩音節相連的地方，也就是說，前一音節的末尾和後一音節的開頭，這個位置以輔音居多，因此最容易

產生輔音的同化作用。福州話聲母 [t][tʻ][s] 前面的音節如果是鼻音韻尾，就全都會被同化成舌尖鼻音 [n]，如「皇帝」[xuɔŋ ta → xuɔŋ na]、「甜湯」[tieŋ tʻouŋ → tieŋ nouŋ]、「精神」[tsiŋ siŋ → tsiŋ niŋ]，這種同化是前面的音影響後面的音，稱爲「順同化」。廣州話「今日」[kam jat → kəm mat]，英語清擦音 [s] 處在濁輔音之後被同化爲 [z]，如 cards[kɑːdz]（卡片，複數）、dogs[dɔgz]（狗，複數），也都是順同化的例子。

　　後面的音影響前面的音稱爲「逆同化」，前面所舉音節內部發音部位協調的例子都是逆同化。音節之間逆同化的例子也很多，例如北京話 [-n] 韻尾後面的音節如果是雙唇音聲母，就可以被逆同化成雙唇音 [-m]，如「麵包」[miɛn pɑu → miɛm pɑu]、「分配」[fən pʻei → fəm pʻei]、「門面」[mən miɛn → məm miɛn]。許多方言都有類似的逆同化現象，如上舉「門面」，蘇州話爲 [mən mI → məm mI]，廣州話爲 [mun min → mum min]，福州話爲 [muoŋ mieŋ → muom mieŋ]。英語首碼 im- 只用在以 b、m、p 開始的詞根之前，如 imburse（償還）、immediate（直接）、impossible（不可能）等，這是首碼 in- 受後面唇輔音影響逆同化的結果。英語中只有少數幾個詞如 inbeing（本質）、inmate（同住者）、input（輸入）是例外，這幾個詞裡的 in- 都讀重音，和一般的首碼 in- 的性質並不完全相同。

　　音節之間元音的同化現象比輔音少，也比音節內部的元音同化少。兩音節之間的元音往往被音節中的輔音隔開，不能直接接觸，但同樣可以產生同化作用。例如北京話把「木樨」[mu ɕi] 讀成 [mu ɕy]，[i] 受前面音節 [u] 的影響變讀成圓唇的 [y]，於是菜單上出現了「木須肉」、「木須湯」的寫法。福州話「紅蚣（蜈蚣）」[øyŋ kuŋ] 讀成 [øyŋ ŋøyŋ]，「蚣」的聲母 [k] 變讀成 [ŋ]，是受前音節

韻尾 [ŋ] 影響產生的輔音同化；韻母 [uŋ] 變讀成 [øyŋ]，則是受前音節韻母 [øyŋ] 影響產生的元音同化。以上這兩個例子都屬於順同化。雲南貢山獨龍語 [tɯ mi]（火）、[lɯ gɹu]（鞋）等，在連讀時要變讀成 [ti mi][lu gɹu]，[ɯ] 被後面音節的元音同化，則是元音逆同化的例子。

在一些語言裡，有一種讓詞中第一音節或重讀音節的元音決定其他音節元音音色的傾向，這也是一種元音同化現象，稱為「元音和諧」。元音和諧是阿勒泰語系語言的突出特點。維吾爾語詞幹第一音節中的元音如果是前元音，後面音節中的元音往往也是前元音，如 [kelin]（兒媳）、[ødɛk]（鴨子）；第一音節中的元音如果是後元音，後面音節中的元音往往也是後元音，如 [buʁɑ]（鹿）、[orug]（瘦）。新疆柯爾克孜語詞幹第一音節是 [a] 或 [ə] 時，後面的音節一般只能是 [a] 或 [ə]，如 [ʃamal]（風）、[adər]（丘陵）、[pesə]（熱）、[məna]（這）。第一音節是 [e] 或 [i] 時，後面的音節一般也只能是 [e] 或 [i]，如 [ene]（母親）、[eki]（二）、[ini]（弟弟）、[itʃek]（腸子）。土耳其語名詞複數附加成分在 [gül-ler]（玫瑰）裡是 [ler]，在 [at-lar]（馬）裡是 [lar]，隨詞根元音的前後而改變，更能明顯地看出元音和諧所起的作用。

和同化作用相對的是語音的異化作用，相同或相似的音在語流中接近時，發音容易拗口，於是產生了異化作用，使發音變得不相同或不相似。異化作用遠沒有同化作用普遍，往往可以從中看出歷時音變的線索。例如漢語在隋唐時期有 [-m] 韻尾的韻母，其中有少數字能和唇音聲母配合，如「品」、「稟」、「凡」、「犯」、「範」等。到了元代，[-m] 韻尾仍保留，可是這幾個唇音聲母的字卻讀成了 [-n] 韻尾，這顯然是因為音節首尾都是唇音，產生了異化作用。現代廣州話仍舊保留了這種歷時音變的痕跡，古代 [-m] 韻尾在廣州

話裡相當完整地保存了下來，只有這幾個字要讀成 [-n] 韻尾：「品、稟」[pɐn]、「凡、犯、範」[fan]。拉丁語 marmor（大理石）到法語就變成了 marbre，第二音節的 m 被第一音節的 m 異化成了 b。傳到英語，前後兩個 r 又產生異化作用，變成了 marble，也是很典型的例子。

　　異化作用一般不出現在直接相連的音之間，這也是和同化作用不同的地方。雲南普米語箐花話兩個緊鄰音節如果都以送氣輔音開頭，第二個送氣輔音往往異化爲不送氣輔音，兩個送氣輔音並不相連，如 [phzɿ]（酒）和 [thiɛ̃]（喝）連讀時變爲 [phzɿ tɛ̃]（喝酒），[skhyɛ]（心）和 [phzᴈ̃]（白）連讀時變爲 [skhyɛ pzᴈ̃]（誠實）。兩音相連的異化現象比較少，蒙古語 [-ŋ] 後面和舌尖鼻音 [n-] 緊相連時要異化成非鼻音的 [-g]，如 [ʃaŋ]（獎品）變讀成 [ʃagnăn]（獎勵），這樣的例子是不多見的。

　　除同化和異化以外，比較常見的語流音變還有增音、減音、合音和換位。

　　語流中兩個音之間增添一個音進去稱爲「增音」，增音的原因很多，有的是爲了分清音節界限，北京話「這兒」、「那兒」、「哪兒」有人說成「這合兒」、「那合兒」、「哪合兒」，在「兒」[ɚ] 之前增添舌根輔音 [x]，使兩個音節界限清楚。有的是爲了發音方便，英語 athlete[æθliːt]（運動員）往往讀成 [θəliːt]，在 [θ] 和 [l] 之間增添 [ə]，避免了發音部位過快的變化。有的則是語音同化產生的結果，福州話「中央」[tyŋ yɔŋ] 要讀成 [tyŋ ŋyɔŋ]，「曠野」[kʻuoŋ ia] 要讀成 [kʻuoŋ ŋia]，原來零聲母增添成 [ŋ-]，顯然是前面音節 [-ŋ] 韻尾同化的結果。

　　語流中某些應該有的音沒有發出聲音來稱爲「減音」，減音現象最常出現在語速較快的語言環境中。前面曾經提到，北京話「四

個」、「五個」裡的「個」、「不知道」裡的「知」快讀時聲母
[k] 和 [tʂ] 都可以不讀出來，就是一種減音現象。英語在語速較快
時，asked[ɑːskt]（問，過去時）可以減去 [k] 讀成 [ɑːst]，factory
[fæktəri]（工廠）可以減去 [ə] 讀成 [fæktri]，也屬於減音現象。有
些減音和語速已經沒有直接關係，例如北京話「兩個」、「三個」不
但減去「個」的聲母 [k]，連 [k] 後面的 [ə] 和前面「兩」、「三」
的鼻音韻尾也都減去，「兩個」讀成 [lia]，寫成「倆」，「三個」
讀成 [sa]，可以寫成「仨」，這種讀法已經不大受語速變化的影響。
類似的例子如蘇州話入聲韻尾 [ʔ] 處在其他音節之前時消失，「石
板」[zɒʔ pE] 讀成 [zɒ pE]，「寂寞」[ziʔ moʔ] 讀成 [zi moʔ]。福
州話聲母 [k][k‘][x] 處在開尾韻音節之後時減音變成零聲母，「米
缸」[mi kouŋ] 讀成 [mi ouŋ]，「機器」[ki k‘ɛi] 讀成 [ki ɛi]，「詞
彙」[sy xuoi] 讀成 [sy uoi]，都是不大受語速影響的減音現象。

　　兩個音或兩個音節在語流中合成一個音或一個音節稱為「合
音」。北京話前響複元音 ai、ei、ao、ou 在輕音音節中可以變讀成
單元音 [ɛ][e][ɔ][o]，就是一種合音現象。例如「明白」的「白」
讀輕音，韻母 ai 可以讀成 [ɛ]；「木頭」的「頭」讀輕音，韻母 ou
可以讀成 [o]。兩音節合成一音節的合音現象在語言裡很常見，一般
多出現在少數常用詞語中，例如北京話「不用」búyòng 合成「甭」
béng，蘇州話「勿要」[fʔ iæ] 合成「覅」[fiæ]，廣州話「野（什
麼）」[mat jɛ] 合成 [mɛː]，英語 can not[kæn nɔt]（不能）合成
can’t[kænt]、it is[it iz]（它是）和 it has[it hæz]（它有）都合音成
為 it’s[its]。漢語有不少方言的「兒」音節和它前面的音節合音成為
一個音節，形成一套兒化韻母，如北京話的「花兒」huār、「盤兒」
pánr 等，這種兒化合音是成系統的，將在下文專門介紹。合音往往
同時包含減音現象，如北京話韻母 [ou] 輕讀合音成 [o]，實際也是

減去了 [u]；「兩個」減音讀成「倆」，也是兩音節合成一個音節的合音現象。

　　兩個音在語流中可以互換位置，這種現象稱爲「換位」。有一些老北京人把「言語（說話）」yányu 說成 yuányi，就是 [i] 和 [y] 的換位。麻窩羌語 [thɑpkɑ]（司廚）也可以說成 [thɑkpɑ]，是 [p] 和 [k] 的換位。福州話「旁邊」[pouŋ pieŋ] 要讀成 [puom mieŋ]，其中「旁」的韻尾 [-ŋ] 和「邊」的聲母 [p-] 都變讀成 [m]，是語音的同化，「旁」韻母中的 [ou] 變讀成 [uo]，則是元音的換位。英語 enmity [enmiti]（敵對）有人讀成 [emniti]，是 [m] 和 [n] 互換。法語 luxe[lyks]（奢侈）有人讀成 [lysk]，是 [k] 和 [s] 互換，這種讀法雖然一般認爲比較粗俗，但也反映出了換位現象。

二、連續變調

1.連讀變調的性質

　　聲調語言兩個或兩個以上的音節連在一起時，音節所屬調類的調值有時會發生變化，這種現象稱爲「連讀變調」。連讀變調是聲調在語流中產生的音變現象，只可能發生在相連音節之間。北京話上聲調類單唸或處在停頓之前時，調值是 [ꜜ214]，處在其他音節之前時，調值變爲 [ꜜ21] 或 [135]，就是典型的連讀變調現象。[ꜜ214] 是分析和記錄北京話上聲調類的基本形式，稱爲「本調」或「單字調」，[ꜜ21] 和 [135] 是上聲音節和其他音節連讀時產生的調值變化，稱爲「變調」。爲了和本調區別，在用五度制標寫調值時，變調的調值要標在直線的右側，如 [꜔21][ꜗ35]，如果需要和本調比較，應該放在本調之後，如 [꜔ꜜ21][ꜗꜜ35]。本調和變調並沒有主次之分，只是調類在不同語言環境中表現出的不同語音形式而已。

調類相同的音節本調的調值必然相同，連讀變調規律一般也應該完全一致。如果連讀變調規律不一致，也就是說，本調相同而變調不同，而且不同的變調各有自己的變調規律，就有可能應該分為兩個調類，這時調類劃分的根據不再是本調而是變調。例如浙江溫嶺話本調調值讀 [ˎ31] 的音節就有兩套完全不同的連讀變調規律，一套處在其他音節之前基本上不變調，另一套處在任何音節之前都要變調讀成升調。基本不變調的一套所包括的字和古代或現代一些方言中的陽上聲字相當，變調的一套所包括的字則和古代或現代其他方言中的陽平聲字相當。例如「是」[zʅ] 和「鬍」[ɦu] 本調都是 [ˎ31]，在「是非」和「鬍鬚」中都處在陰平聲之前，這時「是」不變調，「鬍」要變讀成 [ˏ35]。「父」[vu] 和「楊」[liã] 本調也都是 [ˎ31]，在「父子」和「楊柳」中都處在陰上聲之前，這時「父」也不變調，「楊」要變讀成 [ˌ13]。變或不變有很強的規律性，而且和古代或現代一些方言中，陽上和陽平兩調類完全相當，溫嶺話本調讀 [31] 的音節就應該根據兩種不同變調規律，分為陽上和陽平兩個調類。

銀川話按本調只有三個調類：平聲 [˧33]、上聲 [ˎ53]、去聲 [ˏ13]。上聲處在去聲之前時有兩套完全不同的變調規律，一套不變調，另一套變讀成 [ˏ35]。不變調的一套所包括的字都和古代或現代其他方言中的陽平聲字相當。例如「淺」和「前」、「紡」和「防」，銀川話單讀時都是 [ˎ53]，是同音字，如果後面緊跟一個去聲音節，「淺」和「紡」都變讀成 [ˏ35]，「前」和「防」不變，仍舊讀 [ˎ53]，「淺近」和「前進」、「紡織」和「防治」並不同音。嚴格地講，銀川話的上聲也應該根據這種變調分為上聲和陽平兩類，只是這兩類除處在去聲之前外已合而為一，不像溫嶺話那樣兩套變調的界限十分清楚。

連讀變調有時是區分語義或語法結構的一種手段，例如河南獲嘉

話上聲本調是［˩53］，「雨水」、「虎口」都是兩上聲連讀，如果只是前一音節變調，讀成［˩˥31˩53］，「雨水」指一般的雨水，「虎口」指老虎的嘴；如果前後兩音節都變調，讀成［˩˥31˩˩13］，「雨水」就專指雨水節氣，「虎口」就專指拇指和食指相連的地方。再如浙江舟山群島定海話「平地」［biŋ22 di ˩13］，不變調指平整土地，是述賓結構。如果「地」變調讀［˩˥34］，就指平坦的土地，是偏正結構。同樣，「生蛋」如果「蛋」［˩13］不變調指雞下蛋，如果變調讀［˩˥34］，就指不熟的生蛋了。

　　有的連讀變調規律只適用於個別語素，分兩種情況：一種是語素本身產生特殊的連讀變調。例如北京話語素「不」本調是去聲，如果處在另一去聲之前，就要變調讀成［˩35］，和陽平調值相同，如「不去」bú qù、「不對」bú duì。另一種是語素影響其他音節，使其他音節產生特殊的連讀變調。例如山西長治話入聲調值是［˩54］，處在詞尾「子」和「底」之前時分成兩套，一套變調讀［˩˩4］，相當於古代或現代一些方言中的陰入聲字，如「瞎子」、「熱底」；另一套不變調，相當於陽入聲字，如「脖子」、「薄底」。長治話入聲是否變調，是由後面「子」和「底」這兩個語素所決定的，和其他語素以及語音環境並無關係。

2. 連讀變調的類型

　　連讀變調是聲調語言中極為常見的語流音變現象，有的語言連讀變調非常複雜，有的語言比較簡單，也有的語言並不存在明顯的連讀變調現象。漢藏語系是典型的聲調語言，各語族的變調情況也很不相同，苗瑤語族的連讀變調一般就比侗臺語族複雜得多。同一種語言的各方言也有很大差別，苗語中貴州畢節縣大南山苗語連讀變調規律相當複雜，湖南花垣縣臘乙坪苗語就沒有明顯的連讀變調現象。漢語方

言中，東南沿海一帶吳方言和閩方言的連讀變調都很複雜，粵方言和客家方言則比較簡單，也可以認為不存在明顯的連讀變調現象。北方方言中以山西一帶的方言最為複雜，北京話可以說是最簡單的一種。

　　連讀變調可以發生在兩音節之間，也可以發生在三音節、四音節甚至更多的音節之間，但一般都是以兩音節的連讀變調為基礎的。兩音節變調可以分為三種類型：(1) 前變型。兩音節相遇，前音節受後音節影響產生變調。例如北京話「海島」、「想走」等兩上聲音節相連，只前一音節「海」、「想」變調讀成 [˧˥35]，後一音節「島」、「走」並不變調。福州話陰平 [˦44] 處在上聲 [˧˩31] 之前時變調讀成 [˥˨52]，後一音節上聲並不變調，如「工廠」[kuŋ˦ ʒuɔŋ˥]、「思想」[sy˦ luɔŋ]。(2) 後變型。兩音節相遇，後音節受前音節影響產生變調。例如蘇州話前一音節如果是陰平聲，後一音節一律變讀成低降調，如「東風」[toŋ˦ foŋ˥˩]、「工人」[koŋ˦ ɲin˥˩]、「空氣」[kʻoŋ˦ tɕʻi˥˩]。(3) 全變型。有後變型變調的方言往往同時也有前變型變調，如果前後兩音節都變，就成為全變型。例如蘇州話前音節如果是陽去聲 [˧˩31]，後音節多數情況下變讀為高平調 [˦44]，前音節也變調讀成低平調[˨22]，如「問題」讀成[˨ ˦]，「雨傘」讀成[˨ ˨]。

　　不同類型的變調在有的方言裡可以起區分語義或語法結構的作用。前面提到的河南獲嘉話「雨水」、「虎口」的兩種意義就是用前變型和全變型的不同變調類型來區分的。山西平遙話兩去聲 [˩˧˥] 相連，如果是述賓結構就用前變型，如「敗興」[pæ˩˩ ɕiŋ˦]，如果是並列結構或偏正結構就用後變型，如「病痛」[pi˦ tʻuŋ˩˩]、「慢待」[maŋ˦ tæ˩˩]。兩上聲 [˧˥˧] 相連，如果是述賓結構就用全變型，如「打頂（打盹）」[ta˧˧ tiŋ˧˧]，如果是並列結構或偏正結構，就不變調，如「卯榫」[mɔ˧ suŋ˧]、「小米」[ɕiɔ˧ mi˧]。

　　三音節、四音節甚至更多音節的連讀變調要比兩音節複雜得多，

而且往往受到語義和語法結構的影響，但多半都以兩音節的變調規律爲基礎。以三音節爲例，浙江溫嶺話是後兩音節按兩音節規律變調，第一音節基本不變，「東南」[tuŋ˧˩ nɛʌ˥˥] 兩音節都變調，「東南風」變成 [tuŋ˧ nɛʌ˥˥ fuŋ˧]，「南風」按兩音節規律變調，「南」由降調改爲升調，「東」不再變調。廈門話則是前兩音節按兩音節規律變調，第三音節不變，如「好學生」[ho ˅˥ hɑk˥˩ siŋ˥]、「差不多」[tsʻa˧ put ˅˥ to ˥]。廈門話四音節或更多音節也總是最後音節不變，其餘都要變調，最後音節一般處在語音停頓之前，往往受構詞法和句法的制約，例如「中華人民共和國」往往分成「中華」「人民」「共和國」三段來變調，並不是前六個音節都變，只有最後的「國」才不變。

有時多音節變調和兩音節變調規律毫無關係，北京話陽平聲處在兩陰平聲之間時往往產生變調，讀成 [˥55]，和陰平同調值，如「科學家」、「工農兵」，中間音節都可以讀成 [˥55]，這種變調就和兩音節變調規律無關。這種現象產生的原因是，音節處在中間位置時產生了輕化，調型就變成了前音節聲調終點和後音節聲調起點之間的過渡。因此，嚴格說來這種音變並不是連讀變調。蘇州話三音節連讀時有兩派讀音：一派前兩音節按兩音節規律變調，第三音節一律變成低降調，如「火車站」[həu ˅ tsʻo˦˥ zɛ ˅˩]，「火車」按兩音節陰平處在上聲之後的變調規律變讀成 [˦35]。另一派讀音中間音節主要由它本身的調類來決定，陰平處在中間音節並不變調，「車」仍舊讀 [˧44]，這一派的讀法就和兩音節變調毫無關係了。

3.普通話的連讀變調

普通話的連讀變調可以說是和北京話完全一致的，變調規律非常簡單，嚴格地講，只有一種不自由的變調，就是前面已經提到過的上聲變調。普通話上聲 [˨˩˦214] 處在陰平、陽平和去聲之前時，變調讀

成 [ꜗ21]，處在另一上聲之前時，變調讀成 [ꜗ35]。試比較：

上聲＋陰平：	語音	好聽	兩張	買書
上聲＋陽平：	語言	好人	兩條	買鞋
上聲＋上聲：	*語法	*好筆	*兩碗	*買米
上聲＋去聲：	語義	好看	兩塊	買布

直行比較上列各例，很容易感覺到上聲兩種變調的區別。兩上聲音節相連，前一音節的上聲調值顯然和處在其他三聲之前大不相同，例中前加星號以示區別。

　　上聲處在陰平、陽平和去聲之前讀成 [꜔꜖21]，可以認為是唯讀出了上聲調值 [꜖214] 的前一半，因此也可以稱為「半上」。半上仍保持了上聲低調的特點，只是把原來的降升調變為低降調而已。

　　上聲處在另一上聲之前讀成 [꜖꜔35]，已經變得和陽平聲同調值：「語」和「魚」、「好」和「毫」同音，「兩碗」和「涼碗」、「買米」和「埋米」沒有區別。只有在強調或對比兩者的分別時才有可能把上聲變調讀得略低一些，成為 [꜖꜔24]，這樣「兩 [24] 碗」和「涼 [35] 碗」、「買 [24] 米」和「埋 [35] 米」才略略有些不同。如果需要說下列這樣一句話：「北京市只有白 [35] 塔寺，並沒有百 [24] 塔寺」，就應該把陽平聲「白」和上聲「百」的變調區分開。但就一般情況看，兩者的調值應該說是完全一樣的。

　　普通話兩去聲音節連讀，前一個去聲聽起來很像變讀成了高降調 [ꜗ꜔53]，如「注意、現在、再見、放假」等。實際上普通話兩音節連讀時，前一音節的調域往往比後一音節高一些、窄一些，各聲調都是如此，兩個陰平聲音節連讀，如「今天、新書」，聽起來就往往是前一個音節顯得略略高一些。普通話去聲調值 [꜖ꜚ51] 從最高的 5 到最

低的 1，占據了整個調域，兩去聲連讀，實際是一個調域略高、略窄的 [ˇ51] 緊跟著一個調域略低、略寬的 [ˇ51]，和後一個 [51] 相比，前一個 [51] 聽起來自然會有些像 [53]。嚴格地講，普通話去聲和陰平、陽平一樣，並不存在明顯的連讀變調現象。

　　有不少世居北京的地道北京人把兩去聲連讀時的前一音節變讀成 [ˇ35]，和陽平聲同調值，「現在」讀得和「閒在」同音，「注意」讀得和「竹意」同音。這種現象遍及北京城區和近郊，主要存在於文化層次較低的人隨隨便便的日常談話之中，是北京話的內部方言歧異，不能算是普通話。

　　普通話三音節、四音節甚至更多音節連讀時，如果其中包括上聲音節，一般都按兩音節上聲變調規律變調，試比較下列各三音節詞語：

普通話 [ˇ˧˥ ˥ ˋ]　　山海關 [˥ ˇ˧˥ ˥]

漂白粉 [ˇ˧˥ ˊ ˋ]　　原子能 [ˊ ˇ˧˥ ˊ]

選舉權 [ˇ˧˥ ˇ˧˥ ˊ]　　副廠長 [ˋ ˇ˧˥ ˇ]

感謝信 [ˇ˧˥ ˋ ˋ]　　電影院 [ˋ ˇ˧˥ ˋ]

左邊四個詞第一音節是上聲，右邊四個詞第二音節是上聲，都要根據後面音節的性質變調：左邊的第二音節、右邊的第三音節都按陰平、陽平、上聲、去聲的順序排列，可以清楚地比較出不同的變調結果。處在第三音節的上聲「粉」和「長」後面沒有其他音節，並不變調。

　　如果三個音節都是上聲，變調情況就複雜一些，往往因語言環境和個人習慣的不同而有所變化。一般情況是前兩個上聲音節都變調讀成 [35]，例如：

展覽館〔ˇˇ ˇˇ ˇ〕　買手錶〔ˇˇ ˇˇ ˇ〕

　　「展覽館」是「展覽＋館」，屬於「雙單格」；「買手錶」是「買＋手錶」，屬於「單雙格」。單雙格如「買手錶、好領導、你演講」等，第一個上聲也可以不變讀成〔ɣ35〕，而是變讀成半上〔˩21〕，成為〔ˇˇ ˇˇ ˇ〕。

　　四個或四個以上的音節如果都是上聲，最簡單的變調是除最後一個音節外，其餘的都變讀成〔ɣ35〕，例如：

　　　　豈有此理〔ˇˇ ˇˇ ˇˇ ˇ〕
　　　　領導很了解〔ˇˇ ˇˇ ˇˇ ˇˇ ˇ〕
　　　　我買五把好雨傘〔ˇˇ ˇˇ ˇˇ ˇˇ ˇˇ ˇ〕

但是這種情況比較少。語流越長，語音停頓、語義重點、語法結構以及語調的變化就越多，各種因素交織在一起，可以形成非常複雜的變調局面。例如，在語音停頓前可以變讀成〔˩˩21〕，甚至可以不變讀，仍舊讀〔˩214〕，需要強調的音節也可以變讀成〔˩˩21〕，同時還可以加寬調域。這些變化主要是由語法結構和語義關係決定的。

　　普通話裡有兩個語素具有特殊的連讀變調規律，這就是「不」和「一」。

　　「不」本調是去聲，處在另一去聲之前時變調讀陽平聲，處在其他調類之前時不變調，仍讀去聲。試比較：

　　　　不乾 bù gān 不淨 bú jìng　　不聞 bùwén 不問 búwèn
　　　　不管 bùguǎn 不顧 búgù　　　不上 bú shàng 不下 bú xià

　　「一」本調是陰平聲，處在去聲之前時變調讀陽平聲，處在其他調類之前時變調讀去聲。試比較：

　　　　一心 yìxīn 一意 yíyì　　　一模 yìmú 一樣 yíyàng
　　　　一草 yì cǎo 一木 yí mù　　　一唱 yíchàng 一和 yíhè

　　也就是說，「一」處在任何調類之前都要變調。但是如果作為序數或十位以上的數的個數時，「一」就不再變調，仍讀陰平聲，例如，「第一期、十一期」「第一名、十一名」「第一種、十一種」分別處在陰平、陽平、上聲之前，就不能變調，仍舊讀陰平聲。只有在去聲之前才可以變讀成陽平聲，如「第一（yí）次、五十一（yí）次」，但是否變讀是自由的，依個人習慣或語言環境而定。

三、漢語的兒化音變

1.漢語兒化的特點

　　漢語許多方言都存在兒化音變現象，絕大多數兒化是語尾「兒」和前面音節合音形成的一種特殊的音變現象，例如北京話「花兒、歌兒、本兒」等。雖然都寫成兩個漢字，實際上已經讀成一個音節，「兒」只表示前面音節的韻母加上捲舌作用，本身不再獨立發音。由兒化音變形成的兒化韻母就是「兒化韻」。

　　有少數兒化音變和語尾「兒」並沒有關係，例如北京話「今兒（個）」、「昨兒（個）」、「前兒（個）」、「明兒（個）」裡的「兒」原來應該是「日」，「這兒」、「那兒」、「哪兒」裡的「兒」原來應該是「裡」，現在漢字雖然也都寫成「兒」，但實際是語素「日」和「裡」的語素變體，和語尾「兒」並無關係。北京話三音節連讀，所有讀 er 的語素處在中間音節時，都有可能和前面的音

節合音成兒化韻，在語速較快時更是如此，如「普洱茶」可以讀成 pǔrchá，「哈爾濱」可以讀成 Hārbīn，「連二灶（雙眼灶）」可以讀成 liánrzào，這些兒化韻也和語尾「兒」完全無關。

就漢語兒化現象的語音分析來看，起兒化作用的究竟是語尾「兒」還是「日、裡、洱、爾、二」或其他，關係不大。無論如何，語尾「兒」在兒化現象中占絕對多數，是最主要的，在討論兒化時，可以只以語尾「兒」為代表。

大部分北方方言都和北京話一樣，「兒」讀成捲舌元音 [ər]，一般也都存在兒化現象，但兒化的程度和方法並不完全相同。兒化以後的韻母一般都有所合併，如北京話「汁兒」zhīr 和「針兒」zhēnr 都讀成 [tʂər]，韻母 ï 和 en 兒化後合併成 [ər]；「雞兒」jīr 和「今兒（今天）」jīnr 都讀成 [tɕiər]，韻母 i 和 in 兒化後合併成 [iər]。北京話大部分韻母在兒化後仍保持區別，合併的只是少數。有一些方言大部分都要合併，如重慶話韻母 [au][ai][ən] 等兒化後合併，都讀成 [ər]，「刀刀兒（小刀）」的「刀兒」讀 [tər]，「蓋蓋兒（小蓋子）」的「蓋兒」讀 [kər]，「書本兒」的「本兒」讀 [pər]。韻母 [aŋ] 兒化後和 [an] 合併，都讀成 [ar]，「網網兒（小網）」的「網兒」讀 [war]，「飯碗兒」的「碗兒」也讀 [war]。這些韻母在北京話的兒化韻中都是不能合併的。重慶西面的榮昌話更進一步，所有韻母兒化後都合併成 [ɜr]，只保留了四呼的分別，如「杯杯兒」[pei pɜr]、「缸缸兒（水盂）」[kaŋ kɜr]、「（小）刀刀兒」[tɑu tɜr]、「橘柑兒」[tɕy kɜr]，第二音節兒化後韻母都讀成 [ɜr]，「電影兒」[tiɛn iɜr]、「蛋黃兒」[tan xuɜr]、「金魚兒」[tɕin yɜr] 第二音節韻母也是 [ɜr]，只是四呼不同而已。

大部分方言的兒化韻只是韻母產生捲舌作用，也有一些方言兒化韻的捲舌作用不僅限於韻母。山東陽穀話老派讀音「兔兒」

讀 [tʻlur]，「刀兒」讀 [tlɑor]，「座兒」讀 [tsluɤr]，「嗓兒」讀 [slɑr]，捲舌作用從韻母之前就開始，聲母後面緊跟著一個舌位略靠後近似滾音的輔音 [l]，很像是形成了複輔音。如果是齊齒呼和撮口呼韻母兒化，還可被分解成兩個音節，「碟」[tie]、「樣」[iãŋ]、「卷」[tɕyãn] 兒化後讀成「碟兒」[tiler]、「樣兒」[ilar]、「卷兒」[tɕylɛr]。山西平定話兒化韻的韻母本身不捲舌，只是在韻母前面加上捲舌邊音 [l̺]，如「豆兒」[tl̺ɤu]、「牌兒」[pl̺ɛ]、「今兒」[tsl̺ɤŋ]。山東金鄉話老派讀音兒化韻在韻母之前也加捲舌作用，如「刀兒」[trər]、「兜兒」[trour]、「邊兒」[priãr]。如果聲母是舌尖前音 [ts][tsʻ][s]，連聲母也產生捲舌作用，變成舌尖後音 [tʂ][tʂʻ][ʂ]，「子」[tsl̩]、「層」[tsʻə̄]、「三」[sã] 兒化後讀成「子兒」[tʂər]、「層兒」[tʂʻə̄r]、「三兒（小名）」[ʂãr]，兒化音變影響到整個音節。

　　有的方言「兒」並不讀捲舌元音 [ər]，也同樣可以產生兒化音變，只是不用捲舌作用來體現。洛陽話「兒、二、耳」等讀 [ɯ]，韻母兒化是以 [ɯ] 為韻尾，三十幾個韻母兒化後合併成 [əɯ][iɯ][uɯ][yɯ][ɛɯ][iɐɯ][uɐɯ][yɐɯ] 八個兒化韻，如「本兒」[pəɯ]、「味兒」[viɯ]、「蟲兒」[tʂʻuɯ]、「曲兒」[tɕʻyɯ]、「（肉）末兒」[mɛɯ]、「（一）片兒」[pʻiɐɯ]、「花兒」[xuɐɯ]、「（公）園兒」[yɐɯ]。

　　吳語很多方言「兒」讀鼻音 [ŋ] 或 [ŋ̍] 等，也同樣可以產生兒化音變。浙江義烏話「兒」讀 [n̩]，兒化時 [n] 成為前面音節的韻尾，同時加長前面的元音，如「兔」[tʻu]、「花」[hua] 兒化後讀成「兔兒」[tʻuːn]、「花兒」[huaːn]。如果前面音節原來有韻尾，則原來的韻尾失落，如「桶」[doŋ] 兒化後讀成「（小水）桶兒」[doːn]，「狗」[kəɯ] 兒化後讀成「（小）狗兒」[kəːn]。浙江平陽話和溫州

話「兒」都讀 [ŋ̩]，作語尾時可以自成音節，也可以兒化，兒化時也是 [ŋ] 成為前面音節的韻尾，同時加長前面的元音。如平陽話「刀兒」可以讀成 [tœ ŋ] 兩音節，也可以兒化讀成一個音節 [tœːŋ]，「兔」[t'y] 可以兒化成「兔兒」[t'yːŋ]，「盤」[bø] 可以兒化成「盤兒」[bøːŋ]，「羊」[ie] 可以兒化成「（小）羊兒」[ieːŋ]。平陽話語尾「兒」自成音節時調值是 [ʌ13]，兒化以後和前面的音節合音成一個音節，整個音節的聲調也讀成 [ʌ13] 或 [ʌ24]。聲母是濁音時讀 [ʌ13]，如「盤兒」[bøːŋ ʌ]；聲母是清音時讀 [ʌ24]，如「刀兒」[tœːŋ ʌ]。溫州話有的兒化音節合音非常緊密，[ŋ] 前面的元音並不加長，如「（笑）話兒」[ɦoŋ] 兒化時不讀 [ɦoːŋ]，而讀 [ɦoŋ]，和「紅」同音，當地就經常有人把「笑話兒」寫成「笑紅」。

　　兒化韻是表達小稱的一種手段，詞在兒化以後往往增加一層小、可愛或輕視的意義。漢語方言表示小稱並不僅限於兒化一種方法，西南官話常用重疊的方法表示小稱，有的同時兒化，如上面所舉重慶話和榮昌話的一些例子；有的並不兒化，如貴陽話「籃籃、盒盒、箱箱（抽屜）」等，只重疊，不兒化。福州話也常用重疊的方法，如「瓶瓶、櫃櫃、罐罐、盒盒」等也都表示小稱。吳方言和粵方言有時用調值的變化表示小稱，可以稱為「小稱變調」。浙江永康話各調類都有自己的小稱調值，如「豬」[tɕi ˩] 在「（小）豬」中讀成 [tɕi]，陰平 [44] 在小稱時讀成 [324]，「樹」[zy ˩] 在「（小）樹」中讀成 [zy]，陽去 [24] 在小稱時讀成 [11]。浙江溫嶺話平聲小稱時讀 [ʌ15]，「雞」[tɕi ˧] 在「（小）雞」中讀成 [tɕiʌ]。廣州話「麻包」的「包」[pau ˩] 調值是 [53]，「荷包」的「包」[pau ˥] 調值變成 [55]，「熱帶」的「帶」[tai ˧] 調值是 [33]，「鞋帶」的「帶」[tai ˧] 調值變成 [35]，都起到了小稱的作用。廣東信宜話小稱變調比廣州話要嚴格得多，不管原來是什麼調類，小稱時一律變為高升調 [ʌ135]，而且

調域提高。「杯」[pui ㄚ]調值是[53]，小稱時讀成[35]，調域還要升高一些，「狗」[tɐu ㄍ]調值原來就是[35]，小稱時要把[35]再提高一些，並不會混淆。如果是單元音韻母，後面還要加上[-n]韻尾，「路」[lu ＿]小稱時讀成[lun ㄍ]，「魚」[ȵy ㄍ]小稱時讀成[ȵyn ㄍ]，[ㄍ35]調值是調域升高了的高升調。廣西容縣話的小稱變調和信宜話很相似，只是單元音並不加[-n]韻尾，如「碗」[un]小稱時讀成[un ㄎ]，「魚」[ȵy ㄍ]小稱時讀成[ȵy ㄍ]，後面並不加[-n]。

2. 普通話的兒化韻

　　普通話的韻母除帶調自成音節的[ər]韻母（「兒、耳、二」等）以外，全都可以兒化。兒化的捲舌作用從韻腹開始，直到韻尾，韻頭並不受影響。「碴兒」chár[tʂʻar]、「兔兒」tùr [tʻur]、「（小）刀兒」dāor[tɑur]、「（小）狗兒」gǒur [kour]都是整個韻母兒化，「鳥兒」niǎor[niɑur]、「花兒」huār[xuar]、「（配）角兒」juér[tɕyɛr]的韻頭[i][u][y]並不兒化。

　　有一些韻母兒化後，韻母結構產生了較大的變化，分為三種情況：

(1)韻母i[i]、ü[y]兒化時後面加上[ər]，[i]和[y]實際上由韻腹變成了韻頭，如「（小）雞兒」jīr [tɕiər]、「（小）魚兒」yúr [yər]。韻母ï[ɿ][ʅ]也是後面加[ər]，但[ɿ][ʅ]不再發音，也可以認為是兒化後變成[ər]，如「絲兒」sīr[sər]、「（樹）枝兒」zhīr[tʂər]。

(2)韻尾-i[i]、-n[n]兒化時不再發音，只是前面的韻腹產生捲舌作用，如「（小）孩兒」háir[xar]、「盤兒」pánr[pʻar]、「信兒」xìnr[ɕiər]、「（合）群兒」qúnr[tɕʻyər]。

(3)韻尾-ng[ŋ]兒化時和前面韻腹合併成鼻化元音，同時加捲舌作用，如「缸兒」gāngr[kãr]、「（小）蟲兒」chóngr[tʂʻr]、

「（花）瓶兒」píngr[pʻiə̄r]、「（小）熊兒」xióngr[ɕyr]。

　　兒化韻的聲學特性主要表現在 F₃ 頻率大幅度下降，向 F₂ 接近，越是接近，聽感上的捲舌色彩就越重。普通話兒化韻的捲舌動作幾乎是和韻腹同時產生的，F₃ 在韻腹的開端一般就呈現下降的趨勢，有時一開始就能下降幾百赫。

　　普通話的兒化韻和北京話是完全一致的，除自成音節的 [ər] 韻母以外，三十七個韻母兒化後合併成二十六個兒化韻，合併情況如表 6-1 所示。

表6-1　北京話兒化韻和本韻的對應關係

兒化韻	例詞	原韻母	兒化韻	例詞	原韻母	兒化韻	例詞	原韻母	兒化韻	例詞	原韻母
[ər]	絲兒	ïr	[iər]	—		[uər]	—		[yər]	—	
	枝兒	ïr		雞兒	ir		—			魚兒	ür
	碑兒	eir		—			櫃兒	uir		—	
	根兒	enr		今兒	inr		棍兒	unr		裙兒	ünr
—			—			[ur]	屋兒	ur	—		
[ɤr]	歌兒	er		—			—			—	
			[iɛr]	街兒	ier		—		[yɛr]	月兒	üer
[or]	沫兒	or		—		[uor]	活兒	uor		—	
[ar]	把兒	ar	[iar]	芽兒	iar	[uar]	花兒	uar	[yar]	—	
	牌兒	air		—			拐兒	uair		—	
	盤兒	anr		尖兒	ianr		罐兒	uanr		院兒	üanr
[aur]	刀兒	aor	[iaur]	票兒	iaor		—			—	
[our]	鉤兒	our	[iour]	球兒	iur						
[ãr]	缸兒	angr	[iãr]	亮兒	iangr	[uãr]	筐兒	uangr		—	
[ɔ̃r]	燈兒	engr	[iɔ̃r]	影兒	ingr	[uɔ̃r]	甕兒	uengr			
						[ũr]	空兒	ongr	[ũyr]	熊兒	iongr

普通話的兒化韻和北京話雖然完全一致，但是可以兒化的詞少得多。表中所列例詞有一些很難說已經進入普通話，只能說明普通話可以存在這類兒化韻。有的兒化韻在北京話裡也是罕用的，如[uɤr]，只在「甕兒」這一個詞中使用，而「甕」本身就是一個很不常用的詞。

　　北京話的兒化韻近幾十年來處在比較大的變動中，存在著相當明顯的個人讀音分歧。例如，有的人把 air 和 anr 讀成 [ɐr]，和 ar[ar] 並不同音，「板兒」bǎnr[pɐr] 和「把兒」bǎr[par]、「（小）罐兒」guànr[kuɤr] 和「（小）褂兒」guàr[kuar] 發音並不相同。有的人把 er[r] 也讀成 [ər]，和 ïr、eir、enr 等同音，「歌兒」gēr [kər] 和「根兒」gēnr[kər] 毫無分別。還有的人甚至連 ier[iɛr] 和 üer[yɛr] 也讀成 [iər][yər]，「（樹）葉兒」yèr 和「（腳）印兒」yìnr 都讀 [iər]，變成完全同音。總起來看，北京老年人的兒化韻趨向於分，青年人則趨向於合，這些都是北京話內部的個人讀音差異，並不影響普通話兒化韻的分合。

（練）（習）

1. 列出普通話語氣詞「啊」的各種音變，並說明產生音變的原因。
2. 練習拼讀北京話、蘇州話和廈門話下列各詞語，注意其中的連讀變調現象。

北京話

[xai ˩˧]（海）　　　　　　　　[ɕyan ˩˧]（選）

[xai ˧˩ tɕyn ˥]（海軍）　　　　[ɕyan ˧˩ tɕʻy ˥]（選區）

[xai ⋏ jiaŋ ꜒]（海洋）　　[ɕyan ⋏ min ꜒]（選民）

[xai ⋏ ʂuei ꜔]（海水）　　[ɕyan ⋏ tɕy ꜔]（選舉）

[xai ⋏ ʔan ꜔]（海岸）　　[ɕyan ⋏ pʻiɑu ꜔]（選票）

蘇州話

[ȵin ꜒]（人）　　　　　　[sɿ ꜔]（水）

[koŋ ꜔ ȵin ⋏]（工人）　　[kʻɛ ꜔ sɿ ⋏]（開水）

[nø ⋏ ȵin ⋏]（男人）　　[ɦy sɿ ⋏]（雨水）

廈門話

[suã꜒]（山）　　　　　　[he ꜔]（火）

[suã꜕ sai ꜒]（山西）　　　[he꜕ tsʻ ĩ꜒]（火星）

[suã꜕ sui ꜔]（山水）　　　[he ꜔ lɔ ꜔]（火爐）

3. 福州話是語流音變最複雜的漢語方言，指出下列詞語福州話讀音中各有哪些音變現象，並說明產生音變的原因。

便利 [pieŋ ꜕ lei ꜔ → pieŋ꜕ nei ꜔]

宗教 [tsuŋ ꜒ kau꜔ → tsuŋ ꜔ ŋau ꜔]

記憶 [kei꜔ ei꜔ → ki ꜔ ei ꜔]

電影 [tieŋ ꜔ iŋ ꜒ → tieŋ ꜔ ȵiŋ ꜔]

疑心 [ŋi ꜔ siŋ ꜒ → ŋi ꜒ liŋ ꜒]

瀑布 [puʔ ꜒ puɔ ꜔ → puʔ ꜔ βuɔ ꜔]

4. 用國際音標拼寫下列各詞語的普通話讀音，指出有哪些語流音變現象。

火車　　電視　　理想　　淺薄

很了解　新聞系　保險單

一不做，二不休

5. 用國際音標拼寫下列各兒化詞的北京話讀音，指出哪幾個變成了同音詞。

珠兒　　汁兒　　印兒　　魚兒　　牌兒

針兒　　盤兒　　葉兒　　缸兒　　頭兒

第七章

韻律

　　韻律本來是指詩歌中的押韻和平仄規則，語音學借用來指話語中的重音、節奏和語調現象。本章將對詞彙和語句層面的重音、節奏以及語調問題進行簡要介紹。

一、詞彙的輕重音

　　組成一段語流的各音節聲音響亮程度並不完全相等，有的音節在語流中聽起來聲音比其他音節突顯，就是重音音節；有的音節聽起來比較微弱，就是輕音音節。在國際音標裡，重音在音節前左上方加 ['] 表示。

　　音節輕重的不同在詞彙層面和句子層面都存在，在多音節詞中，各音節的輕重位置往往是確定不變的。例如英語 phonetics [fou'netiks]（語音學）第二音節 ne 必須讀重音，北京話「明・白」 míng・bai 裡的「白」必須讀輕音，可以說是習慣使然，不這樣讀，聽起來就不夠自然，不夠標準。有些必須輕讀的如果讀成正常的重音，甚至有可能讓人聽不懂或誤會成別的意思。詞彙層面的這種重音或者輕音叫作詞彙重音或者詞彙輕音。

　　在表達完整意義的語句中，重音可以起強調其中某個詞語的作用，例如「我對 '他說了」是強調對「他」，不是對別人；「我對他 '說了」則是強調「說了」，沒有隱瞞，兩句的意思顯然不同。這種重音表達了語氣的變化，和上面介紹的多音節詞語中的輕重音性質很不相同，可以稱爲強調重音或句重音。

1. 詞彙重音

　　有些語言，如英語、法語、俄語等的多音節詞裡會出現明顯的重讀音節，這樣的語言叫重音語言。重音語言的詞彙重音可以分爲固定重音和自由重音兩種類型。有的語言重音總是放在多音節詞的固定位置上，例如法語的詞重音總是放在詞的末一個音節，突厥語族語言的

一個特點也是詞的重音位於末一個音節，土耳其語以及我國境內的維吾爾語、哈薩克語、柯爾克孜語等都是如此。波蘭語和非洲斯瓦希里語重音總是處在倒數第二個音節上，芬蘭語和捷克語則是把重音放在詞的第一個音節上。這些語言的重音都屬於固定重音。有的語言每一個詞的重音位置確定不變，但不同的詞重音位置可以不同，這種語言的重音就屬於自由重音，英語和俄語都是如此。前面提到英語 phonetics 重音在第二音節，可是 photograph[ˈfoutəgraf]（照片）重音在第一音節，phonological[founəˈlɔdʒikəl]（音位學的）重音在第三音節。俄語 правда[ˈpravdə]（真理）重音在第一音節，дорога[daˈrogə]（路）重音在第二音節，демократ[demoˈkrat]（民主派）重音在第三音節。各個詞的重音位置都不能變動，但是各個詞的重音位置並不相同。當然，對自由重音的語言來說，重音的位置也並非無規可循，重音的位置其實是由語言的音系規則決定的。

　　有的語言重音可以分等級，比如在英語中，音節較多的詞，除最響亮的一級重音以外，還有一個次響亮的，稱為「次重音」，在音節前用低 [ˌ]」號表示。例如，sociolinguistics[ˌsousiouliŋˈgwistiks]（社會語言學）、magnification[ˌmægnifiˈkeiʃən]（放大）。

　　漢語是聲調語言，多音節詞是否存在詞彙重音，學界有不同看法。對於含輕音音節的詞來說，重音肯定是落在非輕音音節上。對於不含輕音音節的詞來說，有人認為存在兩種不同的重音模式，即左重式和右重式（右重式包括等重式），如「散布」（左重）和「散步」（右重）、「技術」和「計數」。也有人認為，對於不含輕音的多音節詞來說，唸成左重和右重是自由的，這些詞並不存在固定的重音格式。還有些學者認為，在孤立詞的狀態下，不含輕音的多音節詞一般也是最後一個音節最重。不過，孤立詞最後一個音節最重可能是最後一個音節處於停頓前的延長效應導致的，因此這個「重」不一定是詞

彙重音層面的「重」。但是無論如何，普通話多音節詞各音節的輕重程度總是不同的。

　　承載詞彙重音的音節在音高、音長、音強以及音色方面都有不同於非重音音節的一些客觀特點。不過，「重」和「輕」實際上是人們感知到的語音現象，這兩個特徵很難用客觀的聲學參數加以界定。人們需要探究的是，在語音的物理四要素，或者說聲學四要素中，哪些參數與人們對音節輕重的感知關係最為密切。

　　大量的語音實驗證明，對於多數重音語言來說，詞重音最重要的聲學關聯物是音高和音長。例如，在對英語詞重音知覺的研究中，人們首先發現強度在詞重音的感知中所起的作用沒有時長大，後來又發現音高是詞重音感知最重要的聲學關聯物。

　　儘管普通話是否存在詞彙重音是一個理論層面的問題，但是從語音的客觀實際看，無論一個多音節詞處於孤立狀態還是語流之中，各音節在聽感上的輕重程度都有可能是不同的。近年來，對漢語詞重音感知的實驗結果也表明，普通話重音音節一般都是音長比較長，調域比較寬，調型也比較完整的。音強往往也有所加強，但不是主要的。

2.漢語的輕音和輕聲

　　輕音是與重音相對的語音現象，儘管學界對於漢語普通話的詞彙重音問題有不同看法，但是多音節詞中的輕音現象是得到普遍認可的。許多漢語方言也存在語詞層面的輕音，因此輕音的問題得到了比較多的關注。輕音音節一般是在音節前加「‧」表示。

　　與輕音有關的一個概念是輕聲，在聲調層面，失去聲調的音節稱為輕聲音節。輕聲音節又分為兩種，一種是原本就不能帶聲調的輕音音節，例如「桌‧子」、「我‧們」、「什‧麼」這些詞中的詞綴「‧子」「‧們」「‧麼」在現代漢語中就是不帶聲調的輕聲音節，這

些音節的聲調在任何情況下都無法恢復。另一種情況是，原本帶調的音節進入詞語之後，由於受到詞語輕重音格式的制約，變成了輕音音節，在聲調層面，也就失去了原有的聲調而變成了輕聲。例如「想・想」是動詞「想」的重疊形式，兩個語素都是上聲音節，這個詞的重音格式是重輕型，因此第二個「想」在口語表達中就失去了原有的聲調而變成了輕聲音節。

以上所說的兩種不同的輕聲音節在連讀變調中會形成不同的變調條件，例如在北京話中，「椅・子」和「想・想」都是重輕式，第一個音節都是攜帶重音的上聲音節，但是它們的實際調值並不相同。詞綴「・子」與詞根語素「子」的讀音不同，前者是不攜帶聲調的非上聲音節，根據上聲的變調規則，「椅」在非上聲之前就變爲半上聲 [21]。而在「想・想」中，由於後面的「想」原本是一個上聲音節，儘管由於它出現在重輕格式的詞當中而成爲輕音音節，第一個「想」依然以第二個「想」的原調爲條件變爲 [35]。

普通話的輕音音節在音高、音長、音強和音色方面都與正常重音的音節存在差別。在音高方面，輕音音節的音高由其前面音節的非輕音的音高決定。在非上聲之後，輕音的音高曲線是下降的，但起點音高不同；在上聲之後，輕音的音高曲線持平或者略升（參見圖 7-1）。如果用五度制表示的話，輕音的音高在陰平、陽平、上聲和去聲之後可以分別描寫爲 [41]、[52]、[33] / [34] 和 [21]。不過，由於輕音音節通常比較短，音高的變化在聽感上往往不容易被察覺，因此輕音在四個聲調之後的音高也可以描寫爲 [2]、[3]、[4] 和 [1]。

圖 7-1 顯示了四個普通話輕音詞的波形和音高曲線，從圖中大致可以看到上面所描述的輕音音節的音高特徵。輕音是輕重音層面的語音現象，除了音高層面的特點之外，這種音節在音長和音質方面也

都有不同於重音音節的特點。在音長方面，輕音音節的長度通常比正常重音的音節短些，而且振幅也相對弱些（相同音質的音節的長度和振幅才有可比性，因爲不同的元音和輔音各有其不同的固有強度和長度）。

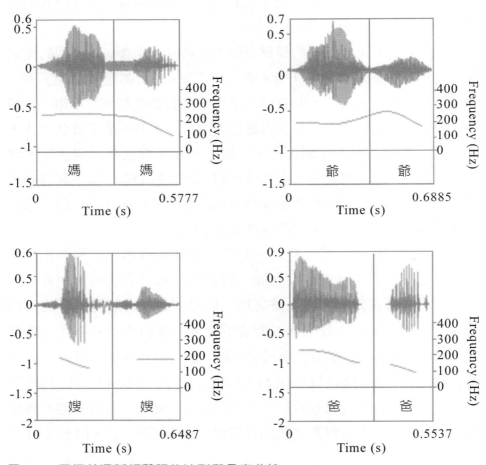

圖 7-1　四個普通話輕聲詞的波形和音高曲線

　　由於音長的縮短，輕音音節在音質方面也會發生一些變化，以下幾種變化較爲常見：

(1)中、低元音向央元音靠攏，前響複元音有變成單元音的傾向。例如：

頭・髮 [fa → fə]　　　棉・花 [xua → xuə]

打・扮 [pan → pən]　　大・方 [fɑŋ → fəŋ]

回・來 [lai → lɛ]　　　妹・妹 [mei → mɛ]

眉・毛 [mɑu → mɔ]　　石・頭 [tou → to]

哥・哥 [kɤ → kə]　　　認・得 [tɤ → tə]

(2)高元音單韻母 [i][u][y] 如果處在擦音或送氣塞擦音之後，輕讀時元音往往清音化，也就是變成聲帶不顫動的元音。例如：

心・思 [sɿ → sɿ̥]　　　本・事 [ʂʅ → ʂʅ̥]

東・西 [ɕi → ɕi̥]　　　豆・腐 [fu → fu̥]

出・去 [tɕʻy → tɕʻy̥]

在這些輕音音節中，元音的發音實際上只留下了一些舌位或者唇形方面的特徵（非唇音聲母受到後接圓唇元音的逆同化作用而產生的唇化特徵），甚至有時候唇形特徵也脫落了，在這種情況下，也可以認為韻母已經不發音了。例如在北京話中，「去」[tɕʻy] 在非輕音的條件下，聲母 [tɕʻ] 會因為韻母是圓唇元音而發生唇化，但「出去」中，「去」的聲母可以不發生唇化，這是因為圓唇的韻母已經脫落，它對前面的輔音產生的同化作用也隨之消失。我們還可以比較一下「心思」[ɕins] 和英語 since[sins]（由於）中的最後一個輔音，「豆腐」[touf] 和英語 doff [dɔf]（丟棄）中的最後一個輔音，兩種語言的 [s] 和 [f] 並沒有明顯的分別。

⑶不送氣清塞音聲母和不送氣清塞擦音聲母容易濁化。例如：

好・吧 [pa → ba]　　　他・的 [ta → də]

兩・個 [kə → gə]　　　看・見 [tɕiɛn → dʑiɛn]

說・著 [tʂə → dʐə]　　　日・子 [tsʅ → dzʅ]

　　以上韻母和聲母的變化都比較自由，因人和語言環境而異，隨隨便便談話時，這種變化比較容易出現。在地道的北京話裡，變化傾向更加明顯，變化範圍也更加廣泛，「桌子、盤子、胖子、柿子」等詞裡的詞尾「・子」[tsʅ] 也可以讀成 [tsə]，變成央元音，這也成為北京方言土語的一個特點。

　　普通話的輕音和詞義、語法成分有密切關係。語法成分應該讀輕音的主要有以下這幾類：

　⑴語氣詞「吧、嗎、呢、啊」等。例如：走・吧、去・嗎、寫・呢、說・啊。

　⑵尾碼「們、子、頭、麼」等。例如：我・們、桌・子、木・頭、這・麼。

　⑶助詞「的、地、得」和「了、著、過」。例如：我・的書、認真・地寫、走・得快、吃・了、唱・著、說・過。

　⑷在某些「名詞＋方位詞」片語中出現的方位詞「上、裡」。例如：桌・上、書・上、屋・裡、心・裡。

　⑸單音節動詞重疊式的第二個音節。例如：說・說、看・看、想・想、談・談。

　⑹述補結構中的趨向補語。例如：出・去、拿・來、走・出・去、站・起・來。

　　以上這些讀輕音的語法成分都有比較強的規律性，只有少數例

外，如尾碼「頭」在「磚頭、窩頭」中，方位詞「上、裡」在「樓上、城裡」中都不讀輕音。

　　普通話裡還有一些雙音詞的第二個音節要讀輕音，例如：

衣·服　隊·伍　事·情　刺·蝟　指·甲　　（名詞）
告·訴　喜·歡　知·會　照·應　明·白　　（動詞）
聰·明　熱·鬧　舒·服　麻·煩　漂·亮　　（形容詞）

這一大批雙音詞都只是按照習慣讀成輕音，很難說其中有什麼規律。北京話裡讀輕音的雙音詞更多，如「太陽、參謀、噴嚏、目的、刺激」等，這些詞在普通話裡都不一定非要讀成輕音。

　　漢語大多數方言都存在輕音現象，只是範圍和數量有很大差別。成都、昆明等西南方言的輕音比普通話少得多，語氣詞、尾碼和助詞等一般都不輕讀，廣州話則基本上不存在輕音現象。輕音和兒化韻的頻繁出現可以說是北京話語音的兩大特色，這些特色在普通話裡也有一定程度的體現，但地位遠不如在北京話裡突出。

二、句重音

　　一句話中在聽感上突出的重音就是語句重音。當語詞在語句中處於不被突出或者被弱化的位置時，本身的詞彙重音往往也變得不再突出，而當語詞承載了語句的重音時，詞彙重音會更加突顯。因此，對於語句重音來說，人們首先關心的是它的分布是否也像詞彙重音一樣具有某種規律。

1. 句重音的類型和分布

　　首先來看下面的例句，黑體字為重讀音節。

（1a）今天星期一。

（1b）今天星期一。

在一般情境下，如果陳述「今天是星期一」這樣一個事實，我們會將句子的重音放在最後一個詞「星期一」上。但是如果有人說「昨天是星期一」，為了表示對這個陳述的否定，我們在說這句話的時候，就會把重音放在句子的第一個詞「今天」上。由此可見，句子出現的上下文發生了變化，句中重音的位置就會隨之發生轉移。

由於重音的分布跟句子產生的情境有關，因此學界對句子重音類型的劃分不盡相同，這裡介紹兩種最基本的類型——常規重音和對比重音。常規重音指的是在沒有具體上下文的條件下，或者整句話都處於說話人要強調的範圍內時，句子裡出現的重音。（1a）中的重音就是說話人要表達「今天是星期一」這個事實時出現的重音，（1b）中的重音就是與「昨天是星期一」進行對比之後產生的重音。對比重音在聽感上往往比常規重音來得更加突顯。

常規重音的分布跟句法結構有著密切的關係，一般說來，主謂結構中的謂語、述賓結構中的賓語、偏正結構中的部分修飾性成分、一部分述補結構中的補語會被重讀。例如：

（2）車來了。（主謂結構中的謂語重讀）

（3）來車了。（述賓結構中的賓語重讀）

（4）來了一輛大車。（定中結構中的形容詞定語重讀）

（5）車來得很晚。（述補結構中的補語重讀）

對比重音的分布完全由表達的需要而定，在表達中需要特別強調的部分（句法學上稱之為焦點）都需要重讀。例如：

（6）——哪天是星期天？

　　　——昨天是星期天。

（7）——昨天星期幾？

　　　——昨天星期天。

（8）——昨天是星期天嗎？

　　　——昨天是星期天！

如果一個合成詞負載了對比重音，最終被特別強調的往往是這個詞當中語義負擔最重的語素。例如，（6）和（7）中最為突顯的音節是「哪、昨」和「幾、天」。

　　對比重音位置的不同可以使句子的意義發生重大的改變。例如：

（9a）這個道理孩子們都懂了。

（9b）這個道理孩子們都懂了。

（9a）的重音在「都」上，表示對「孩子們」的遍指。（9b）的重音在「孩子們」上，表示這個道理比較淺顯，連孩子都懂得，大人就更應該明白了。

　　常規重音和對比重音的位置也有可能發生重合，例如，「今天是星期天」中，「天」的重讀既可能是對比重音，也可能是常規重音（當「星期天」整個詞重讀時，最重的重音會落在「天」上）。

2. 句重音的語音特徵

　　跟詞重音的情況相似，人們在表達語句重音時也會調用各種超音段特徵，其中最為重要的當屬音高和音長。圖 7-2 顯示的是（1a）和（1b）的波形和音高曲線。在（1a）中，句子的音高曲線基本上保持

在一個恆定的位置；在（1b）中，重音音節「今」最高，緊隨其後的「天」音高有較大幅度的下降。在圖中我們還可以看到，獲得句重音的音節在長度上未必比其他音節有明顯的優勢，例如，（1b）中「今」的長度並沒有超過句子中所有的音節，但其音高的優勢還是很突出的。

對於具有高音特徵的陰平、陽平和去聲音節來說，如果承載對比重音，那麼它們的高音點會有較大幅度的提高，緊隨其後的音節的高音點會有較大幅度的下降。不過當語句重音落在句末時，重音音節在音高上與前面的音節相比並沒有突出的升高，在這種情況下，調域在句末沒有出現下降就意味著句末音節的重讀，詳見下文對語調結構的分析。

處於非句末的上聲音節如果承載重音，除了自身的低音點會進一步降低之外，還會抬高其前面非上聲音節的高音點。如果獲得句重音的上聲音節位於句末，那麼該音節一定會出現上聲的升尾，且升尾的高度較高。圖 7-3 顯示的是「今天光吃雞」、「今天還吃雞」、「今天總吃雞」、「今天不吃雞」的三維語圖和音高曲線。

三、節奏

無論是自然語言還是藝術語言，人們在進行語音的加工時總會出現輕重緩急的交替變化，這就形成了語音表達的節奏感。在音系學中，專門研究節奏的理論被稱為「節律音系學」（metrical phonology）。在這種理論框架下，節奏的單位也被稱為「節律單位」。本書仍然使用「節奏」這個術語。

節奏的單位有大有小，對於不同的語言來說，節奏單位的劃分也可能是不同的。這裡只介紹適用於漢語的兩種單位——音步和停延段。

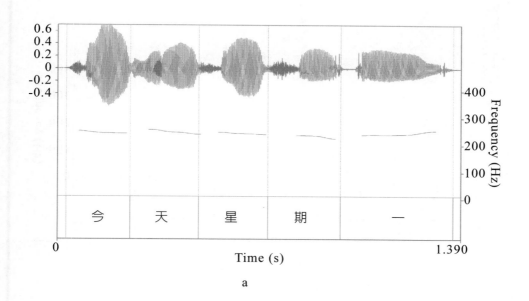

a

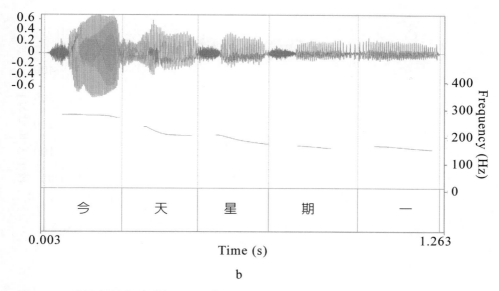

b

圖 7-2　重音在語句中的不同分布

（a：句首重音　　b：句末重音）

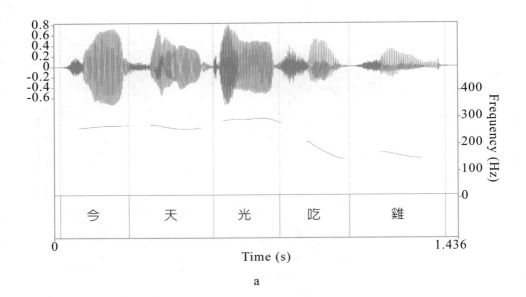

a

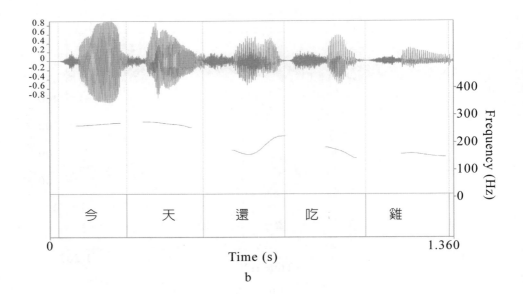

b

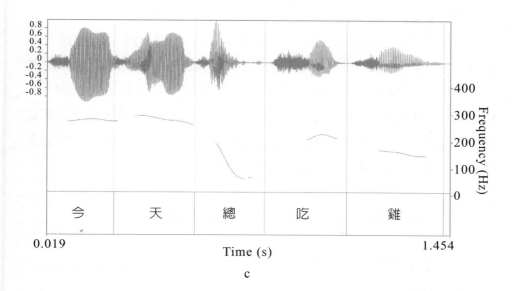

c

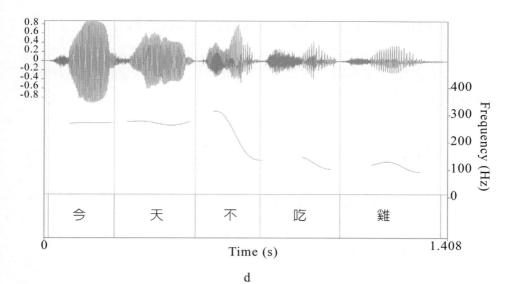

d

圖 7-3　語句重音對四個聲調的作用

（a：陰平　b：陽平　c：上聲　d：去聲）

1.音步

音步本來是指詩歌中的基本節奏單位，一般（但不是永遠）包括兩個音節，其中一個音節在聽感上感覺重些。這種節奏層面的加重，突顯程度雖然不如句重音來得明顯，但依然是可以感知到的。人們發現，不僅僅是在詩歌中，在自然的言語交際中，音節也存在輕重交替的現象，因此音步又用來指自然語言中的基本節奏單位。例如下面這句英文童謠包含了四個節奏層面的重音：

（10a）'This is the 'house that 'Jack 'built.

節奏層面的每一次輕重交替就形成了一個音步。這樣，（10a）就形成了四個音步（「｜」表示音步的界線）：

（10b）｜This is the｜house that｜Jack｜built.

音步這樣的節奏單位在漢語當中也存在，例如下面這個成語的語法結構是：

（11a）人〔無（遠慮）〕，必〔有（近憂）〕。

但是在節奏上，這個成語的結構卻是：

（11b）人無｜遠慮，必有｜近憂。

再如下面的詞，在朗誦中會形成這樣的節奏：

　　（12）我住｜長江頭，君住｜長江尾。日日｜思君｜不
　　　　　見君，共飲｜長江水。〔（宋）李之儀《卜算子‧
　　　　　我住長江頭》〕

這樣的節拍跟句法結構多數是不對應的，這說明節奏單位在很大程度
上有著獨立於句法的組織規則。在上面的例子中，多數節奏單位都是
兩音節的，如果將語速放慢或者用朗誦的風格來唸這些語句，這些節
奏單位的末音節都可以進行一定程度的延長。這些單位就是音步，音
步是一個純語音層面的單位，它不一定是一個詞彙單位或者句法單
位。現代漢語普通話的音步以兩音節最為常見，句末有時會出現三音
節的超長音步，只有一個音節或者包含四個音節的音步比較少見。跟
英語的音步不同的是，漢語的音步往往不是通過輕重交替，而是通過
節奏上的疏密體現出來的。音步之內一般都不會出現停頓或者音節的
延長，而音步的末尾音節是可以延長的，其後也可以出現停頓。
　　音步的組織當然也在一定程度上受到句法結構的制約，一個雙音
節詞是不會被組織到不同的音步中去的，一個單音節詞如果在音步的
組織中「落單」，通常會通過延長其時長的方式將它處理為一個獨立
的音步。例如：

　　（13）心｜也許｜很小｜很小，
　　　　　世界｜（卻）很大｜很大。（舒婷《童話詩人》）

在（13）中，「心」後面是一個自成音步的雙音節詞，因此「心」
只能通過停頓或者延長的方式自成音步。「卻」前面的雙音節詞也自
成音步，後面的「很」和「大」在句法上關係比較密切，組成一個音

步[1]，「卻」字落單。但是「卻」不會自成音步，因為它在韻律上是一個輕讀的詞，因此它依附在「很大」的前面，成為一個音步的附著成分[2]。

2.停延

我們在前面屢次提到了停頓和延長的概念。在語流中，處於停頓之前的音節在長度上有比較大的自由度，通常也會被延長，而時間上的延長在聽覺上也會給人以「頓」的感覺，「停延」指的就是這種語音現象。自然語流中不是所有的地方都可以任意停延的，上文提到，音步的內部不允許出現停延，實際上，也不是所有的音步末尾處都可以出現停延。例如：

（14）一件漂亮衣服

這個片語包含了三個音步，如果中間發生停頓（不包括加工句子時因找詞出現的停頓），會出現在「一件」之後，而不會出現在「漂亮」之後。

在自然語言中，停延的出現往往有比較大的自由度，即許多停延是可出現可不出現的。但是在不同的句法和韻律邊界，停延的出現還是有著優先度的差別的。例如：

1　關於句法與節奏組織之間的關係，參見王洪君（2008）《漢語的非線性音系學》（增訂版）第十一章「普通話的韻律層級及其與語法語義語用的關聯」以及初敏、王韞佳、包明真（2004）〈普通話節律組織中的局部句法約束和長度約束〉，載於《語言學論叢》第30輯，北京：商務印書館。

2　這種成分也可以稱為「韻律外成分」，參見王洪君（2002）《普通話中節律邊界與節律模式、語法、語用的關聯》，載於《語言學論叢》第26輯，北京：商務印書館。

（15）這幾天心裡頗不寧靜。（朱自清《荷塘月色》）

這句話裡如果出現停延，首先會出現在句子的主語「這幾天」之後。如果語速極慢，出現二次停延的話，那麼最有可能出現的地方應該是「心裡」（「心裡頗不寧靜」也是主謂結構）之後。

3.韻律結構與句法結構

從前面的例子中我們可以看到，在片語和語句層面，韻律單位跟句法單位往往是不對應的，這說明韻律自有其相對獨立的結構規則。韻律結構與句法結構的不對應體現在兩個方面：一個是韻律邊界與句法邊界不一定是對應的，第二個是韻律層級不會像句法層級那麼多。

首先來看韻律邊界與句法邊界的不一致性。如上文所述，一個音步未必是一個句法詞，它可以是一個詞，也可以是一個片語，還可以由跨越句法邊界的兩個沒有直接句法關係的成分組成。例如：

（16）吃碗麵去。

這句話的句法層級和音步組織分別是（16a）和（16b）：

（16a）吃／／碗／／／麵／去。（「／」表示句法邊界，「／」的數目表示句法層級的高低，「／」的數目越小，句法層級越高）
（16b）吃碗｜麵去。

顯然，第一個音步內的「吃」和「碗」、第二個音步內的「麵」和

「去」都沒有直接句法關係。

　　與音步的情況相似，停延與否也不是以是否出現句法邊界或者句法邊界的大小作為條件的。例如：

> （17）這時候最熱鬧的 ‖ ，要數樹上的蟬聲 ‖ 與水裡的
> 蛙聲。（朱自清《荷塘月色》）（「‖」表停延
> 邊界）

這句話中最大的停延邊界與句法邊界是一致的，出現在整個句子的主語和謂語之間。但是如果在謂語部分出現停延的話，則不會在助動詞「要」與其賓語之間，而會出現在比述賓片語更低一層的聯合片語「樹上的蟬聲與水裡的蛙聲」內部。此外，如果「要數樹上的蟬聲」中間還出現停延，停延段也不會出現在最高層的句法邊界「要」的後面，而是會形成「要數」和「樹上的蟬聲」兩個停延段，第一個停延段內的「要」和「數」沒有直接句法關係。

　　再來看韻律結構與句法結構在深度上的差異。韻律結構和句法結構都存在不同的層級，但是句法上的層級關係未必都能在韻律上得到體現，即高層句法邊界處的停延未必比低層句法邊界的停延強。例如：

> （18）這是一件純手工製作的繡著纏枝蓮的淡灰藍色的
> 立領對襟長襖。

這個句子的句法層次為：

> （18a）這／是／／一件／／／純手工製作的／／／／

繡著纏枝蓮的 / / / / / 淡灰藍色的 / / / / / / 立領對襟 / / / / / / / 長襖。

它的韻律結構是（只標出停延邊界）：

（18b）這是一件 ‖ 純手工製作的 ‖ 繡著纏枝蓮的 ‖ 淡灰藍色的 ‖ 立領對襟長襖。

可以看到，韻律上的停延邊界同時也都是句法邊界，但是句法邊界的層級有所不同，而這種不同很難在停延上得到反映，即高層句法邊界處的停延未必比低層的來得更強。例如，「淡灰藍色的」之後的句法邊界比「一件」之後的句法邊界低了若干層，但是「淡灰藍色的」後面的停延未必比「一件」後面的停延弱。在這個例子中我們還可以看到，有些較高層級的句法邊界處沒有出現韻律停延，如「這」之後和「是」之後。

韻律深度與句法深度的不一致也體現在複句中。例如：

（19）我愛熱鬧，也愛冷靜；愛群居，也愛獨處。（朱自清《荷塘月色》）

這個複句中有四個分句，從句法和語義的角度看，四個分句之間的關係並不是等列的。句子最高層的並列關係是「我愛熱鬧，也愛冷靜」與「愛群居，也愛獨處」，以逗號隔開的兩個分句形成第二層的並列關係。但是這種不同等級的並列關係在停延中未必會有體現，在口語中，出現在分號處的停頓未必比出現在逗號處的停頓來得更長。

四、語調

　　語調是句子層面的韻律特徵，廣義的語調包括句子的音高、節奏、音長和音強特徵，狹義的語調僅限於句子的音高特徵。本節只討論狹義的語調內容。

1. 字調和語調

　　對於非聲調語言來說，句子層面的音高變化就是語調，圖 7-4 就是一個英語句子的語調。但是對於聲調語言，尤其是像漢語這樣的曲拱調語言來說，整句話的音高曲線上既有每個音節聲調的資訊，又有整句話語調的信息。例如，圖 7-5 是兩個陳述句的音高曲線，上圖中的句子全部由陰平音節組成，下圖中的句子全部由陽平音節組成，因此兩句話的音高曲線也就不同了。鑑於這個原因，我們在分析漢語的語調時就需要找到一個合適的方法，將句子音高曲線上的聲調和語調資訊剝離開來。

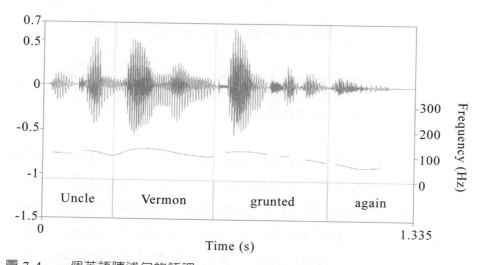

圖 7-4　一個英語陳述句的語調

（男性發音人，上半部分是波形圖，下半部分為句子的音高曲線）

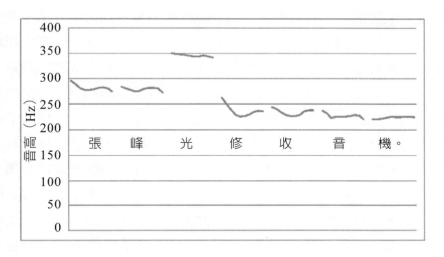

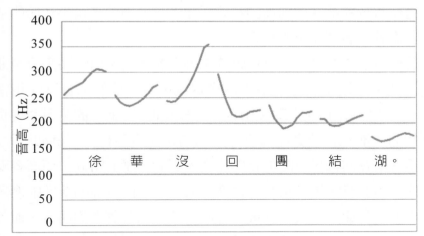

圖 7-5　普通話陳述句的音高曲線

（女性發音人，本圖和此後各圖中的音節時長均經過歸一化處理）

　　音節在沒有被輕化的條件下，其聲調核心特徵不會因爲攜帶了語
調的資訊而改變，例如，高調音節的音高目標依然是高調（與處於同
等條件之下的其他聲調相比），升調也依然會在很大程度上呈現出上
升的特徵。當然，聲調在語句中可能會因協同發音導致音高曲線在一

定程度上的變形，也就是說，音高曲線的起點會受到前面音節音高曲線終點的影響。例如，圖 7-5 中「修」、「回」、「團」音高的起點都是從前面音節音高曲線的終點附近開始的，回到各自聲調的起點位置後，再向該聲調的目標值前進，因此這些音節聲調的核心特徵依然是可以觀察到的。圖 7-5 最值得我們注意的現象是，如果一個句子中所有音節的聲調完全相同，各音節的絕對音高卻不一定一樣，其中有些只有細微差別，有些卻相差甚遠。例如，在「張峰光修收音機」中，「張」、「峰」兩個音節的絕對音高值接近，「光」的高度突然上升，之後又有大幅度的下降。而在我們的聽感中，這句話中的所有音節不管是高是低，聽上去都是陰平，只不過這個句子有一個強重音，這個重音就落在特別高的音節「光」上。顯然，陰平音節的這種相對音高就是語調作用的結果。

再來看圖 7-5 中，陽平在語調作用下的變化。由於陽平調是曲拱調，因此它的變化就比陰平來得複雜些，各音節的低音點（相當於 /35/ 中的「3」）和高音點（相當於 /35/ 中的「5」）的絕對高度也都不盡相同，而且低音點和高音點之間的距離也不相同。例如，「沒」（句重音所在的位置）的低音點比它前面的「華」略高，而高音點比前面的「華」有大幅度提高，這就造成「沒」的音高的上升幅度超過了句中所有音節。「沒」之後的「回」音高出現驟然的回落，而且音高曲線的上升幅度也壓縮得比較厲害。

從上面的分析我們已經可以初步看到，語調對於聲調的作用結果主要是使聲調的絕對音高產生變化，實質上也就是使聲調的調域發生了變化，其中調域的上限（如陰平的音高、陽平高音點的音高）、調域下限（調域下限的變化會導致陽平低音點的變化）和調域寬度（調域寬度的變化會引起陽平上升幅度的變化），都會在語調作用下發生各種變化。因此，聲調音域的變化才是漢語語調的具體體現。在下

面對陳述語調和疑問語調的具體分析中，我們還會對這個問題進行進一步的闡述。調域是所有聲調在相同條件之下的音高變化範圍，陰平、陽平的高音點、去聲高音點是與調域上限同步變化的，其中陰平和去聲高音點所在的位置一般就是調域上限的位置。陽平、上聲和去聲這三個聲調的低音點是與調域下限同步變化的，其中上聲和去聲低音點所在的位置往往就是調域下限所在的位置。

2. 語調的結構

　　自然語言中的句子長度往往相差甚遠，比較長的句子在口語表達中會出現比較明顯的停頓，而在每一次停頓之後，句子的音高曲線往往會出現所謂的重置。這種重置有些像一個新句子的開始，因此在分析這種語句的語調時，就需要將整句話的語調分割成若干語調單位。學界對於語調單位有著形形色色的命名，如語調單元（tone unit）、調群（tone group）、語調短語（intonational phrase）等，對於語調單位的切分也一直有著不同的看法。圖 7-4 顯示的是一個中間出現停頓的句子的音高曲線，這句話的語調就可以分為兩個語調單元。

　　正如音節的結構有一定的規律一樣，語調單元的構造也有一定的規律性。對於語調單元的結構，不同的語調理論有不同的分析方法，這裡簡單介紹以調核為中心的分析方法。每一個語調單元內都有一個最為突顯的重讀音節，這個音節就是調核所在的位置。調核前所有正常重音的音節組成調頭，調核之後的部分為調尾。圖 7-6 中顯示的是例（20）～（22）的語調結構，每個句子內部所有音節的聲調都是一樣的，分別為陰平、陽平和去聲。句中的黑體字表示句子重音所在的位置。圖中的矩形上下邊分別表示各音節調域上限和下限的位置。

（20）張峰光修收音機。

（21）徐華沒回團結湖。

（22）趙慶要去售票處。

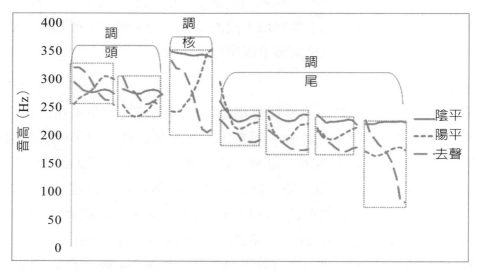

圖 7-6　調頭、調核和調尾

　　對於漢語普通話的語調來說，調核所在音節的調域上限會有明顯的抬高，也就是說，陰平、陽平和去聲的高音點會有抬高，而調核之後的調域上限會有大幅度的降落。實際上，調核也就是我們在第二節中所說的語句重音所在的位置。

　　如果調核所在音節的聲調恰好是上聲，那麼上聲之後那個音節的調域上限也會被抬高（見圖 7-2）。由於調核之後調域上限的大幅度降低，因此調核後音節如果是陽平和上聲的話，它們的音高曲線會被壓得較扁平，如果音節發生嚴重輕化的話，陽平甚至會失去原有的升調調型。如果調核出現在句末，調核的調域上限一般不會有明顯抬高，同時句子調域上限在整體上也不一定下降

或者只有輕微下降。圖 7-7 中是兩個音節相同但調核不同的句子的音高曲線，如圖中折線所示，當調核處於句首（「趙慶」）時，調核之後的調域有大幅度的降落；當調核處於句末（「售票處」）時，整個句子的調域只有輕微的下降。

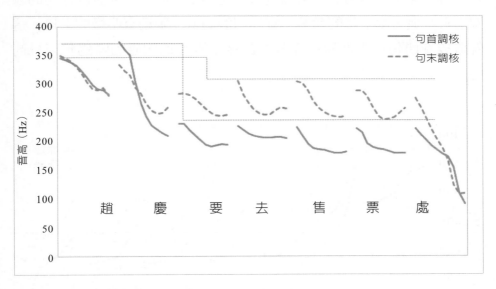

圖 7-7　調核位置對句子調域上限的整體走向的影響

3. 普通話的陳述語調和疑問語調

　　句子語氣的不同可以用疑問詞或者表示疑問的句法結構來表達，也可以用語調來表達。因此，有疑問句法或者詞彙標記的疑問句的語調，也有可能使用與陳述句一樣的語調；沒有疑問句法或詞彙標記的疑問句就必須使用疑問語調來表達疑問語氣。

　　圖 7-8 是調核都處於句首的一個陳述句和一個疑問句的音高曲線，疑問句由於沒有疑問詞和疑問句法結構，只能通過語調來表達疑問語氣。圖中的實線折線和虛線折線分別表示兩個句子調域上限和下

限的變化輪廓，兩句中的「趙慶」都處於語義焦點的位置上，不過最終的強重音落在了後面的音節「慶」之上，因此，「慶」的調域上限比「趙」有略微的抬高，調域下限向下拓展（這個拓展也跟強重音之後的略微停頓有關）。在調核之後，兩句話的調域上限都出現了明顯的下落，但是陳述句的下落幅度大大超過了疑問句，而且陳述句的調域上限有進一步下降的**趨勢**，疑問句的調域上限則有略微的上揚。這就造成疑問句在整個調尾部分的調域上限都比相應的陳述句來得高些。

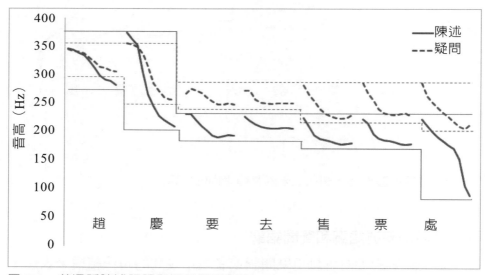

圖 7-8　普通話陳述語調和疑問語調對比

　　調尾部分陳述句的調域下限整體上也低於疑問句，而最突出的差別是，陳述句中，句末音節的調域下限與前面的音節相比有非常突出的向下拓展，疑問句句末音節的調域下限也有所擴展，但幅度非常有限。也就是說，在調尾部分，陳述語調跟疑問語調最大的差別在於句

末音節調域向下拓展的程度不同，這個差別當然也就造成了句末音節音高曲線斜率的不同，陳述語調中句末音節的音高曲線斜率要更大些。

　　圖 7-9 是無標記疑問句、帶語氣詞「嗎」和「吧」的兩個疑問句與陳述句語調的對比。圖中值得注意的幾個地方是：首先，三種疑問句在調核之後的調域上限落差都與陳述句不同。其次，在調尾部分，帶疑問語氣詞的兩個疑問句的調域上限比無標記疑問句來得低一些。第三，三個疑問句中，最後一個非輕音音節調域下限的向下擴展幅度都比較小。第四，「吧」問句在調尾部分的調域上限和下限都低於無標記問句和「嗎」問句，更加重要的是，語氣詞「吧」的調域下限跟陳述句句末非輕音音節的表現很像—— 有較大幅度的向下拓展，而語氣詞「嗎」的調域很窄，調域下限比「吧」高出許多。以上這些特點一方面說明了即便在有疑問語氣詞的情況下，疑問句仍然可

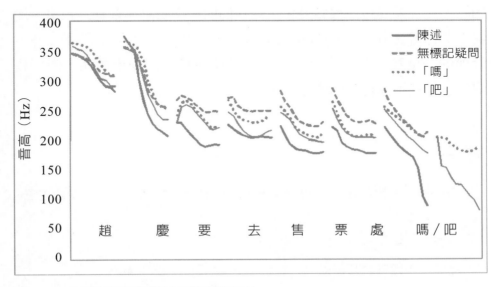

圖 7-9　三種疑問句與陳述句語調的對比

以使用語調這種韻律特徵來表示疑問語氣。另一方面也說明不同的疑問語氣可以具有不同的語調模式，由於「吧」的疑問語氣比「嗎」弱，因此「吧」問句在語調上的疑問特徵就比「嗎」弱一些，句末語氣詞「吧」的調域特徵甚至更像陳述句句末非輕音音節的調域特徵。

　　從以上對普通話語調的簡單介紹中可以看出，語句層面每一個音節的音高都承載了不同層面的資訊。首先，每一個非輕聲音節都有字調。其次，語句重音會對字調有所作用，獲得強重音的音節調域擴大，尤其是調域上限會有較為明顯的提升，強重音之後的音節則相對弱化，調域被壓縮且出現較大幅度的下降，最後語調也會對句中各音節，尤其是調核之後各音節的調域產生影響。除了這些不同層面的韻律因素的作用，語句中相鄰音節之間音高的相互作用也使得各音節的音高曲線產生了複雜的變化，有時甚至嚴重偏離單字調的調型，弱化音節的音高更是成為前後音節聲調之間的過渡。韻律因素和聲調之間的協同發音作用給我們研究自然語流中的聲調變化規律帶來了較大的困難，而聲調的這些複雜變化正是我們能夠從聽感上察覺到輕重、節奏、語調等韻律資訊的最重要的聲學關聯物之一。除了聲調之外，音節的長度和停頓長度也是語句層面韻律特徵的聲學徵兆，限於篇幅，這裡就不進行專門的分析了。

(練)(習)

1. 自行錄音，用語音分析軟體測量下列普通話雙音節詞中，各音節的音長和音高。
   東西——東·西。常常——嘗·嘗
   老子（中國古代哲學家）——老·子。利器——力·氣

2. 試對自己元語中詞彙重音的格式進行分析。

3. 朗讀本章例句（6）、（7）和（8），自行錄音，對答句中的每一個
   音節的音長和音高進行測量，並在此基礎上分析語句重音的聲學特徵。

4. 試分析下面這個句子裡，各上聲音節的變調格式，並說明它們的變調
   與節奏和句法的關係。

   我很想買把好紙雨傘。

5. 根據標出的重音位置（黑體字）朗讀下面的句子，並自行錄音，測量
   每一個音節的音高，根據測量結果分析不同句型的語調特點。

   今天不是星期四。

   今天不是星期四。

   今天不是星期四。

   今天不是星期四？

   今天不是星期四嗎？

   今天不是星期四吧。

第八章

語音學和音系學

一、音位音位分析

　　研究語音要了解它的生理特徵和物理屬性，否則就無法認識語音的形成、傳播和感知。但是從語言的社會功能來看，語音不同於其他聲音的最本質的一面在於它是人類表達思想、相互溝通、彼此理解最重要的交際工具，簡單地說，語音是與意義結合在一起的，脫離了語音的表義功能，許多語音現象，只從生理和物理的角度是無法解釋清楚的。比如送氣音 [t] 和不送氣音 [t‘]，為什麼說漢語的人對這兩個音的差別極為敏感，分辨能力很強，而說日語的人對這兩個音的不同分辨能力卻很差，甚至於感覺不到差別？同樣，清輔音 [t] 和濁輔音 [d] 的不同，說英語的人一聽就知道，而說漢語普通話的人初學英語的時候，一開始很難分辨，要經過學習、訓練才能加以區別。鼻音 [n] 和邊音 [l] 是兩個不同的音，在北京話等漢語方言裡，必須加以區分，而在南京話等漢語方言裡卻可以不加區分……凡此種種，根據語言自身的自然特徵，都是無法說明的，但是從語言的表意功能出發卻很容易解釋清楚：送氣和不送氣的不同，在漢語裡是與意義的差別連繫在一起的，不加區分就會在思想表達、言語交流中發生歧義，引起混亂。例如，「兔子跑了」和「肚子飽了」，這兩句意思截然不同的話，從語音上分析的話，就完全是靠同一個輔音的送氣與不送氣加以區別的。同理，輔音清濁的不同，在英語裡之所以至關重要，是因為這一語音上的自然特徵是英語語詞中區別詞義不同的一種極其重要的手段。例如：tank（坦克）—dank（陰濕的），fat（胖）—vat（大桶），safe（安全）—save（節約），park（公園）—bark（樹皮），這些成對的意義完全不同的詞語，從音系上說都是靠清濁的不同互相區別的。由此可見，從語言的表意功能看，生理上、物理上相同的語音在不同的語言裡所起的作用未必是相同的，而這種音義結合的不同

是由使用該語言的社會群體在歷史發展中約定俗成的。所以，語音除了物理的和生理的屬性之外，還有它的社會屬性。從語言的交際功能看，這是語音最重要的本質特徵，因為只有作為意義的載體，語音才能起到社會交際的作用。語音的生理和物理研究也只有密切結合語言的表意功能才是有意義、有價值的。

　　從語言的交際功能著眼，語音學家認為構成有聲語言的各種各樣的生理、物理特徵中，最重要、最本質的是那些與語義表達直接連繫在一起的語音成分。這一類語音成分能起區別意義的作用，它們之間即便是最細微的差別也是不允許混淆的，否則就會造成意義表達上的誤解、混亂，而那些不與語義表達直接掛鉤的語音成分，就不會直接影響語言的表意功能和交際作用。從這一基本觀念出發，19世紀後期，語音學領域逐漸分化發展出了一門被稱為「音位學」的新學科。

　　自從音位學誕生以後，語音學這個名稱就有了狹義和廣義兩種不同的涵義，前者專指以語音的生理屬性、聲學特徵為研究對象的語音學，以區別於研究語音的表達功能和結構系統的音位學。而廣義的語音學則包括一切以語音為研究對象的分支學科，其中包括音位學（後改用音系學的名稱）、生理語音學、聲學語音學、心理語音學等。

　　音位學從傳統語音學中分化出來成為獨立的分支學科以後，傳統語音學中，用於指稱最小音段發音單位的術語——音素，也有了狹義和廣義兩種涵義。狹義的專指從生理或物理角度劃分出來的語音單位，包括元音和輔音兩大類，以區別於根據辨義功能劃分出來的語音單位。有辨義功能的這種語音單位另用一個專門術語「音位」（phoneme）來指稱。在不需要區別這兩個不同概念的時候，一般就通用「音素」這一名稱。

　　音位學起源於19世紀後期，在幾十年的發展過程中，創立了一套音位學特有的分析語音、歸納音位的原則和方法，後來對語言學科

中語法、詞彙的研究也產生了重大影響。到了 20 世紀中期，音位理論在聲學語音學和生理語言學研究成果的啟發下，進入了一個新的發展階段，又創立了音位的區別特徵理論，它用與二進位相對應的二元分析法來分析語音，為電子電腦認讀語音打開了道路。20 世紀 60 年代中期以後，語音研究以區別特徵作為最小的語音單位，進入語音實現的音系過程、音系規則的研究，創立了生成音系學。之後，音系學又突破了把語音當成隨時間做線性變化的音流的觀點，創立了多線性（非線性）理論，使原來的單線性自主音位學和生成音系學進入了全新的多層次非線性音系學的發展階段。在語音的韻律特徵方面，如音高和聲調、輕重音和語調、語音的協同發音和連接方式等領域出現了豐富的研究成果。

　　20 世紀 80 年代以後，隨著音系理論研究的發展，音位學這一名稱也逐漸改稱為音系學（音位系統學），但是這兩個名稱的概念內涵並不是等同的。追溯歷史，音位理論創立之初，音位學（phonemics）的研究對象僅限於對某種語言的語音系統做共時的功能分析。而後起的音系學（phonology，全譯為音位系統學），其研究也可以包含語音變化的歷史分析，所以從學科研究的範圍來說，音位學是包含在音系學之內的。目前國際語言學界已經通行用音系學這一名稱統稱早期的經典音位學和後來的生成音系學以及當代的非線性音系學，因為這些學科都是以語音的功能系統作為研究對象的。

　　從早期的經典音位學到當代的非線性音系學，音系理論的研究向縱深發展，一日千里，已經發生了根本性的質的不同。但是經典音位學「音義結合」這一核心觀念以及分析歸納音位的方法（被稱為「將語言變為文字的技術」），仍然是語音研究以及與語音研究相關的學科必須掌握的基本觀念和基礎手段，特別是在為無人文研究傳統的語言確立語音系統和創制文字的田野語言學中。因為早在音位學形成之

前，人類就創制了拼音文字，用有限的少量的字母符號記錄表達在語音上變化無窮的有聲語言。這足以證明音位的直覺觀念遠在人類語言形成之初就已經存在了，它是包含在人類語言中的原生性的初始觀念。因此，音位應該是一切語音研究最基本的觀念，同時，也是語音研究、語音分析的出發點和最終歸宿。

二、歸納音位的基本原則

出現在自然話語裡的語音千姿百態而且變化無窮，從純粹的生理—物理觀點來看，其數量可以是無窮多的，因此在語言田野調查中，用嚴格記錄音值的「音素記音法」記錄下來的語音，在總體上一定是紛繁複雜、數量很多的，只有根據語言的表意功能進行分析，加以歸納和整理，從形形色色，數目繁多的語音中把有區別意義作用的語音單位，也就是音位提取出來，才能用爲數有限的語音單位（音位）提綱挈領地顯示這種語言的語音系統和結構關係，綱舉目張，語音的整體面貌也就清楚地展現出來了。如果不經過語言的音位分析和音位歸納這一步驟，那麼這種語言裡，詞彙和語法的面貌也是不可能得到全面清晰的展現的。簡而言之，音素記音是音位分析的基礎，而只有經過音位分析，才能清楚地展現一種語言的語音系統。

在音位學形成的歷史上，從音位的直覺觀念到成爲一門有科學體系的學科，經歷了半個多世紀的時間。正如一切具有初始意義的概念總是很難下定義那樣（如幾何學上的點和線），音位概念在最初也沒有一個得到大家一致認同的、科學的、精確的定義。在音位學的發展過程中，各個學派分別從心理、物理、功能以及音位的抽象屬性等各個方面對音位做出了不同的解釋，據此形成了不盡相同的分析音位和歸納音位的原則和方法。但是大家的目標是一致的，都是要把自然語言裡，數目繁多的各種音素（音段）歸併爲數目有限的音類，也就是

可以分辨不同意義、具有區別作用的音位，所以歸納分析音位的原則和方法以及歸納的結果，往往是同多於異的。這裡只介紹一些大家一致認同和普遍遵循的分析音位、歸納音位的原則和方法。

在調查一種語言或方言的語音系統時，通常總是採用國際音標嚴格細緻地記錄語音事實，包括發音部位、發音方法以及舌位高低、前後和唇形圓展等所有細微的差別，乃至一切音變的初兆或殘跡。這種嚴格細緻的記音稱為嚴式記音或音素記音。它是對一種語言，尤其是還沒有文字、無人文基礎的語言進行音位分析所必須具備的先決條件。從理論上說，任何音系分析總是在音素記音的基礎上建立起來的。

用嚴式記音記錄下來的語音，音素一定非常之多。因為出現在自然話語中的語音成分，受緊密結合連續不斷的發音動作的支配，為了協同發音必然會發生各種變化。例如北京話裡「滇」和「端」這兩個字，前一個字的聲母受後邊 [i] 介音的影響會變成一個齶化的 [tj]，同時主要元音因為夾在舌位最高的 [i] 介音和前鼻音 [n] 之間，成為一個舌位偏高的元音 [ɛ]。而第二個字「端」，聲母和主要元音因為所處的語音環境不同，分別是一個圓唇化的 [tʷ] 和一個舌位偏低的 [a]。聲調的不同，有時也會產生不同的影響，例如「雷」和「累」的主要元音在嚴式記音中前一個是 [e]，後一個是 [ɛ]。因協同發音的影響，語音的變化有時會非常之大，例如英語單詞 seven（七），在快速的話語中，末兩個音素的實際發音，由於融合同化的作用，往往由 [sevn] 變成 [sebm]。

那麼音位分析是怎樣從形形色色，聽起來無窮多的語音中，找出那些具有辨義作用的語音單位，把它們確定為不同的音位的呢？又是怎樣把那些沒有辨義作用的語音作為一組同位元音歸為同一個音位的呢？

對於音位的分析和歸納，大家普遍遵循採納的原則有以下三條：

(1) 對立

兩個語音成分（音質的或非音質的）如果可以在相同的語音環境中出現，並且起區別意義的作用，那麼它們就是互相對立的。音位分析就把它們作爲兩個彼此獨立的語音單位，也就是兩個音位，分別配置不同的書面符號（音標或字母），以便互相區別。某種語音成分是否有分辨意義的功能，一定要在只有一個音差的最小對比體中來鑑別。比如說，根據 [san⁵⁵]（三）和 [ʂan⁵⁵]（山）、[xɤ³⁵ nan³⁵]（河南）和 [xɤ³⁵ lan³⁵]（荷蘭）的對比，就可以確定 [s] 和 [ʂ]、[n] 和 [l] 在普通話裡是有區別作用的音位。[ʂan⁵⁵ ɕi⁵⁵]（山西）和 [ʂan²¹⁴ ɕi⁵⁵]（陝西）也可以用來證明，聲調的不同在漢語裡是有區別作用的音位性的語音成分（調位元）。但是，[sɿ⁵⁵]（絲）和 [ʂuaŋ⁵⁵]（霜）、[ɕin⁵⁵ niɛn³⁵]（新年）和 [ɕin⁵⁵ laŋ³⁵]（新郎）就不能用來證明這裡的 [s] 和 [ʂ]、[n] 和 [l] 是不同的音位。因爲它們不是只有一個音差的最小對立體，我們無法把它們之間意義上的對立僅僅歸結爲聲母的不同。嚴格地說，即便是 [su⁵⁵]（蘇）和 [ʂu⁵¹]（樹）這樣的對比體也不能用來證明聲調或聲母的音位功能，因爲這也不是只有最小音差的對比體。

最小對立體（minimal pair）不僅可以用來提取語言裡的音位，而且可以用來測定音位區別功能的大小、強弱。比如說，英語裡很多詞語都是以 [f] 和 [v] 作爲最小音差來分辨意義的。例如：

ferry	[feri]	（渡船）	——	very	[veri]	（非常）
fine	[fain]	（美好）	——	vine	[vain]	（葡萄樹）
fast	[fɑːst]	（迅速的）	——	vast	[vɑːst]	（廣闊的）
fat	[fæt]	（肥胖的）	——	vat	[væt]	（大桶）

leaf　[liːf]　（樹葉）　——　leave [liːv]　（離開）

safe　[seif]　（安全的）　——　save [seiv]　（節約）

rifle　[raifl]　（步槍）　——　rival [raivl]　（對手）

由於英語裡靠[f]和[v]構成最小對立辨別詞義的詞語數量很大，因此它們音位負荷很重。但是同爲擦音的清舌齒音[θ]和濁舌齒音[ð]，音位負擔就很輕，因爲靠這兩個音作爲最小音差互相區別的詞語非常之少，只有個別的一兩對，而且還是極少用到的生僻詞。如果連這一兩對最小的對立體也找不到，那麼這兩個音就沒有資格成爲各自獨立的音位了。

語言裡音位負擔接近於零，分布上處於對立邊緣的語音，是否要作爲一個單獨的音位處理，這要放在該語言的語音系統中做全面的分析考察。在英語裡，[θ] 和 [ð] 雖然只在極其有限的一兩個例子中起音位對立作用，但是它們符合英語輔音系統中，清濁對立的普遍模式，所以還是把 [θ] 和 [ð] 跟其他清濁配對的擦音一樣（如 [f]—[v]、[s]—[z]、[ʃ]—[ʒ]），作爲兩個獨立的音位處理爲好。如果這種邊緣音位只見於個別的極少使用的詞語裡，而且與該語言的音位系統是不相適應的，那麼就不宜處理爲獨立的音位。

音位負擔的概念有其實用的意義，因爲它引導我們區別不同性質的對立，不要把普遍的、成系統的語音現象跟偶然的、孤立的特例等量齊觀。比如說，在拼音字母的拼寫設計中，那種只在極個別的詞語裡起對立作用的語音，也可以不像其他音位負擔較重的語音那樣，單獨爲它設計、配置一個字母。例如普通話裡的中元音 [ɤ] 和 [ə] 各有自己的分布環境，不會形成對立，但是也有個別例子，如自成音節的「兒」[ər] 跟兒化詞「蛾兒」[ɤr] 構成了音位對立。但《中文拼音方

案》在拼寫設計中卻不加區別，都用 er 來拼寫。這符合音位學中對邊緣音位的處理原則。即便是在英語裡，雖然在音位分析中把 [θ] 和 [ð] 處理為兩個獨立的音位，但在字母拼寫中也仍然用相同的拼寫 th 來表示。因為邊緣音位只出現在極個別的例子裡，其音位負擔接近於零，所以在文字系統中採用相同的字母符號拼寫，發生音義混淆的可能性也是微乎其微的。

(2) 互補

音位分析根據對立原則確定哪些語音是有區別作用的獨立的音位，根據互補原則來確定哪些是沒有區別作用、可以歸併在一個音類，也就是一個音位之內的。所謂互補指的就是這兩個語音成分各有自己出現的語音環境，它們的分布條件是互相補充的。由於不會出現在相同的語音環境裡，所以互補的語音不可能構成最小對立體，因而也就不具備音位的辨義功能。凡是互補關係的語音就可以歸併為一個音位。舉例來說，在普通話裡，元音 [a][ɑ][ɒ][ɛ][æ] 等各有自己特定的語音環境，從來不在相同的語音環境中出現，是互補分布的關係。音位分析中就把這幾個元音歸納為一個音位，並選擇其中的 [a] 作為代表這個音位的符號。凡音位性的音標，一般都夾在雙斜線之內，以區別於該音位內的音位成員。歸納在同一個音位內的音位成員叫作音位變體，外加中括號 [　] 表示。所以 /a/ ≠ [a]，前一個是代表一個音類的音位性的音標，後一個是有固定音值的音素性的音標。音位性的音標也可以是一個與具體音值毫無關聯的虛擬的音標，但為了便於稱呼，通常總是從歸納在一個音位內的音位變體中選擇一個較為常用的，作為該音位所有成員共同的代表符號。

為了對語言系統中音位和音位變體的關係有一個更為全面深入的了解，還應該通曉以下幾點：其一，一種語言中，音位與音位之間通常是對立關係，而歸納在一個音位之內的各個音位成員，即音位變

體，它們之間總是互補關係。有時爲了適應某種目的，互補的語音也可以處理爲單獨的音位（參看普通話舌面音 [tɕ][tɕʻ][ɕ] 的音位分析）。但是，包括在一個音位之內的若干音位變體，它們之間只能是互補關係，絕不允許出現對立關係。這是音位分析不能違反的基本原則，否則就會在用同一個音位符號表示該音位內部各個音位變體的時候，發生音義表達上的混亂。其二，一種語言中的音位，各有自己的分布範圍，各有自己的音位變體，但有時候也會發生兩個不同的音位卻有同樣的音位變體的現象，這種現象叫作音位的部分疊交，但是這兩個音位變體出現的語境是不相同的。例如普通話 /a/ 音位有一個音位變體是 [ɛ]，而 /e/ 音位也有這樣一個音位變體，但兩者出現的語境並不相同，所以各自歸納在不同的音位裡。其三，語言裡可以起辨義作用的語音成分，除了音質成分——元音和輔音之外，超音質成分，如音高、音強和音長等，也都可以起音位的區別作用，只要使用該語言的社會群體賦予了它這種社會功能。所以，同樣也可以根據對立互補原則，對它們進行音位分析，把它們歸納成不同的音位，如「調位」、「時位」、「量位」等，統稱爲超音質音位。所以音位所指的不一定是一個可以獨立發音的音素，也可以是跨越於幾個音素之上的語音單位，如聲調，甚至也可以是小於一個音素的語音成分（參看後面的「過度分析法」）。其四，音位指的是形成互補關係的一類音，「音位」在概念上是一個抽象的虛體，「音位變體」才是一個個的語音實體。音位在語流中通過不同的語音組合環境，體現爲不同讀音的音位變體，音位總是以不同的變體存在於具體言語中的。這也可以反過來說，音位變體是音位的「實現」，所以在音位分析中一定要根據語音的出現環境給出音位的讀音規則，否則就不便於人們學習這種語言，也不便於用語言事實檢驗音位分析的合理性和科學性。

　　近幾年來，隨著語音學和音系學的發展，有些術語的譯名和使用

發生了一些變化。例如用「音子」（phone）、「音段」（segment）
替換傳統語音學中使用已久的「音素」（phone），由此也把一個音
位的音位變體（allophones）稱爲音子，認爲音子是音位的物理實
現。還有用「音段音位」、「超音段音位」替換「音質音位」和「超
音質音位」的等。但「音素」、「音位變體」、「音質」、「超音
質」等術語，在現代語音學中沿用已久，在許多語音學著作中，特別
是在語音學教科書中仍然普遍通行，所以本書也還是保留了傳統的用
法。

(3)語音近似

　　音位分析把對立的語音劃分爲不同的音位，把互補的語音
歸併在同一個音位中。語音系統中用於對立的語音數量總是有
限的，大量的語音都處於錯綜複雜的互補關係中，比如普通話
的舌面清擦音 [ɕ] 跟 [h][s][ʂ][z][g][ŋ] 都是互補的，那麼它應該
跟哪個音一起歸併爲同一個音位的變體呢？舌根鼻輔音 [ŋ]，除了 [n]
以外，跟所有的輔音都處於互補分布，該歸入哪個音位呢？可見單憑
互補原則還是難以完全解決音位的歸併取捨問題，所以在音位分析中
爲互補原則又添加了一條語音近似原則，即歸納在一個音位中的各個
音位變體在音質上應該是相近相似的。比如說，英語裡的輔音音位 /
t/ 在不同的語音環境裡可以表現爲：不送氣的 [t]，如 stone（石頭）；
送氣的 [tʻ]，如 table（桌子）；捲舌的 [ʈ]，如 train（火車）；圓唇化
的 [tʷ]，如 twice（兩頭）；齒化的 [t̪]，如 eight（第八）；不破裂的
[t]，如 apartment（公寓）；舌邊爆破的 [tˡ]，如 little（小）；鼻腔
爆破的 [tⁿ]，如 certain（一定）等。從語音學的角度說，這是八個不
同的音，但是在說英語的普通人聽起來，顯然非常相似，甚至可能連
不送氣的 [t] 和送氣的 [tʻ] 都不能加以區別，認爲都是一個音。但是
[b] 和 [p] 的區別，他們卻一聽就能分辨出來，這就是所謂本能的音

位直覺觀念。因而也有一種音位觀認為，音位實質上就是通過互補分布和語音相似性連繫在一起的一組音。

由此可見，歸納為一個音位的各個音位變體，必須符合兩個條件：互補分布和語音近似，前一個是必要條件，後一個是充分條件。音值相差太遠，即使是互補的，也不能歸納為同音位的音位變體。例如英語裡喉門擦音 [h] 跟舌根鼻音 [ŋ] 從不出現在相同的語音環境裡，在分布上是互補的，但音值相差較遠，說英語的本國人一聽就是兩個音。因為語音不相似，所以在音位分析中，從來都不會把這兩個音歸併在一個音位裡。同理，普通話裡的元音 [ɤ] 跟 [ɑ][æ] 在分布上也是互補的，但是不具備語音近似這一條件，所以也不能加以歸併。

三、音位和音位變體

音位裡所包括的雖然相近但又有差別的各種音位變體，都是從實際語言裡歸納出來的。音位變體千差萬別，音位學裡通常把它們區別為兩大類：條件變體和自由變體，然後再區分為更小的類。

(1)條件變體

由語音環境制約的音位變體，受到一定的語音條件的制約，稱為條件變體。這一類音位變體的語音特徵往往跟它所處的語境有連繫，所以又可以叫作語境變體。了解語境變體產生的原因，對我們識別變體、歸納音位和了解歷時音變，以及語音教學和言語工程中的語音合成都是有說明的。

常見的條件變體有以下幾種：

①協同音變

受前後鄰接語音影響，為了協同發音而產生的音位變體叫作協同音變。由逆同化而產生的預先音變如：

蘇州話「金」/tɕiən/ ── 「金榜」[tɕiəm paŋ]

　　　　　　　　 ── 「金箍」[tɕiəŋ ku]

　　　　　　　　 ── 「金雞」[tɕiɲ tɕi]

蘇州話「金」的單字音韻尾是舌尖鼻音[n]，在雙音節詞中受後接語音發音動作的影響，/n/產生了讀音變異，分別變成了雙唇鼻音[m]、舌根鼻音[ŋ]、舌面中鼻音[ɲ]，它們都是/n/音位的語境變體。

　　由順同化而產生的移後音變如：

福州話：單字音「帝」/ta/ 　 ── 「皇帝」[xuɔŋ na]

　　　　單字音「湯」/t'ouŋ/ ── 「甜湯」[t'eŋ nouŋ]

　　　　單字音「神」/siŋ/ 　 ── 「精神」[tsiŋ niŋ]

在上述例子裡，「帝」、「湯」、「神」三個字的聲母[t][t'][s]受前一個字舌根鼻輔音[ŋ]的讀音影響，都產生了一個條件變體 ── 舌尖鼻音[n]。

　　②隨位音變

　　由於音位所處位置的不同而產生的變體叫作隨位音變，如英語處於詞首位置的清塞輔音 /p/、/t/、/k/，一般都是送氣的，在擦音 /s/之後都是不送氣的，而在詞末的位置上則送氣與否是兩可的。例如 table[t'eibl]（桌子）、star[sta:]（星星）、mat[mæt']（席子）。再如粵方言裡，音節末尾充當韻尾的 /p/、/t/、/k/ 總是塞而不發（不除阻）的唯閉音，這一類音位變體的語音特徵與鄰接語音無關，不是因協同發音而產生的。

　　③韻律音變

　　由於韻律成分的影響而產生的條件變體叫作韻律音變，如普通

話裡因聲調不同而引起的語音變體：「雷」[lei³⁵] 和「累」[lɛi⁵¹]、「而」[ər³⁵] 和「二」[ɐr⁵¹]；在輕聲中出現的語音變體：「芝麻」[tʂʅ⁵⁵ mə]、「哥哥」[kɤ⁵⁵ kə]、「熱鬧」[zɤ⁵¹ nɔ]¹；英語裡因音節重音而引起的語音變體：'object['ɔbdʒekt]（目的）—ob'ject[əb'dʒekt]（反對）。

　　(2) 自由變體

　　　　在相同的語音環境裡可以無條件變讀且對意義不產生任何影響的語音變體稱爲自由變體，如傣語西雙版納話，[x] 和 [kʻ]、[j] 和 [ʑ] 在同一個詞裡可任意變讀：

[x] ↔ [kʻ]			[j] ↔ [ʑ]	
殺	[xa¹³]	[kʻa¹³]	住	[ju³⁵]	[ʑu³⁵]
橋	[xo⁵⁵]	[kʻo⁵⁵]	藥	[ja⁵⁵]	[ʑa⁵⁵]

如果這一類語音變體的出現完全不受語音環境的制約，那就叫完全自由變體，如果是受一定語音條件制約的，那就叫部分自由變體。有一些漢語方言如蘭州話裡，[n]和[l]可以任意混讀，不受限制，屬於完全自由變體。但在湖北孝感話裡，[n]和[l]在開、合二呼前可任意變讀，「腦」、「老」同音，而在齊、撮二呼前只能讀[n]，不能讀[l]，「泥」和「黎」雖然也同音，但只能讀[ni]，所以在孝感話裡，[n]和[l]屬於部分自由變體。普通話裡，圓唇元音[u]在零聲母音節韻頭的位置時，也可以讀成唇齒通音[ʋ]，因人而異。例如，

1　本書前七章將普通話的聲母r描寫爲捲舌通音，後三章爲照顧國內多數《現代漢語》教材的習慣，描寫爲濁擦音。

「外文」可以讀[uai uən]或[ʋai ʋən]，「新聞、文化、娃娃」等
也是如此。但[u]在唇齒音聲母[f]之後只能讀[ʋ]，如「豆腐」[tou
fʋ]，而在圓唇元音之前又只能讀[u]，如「窩棚」[uo pʻəŋ]。所以嚴
格地說，[u]和[ʋ]在普通話裡也屬於部分自由變體。

　　自由變體在多數情況下指的都是在同一個位置上可以自由出現但
對意義不產生任何影響的音位變體，如英語裡處於詞末的 /t/，在自
然話語裡可以出現送氣的 [tʻ] 或不送氣的 [t]、聲門化的 [ʔt] 或不除
阻的 [t] 等自由變異，在英語裡，這些語音變體都是不起區別作用的
非音位性的語音成分。但是在少數情況下，出現在某些詞同一個位置
上的自由變體，在該語言裡是音位性的語音成分，如英語詞 econom-
ics（經濟學）、evolution（發展）裡的字母 e，作為詞首元音可以讀
作 [iː]，也可以讀作 [e]，對意義不產生任何影響。普通話裡也有這
樣的例子，如送氣和不送氣在普通話裡是有區別作用的語音成分，但
在有些詞裡卻變成了自由變體。例如「波浪、波及、波折」這些詞
裡，「波」的聲母也常常讀成送氣的 [pʻ]，「耳朵」也可以讀成 [er
tʻuo]。「咖啡」在較早的時期也有不少人讀作 [tɕʻia fei]，「恩賜」
裡的「賜」也有 [tsʻɿ] 和 [sɿ] 兩種讀法。這些詞的自由變體在普通
話的語音系統裡當然都是可以起區別作用的音位，但在這裡所舉的例
詞裡都是一種自由變體。如果要為語言建立一種標準音的話，這一類
自由變異都應該加以規範。普通話就是這麼處理的，由普通話異讀詞
審音委員會根據一定的原則加以審訂，確定一個規範的讀音，淘汰其
中的一個。

　　條件變體和自由變體都是從語音學的角度對音位變體所做的分
類，其實自然語言的語音變體是生動的、豐富多彩的，有些變體的產
生和使用是由地區、職業、文化教養、性別等非語言因素決定的。
常見的有：⑴地區變體。例如普通話 /u/ 音位在零聲母音節韻頭的位

置上有好幾種讀音上略有差異的自由變體，北京遠郊地區讀雙唇半元音 [w] 的居多，城區和近郊地區則大多讀成唇齒通音 [ʋ]，還有少數人讀作唇齒濁擦音 [v]。這種自由變體受地區條件的制約。⑵選擇變體。這種變體往往是從事某種職業的社會人士出於表達的需要而有意做出的變動。例如法語輔音音位系統中有一個小舌顫音 [ʀ]，通用於日常生活，但在舞臺語言中往往被發成舌尖顫音。因為後一個輔音比較響亮，送得遠，聽得清楚。這種語音變體是出於職業需要有意做出的選擇。普通話裡有一個使用頻率較高的數詞「二」，原本讀 er，現在開口度變大，聽感上接近於 [ar] 了。這種讀法在播音用語中出現得較多，也可以說是一種因職業工作需要而產生的選擇變體。⑶性別變體。最典型的例子就是過去推行國語時，北京出現過一種「女國音」，即把舌面音 [tɕ][tɕʻ][ɕ] 的發音部位挪前，讀得近似於 [ts][tsʻ][s] 的舌尖音。當時這種讀法只見於十六、七歲的女學生中，至今也還沒有完全消失。從語言規範化的角度看，這當然不是一種標準音。

　　語音的社會變體是社會語言學的課題，而研究語音的社會變體對於電腦語音辨識、民族共同語語音標準的制定也有著重要的意義。共時層面的語音變體在一定程度上能夠反映語音的歷史變化，因此這個問題也一直得到歷史語言學家和方言學家的關注。

四、音位的聚合和組合

　　通常所說的語言的語音系統，實際上指的都是該語言的音位系統。一種語言的音位系統應該體現四方面的內容：

　　⑴該語言中起對立辨義作用的全部音位，包括音質音位和超音質音位。

　　⑵音位的主要變體及其讀音規則。

(3)音位的聚合關係。

(4)音位的組合關係。

　　不同語言各有自己的語音特點，經過音位的分析和歸納在上述各個方面都會清晰地顯示出來。有的語言元音音位和輔音音位加在一起，總共只有十來個，有的語言卻多到一百多個。有的語言有複雜的**聲調**系統，有的語言有長短音系統，印歐語系裡很多語言都可以用重音分辨詞義，漢語卻用**輕聲**區別詞義。這些特點在上述(1)、(2)兩個方面都會顯示出來，但音位的結構規律和相互關係卻要從音位的聚合和組合中去探索。

　　從語流中聽起來無窮多的語音中，經過音位分析把全部音位提取出來以後，必須根據音位之間共同的語音特徵和不同的語音特徵把音位聚合並區分為不同的類。音位的聚合關係可以突顯一種語言系統性的語音特點，也有助於人們學習掌握這種語言。例如普通話輔音音位系統中，/p/ 和 /p'/、/t/ 和 /t'/、/k/ 和 /k'/，以及 /tɕ/ 和 /tɕ'/、/tʂ/ 和 /tʂ'/、/ts/ 和 /ts'/ 這六對音位都屬於同一類型的對立關係，只靠送氣和不送氣這一單項特徵互相區別，彼此之間形成一種平行性的對立。單項平行對立最容易顯示一種語言音位系統的特點及其內部關係，因為語音差異與意義之間的連繫在單項對立中顯示得最為清楚，而這種對立的平行性又顯示了它在該語言中具有普遍性，不是一種孤立的特點。例如，對比漢語、英語和韓語，漢語輔音音位系統裡有這套由「送氣」和「不送氣」構成的單項平行性的音位對立群，英語卻沒有。英語有一系列由清濁對立構成的輔音音位，漢語裡就沒有。韓語裡有一套由鬆緊對立構成的輔音音位，英語和漢語都沒有。音位的聚合關係及其分類，分別突顯了這三種語言各自的成系統的語音特點。

　　分析音位的聚合關係還有助於我們了解語音演變和音系形成的關

係。因爲語言的全部音位一方面彼此對立，各有自己的分布範圍，另一方面又是相互關聯，構成一個系統的，而音位系統受社會群體使用的支配，常有一種追求平衡、勻整的發展趨向，所以音位的演化往往不是個別行動，而是集體演變。例如中古漢語的音韻系統有一個時期存在整套與清輔音對立的全濁輔音音位，如 /b d g/：/p t k/，後來在語言發展的歷史進程中，濁輔音音位發生了音位分裂現象，以聲調平仄爲條件，分別併入相應的清輔音音位，如 /b/ 音位平聲字聲母歸入 /p'/ 音位，而仄聲字的聲母歸入 /p/ 音位。這種音位分化合併的現象不是孤立的，是全濁音共同的變化，其結果是導致現代大部分漢語方言音系裡失去清濁對立，全濁音整套消失，而在少數方言裡，如吳方言則成套地保留了中古漢語的濁音系統。

音位聚合的規整性也會促使語音系統中衍生新的音位，以填補音位模式中的空缺。例如古英語輔音音位系統裡有三對單項平行對立的音位——/p/：/b/、/t/：/d/、/k/：/g/。前兩對都分別有一個同部位的鼻輔音 /m/ 和 /n/ 與之相配，唯獨最後一對清濁對立的舌根音卻沒有同部位的鼻輔音音位與之相配，使音位的聚合系統內出現了明顯的不對稱。爲求整勻稱，後來 /n/ 音位中，一個只出現在舌根音之前的音位變體 [ŋ] 在言語的使用中逐漸演化爲一個獨立的 /ŋ/ 音位，與 /k/：/g/ 相配，填補了音位聚合系統中模式上的空缺。英語中與舌葉清擦音 /ʃ/ 相配的濁擦音 /ʒ/，也是由於同樣的原因產生的。因爲在英語的擦音系統中都是清濁配對的，如 /f/：/v/、/θ/：/ð/、/s/：/z/，唯獨 /ʃ/ 沒有相配的濁音，結果也是音位聚合要求平行、對稱的潛在傾向，使英語在從古代向現代發展的過程中，從法語的借詞中吸收了一個濁擦音 [ʒ]，衍生了一個與 /ʃ/ 清濁相配的音位，滿足了音位聚合高度規整的要求。

音位之間的關係除了從聚合角度加以描寫外，還要從組合關係上

進行描寫。聚合的研究，根據音位語音特徵的異同，把音位歸納成不同的類，各種不同的類聚又可以進一步構成更大的類，顯示一種語言具有類型意義的語音特點，而組合所研究的則是各個音位彼此之間的結合關係。例如，哪些音位是不能互相結合的，哪些又是可以互相結合的，它們的組合方式有什麼不同，有沒有語音條件的限制等。音位的組合規律通常是在最小的語音結構單位——音節這一範圍內進行研究的，音位組合特點集中表現在音節的構造上。當然也可以根據語言特點選擇其他適合於研究音位組合特點的語言單位。

　　在本書第四章「音節和音節結構」中，我們已經闡明發音時肌肉每張弛一次，就形成一個音節。根據發音生理學，通常把處在肌肉緊張最高點的音叫作領音（包括元音和充當音節核心的濁輔音——一般是樂音成分占優勢的鼻輔音），領音前後的音處於音節高峰的起點和結尾，分別叫作起音和收音。充當領音的以元音最爲常見，我們以字母 V 代表元音（vowel），字母 C 代表輔音（consonant），這樣在音位結構系統最基本的單位——音節中，音位之間的組合方式不外乎以下四種：

　　　⑴ V　⑵ C—V　⑶ V—C　⑷ C—V—C

也就是：⑴領音；⑵起音+領音；⑶領音+收音；⑷起音+領音+收音。由於充當領音、起音、收音的語音成分都可以是由二至三個語音成分結合在一起的元音群（複元音）或輔音群（複輔音），因此以上四種基本的音節結構類型中，V或C都是可以擴展的。例如英語單詞 strange[streindʒ]（陌生）就是由C—V—C型擴展成CCC—VV—CC的。

　　以音節爲單位研究音位的組合關係，就要圍繞音節構成方式回答

以下幾個基本問題：

(1)在音節構成的各個位置上允許出現什麼音位，不允許出現什麼音位？

例如，普通話的各類音節一般只允許元音出現在領音的位置上，而有些漢語方言裡卻允許輔音單獨充當領音，如上海話「魚」[ŋ̩]、蘇州話「畝」[m̩]、廈門話「煤」[hm̩]、「飯」[pŋ̩]，這一類音節中的鼻輔音都要作爲聲化韻列在韻母表裡，而不作爲輔音聲母看待。有的語言裡，在音節收尾的位置只能是元音（開音節），而有的語言則也可以是以輔音收尾的閉音節。漢語普通話雖然既有開音節也有閉音節，但出現在音節末尾位置上的輔音限制很嚴，而維吾爾語在音節末尾位置可以出現的輔音卻相當自由。

(2)在音節裡，音位的組合關係有什麼限制？

如漢語和英語都允許元音和元音直接組合在一起，但英語只能有二合元音，漢語可以有三合元音，而法語則根本不允許出現這樣的音位組合形式。日語、漢語都不允許輔音在音節裡直接組合在一起，而俄語、英語卻允許多至三、四個輔音直接結合在一起，如英語 glimpse[glimps]（瞥見）、俄語 встреча[fstretʃa]（遇見）。

(3)音位組合的排列順序有什麼規律？

以英語爲例，如果三個輔音在音節開首的位置上連續出現，第一個音位必定是 /s/，第二個音位必定是 /p/、/t/、/k/ 中的一個，第三個音位則必定是 /l/、/r/、/s/、/j/ 中的一個。普通話三個元音成分結合在一起，第一個必定是 /i/、/u/、/y/ 中的一個，第二個則限於 /a/、/o/ 或 /e/，第三個音位則限於 /i/ 或 /u/。另外，在音位組合中，如果韻頭位置上出現了 /i/ 或 /u/，就可預測在韻尾位置不可能再重現相同的音位 /i/ 或 /u/。如果在韻頭的位置上出現了 /y/ 音位，則韻尾的位置就不可能出現任何元音成分了。這些都是音位組合的規律。

　　音位系統的全面描寫必須包括音位之間的聚合關係和組合關係，否則這種語言的語音特點以及音位之間的結構關係就難以充分地顯示出來。對漢語普通話來說，因爲音節結構簡單，所以一張聲韻調音節配合總表（表 8-1）就展現了全部音位成員及其結構規律，以及音位之間的結合關係。在這張「配合總表」中，縱軸豎行所列的聲母顯示了聲母，發音部位的類聚關係，橫軸按「開、齊、合、撮」四呼順序排列的韻母，則體現以韻頭爲標準的韻母的類聚關係。普通話裡的聲韻組合規律就是由聲母的發音部位和韻母的四呼分類支配的，同一個類聚中，發音部位相同的聲母跟韻母四呼的配合關係一定相同。同理，韻母四呼分類相同，則與聲母的配合關係也一定相同。不僅如此，「配合總表」還顯示了每個聲母和每個韻母相互之間的聲韻組合關係，凡是不能配合成字的聲韻交叉點都會以空缺顯示出來。而由於每個韻母之下又分列了四個調位，所以聲韻相拼在哪一類聲調裡是可以成字的，在哪一類聲調裡是不能成字的，也都可以顯示出來。根據「聲韻調配合總表」就可以全面掌握普通話的音位以及它們之間的分布關係和組合規則，這對學習掌握一種語言，以及自然語言的電腦處理都是十分有用的。表 8-1 是普通話聲韻配合音節表，它全面反映了普通話聲母和韻母的類聚關係和組合關係，以及元音音位和輔音音位在普通話裡的語境分布關係和音節結構規律。普通話千言萬語，從語音上說，就是由這四百多個基本音節和四個聲調組合而成的。

五、音位歸納的多種可能性

　　曾經被稱爲在語言學中引起一次思想革命的音位學（後來也稱爲早期經典音系學），在長達半個多世紀的傳播發展過程中，形成了好幾種學派。不同學派對音位這一概念的理解各有側重，歸納音位的原則和方法也並不完全相同，這就使得音位歸納的結果必然會出現多種可能性。對此，我們應該有一個充分的了解，否則面對看似差異甚大的音位分析結果，也許就會莫衷一是。

　　音位歸納的多種可能性源於音位分析自身就包含許多不確定的因素。下面就幾個主要方面扼要地說一說，對於一種語言的音位分析可以形成不同答案的原因。

　　⑴音位對立的分析應該從哪個層面入手？

　　音位分析根據對立原則確定兩個音是不是各自獨立的不同音位，根據互補分布，確定兩個音是否可以作爲兩個音位變體，一起歸入同一個音位。對立或互補都是在一定的語音環境裡分析的，而這個語音環境必須是一個音義結合體，否則就無法鑑別它有無區別意義的功能。語言裡最小的音義結合體是語素，向上分別是詞、片語和句子。這四種語言單位都可以構成只有一個音差的最小對比體（對立體）。例如從語素「鞏」和「恐」、詞「主力」和「阻力」、片語「大棒子」和「大胖子」、句子「大家都飽了」和「大家都跑了」的對比中，都可以分別提取起對立作用的輔音音位。那麼音位對立的分析究竟應該從語言的哪個層面入手？音位定義和分布分析法本身都沒有做出明確的規定。

　　在不同語言單位的語音環境中考察語音的對立或互補，對音位歸納的結果顯然是有影響的。例如在蘇門答臘北部的某一種語言（Toba-Batak 語）裡有兩個元音——[o] 和 [ɔ]，在詞的平面上，它們是不同

的音位，因爲有以這兩個元音構成的最小對立體——［jolo］（前面）
和［jolɔ］（表敬助詞）。[2]但是在句子層面卻找不到僅僅依靠［o］和［ɔ］
構成最小音差的對立體，所以如果從句子平面歸納音位，這兩個元
音就沒有可能成爲兩個獨立的音位。在普通話裡則有相反的例子，
在句子層面的嚴式記音中，由於語流音變的作用，可以看到前［a］和
中［A］構成最小的對立體的例子，還有央元音［ə］和後高不圓唇元
音［ɤ］構成對立的例子（參看第九章有關普通話元音音位的分析）。
由於音位分析沒有規定對立或互補應該在什麼樣的分布範圍內進行考
察，這些構成對立關係的語音算不算一個獨立的音位，就可以有不同
意見，從而形成不同的音位答案。

　　從描寫語言學的角度說，語言分析應該是從話語開始的，同時語
音分析又應該在語法描寫之前。音位分析從理論上說確實應該從言語
交際最自然的單位——句子入手，句子是沒有經過語法分析和解讀的
最原始的語料。但是實際上，如果音位的分析和歸納必須從還沒有經
過語法分析的語句入手，那麼採用嚴式記音的語音必然是極爲紛繁複
雜的。因爲語句中的語音處於各種因素的交互影響下，幾乎是千變萬
化的，由此歸納出來的音位也必然種類繁多，十分複雜，反而會掩蓋
這種語言的語音面貌和音系特徵。

　　法國功能學派語言學家馬丁內曾經說過，進行音位分析最理想的
語言單位是由簡單詞幹形成的單音節詞。它的語音構成比較簡單，而
且內部結合緊密，不會包含可能影響音位分析的潛在停頓。他的意
見很有參考價值，但是這一類單音節詞在西方的許多語言裡數量有

2　此例引自［美］顏西沃〈不同的音位歸納法的取捨問題〉，金有景譯，載於《語言學資料》
　　（內部刊物），1964年第1期（總第19號），《中國語文》編輯部編，第25頁。

限，所以歐美語言學家的音位分析大多是從多音節詞入手的。而漢語是單音節語言，音節結構比較簡單，每個音節又是表義音節，可以獨立成詞，也可以是構詞的語素，因此正好是可以用於音位分析的最理想的語言單位。

(2)互補分布應該在多大的語境範圍內考察？

　　音位分析根據互補分布，把不同的語音變體歸在一個音位裡，用同一個音位符號標寫，歸納在一個音位裡的各個音位變體的實際讀音根據不同的語境去辨認。但是互補分布同樣也有一個應該在哪一級語言單位裡考察的問題，以語素爲單位，語境範圍就比較小；以句子爲單位，語境範圍顯然就大多了。而語境範圍的大小跟音位內部包括哪些變體、多少變體，是否包括音節之間的連音變化等，都有直接關聯，這些都會影響整個音位系統的面貌。舉例來說，有人認爲普通話裡，舌根鼻音音位 /ŋ/ 有兩個音位變體，一個是韻尾 [ŋ]，持阻、除阻都不發音，如「當」[taŋ]、「江」[tɕiaŋ]，[ŋ] 都是塞而不發的。另一個是聲母 [ŋ]，有鼻音發音的三個階段，但只出現在語氣詞「啊」之前，因連讀的同化作用，而成爲後一個音節的聲母，如「唱啊」[tʂʻaŋ ŋa]。顯然，後一個音位變體是在語流音變中出現的增音現象。這種連讀音變也確實是存在的，如「嫦娥」[tʂʻaŋ ŋɤ]、「名額」[miŋ ŋɤ]、「平安」[pʻiŋ ŋan] 等。而音位學並沒有給考察互補分布的語境範圍做出明確的規定，所以認爲 /ŋ/ 音位有一個出現在音節開首，充當聲母的音位變體，對此也難以評論是非。但問題是，諸如此類的語流音變是否都可以這樣處理呢？例如「芝麻」的嚴式記音是 [tʂʅ mə]，「媽媽」也是 [mA·mə]；「難免」、「關門」、「麵包」、「店鋪」，前一個字的韻尾 [-n] 在自然語言的連讀中，實際讀音也確實由 [-n] 變爲了 [-m]，但卻沒有人在 /a/ 音位中列入一個音位變體 [ə]，在 /n/ 音位中列入一個變體 [m]。爲什麼同樣都是音

節之間的語音變化，卻不統一處理呢？由此可見，考察互補分布的語境範圍的大小，如果沒有明確的規定，可以隨意處置，那麼在音位歸納中就一定會引起混亂，造成矛盾，影響音位歸納的結果。

語言的類型各不相同，就漢語來說，它最大的一個特點就是「語素－音節－文字」三位一體。前面說過，考察音位對立應該選擇最小的音義結合體──語素，那麼互補分布的考察顯然也應該選擇語境範圍最小的單位──音節。這對普通話音位的歸納和整理顯然都是有利的。

首先，這可以避免包含在一個音位之內的音位變體過於繁雜，面貌不清。音位變體大多是在語流中受連讀音變的影響而產生的，但是在音節範圍內的連音變化和音節之間的連音變化性質是不同的。前一種是強制性的音變，因為音節是語言中自然的發音單位，是發音機制在肌肉一次張弛中發出來的。組合在一個音節內的語音成分緊密結合成一個整體，其中因協同發音而產生的連音變化是受發音生理制約而自然產生的，所以這類連音變化又稱為「音位的必然變體」。但是後一種音節之間的連音變化是一種自由音變，音變現象不一定必然產生，因為音節之間可以有停頓，連音變化隨語速、情景和個人習慣而異，不像音節內部的語流音變那樣有較強的規律性，只要音變條件出現，音變現象就一定出現。另一方面，這類音節之外的連音變化又非常複雜，如果都根據互補分析歸納在一個音位內，那麼音位變體的數量和內容一定非常繁瑣龐雜，而且有時會難以操作，無從下手。例如，如果把出現在語氣詞「啊」之前的詞首增音 [ŋ] 歸入 /ŋ/ 音位，作為一個充當聲母的音位變體看待，那麼在「（寫）字啊」[tsɿ za]、「（快）吃啊」[tʂʻɿ za]、「（快）去呀」[tɕʻy ia] 這一類例子裡，因連讀音變而產生的 [z][z̩][i]，又應該歸入哪個音位呢？在「熱鬧」[znɔ]、「明白」[miŋ pɛ] 這一類輕聲詞裡的 [ɔ] 和 [ɛ]，又是

哪一個音位的語音變體呢？

　　其次，在普通話裡把互補分布的考察限制在語境範圍較小的單音節內，還可以避免在音位歸納中產生大量的音位交疊現象。例如，如果把「芝麻」[tʂʅ mə]、「媽・媽」[mA・mə] 裡的央元音 [ə] 歸入 /a/ 音位，那麼就會使不同的音位，即低元音音位 /a/ 和中元音音位 /e/，有了共同的音位變體 [ə]。如果把「木樨肉」（單字音 [mu ɕi zou]）連讀音變 [mu ɕy zou] 裡的 [y] 作爲音位變體歸入 /i/ 音位，把「白石橋」（單字音 [pai ʂʅ tɕʻiau]）連讀音變 [pai zʅ tɕʻiau] 裡的 [z] 作爲音位變體，歸入 /ʂ/ 音位，那麼也會使原本是音位性的語音成分 [y] 和 [z]，又分別變成另外兩個音位 /i/ 和 /ʂ/ 的音位變體。同理，如果把「難免」[nam mian]、「麵包」[mian pau] 這一類在連音變化中形成的 [m] 韻尾歸入 /n/ 音位，也會產生同樣的音位交疊結果。音位系統中如果大量出現這類音位變體和音位之間的交叉、疊合現象，那麼這樣的音位分析就是不理想的，因爲它不符合音位歸納要求簡明經濟、系統整齊的最終目的。

　　總體來說，音位內部包括哪些變體、多少變體以及音位系統是否簡明、經濟，都跟考察音位互補的語境範圍的大小直接相關。語境範圍越大，歸納在一個音位裡的變體就越多，音位和音位變體的讀音關係也就越複雜。反之，語境範圍越小，歸納在一個音位裡的變體就越少，音位和音位變體之間的讀音關係也就越簡單。就漢語普通話來說，明確這一點，把音位變體的歸納限制在音節—語素這一語境範圍內，對音位分析顯然是有利的。至於音節外部、音節之間因連音變化而形成的各種語音變體，都屬於音位在音節連讀中的變化現象，應該另立一類「語流音變」給予充分的描寫。

　⑶語音近似有沒有客觀標準？與互補分布如何協調？

　　前面已經提到，互補分布是語音變體歸納在同一個音位裡的必要

條件，但不是充分條件，是否應該歸併爲一類，還要看語音是否相近，也就是要同時滿足兩個條件：互補和音近。但仔細分析起來，這是兩個不同性質的標準：分布標準和語音同一性的標準，前者依據客觀的語音環境，後者則根據個人主觀的心理聽覺反映。而每個人總是以自己元語的「音位直覺」來判斷語音是否相近的，比如，說英語的人認爲，cool[k'ul]（涼）和 school[sku:l]（學校）裡的送氣音 [k']和不送氣音 [k]，分布上互補，語音也十分近似。但說漢語的人聽起來，這兩個音卻差別很大，比如「苦」[k'u] 和「鼓」[ku]，就是靠送氣和不送氣區別的。相反，說英語的人認爲 seal[si:l]（圖章）和 zeal[zi:l]（熱心）裡的 [s] 和 [z] 差別很大，而不懂英語的中國人也許就聽不出什麼區別來。因此又有人認爲，語音是否相近要根據本地人的「音感」，但是本地人的聽感也未必總是一致的。例如在普通話裡的舌面元音 [i] 和兩個舌尖元音 [ɿ][ʅ] 是否應該歸併爲一個音位的討論中，兩個世居北京的本地人意見卻截然相反：一個認爲這三個音聽感和諧，語音近似，應該歸併爲一個音位。而另一個卻認爲「雞」[tɕi]、「滋」[tsɿ]、「枝」[tʂʅ] 押韻，「誰都覺得不好聽」，語音不相近，不宜作爲同一個音位的三個變體。

　　可見語音是否互補，有客觀的分布作爲依據，不會引起爭論；語音是否相近，沒有客觀標準，各人都可以有自己的主觀判斷，有分歧，有爭論，也不好解決。從純粹的語音學觀點來看，歸在同一個音位裡的變體，有些確實只是一些語音上的小差異，而有些則彼此的差異已大到足可以稱爲不同的音。差異大到什麼程度就是語音不相近，原則本身沒有任何規定。因此，語言學家不得不坦然承認：「我們無法眞正確切地規定語音相似的程度，所以如何恰如其分地應用這條原則並不總是清楚的。」

　　語音相近原則在音位分析中的另一個問題是：它與互補原則如何

協調？這兩個原則的標準和性質完全不同，在音位分析的操作中又可以各行其是。有人非常重視語音近似原則，甚至把它看作音位分析的主要原則，認為「主要應當根據『音感』來確定音位……本地人自然地把一類音認為是一個單位（即音位），這就是音位的音感特徵。」而另一派學者卻認為，歸納音位不是根據語音上的異同或語音差別的大小，而是根據它們的分布關係和區別作用，應該力求把互補的語音盡可能地歸入一個音位。音位總數以少為貴，這符合音位歸納的簡明經濟原則，但對此觀點，主張根據語音的音感特徵來確定音位的人卻有不同的看法：音位系統自然應該力求簡明經濟，從這個角度看，音位總數應以少為貴，但是音位系統的簡明，同樣也應該表現在音位和音位變體的關係上。音位總數和音位變體的數量總是成反比的：音位總數少，被歸納到每個音位裡的變體就一定多，音位和變體之間的讀音關係也就隨之複雜化。反之，音位總數多，每個音位裡包含的變體也就一定少，音位與音位變體之間的關係也就會隨之簡單化。只求音位總數少，不管音位和音位變體之間讀音關係的複雜化，那是片面地理解了音位系統的簡明經濟原則。這種看法顯然也是言之成理的。

　　總之，在音位分析中，偏重語音近似或強調互補分布都會導致音位歸納答案的不同。語音近似原則如果棄之不管，只從互補分布角度來歸併音位，那會使歸入同一音位的各個變體在語音分類上失去內部連繫，這無論在理論上還是實用上都是不可取的。但如果過於看重語音近似原則，要求音位與變體之間處處能「讀音知位，見位得音」，那也會對音位歸併的取捨產生負面影響。如何恰如其分地協調音近和互補這兩個音位分析原則，恐怕還要從語音系統的其他方面來深入考慮。即便是同時具備了這兩個條件，也未必就一定能把這兩個音歸併在一個音位內。例如普通話裡的 [m] 和 [ŋ]，一個只能出現在音節開首，一個只能出現在音節末尾，在分布上是互補的，同時在音值上也

都有鼻音這一共同的音感特徵，但在音位分析中誰也沒有把它們歸併在一起，而是分為兩個獨立的音位。因為從普通話音節結構和語音歷史演變等角度全面權衡，[m] 和 [ŋ] 都是不宜歸併在一個音位中的（參看第九章有關普通話輔音音位的分析）。這個例子說明，音位分析除了對立、互補和語音近似這些基本原則之外，也還有其他一些因素必須予以考慮，而這又是導致音位歸納結果多樣化的一個原因。

⑷音位的單位應該是多大？

在前面的章節裡已經說過，音位和音素是兩個不同的概念，語音學把從語流裡切分出來的最小的音質音段，即音素，分為元音和輔音。又根據發音和音質是否保持不變、前後一致，把它們分為單純音和複合音兩大類，後者是動態的由幾個元音成分組成的複元音，或由幾個輔音組成的複輔音。而在音位分析中，音位單位的切分與語音學裡的最小音段並不總是一致的。音位之間的對立可以是靜音素與動音素的對立，如 [t] 或 [s] 與 [ts] 構成對立，[ts] 從語音學的角度說，是塞音和擦音兩種語音成分的結合，是一種複輔音，所以用兩個字母音標的組合來表示。送氣音和不送氣音的對立，比如 [p] 和 [pʰ] 或 [p‘]，其實也是動音素與靜音素構成的對立，因為送氣音中的送氣成分就是在塞音除阻之後緊跟著送出來的一種氣流音，在語音學裡也是動態輔音。語圖可以證明它是由爆破音和送氣音組成的。

在音位分析中，同一個動態音，比如英語中的清塞擦音 [tʃ] 或濁塞擦音 [dʒ]，有的語言學家把它們分別處理為音位系統中，兩個獨立的單音位：/tʃ/ 和 /dʒ/，把它們跟 /t/、/d/、/ʃ/、/ʒ/ 並列在一起。但有的語言學家卻把這兩個塞擦音分析為分別由單音位 /t/ 和 /ʃ/、/d/ 和 /ʒ/ 組成的複合音位，不把 /tʃ/ 和 /dʒ/ 列入由各個單音位總合在一起的輔音音位表中。這兩種不同的音位分析，前一種把音位單位切分得大一些，後一種把音位單位切分得小一些。在音位分析中，把一個

由幾種語音成分結合在一起的動態音（如塞擦音）作爲一個音位單位看待，叫作不充分分析法（under-analysis），把一個動態音分析爲更小的音位單位，叫作過度分析法（over-analysis）。過度分析法甚至可以把一個只能結合在一起發音的動音素分析爲兩個音位，例如美國英語中的捲舌元音 [ɚ][ɚ]（即捲舌的 [a]）等，都是在發音過程中同時加上捲舌作用形成的動態元音。如果採取過度分析法，就可以分析爲兩個音位，也就是 /ə/ 或 /ɑ/ 跟 /r/ 一起組成的複合音位，用兩個音標符號來表示就是 /ər/ 和 /ɑr/。長元音 [iː] 也可以用過度分析法分爲 /i/ 和 /j/ 兩個音位。

音位學並沒有規定從語流中切分出來的音段音位本身應該是一個多大的單位，也沒有規定音位分析什麼時候應該用過度分析法，什麼時候應該用不充分分析法。所以出於對音位的不同理解而採用不同的分析法，對同一種語言的音位分析得出不同的答案，也是不足爲怪的。例如美國的語言學家在分析英語元音音位時，有人得出了六個元音音位的結論：/i e a o ə u/（布洛赫《語言分析綱要》），而有人卻得出了英語有二十個元音音位的結論：/æ aː e i iː ɒ ɔː u uː ʌ ə əː ei ai əi au əu iə ɛə uə/（霍凱特《現代語言學教程》）。前一種結論中的六個元音音位全是單元音，後一種結論中的二十個元音音位有單元音也有複合元音。這兩種不同的音位答案適用於各自的音位體系，也各自適用於不同的分析目的。

在漢語普通話裡也可以看到，由於音位分析方法的不同和音位切分單位大小的不同，研究者得出了不同的音位答案。比如，過去國語注音符號中的八個基本韻母：ㄞ（ai）、ㄟ（ei）、ㄠ（ao）、ㄡ（ou）、ㄢ（an）、ㄣ（en）、ㄤ（ang）、ㄥ（eng），就是用不充分分析法切分出來的音位單位（可以叫作「韻位」），其實這八個韻母都是可以用過度分析法分解爲兩個音位的。但是在用獨體古漢字

作爲音標的注音符號中，必須把它們處理成一個音位，並爲之單獨設計一個語音符號，然後就可以分別與單韻母ー（i）、ㄨ（u）、ㄩ（ü）組成一系列結合韻母，如ㄧㄠ（iao）、ㄧㄢ（ian）等，這樣就形成一個以四呼爲框架的音韻系統。但是在採用拉丁字母的拼音方案中，這八個韻母卻必須用過度分析法拆成更小的音位單位，否則就不能達到設計一個音素（音位）化拼音方案的目的。

　　總之，在音位分析中，音位系統中最小的音位單位不一定是語音學中的一個元音或輔音。在大多數情況下，音位的切分與最小音段的切分是一致的，但音位和音位成員也可以大於或小於一個最小音段。什麼時候應該把兩個甚至更多的連續的最小音段看成一個音位，什麼時候應該把一個最小音段分解爲兩個甚至更多的音位組合，要根據音位分析的目的、語音的特點和音位系統的格局來確定。例如，爲求整個音位系統的簡單化，英語的舌葉塞擦音 [tʃ] 和 [dʒ] 完全可以分析爲兩個音位：/t/ 和 /ʃ/ 組成 /tʃ/，/d/ 和 /ʒ/ 組成 /dʒ/，而西班牙語裡的 [tʃ] 就不能這麼處理，因爲 [ʃ] 在西班牙語裡是不能單獨出現的，不同語言各有自己的語音特點和音系格局。另外，言語中最小的發音單位，即元音和輔音本身也是不同的，在音位的實際切分中，通常是動態輔音從合，而動態元音則從分（趙元任語），因爲把動態輔音（如塞擦音、送氣音）處理爲單個音位比較方便、實用，而把動態元音（二合元音或三個元音）處理爲單音位，配置單個音標符號就不一定那麼自由、方便了。音位分析無法對不同的語言或同一種語言的元音和輔音統一規定使用過度分析法還是不充分分析法，音位切分單位的大小也就無法明確規定了。

　　使音位分析產生不同結論、不同答案的因素還有很多，所以不能強求一致，也不可能要求得出唯一正確的結論。不同的結論也許能夠適用於不同的目的，不必用單一的標準去互相繩墨，評論是非。蚩聲

海內外的中國著名語言學家趙元任先生曾在二十世紀三十年代一篇經典的音位學論文中說過：

> 哪些音歸為一個音位，這問題是跟著許多因數變的。（a）音質準確度，（b）全系統簡單或對稱的要求，（c）音位總數減少的要求，（d）本地人對音類的見解，（e）字源的顧及，（f）音位與音位間局部重複的避免，（g）讀音知位，見位得音互指可能的要求。這些要求往往互相衝突，對這上對那上輕重的不同，就會得出不同的答案。
> 得出不同的系統或答案不是簡單的對錯問題，而可以只看成適用於各種目的的好壞問題。（《音位標音法的多能性》）

這一段在早期音位學中的經典論述，至今對學習和了解音位理論和音位分析法仍然具有深刻的指導意義。它指明了音位歸納的多樣性源於音位歸納原則自身的不確定性和多重性，以及音位歸納的不同目標和不同需要。

六、音系學與區別特徵理論

1.從音位到區別特徵

就在二十世紀三十年代音位理論蓬勃發展的時期，有的語言學家已經看到了音位並不是語言中能起區別意義的最小結構單位。如果對音位進一步加以分析，就可以發現擔負區別功能的實際上是一些更小的單位——語音特徵。例如，[pɑu²¹⁴]（飽）和 [pʻɑu²¹⁴]（跑）是通過 [p] 和 [pʻ] 的對立形成 /p/ 和 /pʻ/ 兩個音位來區分的，而 [p] 和 [pʻ]

的不同，實際上只是通過「送氣」和「不送氣」這兩個語音特徵來體現的。這兩個音位的其他特徵——雙唇、閉塞、清音都是相同的。當然，兩個音位的不同也可以同時體現在幾個發音特徵上，例如，/p/ 和 /z/、/i/ 和 /o/ 等。由此可見，一種語言的全部音位都可以分解和歸納為數目更少的若干語音特徵的對立。這種具有區別音位作用的語音特徵就是區別特徵。

　　不同語言雖然各有自己的一套音位，但是用以區別音位的語音特徵總是有限的。例如，許多語言都普遍利用清和濁、塞和擦的不同構成音位對立，有些語音特徵的對立甚至是絕大多數語言裡都有的，例如，鼻輔音和口腔塞音的對立、唇音和齒音的對立、開元音和閉元音的對立。由此，區別特徵理論的創始人雅可布遜（R.Jakobson）和方特（G.Fant）、哈勒（M.Hall）在考察了上百種語言材料之後，根據語音的聲學特徵，同時參照發音生理特徵，建立了一套用以分析人類語言中，各種音位對立的十二對區別特徵：(1) 元音性／非元音性；(2) 輔音性／非輔音性；(3) 突發性／延續性；(4) 急煞性／非急煞性；(5) 粗糙性／柔潤性；(6) 帶音（濁）／不帶音（清）；(7) 集聚性／分散性；(8) 沉鈍性／尖銳性；(9) 降音性／平音性；(10) 升音性／平音性；(11) 緊張性／鬆弛性；(12) 鼻音性／口音性。這十二對區別特徵可以分為三大類：（一）聲源特徵：(1) 至 (2)；（二）次要的輔音聲源特徵：(3) 至 (6)；（三）共鳴特徵——音位特徵的進一步分類：(7) 至 (12)。

　　這十二對區別特徵是從人類語言中概括出來的，區別特徵理論認為，它們可以用來解釋語言中一切可能出現的音位對立。但是沒有一種語言的音位系統會包括這十二對全部區別特徵，語言裡哪些語音特徵是起辨義作用的區別特徵，各種語言並不相同。例如在英語輔音系統裡，帶音／不帶音是一對區別特徵，送氣／不送氣（屬緊張性／鬆弛性）就不是區別特徵，而在漢語普通話裡則恰恰相反。不起辨義作

用的語音特徵就是非區別性特徵，也可稱爲多餘特徵。這些特徵也是語音中必要的發音特徵，不是可有可無的，只是不傳遞起區別作用的資訊。

　　一種語言裡哪些特徵是區別性的，一個音位由多少個區別特徵組成，要通過音位之間的通盤分析才能確定。例如普通話裡 /p/ 通過雙唇這一特徵可以跟舌尖、舌面和唇齒等其他輔音區別開，而在雙唇這一類輔音中，又可以通過不送氣（鬆弛性）和口腔閉塞（口音性）這兩個特徵，分別跟送氣的 /p'/ 和鼻音 /m/ 區別開。這樣，總括起來，/p/ 可以認爲是由雙唇、閉塞、不送氣三個區別特徵組成的。通過這些特徵，/p/ 就與普通話輔音音位系統中，其他音位一個個互相區別開了。音位之間經過這樣通盤的對比和分析，每個音位的區別特徵就可以一一確定下來，並進一步概括出該語言整個音位系統一共是由多少區別特徵組成的。通過區別特徵的分析和概括，音位對立進一步分解爲區別特徵的對立，音位系統分解爲區別特徵系統，一種語言的全部音位就可以大大簡化。例如，英語的全部音位就是由九對區別特徵組成的，如果根據統計概率的蘊涵，捨棄其中可以被推導出來的特徵，英語的全部音位僅僅是由六對區別特徵組成的。

2. 區別特徵理論的核心 —— 二元對立

　　區別特徵與語音學的發音特徵不同，它是通過音位之間的通盤分析確定的，所以是一種音系學特徵。它用於解決語言裡的音位對立，並不解釋每個音所有的語音學細節。傳統語音學以發音生理作爲標準描寫和區分各類音素，元音的定性描寫要依據舌位的前、央、後和舌位的高低度（高、半高、半低、低），以及唇形的圓展；輔音的區分和描寫更爲複雜，分類標準涉及二、三十種發音特徵。但是從音位對立的全域來看，一種語言裡用於構成音位對立的發音特徵總是有

限的，而發音特徵無論從聲學特徵看還是從發音生理角度看，元音和輔音之間也是有相通的共同屬性的，因此用來描寫和區分音素的幾十種語音特徵，顯然可以在更高的層次上，用一套統一的標準，概括歸併成數目更少的音系學特徵，即區別性特徵，並用以分析描寫所有的語音對立。例如擦音 [x ʃ f s] 和元音 [a ə e i o u]，從傳統語音學角度看，這兩套音是沒有什麼連繫的。但是在區別特徵系統中，[x ʃ a e o] 是一類，共同的特徵是集聚性；而 [f s i ə u] 是另一類，共同的特徵是分散性。也就是說，可以用一對區別性特徵 —— 集聚性／分散性來描寫這兩類音之間的音位對立。所以，區別性特徵不能等同於語音學特徵，它是一種音系學特徵。

　　區別特徵理論的核心觀念是：語音是一種偶分結構的資訊系統，也就是把音位對立進一步分解為區別特徵的對立，而區別特徵總是以二項對立的形式組成的。例如，[元音性／非元音性]、[輔音性／非輔音性]、[濁音性／非濁音性（又稱「清音性」）]、[鼻音性／非鼻音性（又稱「口音性」）]、[延續性／非延續性（又稱「突發性」）]、[粗糙性／非粗糙性（又稱「圓潤性」）] 等。全部區別特徵都是「偶值特徵」，構成一個二元系統，每對特徵只有「正」（有）和「負」（無）兩種值，具有二項對立中的前一項特徵以「+」號表示，具有後一項特徵以「－」號表示。一切語音區別都是二元對立的，通過一系列的二元選擇就可以進行語音辨識，確定它是由哪些區別特徵組成的。例如，以 [i a l m p b s z] 這幾個音為例，把它們排在橫座標上，以前面所舉的六對區別特徵為例，把它們排在縱座標上，然後對每個音用區別特徵依次加以分析，用正號「+」或負號「－」表示具有前一項或後一項特徵，這樣就可以構成一張區別特徵矩陣表，見表 8-2：

表8-2　若干元音和輔音的區別性特徵矩陣

	I	a	l	m	p	b	s	z
元音性／非元音性	+	+	+	−	−	−	−	−
輔音性／非輔音性	−	−	+	+	+	+	+	+
鼻音性／非鼻音性	−	−	−	+	−	−	−	−
延續性／非延續性	+	+	+	+	−	−	+	+
粗糙性／非粗糙性	−	−	−	−	−	−	+	+

從表8-2中可以看到，用區別特徵進行二元分析，簡單地說就是一種逐層排除法，一次選擇就排除一種可能。通過區別特徵的逐層二元選擇，分析的範圍越來越小，直到最後使該語言中所有的語音對立彼此都有自己獨特的區別特徵，能夠互相加以區別。

　　一種語言的區別特徵矩陣對描寫該語言的音系是否充分而又必要，應該從矩陣表的縱列對比和橫列對比中去檢查。如果通過縱列之間的逐一檢查發現有兩行正負值的對比完全相同，那麼就說明橫列上的這兩個音位是不能相互區別的。這反映出所選定的用以區別語音系統中一切音位對立的區別特徵是不充分的，特徵的個數少了。根據這一點，上面的表 8-2 就是有缺陷的，因為這六對特徵不能把元音 [i] 和 [a] 區分開，這兩個音的縱列對比顯示，它們正負值完全相同。要把它們區分開，還要補充特徵個數，必須做到縱列之間 [i] 和 [a] 至少有一對二元值是正負相反的，這樣表 8-2 中各個音位之間才都能形成最小對立，互相區別。

　　矩陣中的特徵也不應該有冗餘，這要通過矩陣中的橫列對比來檢查。首先，如果某一對特徵的橫列中，所有的正負值符號都是相同的，那麼這一對特徵就沒有起到區別作用，因為它對所有的音都是共同的。其次，要檢查橫列之間各對區別特徵的正負值有沒有可以從其

他特徵中推導出來的。如果矩陣表中的區別特徵系統，甲乙兩對特徵彼此可以從對方推導出來，那麼必定有一對是冗餘的。

　　區別特徵理論認爲一切語音區別都是二元對立的，可以根據一系列的二元選擇來進行語音辨識，這種偶值選擇特點正好與電腦用二進位編碼，以逐層排除法不斷縮小範圍，最後做出判斷的原理是相同的。比如說，根據某語言的音系分析所制定的區別特徵矩陣表，以「＋」號爲 1，「－」號爲 0，其中 /p/ 的編碼爲 0101010，/t/ 的編碼爲 0100010，那麼兩者的區別爲第四位碼。如果 /a/ 的編碼爲 10110，而 [o] 的相應編碼爲 10111，那麼兩者的區別在第五位碼。依此類推，該矩陣表內所有的語音都可以根據區別特徵制定二進位編碼，並以此爲依據進行資訊處理，或設計語音模式識別程序。

　　區別特徵理論使語音研究與當代科學技術結合了起來，爲語音研究開闢了新的研究道路和領域。

3.區別特徵與當代音系學

　　早期的區別特徵理論是從音位對立觀念中發展建立起來的，它以聲學分析爲主，發音生理爲輔，制定了十二對區別特徵，用以區分、解釋人類語言中的一切語音對立，使音位分析進入到在傳統語音學中，歷來被稱爲最小語音單位的元音和輔音的內部。在特徵層上用正負二元值揭示了一種音系全部音位之間的對立關係，而且還顯示了音位之間（包括元音和輔音）的聚合關係，也就是它們之間受共同語音規則支配的相關性。這爲在區別特徵理論之後發展起來的生成音系學開闢了道路。

　　二十世紀六〇年代前後，取代描寫語言學的生成語言學派創立了生成音系學，他們把語言的各組成部分——句法、語義和語音等都理解爲一套規則系統。作爲生成語法學組成部分的生成音系學，它要研

究的內容就是擬定一套語音規則，使人能通過規則的運用，從音位序列推導出（即生成）句子的實際讀音，其中包括每個音位的發音、詞的重音，甚至整個句子的語調升降曲線。為此，美國語言學家杭士基等提出了一套新的區別特徵系統，其不同之處主要在於：(1) 過去，雅柯布遜的區別特徵主要是從聲學方面來定義的，而杭士基基本上都從發音生理方面來定義。(2) 增加了區別特徵的個數，有二十對區別特徵，在具體特徵的選用上也做了改動。(3) 所有的特徵都以有無對立的形式出現，如：+/－音節性、+/－輔音性、+/－高位性、+/－後位元性、+/－舌面前、+/－延續性、+/－粗糙性等。他們明確宣稱，早期的區別特徵音位理論只表述音位對立，生成音系學不僅要表述音位對立，還要表述音位變體，即音位的實體，也就是音位的實際讀音。

　　生成音系學是怎樣界定音位的具體音值的呢？以普通話音系中的若干音位為例，見表 8-3。

表8-3　普通話音位的區別性特徵取自陸致極[3]

	i	y	u	ɤ	A	p	p'	m	f	t	l	k	x	ts	s	tʂ	ʂ	z	tɕ	ɕ	m	n	ŋ
1.音節性	+	+	+	+	+	-	-	-	-	-	-	-	-	-	-	-	-	-	-	-	-	-	-
2.輔音性	-	-	-	-	-	+	+	+	+	+	+	+	+	+	+	+	+	+	+	+	+	+	+
3.高	+	+	+	+	-	-	-	-	-	-	-	+	+	-	-	+	+	+	+	+	-	-	+
4.後	-	-	+	+	-																		
5.低	-	-	-	-	+																		
6.圓唇	-	+	+	-	-																		
7.舌面前						-	-			+	+	-	-	+	+	+	+	+	+	+	+	-	+

---

	i	y	u	ɤ	A	p	pʻ	m	f	t	l	k	x	ts	s	tʂ	ʂ	ʐ	tɕ	ɕ	m	n	ŋ
8.發散					+	+	+	-	-	-				+	+	-			+	+	+	-	
9.延續						-	-	-	+	-	-	-	+	-	+	-	+	+	-	+	-	-	-
10.鼻音						-	-	+	-	-	-	-	-	-	-	-					+	+	+
11.濁音						-	-	+	-	-	+	-	-				-	+			+	+	+
12.送氣						-	+			-		-				-							

表8-3中，豎欄列出了描寫普通話音位層（即生成音系學所說的底層表達）全部音段音位所需要的區別特徵，橫欄頂端所列舉的音位，包括了全部元音音位，但輔音只是舉例性的，如只舉/p/和/pʻ/說明它們在區別特徵上的不同，其他送氣與不送氣音沒有一一列舉。從這個矩陣表上可以看到，語音中最小的單位是區別特徵，音段是由若干個區別特徵組成的。普通話全部音段音位由十二對區別特徵組成，如果某區別特徵描寫橫欄上的音類互不相關就用空位表示。矩陣中的區別特徵貫徹了偶分法則，都是用二元對立建立起來的。從整體上看，矩陣是一個層級系統，例如先用[1.音節性]和[2.輔音性]兩對特徵區別元音音位和輔音音位，然後加上[3.高]、[4.後]、[5.低]、[6.圓唇]這四對特徵，把全部元音音位的區別特徵組成以及彼此的對立關係都刻畫清楚。而[3.高]和[4.後]這兩對特徵再加上[7.舌面前]、[8.發散]、[9.延續]這三對特徵，又對輔音依次進行了二元選擇，逐層分類，最後用[10.鼻音]把/m n ŋ/劃分出來，用[11.濁音]把/ʂ/和/ʐ/區別開，用[12.送氣]這一特徵把六對送氣音彼此區別開。由此，矩陣就把普通話全部音段音位之間的對立關係及其內在連繫都展示出來了。

　　生成音系學通過語音規則來實現由底層音位到表層音位變體的轉換，表達言語的實際發音。因為這些區別特徵是根據發音生理擬定

的，都有語音學上的依據。例如，/ɤ/音位在唇音 /p pʻ m f/ 之後的音位變體是圓唇的 [o]，那麼根據上面的區別特徵矩陣就可以設定以下的語音規則：

$$/ɤ/ \begin{bmatrix} + \text{音節性} \\ - \text{高元音} \\ - \text{低元音} \end{bmatrix} \rightarrow [\, + \text{圓唇}\,][o] \Big/ \text{/p pʻ m f/} \begin{bmatrix} + \text{輔音性} \\ - \text{舌面前} \\ - \text{高} \end{bmatrix} \underline{\hspace{1.5em}} +$$

上面的語音規則表示：/ɤ/音在唇輔音之後實現爲圓唇的[o]。

　　生成音系學中，語音規則的表達方式跟電子電腦處理資訊的基本模式「輸入→輸出／程式」是一樣的。爲便於應用，生成音系學將語音規則的表達方式形式化爲：

$$A \rightarrow B/X \underline{\hspace{1em}} Y$$

A代表要發生變化的語音（輸入），B表示所發生的變化（輸出），符號「→」表示「變爲」或「轉換爲」，斜線後面的部分表示轉換的條件，也就是語境條件，「X＿Y」中的下橫線「＿」就表示音段A所處的位置。整個運算式就表示「A處在X和Y之間讀作B」。例如，「/A/→[ɛ]/i＿n」就是：/A/音位在[i]和[n]之間變爲[ɛ]。如果語境條件中的Y是空項，可以用符號「#」作爲音節界符表示，如「/i/→[ʅ]/ts＿#」。X也可以是空項，如「/A/→[ɑ]/＿ŋ」。

　　生成音系學裡的語音規則與早期經典音位學裡的讀音規則完全不同，因爲後者只是就單個音位及其所屬的各個音位變體擬定的，而前者則從音系全域出發，要求把相同類型的語音變化放到一條規則裡去表示。所以不同音位的同一類語音變化可以概括在一起，用一條規

則去表示，而一個音位的某個變體如果需要，也可以用兩條規則去表示。例如普通話的基本韻母 /ei/ 在兒化韻裡的變化就要用兩條規則才能得出它的實際讀音：

（1）韻尾失落規則　ei→e/V__r
（2）元音央化規則　e→ə/V__r

V代表元音，r代表捲舌韻尾，根據規則(1)，「味兒」/ueir/→［uer］；根據規則(2)，［uer］→［uər］。所以生成音系學裡的有些語音規則，在使用時還要依據一定的順序，否則就無法生成正確的讀音。

　　生成音系學在早期的音系學著作中以音位作爲底層形式的語音單位，以音素作爲表層形式的語音單位。但是後來則宣稱傳統的音位在生成音系學中是多餘的，應該直接採用區別特徵作爲語音描寫的基本單位。因爲傳統的音位單位是以字母音標表達的，音標本身一方面不能直接顯示語音屬性，另一方面還包含了與語音規則中所涉及的語音變化並不相關的發音特徵。用區別特徵替換字母音標就可以只列出相關特徵，而且可以把同類的語音變化概括在一起，放在一條語音規則裡，顯示語音之間內在的共同變化，這更符合語音描寫的自然性。

　　總之，在後期的生成音系學著作裡，語言中的全部音位及其音位變體都被分解爲一簇區別特徵，直接用區別特徵來表達，早期經典音位學中的音位實際上已經無須存在了。當然，這一觀點即使在生成學派內部也還有人持不同意見，因爲語流音變裡也有一些語音變化，如音段換位、融合同化、增音脫落等，總是涉及整個音位而不是某個特徵。描寫這一類語音變化的過程，顯然以整個音位作爲表達單位要自然簡潔得多，如果逐項列出區別特徵，反而顯得繁瑣了。在生成音系學和非線性音系學之後發展起來的一系列新學說中，如認知音系學也

仍然認爲音位平面是音系結構三個基本平面中，最基本的必要的組成部分，它是語音平面和詞素平面的仲介平面。從語音學所涉及的實踐領域看也是如此，在語言和方言的田野調查中，在語言拼音方案的創制和語言教學領域中，乃至當代言語工程的研究中，音位學的理論和方法仍然是不可或缺的基礎性概念和語言調查、音系分析的基本手段。音位學的核心觀念是和人類語言中的語義表達系統緊密連繫在一起的，因而在實質上是一切語音研究的出發點和最終歸宿。

　　生成音系學在二十世紀七〇年代前後的新發展，主要表現爲音系分析的方向進入了超音段領域，研究方法和語音規律的表達方式由線性轉向了非線性、多線性，形成了奇彩繽紛的各類非線性音系學。例如採用多音層排列來研究聲調以及與聲調變化有關的語音現象，由此產生了「自主音段音系學」（autosegemental phonology）。採用二分的樹形結構的表達方式來研究重音、詩律等韻律特徵，由此產生了「韻律音系學」（metrical phonology）。以音節爲基本單位來研究音系和各種語音變化，由此產生了「以音節爲基礎的音系學」（syllable based phonology）。此外，還有學者把生成音系學的理論和方法應用到詞彙研究領域中去，由此產生了「詞彙音系學」（lexical phonology），凡此種種，不一而足。總之，當代音系學的研究主要集中在超音段方面，追求的目標是圓滿解決聲調、重音、語調、節律等語音變化如何與音段變化和諧地連接在一起的問題，與言語工程的研究關係也越來越密切了。

練習

1. 從生理－物理角度劃分出來的語音單位——音素，與從語義區別功能角度劃分出來的語音單位——音位，兩者有什麼區別？

2. 音位分析是通過什麼辦法鑑別一種語言中，哪些語音是有區別作用的，哪些又是沒有區別作用的？

3. 怎樣區分條件變體和自由變體？

4. 為什麼說音位系統的全面描寫必須包括音位之間的聚合關係和組合關係？

5. 舉例說明「過度分析法」和「不充分分析法」的不同。

6. 區別特徵理論是怎樣分析語音和描寫語音的？

第九章

普通話音位系統的
分析和討論

一、普通話韻母的嚴式記音

　　第八章說過，用國際音標記錄語音有兩種不同性質的記音方法，一種叫嚴式記音，一種叫寬式記音，兩種方法各自適用於不同的目標、不同的需要。但是從初始的語言分析程式來說，語言的嚴式記音在前，寬式記音在後，前者是後者的基礎。嚴式記音要求精細地記錄自然語言中，由於語音緊密結合在一起，因協同發音而發生的不同變化。例如舌尖齒齦鼻音 [n]（拿）因受元音 [i] 的影響而齶化，變成了舌面前硬齶鼻音 [ɲ]（泥），而在「站長」（zhanzhang）一詞裡，作為韻尾，受後續音節聲母發音部位的影響，[n] 又變成了舌尖後鼻音（又稱捲舌鼻音）[ɳ]。再如，元音 [a] 夾在高元音 [i] 和前鼻音之間，如「煙」（ian），前元音 [a] 就會變成舌位較高的 [ɛ]，而在「汪」（wang）這個音節裡，它又會讀成舌位靠後而且圓唇化的後 [ɒ]。諸如此類的語音變化，在嚴式記音中，都應該按照實際音值細緻地用不同的音標和附加符號一一記錄下來。

　　嚴式標音要求盡可能細緻地描寫語音的實際面貌，但是從音位學、音系學的觀點看，這些大大小小各有差別，數目繁多的語音，都必須根據它們與普通話裡的語義表達關係和語音的分布關係（即「對立」和「互補」）加以整理和歸納，歸併為少數不同的音類（即「音位」）。同一個音位的不同語音變體都用一個音標表示，這樣才能清晰明瞭地反映普通話語音系統的面貌、特點，才便於應用。根據音位學原則加以整理歸納的語音系統，稱為「寬式記音」或「寬式標音」。嚴式記音所用的音標叫「嚴式音標」，外加方括號 [　] 表示，「寬式音標」外加雙斜線 / / 表示。但是在無須加以區別的場合（如外語詞典裡的單詞標音），通常也就只用方括號 [　] 來表示。

　　寬式音標用一個音標兼表幾個沒有區別意義作用的語音，用為數不多的音標表述了嚴式記音各種各樣的語音變體，顯示了一種語言基

本的語音結構單位及其語音系統的特點，這對於了解和掌握一種語言
是十分方便的。但是，具體細緻地反映語音自然面貌的嚴式音標也並
非毫無意義，尤其是對於從事語音研究（如言語工程）和語音教學的
人更是如此。因為在寬式的音位標音中，許多細微的甚至重大的語音
差異在字面上是看不出來的，它隱含在寬式音標內，這些實際語音差
別對於指導別人準確地掌握一種語言的語音，或比較兩種不同語言的
語音差別是不可或缺的基本知識。

　　普通話韻母的嚴式記音，由於北京話內部的讀音差異、發音人發
音習慣的個性差異，以及記音人對客觀音值的感知認識不同和音標選
擇的不同考慮，在各類語音學專著中，嚴式標音並不完全相同。下面
根據本書前面章節對普通話韻母讀音所做的描寫，以及目前大多數語
音學著作中所採用的標音，把出現在普通話韻母嚴式記音中，主要的
語音變體集中標記在元音生理舌點陣圖上：

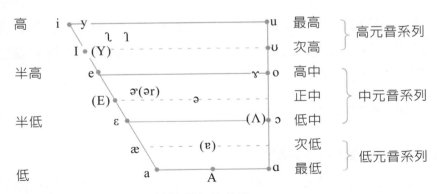

圖9-1　普通話元音在元音舌點陣圖上的分布

　　按照舌位的高低，圖 9-1 中的元音橫向分為三組：
⑴高元音系列共有七個元音：[ɿ]、[ʅ]、[i]、[I]、[y]（[Y]）、
　　[u]、[ʊ]（包括最高至次高），其中舌尖元音 [ɿ] 和 [ʅ] 是按聲

學元音圖上的位置標的，按舌體的最高點，舌尖後元音的位置
應該在前。外加圓括號的 [ʏ] 是供參考的次高圓唇前元音。

(2)中元音系列共有七個元音：[e]、[ɛ]（[ɛ]）、[ə]、[o]、[ɤ]、
[ʌ]、[ɚ]（[ər]）（包括高中、正中、低中），其中 [ɛ] 或 [ɛ]
算一個，因為「夜」和「燕」，有的書上韻腹分別用 [ɛ] 和 [ɛ]
來標注，有的書上則統一用 [ɛ] 標注。

(3)低元音系列共有七個元音：[a][ʌ][ɑ][ɛ][æ][ɐ][ɔ]（包括次低
至最低），其中 [ɐ][ɔ] 兩個語音變體一般只出現在兒化韻母或
輕聲音節裡（如「花兒」「桃兒」「熱鬧」），不出現在音位與
音位變體的歸納中，因為這兩個語音變體都不是本韻系統的語
音單位，列出來供參考。

圖 9-1 高元音系列、中元音系列、低元音系列三個音區的劃分，
是以音位與音位變體以及音位之間的相關性為依據的。除了個別語
音變體，各音區的音位歸納中，其音位變體一般都不會跨區發生交
叉、疊合的情況。下面在韻母嚴式記音的基礎上，對普通話元音音位
歸納中的一些主要問題展開討論，並對普通話輔音音位系統和調位系
統簡明扼要地進行闡述。

二、普通話的高元音音位

1.[ɿ][ʅ][i]的音位分合問題

在高元音系列的七個元音中，次高不圓唇前元音 [ɪ] 和次高不圓
唇元音 [ʊ] 都只能出現在韻尾的位置上，音位分析中分別與 /i/ 音位
和 /u/ 音位歸併在一起，歷來均無不同意見。舌尖前元音 [ɿ] 和舌尖
後元音 [ʅ] 歸併為一個音位一般也沒有什麼爭論。但是 [ɿ][ʅ] 和 [i]
是否應該進一步歸併為一個音位，還是分別獨立為兩個音位，卻有
尖銳的對立意見，至今也沒有統一的認識。從音位歸納的互補原則來

說，這三個元音確實可以歸併爲一類，但不加以歸併，把 [ɿ][ʅ] 與 [i] 分爲兩個音位的意見，也言之成理，十分有力。這種不同的音位歸納，可以表示如下：

表9-1 單韻母i的兩種音位歸納法

音位歸納 （甲）	ts-、ts'-、s-	tʂ-、tʂ'-、ʂ-、ʐ-	其他聲母	音位歸納 （乙）
[i]	−	−	+	[i] —— /i/
/i/ { [ɿ]	+	−	−	[ɿ] } /ï/
[ʅ]	−	+	−	[ʅ]

在普通話的語音系統內，這三個元音分布上的互補關係是顯而易見的。舌尖元音 [ɿ] 只出前在聲母 [ts][ts'][s] 之後，[ʅ] 只出現在聲母 [tʂ][tʂ'][ʂ][ʐ] 之後，而舌面元音 [i] 則絕不出現在這兩組聲母之後。所以，音位歸納的甲方案把 [ɿ][ʅ][i] 作爲三個語音變體歸納在一個音位裡，其理由總括起來主要有三條：

(1)這三個元音在分布上是互補的，在語音上也是近似的。曲韻十三轍就把它們都歸在「一七」轍裡，可以互相押韻，這說明本地人的語感認爲這三個音是和諧的，符合音位歸併的語音近似原則。

(2)歸併爲一個音位可以使元音音位的數目更經濟一些，符合音位總數簡明經濟、以少爲貴的原則。

(3)從語音發展演變的角度說，舌尖元音 [ɿ][ʅ] 本來就是從 [i] 韻中因聲母條件的不同而分化發展出來的，把它們歸併爲一個音位，有歸納音位兼顧歷史音韻的優點，同時對於解釋詩歌押韻和掌握語音演變規律等方面也有幫助。

　　這三條主張把這三個元音歸併爲一個音位的理由可謂相當充分有力。但是，主張 [ɿ][ʅ] 和 [i] 分爲 /i/ 和 /i/ 兩個音位的方案也針鋒相對地提出了令人難以駁倒的理由：

(1) [ɿ][ʅ] 和 [i] 在語音上不近似，曲韻十三轍把它們歸入「一七」轍，並不能成爲支持它們應該歸併爲一個音位的理由。韻類歸轍和音位歸納不是一回事，比如「一七」轍還包括一個在音位上跟 [i] 完全對立的單元音韻母 [y]，[y] 和 [i] 在曲韻裡可以歸在一個韻轍裡互相押韻，但在音位上絕不能加以歸併。可見民間曲韻十三轍的音類押韻與歸納音位的原則是不相通的。

(2) 音位歸納是音系的共時分析，不宜強調語音發展的歷史。與其著眼於過去的分化演變，不如著眼於今後的發展趨向。而音位的簡明經濟也不應該只是從總數多少著眼，也應該從音位與音位變化之間的關係來看。如果這兩者之間的關係過於繁瑣複雜，那也未必符合簡明經濟的原則。

(3) [ɿ][ʅ] 和 [i] 在韻母四呼系統中地位不同，[ɿ][ʅ] 屬開口呼，[i] 屬齊齒呼。兒化音變方式也不同，[ɿ][ʅ] 由基本韻母變爲兒化韻母時，原韻母失落變爲 [ər]，仍屬開口呼，如「絲兒」[sɿ → sər]，而 [i] 韻母兒化時原韻母保留，後接 [ər]，如「（小）雞兒」[tɕi → tɕiər]。倘若 [ɿ][ʅ] 和 [i] 歸併在同一個音位內，那麼一個音位要對應兩條兒化規則，同時在音位與韻類的四呼關係上也會出現內部混亂。

　　這三條主張把 [ɿ][ʅ] 和 [i] 分爲兩個音位的理由，應該說同樣也極具說服力，第三條著眼於本音和變音之間音系上的相關性，尤其是慧眼獨到。

　　上述兩種意見各自言之成理，旗鼓相當，也都符合音位分析的原則。這正如前一章音位分析中所說的，它反映了音位歸納原則和分析

方法本身的不確定性及多面性。所以對這三個元音音位分合上的不同意見，也不應用是非對錯或哪一種更正確去評述，應該說它們各自適用於不同的目的和需要。從純粹的音系分析全域著眼，分為兩個音位的意見是比較可取的，因為這有利於保持韻母四呼分類的系統，有利於說明普通話的聲韻配合規律，以及音系內部兒化韻與非兒化韻的對應關係。但如果從為普通話設計一個採用拉丁字母的拼音方案的角度來說，則舌尖元音和舌面元音歸納為一個音位的方案，無疑更為可取。因為這可以提高為數有限的拉丁字母的利用率，可以避免為 [ɿ][ʅ] 單獨配置字母或採用帶附加符號的字母，或為之設計最不受人歡迎的新字母等一連串麻煩。從字母與語音配置關係的經濟原則上看，[ɿ][ʅ] 和 [i] 在音位上合二為一的方案，其優越性顯而易見。

　　/i/ 音位還有一個音位變體，那就是出現在零聲母音節起始位置上的舌面硬齶通音 [j]（也叫半元音），這是一個帶有輕微摩擦成分的 [i]。在有的語言裡，這個帶摩擦成分的通音 [j] 跟不帶摩擦成分的純元音 [i]，可以構成音位對立，起區別意義的作用，如英語 east [iːst]（東方）—yeast [jiːst]（發酵）。同樣，帶摩擦成分的雙唇通音 [w]，也可以跟元音 [u] 構成音位對立，如 ooze[uːz]（過濾）—woos[wuːz]（追求）。普通話零聲母音節起始位置上的 [i][u][y]，往往帶有輕微的摩擦成分，所以在嚴式的語音學標音中就作為通音看待，「移」、「吳」、「魚」的嚴式標音就分別是 [ji][wu][ɥy]。但在普通話以及其他漢語方言裡，帶摩擦成分的通音 [j][w][ɥ] 與不帶摩擦成分的高元音 [i][u][y] 均不構成音位對立，所以在音位分析中都可以作為相應的元音音位變體看待。因此這裡就把出現在零聲母音節起始位置上的通音 [j] 作為音位變體，歸入 /i/ 音位。

　　根據上面的分析討論，高元音系列中的 /i/ 音位及其變體可以列表如下（為便於與《中文拼音方案》字母和語音的配置取得一致，下

表採用 [i][ɿ][ʅ] 歸併爲一個音位的方案）：

表9-2 /i/的音位變體和出現條件

音位歸併與音位變體		出現條件	標音舉例
/i/	[ɿ]	舌尖前音聲母之後	思[sɿ]/si/
	[ʅ]	舌尖後音聲母之後	支[tʂʅ]/tʂi/
	[j]	齊齒呼零聲母音節起始位置	鹽[jɛn]/ian/
	[I]	作韻尾	代[taI]/tai/
	[i]	其他條件	低[ti]/ti/

2.高元音音位歸納的其他問題

(1)/u/音位的音位變體

　　/u/ 音位除了出現在韻尾位置上的次高元音 [ʊ] 這一音位變體之外，還有一個較爲常見的音位變體—— 唇齒通音 [ʋ]。它通常在兩種語音條件下出現：一個是在唇齒音聲母 [f] 之後，如「豆腐」[təu fʋ]，另一個出現在合口呼零聲母音節的起始位置上，如「慰勞」[ʋeIlau]。後一個是一種自由變體，因爲零聲母音節起始位置的 /u/，也有人讀作雙唇元音 [u]，如「慰問」也可以讀作 [uei uən] 或 [ʋei ʋən]。

　　在合口呼零聲母音節的起始位置上還可能出現一個語音變體，就是在討論 /i/ 音位變體時已經提到過的雙唇通音 [w]。這是一個與元音 [u] 對應的帶有輕微摩擦成分的通音，跟 /i/ 音位中的舌面—硬齶通音 [j] 是同樣性質的自由變體，因爲帶不帶摩擦成分不是必然的。

　　/u/ 音位的音位變體及其出現條件，列表如下：

表9-3　/u/的音位變體和出現條件

音位歸併與音位變體	出現條件	標音舉例
[ʊ]	作韻尾	高[kɑʊ]/kau/
[w]	合口呼零聲母音節起始位置	彎[wan]/uan/
[ʋ]	同上，以及唇齒音聲母[f]之後	訃聞[fʋ ʋən]/fu uen/
[u]	其他分布條件	古怪[ku kueI]/ku kuei/

（2）關於/y/音位的討論

　　在國內有關普通話語音系統的音位分析中，/y/音位的有無從來沒有引起過爭論，因為把韻母分成開、齊、合、撮四呼的格局，是分析漢語音韻悠久的歷史傳統。但是不通曉或者不考慮這一學術傳統的西方語言學家，在音位分析中對普通話的[y]韻母就採用了另外的處理方法。例如，20世紀40年代音位學處於發展頂峰時期，美國描寫語言學家哈忒門（1947）和霍凱特（1947）發表的有關北京話音位分析的論文中都沒有/y/音位。他們把/y/音位分析為/i/音位和/u/音位組成的複合單位，因而在音位的基本單位中就無須設立一個單音位/y/了。

　　從國外語言學家的學術背景看，這是可以理解的，因為音位學研究的鼎盛時期，西方語言學家彙集了豐富的語言資料。據他們對兩百零八種語言資料的統計分析，不管哪一種語言都有元音音位/a/，它的出現頻率高居首位。其次是/i/和/u/，如果一種語言只有三個元音音位，那麼通常就是/i u a/；如果只有四個元音音位，通常就是/i u a o/。而大多數語言的元音系統都為三角形的五元音體系：/i u/（最高層），/e o/（次高層），/a/（最低層），他們認為這是世界語言音位模式的一般規律。但是在這兩百零八種語言裡，有/y/音位的卻只有八種，所以在他們對北京話成段音位的分析中，把/y/音位分析為由/i/音位和/u/音位結合在一起的複合音位，他們認為這符合語言音

位模式的一般規律。

應該說，這樣的分析，無論是從語音事實還是從音位分析理論上說，都是可以成立的：

⑴北京話的 [y] 確實是一個唇形由展到圓，動程很短的複合元音。在早期的國語發音學中，就有人認爲 [y] 是由平唇向圓唇過渡的「複韻」，不是一個單純韻母。在國語發音學興起之前的中文拼音運動中，用複合拉丁字母 iu 來表示 [y] 元音的拼音方案也不在少數。語圖上的共振峰走向也顯示出它是一個由 [i] 迅速過渡爲 [y] 的動態元音。

⑵在音位分析中，採用過度分析法把 [y] 分解爲 [i] 和 [u] 兩個語音單位，從而減少一個獨立的 /y/ 音位，這符合音位系統應力求簡明、經濟，音位總數以少爲貴的原則。

但是取消 /y/ 音位，把它處理爲 /i/ 和 /u/ 組成的複合音位，在中國語言學家中幾乎無人接受，主要原因是：

⑴這會使字音的音節結構複雜化。例如，如果「捐」的音位標音形式由 /tɕyan/ 變爲 /tɕiuan/，那麼就會在音節結構系統中出現許多由五個音位組成的音節結構。可見音位總數減少了一個，但在音節結構層面上，音位組合關係卻更複雜了。

⑵不利於保持韻母的四呼分類系統。字音結構中，聲母以後的韻母部分，最多只有三個成分，依次爲韻頭、韻腹、韻尾，而開、齊、合、撮的四呼分類是以韻母的起始成分爲依據的。凡以 [i] 起始的韻母都屬於齊齒呼韻母，以 [u] 起始的韻母均屬合口呼韻母。如果把 [y] 分解爲由 [i] 和 [u] 組成的複合音位 /iu/，那麼諸如「雪」/ɕiue/、「元」/iuan/ 這一類字音結構的分析就會陷於混亂。

⑶這會打亂語音系統中的聲韻配合規律，並且破壞歷史音韻和漢

語方言之間的語音對應關係。韻母的四呼系統是在語音的歷史
演變中形成的，在繼承同一個「祖語」發展下來的漢語方言之
間也都有四呼對應關係。因此，從北京話語音系統的全域以及
它與歷史音韻和漢語各方言之間的語音對應關係來看，在高元
音系列的音位分析中，/i/、/u/、/y/ 這三個音位都是不可或缺的。

　　與高元音系列中的 /i/、/u/ 這兩個音位相比，/y/ 音位的音位負
荷量比較小，這表現在撮口呼韻母在四呼系統中數目最少，只有五
個。同時它在音節組成中也不能出現在韻尾的位置上。/y/ 音位常見
的變體，嚴格地說並不是和 [i] 完全對應的前高圓唇元音，而是舌位
略低，跟常出現在韻尾位置上的 [ɪ] 相應的次高圓唇音 [ʏ]，圓唇度
也不很高。但是為了音標符號通俗常見起見，在有定性描寫說明之
後，仍以採用音標 [y] 為宜。

　　/y/ 音位常見的變體除 [y] 之外，還有一個圓唇的舌面－硬顎通
音 [ɥ]。跟 [j] 和 [w] 一樣，它只出現在零聲母音節的起始位置，如
「魚」的嚴式語音學標音應為 [ɥy]，寬式音位學標音則為 /y/。同理，
「語言」應為 [ɥy jɛn]/y ian/，「遙遠」應為 [jɑʊ ɥan]/iau yan/，「冤
枉」應為 [ɥan waŋ]/yan uaŋ/。

表9-4　/y/的音位變體和出現條件

音位歸併與音位變體	出現條件	標音舉例
/y/ { [ɥ] / [y]（[ʏ]）	撮口呼零聲母音節起始位置 其他條件	越獄[ɥɛ ɥy]/ye y/ 捐軀[tɕyæn tɕʻy] /tɕyan tɕʻy/

三、普通話中的中元音音位

　　根據本章第一節普通話韻母的嚴式記音，普通話中元音系列共有七個元音：[e]、[ɛ]（[E]）、[ə]、[o]、[ɤ]、[ʌ]、[ɚ]（[ər]）。下面把前六個元音分爲一組，先討論它們的音位歸併問題，然後單獨討論最後一個捲舌元音的音位歸納問題。

1.[e]、[ɛ]（[E]）、[ə]、[ʌ]、[ɤ]、[o]的音位歸納討論

　　上述第一組六個元音都出現在元音舌點陣圖高中—正中—低中（半高至半低）這一區域內，各自分布在不同的語境裡，形成互補的局面，如表9-5所示：

表9-5　中元音在普通話中的分布出現條件分布關係音位變體聲母後

分布關係 音位變體	聲母後 零韻尾前		韻頭後 零韻尾前			韻尾前				語境列舉
	唇音	非唇音	i-	u-	y-	-i	-u	-n	-ŋ	
e						+				ei/uei
ɛ(E)			+		+					iɛ/yɛ
ə							+	+		uən/iəu/uə
ʌ									+	ʌŋ/uʌŋ
ɤ		+								Øɤ/-ɤ
o	+			+						-o/uo

上表以基本韻母（不包括兒化韻母）全面地顯示了各音位變體在語音系統中的不同分布關係：元音[e]只出現在[i]韻尾前，[ɛ]（[E]）只出現在韻頭[i]或[y]之後、零韻尾之前，央元音[ə]只出現在[u]韻尾和[n]韻尾之前，[ʌ]只出現在舌根鼻輔音韻尾之前，[o]只出現在唇音聲母或[u]韻頭之後。而與它相對的不圓唇元音[ɤ]則只出現在非

唇音之後或零聲母音節中。

　　由於這六個元音在分布關係上是互補的，完全沒有對立關係。因此在音位的歸併取捨上，從不同的角度出發就可以有不同的音位答案。這裡只舉幾種主要的加以分析討論。

　　在國外的文獻資料中，如前面提到的美國描寫語言學家哈忒門、霍凱特等，他們都把這六個各自出現在不同語境中的元音統統歸納在一個音位中，也就是作為一個音位的六個音位變體看待。在音位標音中採用同一個音標符號 /e/ 或 /ə/ 來標注，讓不同的語境來顯示不同的音位變體，即語音實體。例如，「北」/pei/、「街」/tɕie/、「豆」/teu/、「國」/kue/、「風」/feŋ/、「博」/be/、德 /te/ 等。這種歸納方案反映出西方語言學家非常重視音位分析中的互補原則和簡明經濟原則，但是並不看重甚至完全不顧語音近似原則。

　　在國內的文獻資料中恰恰相反，很少有人把這六個中元音歸納為一個音位，往往分為兩個或三個音位。例如：

(1)把 [e][ɛ]（[ɛ]）歸併為一個音位，[ə][ɤ][ʌ] 歸併為一個音位，而 [o] 則單獨作為一個音位。過去通行了好幾十年的國語注音符號就是這樣處理的，它分別用「ㄝ、ㄜ、ㄛ」三個字母來表示這三個音位。這樣處理既遵守了互補原則，又符合音位變體歸納中的語音近似原則。但是把可以歸併在一個音位裡的六個互補分布的元音分為三個元音音位，從音位總數以少為貴的原則來看，那當然並不是很理想。

(2)把 [e]、[ɛ]（[ɛ]）、[ə]、[ɤ]、[ʌ] 歸併為一個音位，用 /e/ 作為音位符號，把 [o] 分出來單獨作為一個音位 /o/。《中文拼音方案》大體上就是這樣處理的。但是出於字音拼寫形式應彼此有較強的區別力，閱讀上不易互相混淆的考慮，在有些韻母中做了調整。例如，為閱讀醒目起見，「歐」[əu] 的拼音形式寫

成 ou，沒有寫成 eu，以避免與 en 相混。這些調整都是出於拉丁字母拼寫設計上的考慮，與音位的分析和歸納無關。當然這並不違反對立互補原則，這一點在下面的章節中還會詳細說明。

(3)把 [ə][e][ʌ] 歸納爲一個音位，以 /e/ 作爲音標符號；把 [ɛ]（[E]）、[ɤ]、[o] 歸納爲一個音位，以 /o/ 作爲音標符號。

從音位歸納系統性的角度說，這個兩音位的方案很值得重視，因爲在音位變體的安排上，它是從語音系統內部的相關性著眼的。從 [ɛ]（[E]）、[ɤ]、[o] 這三個音位變體的音韻地位看，[o] 和 [ɤ] 都是開口呼韻母，前一個出現在唇音聲母之後，後一個出現在非唇音聲母之後。而 [ɛ]（[E]）只能與作爲韻頭的 [i] 和 [y] 組成複合韻母 [iɛ] 和 [yɛ]，分別爲齊齒呼韻母和撮口呼韻母，再加一個與 [u] 結合在一起的 [uo]，那麼這幾個韻母開、齊、合、撮四呼相配，豈非加強了基本韻母內部的語音系統性？

把 [ə][e][ʌ] 和 [ɛ]（[E]）、[ɤ]、[o] 分配在兩個音位裡的另一個好處是，它可以顯示語音系統中，本音與變音之間的內在連繫。因爲在由基本韻母跟尾碼「兒」[ɚ] 結合而派生出來的兒化韻母中，[ə][e][ʌ] 是一組，凡是以這幾個元音爲韻腹的韻母兒化音變時，都是丟掉韻尾，加上捲舌成分 [-r]，使原韻母變成兒化韻，如「門兒」[mən→mər]、「（小）輩兒」[pei→pər]、「味兒」[uei→uər]。而 [ɛ(E)　o] 這一組音位變體，兒化時都是在原韻母之後直接附加捲舌成分，如「歌兒」[kɤ→kɤr]、「沫兒」[mo→mor]、「鍋兒」[kuo→kuor]、「（半）截兒」[tɕiɛ→tɕiɛr]。

當然，從經典音位學音位歸納的基本原則來說，把音感極爲相近的 [e] 和 [ɛ][(E)]、[ə] 和 [ɤ] 各自分開，作爲兩個音位的音位變體，顯然與語音近似原則相悖。從語音系統內部的相關性來考慮音位

變體的歸納，這是在區別特徵以後發展起的生成音系學才會考慮的問題。從音系學的角度看，第三個方案要優於前兩個方案，但是從制定拉丁字母的中文拼音方案來說，無疑應該選擇第二個方案。

2. 捲舌元音[ɚ]（[ər]）的音位分析

在普通話的基本韻母中，有一個獨立的捲舌韻母 er，它是一個捲舌元音，其音韻地位很特殊，特立獨行，既不跟任何聲母相拼，也不跟任何元音結合。例如「嬰兒」裡的「兒」[ər] 跟「（豆腐）絲兒」[sər] 裡的「兒」[ər]，雖然都是捲舌元音，但不是一回事，前一個是捲舌韻母，後一個是兒化韻母，也就是兒化韻。這裡要分析的是作為捲舌韻母的捲舌元音，但在討論分析中也會涉及兒化韻，因為它們之間有本音和變音的關係。

充當捲舌韻母的捲舌元音 [ɚ]，簡單地說是一個捲舌的央元音。如果要做嚴格的、精細的定性描寫，則是一個由略開到略閉，舌面和舌尖同時起作用的、動程很小的複合元音，嚴式標音應該寫作 [ᵊɚ]，也就是 [ᵊɚ]。因為動程比較小（在上聲字和去聲字中較為明顯），為音標符號簡省方便起見，通常也就寫成 [ɚ] 或 [ər]，在音韻系統中也作為單元音、單韻母看待。

捲舌元音 [ɚ]（er）跟其他舌面元音可以構成最小的對立體，如 [ɚ]（二）—[ɤ]（餓）—[u]（霧）—[y]（遇）—[i]（億），所以 [ɚ]（[ər]）完全有資格獨立成為一個音位，過去許多拼音方案都為它單獨設計了字母。這個元音在語言系統中的音位負荷量極小，就常用字而論，只有五、六個字，如「兒、而、耳、爾、餌、二」等。其中有一個作為構詞尾碼的「兒」（er）比較特殊，它在語音上可以和基本韻母一起在融合同化中構成一連串兒化韻，如「花兒」[xua+ər → xuar]、「鍋兒」[kuo+ər → kuor]、「歌兒」

[kɤ+ər → kɤr]、「字兒」[tsɿ+ər → tsər]、「珠兒」[tʂu+ər → tʂur]等。兒化在語言中可以起構詞別義的作用，因此在語音系統的音位分析中，兒化韻是不能棄之不管的。但是如果把本音系統和變音系統中，出現在兒化韻中的一連串捲舌元音（如 [ar][or][ər][ur] 等）放在同一層面上，都作爲獨立的音位處理，那麼普通話的元音音位系統顯然會大大地複雜化。因此，對兒化韻中的捲舌元音 [ɚ]（[ər]）的音位分析，應該與自成音節作爲基本韻母的捲舌元音 [ɚ] 分開討論。

作爲單韻母的捲舌元音 [ɚ]，對它的另一種音位處理方案，就是用過度分析法把 [ɚ] 分解爲兩個語音成分：[ɚ] → [ə]+[r]，也就是 [ɚ] 由央元音 [ə] 和捲舌成分 [r] 組成。這樣就可以把 [ə] 跟中元音系列中 /e/ 音位的音位變體 [ə] 歸併在一起處理，即 /e/ 音位在舌尖鼻音韻尾 [-n] 和捲舌韻尾 [-r] 之前都代表音位變體 [ə]，如「恩」/en/、「而」/er/。而捲舌韻尾 [-r] 則可以作爲一個音位變體歸入輔音音位 /r/，也就是輔音音位 /r/ 有兩個音位變體，一個是舌尖後濁擦音 [ʐ]（或捲舌通音 [ɻ]），出現在音節起始位置，作聲母，如「軟」[ʐuan]，音位標音 /ruan/。另一個是捲舌韻尾 [-r]，出現在音節末尾，表示與前面元音共時的捲舌成分，如「二」[ər]，音位標音則爲 /er/。《中文拼音方案》用字母 r 兼表充當聲母的 [ʐ]（[ɻ]）和兒韻尾 [-r]，就是以這種音位分析法爲依據的。

把 [ɚ] 分解爲元音 [ə] 和捲舌成分 [-r]，在音位分析中是完全允許的。早在音位學創立之初，音位理論就明確宣示音位分析中的最小單位與語音學的最小單位不一定是完全重合的，音位及其音位變體也可以大於一個音素或小於一個音素，甚至可以爲語流中沒有任何語音實質的停頓也設置一個音位。因爲有無停頓、停頓的長短和方式（如本書第四章第二節中所說「音聯」或「音渡」），也是與語義的表達有關的。音系學把這種沒有任何語音實質，但有音位區別功能的零

形式稱爲「零音位」（zero phoneme）。其後，在音位的區別特徵理論中，音位的切分和音位的分析從音位層面進入音位組成的特徵層面，把小於一個音素的語音成分作爲一個音位變體看待，更是不足爲奇了。

　　把 [ɚ] 分解爲兩個組成成分 [ə] 和 [-r]，其實在音理上也是可以成立的。因爲作爲捲舌韻尾的 [-r]，跟鼻音韻母中的韻尾 [-n] 在發音上是相當的。[-n] 在音節末尾作韻尾時，是一個只有成阻沒有除阻的唯閉音，而 [-r] 同樣也就是在發舌面元音 [ə] 時的一個捲舌動作。所以也有人（如趙元任）把這個捲舌成分作爲輔音韻尾看待，跟 [-n] 和 [-ŋ] 一樣。

　　在音位分析中，這樣處理捲舌元音 [ɚ]（[ər]），不僅可以在中元音系列中減少一個音位，而且可以解決由基本韻母加尾碼「兒」派生出來的兒化韻中，一連串捲舌元音的音位分析問題。如「把兒」[(p)ar] 分析爲 /a/+/r/，同樣，「盆兒」[(p')ər] 在音位上分析爲 /e/+/r/，「歌兒」[(k)ɤr] 分析爲 /e/+/r/，「沫兒」[(m)or] 分析爲 /o/+/r/。由兒化音變產生的鼻化捲舌元音也這樣處理：「幫兒」[(p) ãr] 中的捲舌成分 [-r] 作爲音位變體歸入輔音音位 /r/，鼻化成分 [~] 歸入輔音音位 /ŋ/，後 [ɑ] 歸入低元音音位 /a/，所以「幫兒」的音位標音是 /paŋr/；同樣，「縫兒」的音位標音是 /feŋr/。依此類推，兒化韻中所有的捲舌元音都可以這樣進行音位分析歸納。其實《中文拼音方案》也正是這麼處理的，如「然而」ran'er、「（瓜）瓤兒」rangr、「（門）縫兒」fengr、「（小）框兒」kuangr、「（唱）歌兒」ger 等。

　　根據上面的分析，如果採用與《中文拼音方案》字母和語音配置關係相對應的音位歸納方案，那麼普通話中元音音位及其音位變體可以列表如下：

表9-6　/e/音位和/o/音位的音位變體及其出現條件

音位歸併與音位變體	出現條件	標音舉例
[e]	[i]韻尾前	ei/uei
[ɛ]（[ɛ̠]）	韻頭[i][y]後	ie/ye
/e/ [ə]	[-n][-u][-r]之前	en/eu/er
[ʌ]	[ŋ]韻尾前	eŋ/ieŋ
[ɤ]	非唇音聲母後	ke/e
/o/——[o]	唇音聲母和[u]韻頭後	po/uo

　　前面在中元音音位分析中已經說過，普通話裡出現在高中至低中（即半高至半低）這一音區裡的各個語音變體，都有各自出現的語境，處於互補分布中，可以有好幾種音位歸納方案。從音系內部本音和變音的相關性說，[e ə ʌ] 和 [ɛ(ɛ̠) ɤ o] 分開，歸併為兩個音位，較為適宜。這裡為了適應大家在使用中已經習慣了的《中文拼音方案》中字母和語音的配置關係，在清單中，採用讓 [o] 單獨自成音位，而把其他中元音歸併在一個音位中的方案。此外，還有幾點需要說明：一是《中文拼音方案》中把「歐」、「優」這一類字拼寫為 ou 和 you，這是為了字音拼寫形式清楚醒目，避免 eu 和 en 在閱讀和書寫中相混，與音位變體的歸納無關。二是 [ɛ][ɛ̠] 這兩個音標同時出現，那是因為在韻母的嚴式標音中，也有人採用更細緻的音標，把「椰」「約」這一類字的韻腹用一個舌位偏下的 [ɛ̠] 來標寫，所以表中採用 [ɛ]（[ɛ̠]）的形式，把這兩種標法並列出來，提供參考。最後，關於自成音位的 /o/，這個音位的語音實體是一個舌位元偏下的 [ɔ̞]。其實在唇音聲母之後充當單韻母的 [o]，在字音中的實際讀音也是一個複韻母 [uo]，只不過因為這個 [u] 夾在唇音聲母和圓唇元音 [o] 的中間，受同化作用的影響而變為一個模糊的過渡音了，在拼音方案和音位標音中為書寫簡便起見，就予以省略了。

四、普通話的低元音音位

　　根據韻母的嚴式記音，普通話低元音系列共有 [a ɐ ɑ ɛ æ (ɤ)]
等六個低元音（[ɔ] 只出現在輕聲音節，這裡不予討論），其中的
前、半低、不圓唇元音 [ɛ]，既出現在「疊雪」韻 [iɛ]（夜）和 [yɛ]
（月）這兩個韻母中，也出現在「言前」韻齊齒呼韻母 [iɛn]（煙）
中，所以 [ɛ] 既是 /e/ 音位的音位變體，也是低元音 /a/ 的音位變體，
兩個音位在音位變體的分布中出現了部分交叉疊合的現象。但如採用
[iE]（夜）、[yE]（月）的標音形式，這一音位部分交疊的現象就會
消除。低元音音區中加括弧的次低、不圓唇元音 [ɐ]，只出現在兒化
韻和中元音 /e/ 音位的個別字音中（只有「二」一個字），所以在下
面的低元音音位分析中，[ɐ] 不予討論。

　　[a ɐ ɑ ɛ æ] 這五個低元音中，[a ɐ ɑ] 三個元音各有自己的出
現條件。前 [a] 出現在元音韻尾 [i] 和鼻音韻尾 [n] 之前。中 [ɐ]
出現在零韻尾之前，如果不求精細的定性描寫，不區分前 [a] 和中
[ɐ]，合二爲一，都採用一個音標也未嘗不可。但後 [ɑ] 與前 [a] 則
必須加以區別，因爲只出現在 [u] 韻尾和 [ŋ] 韻尾之前的後 [ɑ]，音
感上差別比較明顯，不加區分會影響讀音規範。

　　上述三個處於互補分布的低元音，它們的音位歸納在國內的文獻
資料中，幾乎沒有什麼分歧的意見，一般都認同應該歸納爲一個音
位。所以，低元音系列中 [a ɐ ɑ] 的音位歸納就不需要再做討論了。
但是有關「煙」韻和「冤」韻這兩個齊齒呼和撮口呼韻母的嚴式記
音，倒是有做進一步研討的必要。因爲這跟 /a/ 音位包括哪些音位變
體有關，也跟作爲民族共同語的普通話讀音規範和建立標準音有關。

　　「煙」韻和「冤」韻，在傳統的音韻系統（如十三轍）裡，跟
「安」韻和「彎」韻在一起構成四呼相配的一套韻類（「言前」韻）。

這四個韻母主要元音音值的嚴式記音，在不同的專著、教材中並不完全一致，反映了北京話的內部讀音差異。「安」[an]和「彎」[uan]沒有分歧，韻腹都用前、低不圓唇元音[a]來標寫，但是「煙」韻、「冤」韻的標音就有分歧，主要有三種反映不同音值的嚴式標音：

	「煙」韻	「冤」韻
（1）	[iɛn]	[yɛn]
（2）	[iæn]	[yæn]
（3）	[iɛn]	[yæn]/[yan]

在寬式的音位標音中，[ɛ][æ]歸納在同一個音位裡，用同一個音標/a/或字母a來標寫，但音位變體中的讀音分歧就顯示不出來了，這會在語音教學中起誤導作用。因為上面（1）和（2）兩種標音形式都顯示「煙」韻和「冤」韻的主要元音讀音是一樣的，（1）都用[ɛ]，（2）都用[æ]，而第（3）種標音形式卻顯示這兩個韻的主要元音是不同的，分別是[ɛ]和[æ]（或[a]）。那麼這兩個韻母的韻基（韻腹和韻尾），其實際讀音究竟有無不同？普通話「以北京語音為標準音」，所以北京話內部的讀音分歧最好有一個明確的規範，否則語音標準就難以確立，教和學兩方面都無所適從。

　　要討論這一問題，當然要從語言事實出發。首先要肯定的是，在「言前」韻中，作為齊齒呼的「煙」韻，它的主要元音的讀音是一個前、半低、不圓唇元音[ɛ]，確實跟歸在同一個韻轍中的其他三個韻母有明顯差異。所以在19世紀中期，凡是外國人設計的中文拼音方案中，「煙」韻的拼音形式幾乎都是ien，而其他三個韻母的主要元音用的字母卻是相同的，都是一個a。從實際讀音出發，「煙」韻的主要元音跟「耶」韻的主要元音幾乎完全相同。因為先唸「耶」，然

後舌尖上翹往齒齦發 n 的部位一頂，自然就會得到一個「煙」字的讀音。但如果用同樣的方法，先唸「約」üe，再加一個 n，就很難得到一個十分貼近「冤」的自然讀音。所以西方學者根據語言中的實際讀音，用相同的字母 e 去標寫「煙」韻和「耶」韻的主要元音，完全符合根據讀音配置字母的原則。而凡是中國人自己設計的拼音方案，幾乎無一例外地都把「煙」韻主要元音的字母改為 a，使 an、ian、uan、üan 四呼相承，配合成套。從漢語音韻四呼相配的理論來看，屬於同一個韻類的韻母，主要元音採用相同的字母，當然也是完全恰當的，但是不能因此忽略「煙」韻與「冤」韻實際讀音有所不同的語言事實。其次，要肯定的另一個語言事實是，在北京話裡，「煙」韻的讀音並無內部分歧，也就是從來就只有一個讀音，至於用 [ɛ] 還是 [æ]，那倒並不是問題的關鍵。因為在嚴式音標中用前一個音標時，往往會加一個舌位偏下的符號，用後一個音標時，又往往會加一個舌位偏上的符號，這說明用這兩個不同的音標，並不表明實際讀音有多大的差別，只是個人使用音標的習慣稍有不同。問題的關鍵是，如果在「冤」韻嚴式標音的定性描寫和音標使用中，採用了與「煙」韻相同的音標 [ɛ] 或 [æ]，那就一定會抹煞「煙」韻與「冤」韻讀音不同的事實。所以，上面一、二兩種對「煙」韻和「冤」韻的嚴式標音是需要討論的。而第三種則用不同的音標反映了北京話「煙」韻和「冤」韻主要元音讀音有差別的語言事實。我們在第四章第四節中「普通話的韻母」裡，就是用 [ɛ] 和 [a]（或 [æ]）加以區別的。

　　「冤」韻與「煙」韻主要元音讀音不同的事實，除了在早期拼音設計資料中可以得到證明外，在後來一些語音學專著中也有明確的反映。對「言前」韻的四個韻母，有人標為 [an iɛn uan yæn]（李榮：《漢語方言調查手冊》，1957）；有人標為 [an iɛn uan yan]（趙元任：《現代吳語的研究》，1928/1956；《漢語口語語法》，1979）。

在兩套標音中，「冤」韻主要元音 [æ] 和 [a] 的不同，只是個人音標選擇的問題，實際上並不反映音值上的差別。要注意的倒是語音學、方言學專著中，「言前」韻這一套韻母的標音都說明，齊齒呼「煙」韻和撮口呼「冤」韻裡的主要元音，其實際讀音是不同的。

「言前」韻的韻基是 [an]，「煙」韻裡主要元音夾在前、高元音 [i] 介音和前鼻音 [n] 韻尾的中間，因協同發音的影響高化為 [ɛ]。那麼「冤」韻中的主要元音同樣處在前元音和前鼻音的條件下，為什麼沒有高化為 [ɛ] 呢？這是因為 [y] 與 [i] 雖然同為前元音，但 [y] 有兩點不同，首先是前面已經說過，實際上它的舌位比 [i] 要低，是一個次高前元音 [ʏ]，其次，它是一個圓唇元音，所以「冤」韻的發音動程跟「煙」韻實際上並不完全相同。有人描寫過在介音 [y] 發完以後，先有一個舌位向 [u] 後退的動作，緊接著再迅速滑向主要元音。在過渡音 [u] 的影響下，主要元音的舌位高低變化跟「煙」韻也就有所不同了，不是由 [a] 高化為 [ɛ]，而是變為一個次低的，而且有點偏央的前元音 [æ]。所以如果根據實際的發音動程充分地展現出來，「冤」韻的嚴式記音應該是 [yᵘæn][1]。語音實驗可以證實這種描寫是符合實際發音動程的，因為在三維語圖上，表徵舌位前後的第二共振峰，在由 [y] 走向主要元音的過程中，可以看到有一個先降後升的拐點，表明確實存在一個接近後元音 [u] 的過渡音[2]。所以，「冤」韻主要元音的讀音與「煙」韻並不相同，這在音理上和實驗上都是可以得到解答和證實的。

---

[1] 參見王福堂〈普通話語音標準中聲韻調音值的幾個問題〉，載於《語言學論叢》第35輯，北京：商務印書館，2007年。

[2] 參見魏紅華、王韞佳《略論北京話韻母üan的音值》，第七屆中國語音學學術會議暨語音學前沿問題國際論壇會議論文，2006年，北京。

　　根據上面的論述，普通話低元音音位的音位變體應該有[a ʌ ɑ ɛ æ]五個，為學習方便起見，下表把常見於兒化韻中的次低央元音[ɐ]也排列其間。

表9-7　/a/的音位變體和出現條件

音位歸併與音位變體		出現條件	標音舉例
/e/	[a]	[i]韻尾和開口呼、合口呼的[n]韻尾之前	ai/uai/an/uan
	[ʌ]	零韻尾之前	a/ia/ua
	[ɑ]	[u]韻尾和[ŋ]韻尾前	au/aŋ/iaŋ
	[ɛ]	齊齒呼[n]韻尾前	ian
	[æ]	撮口呼[n]韻尾前	yan
	[ɐ]	兒化韻[-r]之前	ar/iar/uar

五、普通話的輔音音位和聲調音位

1.普通話的輔音音位

　　音位對立也可以表現在元音和輔音之間，如「改」[kai]和「敢」[kan]的對立，就是通過最小音差[i]和[n]顯示的。但是由於元音和輔音是性質很不相同的語音單位，所以在音位分析中，一般都把它們分別歸納為兩套音位系統。這樣做對於描寫元音和輔音各自的類聚關係及其組合關係都是比較切合實際的。

　　在語言中，輔音一般都要與元音結合在一起才能構成言語中的一個音節——聽感上最自然的單位、最小的語音結構單位。尤其在普通話裡，輔音是不能自成音節的，所以普通話輔音音位的歸納必須在輔音和元音結合在一起的表義音節中進行對比，做出音位鑑別。例如利用[pɑʊ214]（保）這樣一個音義結合的單位，用不同的輔音去替換

音節開始的輔音，如果每替換一次，由於語音形式的改變，意義也隨之發生變化，那麼這些輔音都是具有區別意義作用的音位。下面就是用 [ɑʊ214] 這樣一個語音環境進行替換對比後，得到的十七個輔音音位：

/p/（保）	/p'/（跑）	/m/（卯）	
/t/（島）	/t'/（討）	/n/（腦）	/l/（老）
/k/（稿）	/k'/（考）	/x/（好）	
/tʂ/（找）	/tʂ'/（吵）	/ʂ/（少）	/ʐ/（擾）
/ts/（早）	/ts'/（草）	/s/（掃）	

在[＿ɑʊ²¹⁴]這一語境裡，通過替換對比可以知道，這十七個輔音都是與語義系統直接掛鉤的，有區別作用的語音單位，都是獨立的音位。

利用某個語境通過替換對比識別音位，要注意做到替換對比的窮盡性，因為可以容納全部輔音的語境幾乎是找不到的，必須通過各種語音組合形式才能掌握全面的對立互補狀況。對普通話來說，就是要注意鑑別輔音音位還要從音節開首和音節結尾這兩個位置上去對比替換。這樣就可以找到一個只能出現在韻尾位置上的 /ŋ/，它在音節末尾與 [-n] 形成對立，如「斌」和「兵」、「分」和「風」、「陳」和「程」、「音」和「英」。這些字音都是以韻尾 [ŋ] 與 [n] 的不同構成對立，區別意義的。

同時，在這樣的對比替換中，也一定會發現普通話裡 [tɕ tɕ' ɕ] 這一組舌面塞擦音，任何時候都不會同舌根音 [k k' x]、舌尖前塞擦音 [ts ts' s] 以及舌尖後塞擦音 [tʂ tʂ' ʂ ʐ] 這三組輔音一起出現在相同的語境裡，也就是說，舌面音 [tɕ tɕ' ɕ] 分別跟這三組輔音都存在著互補分布關係。這種多重互補分布關係，可以用它們跟開、齊、

合、撮這四大類韻母的不同配合關係，概括地顯示出來，見表 9-8：

表9-8　普通話輔音的多重互補分布

	開	齊	合	撮
tɕ　tɕ'　ɕ		+		+
k　k'　x	+		+	
ts　ts'　s	+		+	
tʂ　tʂ'　ʂ　ʐ	+		+	

　　根據歸納音位的原則，既然 [tɕ] 組這一套舌面音同其他三組輔音都不能出現在相同的語音環境內構成對立關係，那麼舌面音在普通話語音系統內就無須獨立成為音位，可以作為音位變體，跟其他三組輔音中的任何一組歸併為一組音位。例如，[tɕ] 組的三個輔音作為音位變體，分別同 [k] 組三個相應的輔音歸併為一套音位，以 /k k' x/ 作為音位標音的符號。以 [tɕ] 和 [k] 的歸併為例（見表 9-9）：

表9-9　[tɕ]和[k]的音位歸併

音位歸併與音位變體	出現條件	標音舉例
/k/ ⎰[tɕ]　⎱[k]	齊齒呼、撮口呼韻母前 開口呼、合口呼韻母前	「堅」[tɕiɛn]/kian/ 「關」[kuan]/kuan/

也就是說，音位/k/在[i][y]前，代表音位變體[tɕ]，在開口呼、合口呼韻母前，則代表音位變體[k]。根據這兩個出現條件（讀音規則），同一個音位符號就體現為不同的語音實體。

　　據上例類推，[tɕ] 組舌面音也可與 [ts] 組舌尖音或 [tʂ] 組舌尖後音歸併為一組音位。以 [ɕ] 和 [s] 歸併為 /s/ 為例，/s/ 在 [i][y] 前

讀 [ɕ]，在開合二呼前讀 [s]，見表 9-10：

表9-10 [ɕ]和[s]的音位歸併

音位歸併與音位變體		出現條件	標音舉例
/k/	[ɕ]	齊齒呼、撮口呼韻母前	「宣」[ɕyæn]/syan/
	[s]	開口呼、合口呼韻母前	「酸」[suan]/suan/

　　從音位歸納的對立互補原則說，普通話輔音系統中的舌面音，為求音位總數的簡明經濟，理應與舌根音、舌尖前音、舌尖後音中的一組歸併為一組音位。這樣的歸併在拼音方案的設計中會顯示出很高的實用價值，因為這樣就不必為這一套舌面音單獨配置三個字母了。所以西方學者設計的中文拼音方案，都把 [tɕ] 組舌面前音與其他三組音中的一組歸併在一起。但《中文拼音方案》（1958）為照顧國內正式通行了幾十年的國語注音符號的拼音傳統，仍然把舌面音 [tɕ tɕʻ ɕ] 作為三個獨立的輔音音位處理，這也是符合音位分析原則的。這樣，在前面音位分析中得到的十九個輔音音位的基礎上再加上三個，一共就有了二十二個輔音音位，其中二十一個都是可以出現在音節開首充當聲母的，只有一個舌根輔音 /ŋ/，只能出現在音節末尾充當韻尾。

2. 零聲母是不是輔音音位

　　漢語普通話的絕大部分音節在音位結構中都以輔音作為音節的起始成分，但有一小部分音節（在四百多個基本音節中只有三十五個）不是以輔音起頭的，如「園藝」、「億萬」、「延安」、「恩愛」等。沒有輔音的音節在韻母前面聲母的位置上留下了一個空位，它以無標記成分與輔音聲母構成對立，如 [pian]（鞭）—[ian]（煙）、[kuan]（官）—[uan]（彎）等。用無標記成分和有標記成分的區別構成對立是人類語言中普遍採用的手段，「無」本身就是一種資訊，所

以語言學中產生了「零、零形式」的概念，如語法學中就有「零形態」、「零形冠詞」，音系中就有「零音位」、「零形連接」等，漢語裡的「零聲母」概念也是由此而來的。有了零聲母這個概念，以高元音 [i][u][y] 起頭的音節，以及以非高元音 [a][o][ə] 起頭的各類音節，都可以概括成一類，叫作零聲母音節。

在前面的章節中已經闡明過，從純粹的語音學觀點來看，普通話裡由零聲母音節構成的字音，其實際讀音往往不是以純元音起頭的，而是在元音起始時會帶有輕微的摩擦成分，尤其在陽平字中更為明顯。這類摩擦成分在嚴式記音中可以用與元音屬於同一發音部位的通音（半元音）來表示，如「移」[ji]、「無」[wu]、「魚」[ɥy]。在非高元音起頭的零聲母音節中，在元音起始前，甚至會出現微弱的屬於輔音的語音成分，如喉塞音 [ʔ]（「癌」[ʔai]），或舌根濁擦音 [ɣ]（「昂」[ɣɑŋ]），或舌根鼻音 [ŋ]（「餓」[ŋɤ]）等。在前面的高元音音位分析中，已經把 [j]（舌面─硬齶通音）、[w]（雙唇通音）和 [ɥ]（圓唇舌面硬齶通音）分別歸入相應的高元音音位 /i/、/u/、/y/，作為該音位的音位變體。但是也有一種意見認為，零聲母音節起始元音前作為通音的摩擦成分和輔音成分，在音位分析中應該切分出來作為音位變體，歸併為一個輔音音位，也就是零聲母音位。這種音位分析涉及普通話輔音音位的總數以及對零聲母概念的理解，所以有必要做一些討論。

從音位分析方法和音位歸納的原則上說，這樣處理零聲母音節起始位置上的摩擦成分和輔音成分，並不是不可以的。因為這些成分從音節結構的角度看，正好處在聲母的位置上，從分布上看又是互補的，而音位切分的單位又允許大於或小於一個音素，所以把分別出現於高元音前的 [j w ɥ] 和只出現在開口呼、非高元音前的各類輔音成分 [ʔ ɣ ŋ] 等，歸併為一個零音位 /ø/，似乎是順理成章的。但是，

這涉及對「零」、「零形式」概念的理解。零的概念借用自數學，在語言學各領域中，凡使用「零」這一概念都是指不含任何語音材料，但在一些分析中被認為是代表某種單位的「空」（null）成分。諸如「零形態、零語子、零形冠詞、零形複指」等概念，都是在某種分析中為保持系統或結構上的均衡性或對稱性而設定的抽象單位，它在語流中沒有任何有形的實現。音系學的分析也借用零形式的概念，如將某些實際上沒有內在語音成分的音渡看作一個音位──音渡音位。在節律音系中，為了建立結構上的平行關係，也在單音節詞中設定，第二個音節稱為零音節。零聲母也是如此，為韻母前的空位設定一個零聲母，可以使漢語的音節結構取得統一的模式，也就是漢語的音節都是由聲母和韻母兩部分組成的，一聲一韻，前聲後韻，聲韻相拼就組成一個音節。所以零聲母這個概念在音節結構分析中是很有用處的，但我們必須保持語言學中「零」或「零形式」的涵義，那就是缺少任何東西，它是一種無標記成分，不要把表示摩擦成分的通音之類的語音實體作為零聲母的音位變體。另外，也不必把零聲母作為一個輔音音位看待。零聲母是根據音節結構分析的需要而設定的單位，音位是根據對立互補原則，從語音系統中劃分出來的有區別作用的語音單位，而零聲母音節起始位置上的那些語音成分，在漢語中都是沒有區別作用的，所以不應該把虛擬的零音位和其他輔音音位並列在一起。

　　根據上面的分析，零聲母音節中，韻母起始時附帶的語音成分，還是以分別歸入相應的元音音位為好。如 [j]（「移」[ji]）作為 /i/ 音位內部的一個條件變體，[w]（「無」[wu]）和 [ɥ]（「魚」[ɥy]）分別歸入 /u/ 音位和 /y/ 音位，作為出現在零聲母音節中的條件變體。至於出現在開口呼零聲母音節中的喉塞音成分 [ʔ] 或濁擦音成分 [ɣ]、舌根音成分 [ŋ]，也可以作為音位變體，分別歸入相應的中

元音音位或低元音音位。例如，/a/ 音位中，有一個出現在零聲母音節中的變體 [ˀa]（「阿姨」[ˀa ji]），/e/ 音位中，有一個出現在開口呼零聲母中的 [ˀə]（「恩愛」[ˀən ˀaɪ]/en ai/）。音位學發展到了區別特徵階段之後，已經溝通了元音和輔音的界限，把帶有輔音成分的元音，如 [ˀa][ɣɤ] 等，分別作為音位變體歸入了相應的元音音位，這並不違反音位歸納的原則。更何況這類輔音成分從發音生理上說，本來就是該元音的附帶成分，是由於發音時為積蓄氣流、咽壁肌肉緊張和適應音素之間協同發音的需要而產生的。[j][w][ɥ] 這類摩擦通音也是因為相應的元音舌位高、聲道窄而產生的。所以應該把這些輔音成分、摩擦成分分別作為與元音相應的伴隨成分處理，無須抽象出來歸在一起，作為一個單獨的輔音音位處理。但是在為普通話或漢語方言分別開列聲母表和韻母表的時候，通常都會把零聲母列在其中，因為在闡明語言系統中的聲韻配合規律時，它是不可或缺的概念，這跟它是不是一個輔音音位不是一回事。

3. 輔音音位的主要變體

　　輔音音位和元音音位一樣，也各有自己的音位變體。但由於輔音一般都是發音很不響亮、不能自成音節的聲音，所以輔音的語音變體往往不容易察覺，要仔細分析辨別。比如「該」（gai）和「乖」（guai），兩字聲母的唇形在發音時是不同的；「拿」（na）和「撓」（nao），兩字聲母的發音部位也是有差別的。忽視這些差異，會影響語音合成中的言語自然度。但由於輔音音位數量遠遠高於元音音位，逐個描寫會陷於繁瑣、重複，所以這裡只選擇有共性和特殊性的音位變體略加闡述。

　　普通話中，處於音節開首的輔音，其音位變體大部分都是受後接元音協同發音的制約而產生的。其中有較強系統性的共同音變有兩

種。

(1) 舌位變體

最明顯的是舌位齶化變體，試比較下面成對的例子：

班 [pan]—— 鞭 [pʲiɛn]　　單 [tan]—— 滇 [tʲiɛn]
男 [nan]—— 女 [nʲy]　　辣 [lʌ]—— 綠 [lʲy]

受前、高元音[i]和[y]的逆同化作用影響，與跟開口呼韻母相拼比較，上述例子的輔音[p][t][n][l]顯然出現了舌面向硬齶前部靠攏，舌頭接觸面積增大的齶化現象。這種舌位齶化的變體是出現在[i][y]之前的輔音共有的，可以用音系學的公式概括表述如下：

$$[+\text{輔音}] \to [+\text{齶化}]/ \underline{\qquad} [\text{i，y}]$$

舌位變體也可以只表現在舌位前後的差別，差別的大小也是受後接元音制約的。試比較下面成對例子中聲母的發音部位：

給 [kei]—— 搞 [kɑʊ]　　班 [pan]—— 幫 [pɑŋ]
辣 [lʌ]—— 路 [ɭu]　　拿 [nʌ]—— 奴 [ɳu]

輔音受後接元音影響而發生的舌位前後的變化，有的不太明顯，只需要用附加符號表示即可。有時這種差異比較明顯，甚至大到已經可以用另一個音標來表示了，如上面例子中的舌尖齒齦邊音[l]與前高後元音[u]相拼時，已經變爲與[ʂ][ɻ]同部位的舌尖前齶捲舌邊音[ɭ]，[n]也由於協同發音變爲[ɳ]了。

(2) 圓唇變體

普通話裡所有的輔音，除唇齒音 [f] 之外，在圓唇元音之前都有圓唇化的輔音變體。試比較下面成對的例子：

丹 [tan]——端 [tʷuan]　　該 [kai]——乖 [kʷuai]

尖 [tɕiɛn]——捐 [tɕʷyæn]　　沾 [tʂan]——專 [tʂʷuan]

輔音發音時長一般都只有八、九毫秒，所以跟元音結合在一個音節中時，舌位和唇形一定會受後接元音的影響。上述例子中與合口呼和撮口呼相拼的輔音聲母顯然發生了因逆同化而產生的預先音變，在發音一開始雙唇就攏圓了，而聲腔形狀的改變又必然會影響語音的音色，產生語音變體。所以在語音教學或語音合成中，這一類語音細節也是不能忽略的。

普通話輔音的音位變體大都是受後接元音逆同化作用產生的，輔音中的舌尖鼻音 [n]，因為與開齊合撮四類韻母都可以相拼，而且又是唯一既可以出現在音節開首充當聲母，又可以出現在音節結尾充當韻尾的輔音，所以 /n/ 的音位變體最多。

/n/ 的音位變體：

[n] 舌尖齒齦音，作聲母，如「拿」[nₐ]/na/

[n˥] 不除阻舌尖齒齦音（唯閉音），作韻尾，如「邊」 [pʲiɛn]/pian/

[ɳ] 舌尖前齶音，如「鬧」[ɳɑu]/nau/

[ȵ] 舌面前齶音（即齶化的 [nʲ]），如「泥」[ȵi]/ni/

[nʷ] 圓唇舌尖齒齦音，如「娟」[tɕʷyæn]/tɕyan/

輔音音位中還有兩個在前面討論兒化韻時已經提到過的特殊的變體，它們是從兒化韻母中分析出來的語音成分，本身不是一個單獨的

發音單位。這兩個音位變體分屬於 /r/ 音位和 /ŋ/ 音位。

/r/ 的音位變體：

　　[ʐ] 出現在音節開首，作聲母，如「軟」[ʐuan]/ruan/

　　[-r] 出現在音節末尾，作捲舌韻尾，如「班兒」[par]/par/

/ŋ/ 的音位變體：

　　[ŋ] 不除阻鼻音韻尾，如「筐」[kwʻuɑŋ]/kʻuaŋ/

　　[˜] 出現在 [-r] 韻尾前，表示前一個元音的鼻化成分，如「缸兒」[kɑ˜r]/kaŋr/

　　舌根鼻輔音位 /ŋ/ 的另一個特殊之處是，它在輔音音位中是唯一不能充當聲母，只能作韻尾的成員。從音位歸納的對立互補原則來說，除了 [n] 以外，[ŋ] 可以作爲一個隨位變體歸併在其他輔音音位中，尤其是其中的 /m/ 音位，從互補分布和語音近似兩方面說，都符合音位歸併原則。如果 [m][ŋ] 歸併爲一個音位，以 /m/ 作爲音位符號，設定讀音規則：/m/ 音位在音節開首位置讀雙唇鼻音 [m]，在音節結尾位置讀舌根鼻音 [ŋ]，就音位系統的歸納和音位變體的表達來說是完全站得住腳的。但是在普通話的音位分析中卻沒有人做這樣的歸併，因爲這涉及處理一種語言音位系統更深層的原因。語音序列中，語音之間的相互影響處於不同的層次結構，而且漢語各方言也各有自己的同化規律。就音節結構說，音節開首的音與音節末尾的音並不處於同一個結構層面，普通話的協同發音以逆同化爲主，聲母往往隨後接的介音而發生變化，而作爲核心元音的韻腹往往隨後接韻尾而發生變化。語音的歷史演變說明，處在音節結構不同位置的語音可以各有自己的發展道路。在普通話裡，作爲韻尾的 [m] 和 [n] 在歷史音變中發生了音位歸併的現象，而在聲母的位置上仍然是兩個各自獨立的音位。[ŋ] 在韻尾的位置上始終保持了獨立的音位地位，但在聲母的位置上

卻消失了。聲母位置上的輔音和處於韻母結構中的輔音韻尾各有自己的發展變化，漢語各方言莫不如此。所以，從普通話和方言的對應關係以及語音系統的內在關係來考慮，作為韻尾的 [ŋ] 和作為聲母的 [m]，雖然在分布是互補的，在語音上也是近似的，但在音位上仍以各自獨立為宜。[ŋ][m] 的音位歸併問題，如果局限在對立互補原則中去討論，就會成為一個難以解釋的問題，但是從語音系統內在關係著眼則可以找到很好的解答。

　　上面所說的輔音音位變體都是音節內部的語境變體，這一類變體是語流中受鄰接語音影響而產生的必然變體，因為結合在一個音節中的音素是發音機制的肌肉、神經在一次緊張中同時發出來的，所以這一類因協同發音而產生的語音變化是強制性的。但是語流中還有一類輔音音位變體是非強制性的自由音變，這一類語音變體是受音節外部的語音影響而產生的，往往發生在字字相連、兩個音節接合的中間，受說話的語速和個人的言語習慣影響較大，所以由自由音變而產生的輔音音位變體不是某個音位的必然變體。這裡只舉兩類比較常見的語音變體。

(1)清輔音濁化

　　在前面「語流音變」和「輕重音」這兩個章節中都提到了聲母濁音化的音變現象。這種發生在輕聲音節中的音變現象，其實是有規律的，並且有一定的系統性，也就是說，凡不送氣清塞音和塞擦音在輕讀的條件下，都可以有這種音變，例如：

$$/p/ \rightarrow [b] \qquad 啞 \cdot 巴 [iA \cdot bA]$$

$$/t/ \rightarrow [d] \qquad 我 \cdot 的 [uo \cdot də]$$

$$/k/ \rightarrow [g] \qquad 五 \cdot 個 [u \cdot gə]$$

$$/tɕ/ \rightarrow [dʑ] \qquad 姊 \cdot 姊 [tɕiɛ \cdot dʑiɛ]$$

/tʂ/ → [dʐ]　　　站・著 [tʂan・dʐə]

/ts/ → [dz]　　　日・子 [zʅ・dz]

　　清輔音濁化的現象一般不出現在送氣輔音中，因爲北京話裡的
送氣音都是強輔音，而不送氣輔音都是弱輔音。按發音時氣流的強
弱、肌肉緊張的程度來說，強輔音都與濁輔音十分接近，只是聲帶不
顫動，所以國內外語音學家無不在嚴式的音素記音中把它們描寫爲濁
音清化的輔音，分別用 [b̥][d̥][g̊][dʑ̊][dʐ̊][dʐ̥] 來標記。在輕聲音
節中，由於時長短，同時又夾在前後都是元音的語境中，所以雖然處
於音節起始位置，也往往受同化作用的影響，由清輔音變成了濁輔
音。在輔音音位變體中，這一類是比較突出的語音變體，值得一提。

(2)音位交疊現象

　　在輔音音位系統中，/n/ 音位是唯一一個既可以充當聲母又可
以充當韻尾的輔音，因而在接合很緊中間幾乎沒有停頓的音節連讀
中，處於前一音節末尾位置上的 /n/，它的發音部位往往又會受逆同
化的影響而發生預先音變，由舌尖鼻音 [n] 變爲雙唇鼻音 [m] 或舌
根鼻音 [ŋ]。例如：

/n/ → [m]　　　難免 [nam miɛn]

關門 [kuam mən]

電報 [tiɛm pɑʊ]

分配 [fəm pʻeɪ]

/n/ → [ŋ]　　　辛苦 [ɕiəŋ kʻu]

很好 [xəŋ hɑʊ]

趕快 [kaŋ kʻuaɪ]

心肝 [ɕiəŋ kan]

由於[m]和[ŋ]各自都是獨立的音位，所以這一類由於音節連讀而產生的音變現象，涉及了音位之間的交叉疊合。但由於受上下文和言語環境的控制，所以不會引起意義表達的混亂。而且它是一種受語速和個人發音習慣影響的自由音變，因此，上述例子裡的[m]和[ŋ]只是/n/音位在音節連讀中的變體，不應與/n/音位的其他音位變體同等看待。

4.普通話的調位系統

　　早期音位學是在印歐語言的基礎上創建發展起來的，西方語言學家最初把音位這一術語限定於指稱元音和輔音，後來才擴大到由音強、音高、音長構成的韻律特徵範圍內，因爲這些要素在語言裡也可以起區別意義的作用。不過與元輔音相比，其作用畢竟是次要的，音位負擔很輕，所以一律稱爲次音位。但是對漢語這樣的有聲調語言來說，這顯然是不恰當的，因爲漢語中，聲調的區別功能不僅與元輔音相同，而且它的音位負擔更重。因爲在普通話裡，元音音位和輔音音位加在一起，有將近三十個，而可以區別意義、構成音位對立的調類卻只有四個。另外，漢語又是一種以單音節語素爲基本單位的語言，基本音節只有四百多個，每個音節都必須依靠不同的聲調才能構成一個字，無調不成字，所以聲調出現的頻率、聲調的音位負荷量遠比元輔音音位要高得多。因而聲調不僅是音位系統的組成部分，而且還是與元音音位和輔音音位同等重要的音位。早在二十世紀二〇年代之初，音位學就比照著「音位」（phoneme）這一術語爲之創立了「調位」（toneme）這一名稱，後來還形成了專門研究聲調語音特性、結構類型和音系功能的「調位學」（tonemics）、「調系學」（tonology）。

　　本書在第五章「聲調」中已經指出，中國古代語言學家早在西元

五世紀末就發現了漢語中，聲調這一語音屬性，並把當時字音中的聲調分析歸納為「平、上、去、入」四個調類，奠定了漢語聲調的分類基礎。其後在漢語音韻學中，聲調歷來都是與聲母、韻母分開作為一個相對獨立的部分來加以研究的。當代音系學也改變了最初把重音、音高等超音質成分看成是附屬在音質音段之內的語音特徵的觀點，認為語音是由若干不同平面組合而成的集合體，由元音和輔音組成的線性序列只是其中的一個平面。除此之外，還有重音平面、聲調平面、語調平面等。這些平面既是互相連繫的，又各有自己的獨立性，所以應該看作跟元輔音一樣獨立自主的語音單位，只不過元輔音是一種線性的音段，重音、聲調、語調等是一種非線性的音段。由此發展出一門被統稱為「非線性音系學」的新學科。

從經典音位學的角度看，最早在古漢語裡確定的四個調類，就是四個調位。現代漢語各方言的調類都與古漢語的調類系統直接有關，普通話（北京話）也是如此，在漢語聲調的發展演變中形成了陰平、陽平、上聲和去聲四個調類，也就是四個調位。每個調類各有自己特定的調值，以此構成「四聲別義」的對立區別功能。前面已經說過，普通話陰平調值的主要特徵是高平，調值是 [55]。陽平調值的主要特徵是中升，調值是 [35]。上聲調值是一個略帶曲折的降升調，但調核部分是一個低平調，所以也可以說上聲調值的主要特點是一個低調（相對於陰平的高調）。去聲調值的主要特徵是一個高降調，調值是 [51]。所以在國語（即普通話）發音學中，把普通話四聲的調型特點描寫為：一平，二升，三曲，四降。

普通話四個調位的基本調值都是根據單說一個音節（字）時的音高變化來確定的，它是一個字的字調，即單字調的調值。而話語中字字相連，各個音節的音高變化當然會互相發生一些影響。例如兩個陰平相連，前字的調值聽起來就會變成比後字略低的平調 [44]。

兩個陽平相連，前字的升調聽起來似乎是比後字升得略低的［34］調。兩個去聲相連，前字聽起來似乎也不如後字的去聲降得那麼低，由一個全降的［51］調變成了［53］調。這種字字相連發生的音高變化確實是存在的，但不應該與元音音位和輔音音位在一定語音條件下必然產生的條件變體等同看待。因為五度制所描寫的調值只是一種相對的音高變化，聲調的聽說反映又是一種範疇感知，只要不涉及調型的改變，這一類相對的高低度的變化一般是不容易察覺的，更何況這種調值變化也不涉及發音規範。但是上聲在二字連讀中的調值變化卻要作為調位變體看待，因為它涉及調型的改變和調位的交叉，而且是一種強制性的涉及發音規範的變調。所以上聲在二字連讀中的變化，跟其他三個聲調因協同發音而產生的連讀變調不同，它是一種音系學上的變調，漢語方言中的連上變調也為這種觀點提供了佐證。

　　表 9-11 所列的普通話調位系統只包括在音節層面具有對立功能的單字調，以及二字音節連讀中的上聲調位變體，調位符號以雙斜線夾數碼表示。

表9-11　普通話的調位和調位變體調位

調位	調位變體		例詞	音位標音
陰平/1/	高平調[55]		書包	[ʂu⁵⁵ pɑʊ⁵⁵] /ʂu¹ pau¹/
陽平/2/	中升調[35]		學習	[ɕyɛ³⁵ ɕi³⁵] /ɕye² ɕi²/
上聲/3/	[214]	停頓之前	黃海	[xuɑŋ³⁵ xaɪ²¹⁴] /xuɑŋ³ xai³/
	[35]	上聲之前	海水	[xaɪ³⁵ ʂueɪ²¹⁴] /xai³ ʂuei³/
	[21]	非上聲之前	海軍	[xaɪ²¹ tɕyən⁵⁵] /xai³ tɕyən¹/
			海防	[xaɪ²¹ faŋ³⁵] /xai³ faŋ²/
			海燕	[xaɪ²¹ iɛn⁵¹] /xai³ ian⁴/
去聲/4/	高降調[51]		電報	[tiɛn⁵¹ pɑʊ⁵¹] /tian⁴ pau⁴/

　　在上聲的三個調位變體中，有一個是［35］，而陽平調位的調值也是［35］，這樣就出現了調位交叉現象，因為在不同的調位裡出現了相同的調位變體。而就音位系統的分析和歸納說，在方法論上學者都主張，如果能夠避免在不同的音位有共同的音，那麼就一定要避免。所以也有人把二字連讀中，上聲變調的調值標作［24］（稱為「直上」），並認為實際調值就是有差別的，如「擠死（了）」是［24+214］，而「急死（了）」是［35+214］。在自然語言中，這種差別有可能是存在的，因為上聲就其本調說原本是個低調，所以上上相連中的變調，起點比陽平本調［35］要低一點。但是在普通話的調位系統內不存在依靠高低不同的升調或降調來互相區別的調型，所以對依靠平升曲降來區別四聲的北京人來說，是很難辨別這兩種升調的。聽辨實驗證實，在幾十對諸如「毫米—好米」、「食管—使館」、「魚水—雨水」、「騎馬—起碼」、「粉廠—墳場」、「塗改—土改」、「油好—友好」、「油井—有井」這樣的詞語聽辨測試中，大部分受測試的人在聽覺上是無法識別的。也就是說，在音位上是不能辨別由上聲連讀產生的升調和陽平這一升調的，這一類成對的詞語就跟「雞場」和「機場」一樣是同音詞。所以傳統語音學把二字詞中，上上相連的變調規律表述為「上聲＋上聲→陽平＋上聲」，這還是符合言語實際的。音位系統中，個別的交叉疊合無妨大局，無須刻意回避。

　　上聲的連讀變調當然不限於兩個音節，也可以是三個音節以上乃至多到七、八個音節，如「（我）也想買五把好雨傘」，八個音節都是上聲。這類語句的上聲變調涉及語速、停頓、焦點重音以及語義關係和語法結構等許多交織在一起的複雜因素，而且有些音節的變調還是一種自由音變，可以變，也可以不變，所以在單純的音位平面就難以概括出統一的變調規則來了。

　　討論普通話的調位系統還會涉及輕聲問題，因爲也有一種意見認爲，輕聲也是一個獨立的調類，是和陰、陽、上、去並列的第五種聲調。這樣，普通話的調位系統自然也就應該包括輕聲。

　　輕聲是普通話語音系統中不可或缺的組成部分，因爲它有區別詞義和語法關係的功能，同時又是部分詞語語音結構中固定的讀音現象。所以在語音教學，特別是對外漢語的語音教學中，把輕聲獨立出來，結合輕聲詞，作爲單獨的調類來學習，這在教學上確實有很大的方便之處，可以取得更好的教學效果。但如果在理論上把輕聲與四聲放在同一個層面上，作爲獨立的第五個調類看待，那就未必妥當。首先，輕聲並無固定的調值，它的音高特徵取決於前字的字調。而且由於時長的縮短、音強的減弱，音高幅度幾乎壓縮到零，曲拱特徵不容易被區別感知，所以通常把輕聲的調值概括爲在上聲之後爲短高平，在非上聲之後均爲一個短促的去聲，各自的起點音高略有不同，決定於前字的調高。而四聲則不同，它們的調值、音高特徵是不可論證、不可預測的。其次，詞語中絕大部分輕聲字都有它的本調，陰、陽、上、去無論哪一個調類的字都有讀輕聲的可能，也就是說，輕聲與四聲顯然存在著派生關係。而普通話的四個調類之間並不存在派生關係，都是獨立的、原生性的。因之，把輕聲和四聲並列在同一層面上，確定爲一個獨立的調類，在學理上是難以做出科學論證的。當然，也有極少數字總是輕聲，如只能做構詞尾碼的「們」，助詞「的、了」，語氣詞「嗎、呢」等，但這只能說明輕聲是詞彙—語法層面的語音現象，不能據此就認定輕聲跟四聲一樣也是一個獨立的調類。

　　在輕重音和語調這一章裡已經闡明，組成一段語流的各個音節聲音的響亮程度總是不完全相等的。有的音節聽起來比其他音節響亮，就是重音（音節），有的音節聽起來沒有那麼重，就是弱重音。

普通話的輕聲，在早期國語發音學裡，就認為它是一種弱重音，叫作
輕音。一個字在詞語或句子裡輕讀以後，字音的各個組成部分都會發
生一些變化，而最容易感覺到的是失去了原有的調型，所以就單純地
把它當作一種變調現象看待，輕音這一名稱後來也改成了輕聲。近幾
十來年，實驗語音學的發展使我們對普通話裡的輕重音有了更加充分
的認識，雖然意見還不完全一致，但還是取得了很大程度的共識。那
就是對漢語這樣一種有聲調的語言來說，輕重音主要不是通過加強或
減弱音強的力度來表示，而是通過音高的變化、音長的調節來表示
的。普通話的重音音節一般都表現為音長比較長，調域比較寬，調型
比較完整。而輕聲則表現為時長大大縮短，調域大大變窄，失去了原
有的調型，聽覺上似乎只有一個依稀彷彿的高低度，而且音高與時長
呈正相關，音高點越低，時長越短。由此看來，在音位分析中，輕聲
還是應該與重音歸在一起，不要作為一個獨立的調類和四聲並列在一
起歸入調位系統。

六、兩種音位體系的不同歸納法

20 世紀初，繼西方語音學傳入中國後，當時方興未艾的音位學
研究也逐漸被介紹到了中國的語音學界。早在 30 年代，中國語言學
家趙元任就在音位理論的研究中對國際語音學界做了出色的回饋。但
是比較有系統地介紹、普及音位理論並把它用於普通話音位研究卻
是在 50 年代初。其後，對普通話音位的分析和歸納形成了兩種不同
的意見：一種意見是分別按元音、輔音系統歸納，得出元音音位、輔
音音位和聲調音位。另一種意見是按聲韻調體系歸納，得出聲位（聲
母音位）、韻位（韻母音位）和調位（聲調音位）。這兩種不同體系
的歸納方案，主要分歧表現在對韻母的音位分析上。按元輔音體系歸
納通常會得出五、六個元音音位，再加上兩個輔音音位 /n/ 和 /ŋ/，就

可以描述普通話全部韻母的語音結構。而按聲韻體系歸納，則需要用十八個韻位來展現普通話的全部韻母。這十八個韻位是：

$$/a \quad o \quad \gamma \quad \varepsilon \quad \textrm{ʅ} \quad (\textrm{ɿ}) \quad i \quad u \quad y/$$

$$/a^i \quad e^i \quad a^u \quad \gamma^u \quad \textrm{ə}^\textrm{ʅ}/$$

$$/a^n \quad \textrm{ə}^n \quad a^\eta \quad \textrm{ə}^\eta \quad u^\eta/$$

這兩種結果很不相同的音位答案，其分歧的實質其實不在於元輔音體系和聲韻調體系的不同，而是一個音位切分單位大小的問題。第八章第五節「音位歸納的多種可能性」中已經闡明：從語流中切分音位，音位分析的最小單位與語音分析的最小單位並不總是重合的。有時候音位分析可以採用「不足分析法」，把音位單位確定得大於語音學中一個最小的音質單位（即音素），甚至可以是元輔音的結合體。而有時候音位分析也可以採用「過度分析法」，把小於一個音質單位的語音成分確定為一個音位或音位變體。元輔音音位體系中的五、六個元音音位和聲韻調體系中的十八個韻位，反映的就是這麼一個問題。在韻位分析中，動態的複合元音 [ai][ei]、鼻輔音韻母 [an][ən] 都是作為一個音位單位看待的，而在元輔音音位分析中則被分解為更小的單位。

音位分析允許採用不同的方法切分音位單位，同時又沒有規定什麼時候應該把兩個，甚至更多的連續的最小音段看成是一個單一的音位，什麼時候應該把它看成是兩個，甚至更多的音位的組合。所以韻位分析中把普通話的複合韻母、鼻韻尾韻母作為一個音位單位看待，這也並不違反音位分析與歸納的原則，甚至還有它自己的優點。因為從表面上看，聲韻調體系中，韻位的總數大大地超過了元輔音體系中元音音位的總數，但是它卻避免了對眾多音位變體出現條

件的描寫。例如，高元音音位中，舌面元音 [i] 和舌尖元音 [ʅ][ɿ] 的音位分合，中元音音位中 [e][ɛ][ə] 的音位歸併，低元音音位中前 [a] 和後 [ɑ] 的區別。其中音位和音位變體的關係以及變體出現條件的說明，在韻位分析法中都可以蘊涵在韻位的標音中，而不必一一加以說明。所以，韻位的總數雖然多了，但音位體系卻反而簡化了。

在音位分析中，音位總數和音位變體的數目，確實總是反相關的。音位總數少，被歸納在每個音位裡的變體一定多，音位的讀音規則（即出現條件）也一定隨之增多。音位總數多，每個音位包含的音位變體相對地就會減少，音位的讀音規則也隨之簡化，音位系統在總體上也就簡明了。所以聲韻調體系中把複合韻母和鼻韻尾韻母整體作為一個音位單位看，確實有它簡明、實用的優點。語音的物理—心理實驗也證明，這些由兩個最小的音段組成的韻母在漢語裡確實是作為一個整體的感知單位被接受的，它無疑非常適用於語音教學，而且符合漢語音節結構的特點。

但是聲韻調體系中的音位歸納和元輔音體系中的音位歸納並不存在孰優孰劣的問題，二者各自適用於音位分析的不同目的。比如，要為漢語設計一個採用拉丁字母的音素制拼音方案，那就必須對普通話語音做音素化的音位分析，這樣就能用五、六個字母拼寫語音系統中的幾十個韻母。如果採用韻位分析法，就會在字母與語音的配置上發生難以克服的困難，因為二十六個拉丁字母中，只有五個元音字母，韻位分析法中，把複合韻母和鼻音韻母作為一個語音單位看待，這在制定音素化的拉丁字母拼音系統中都是無法處理的。只有進一步分析為更小的語音單位——元音和輔音，才能適應拉丁字母與語音的配置關係，才能制定拉丁化的中文拼音方案。

按元輔音體系歸納音位和按聲韻調體系歸納音位，源自不同的文化背景。西方語言學家從他們拼音文字的習慣出發，對語音的研究歷

來以音素作爲最小的語音單位，從語音學中脫胎和發展起來的早期音位學也是從元音和輔音出發來研究音位和音位歸納的。但是中國傳統的音韻研究與西方完全不同，向來是從字音出發來研究語音的，而作爲一個書寫單位的漢字，在語音上等於一個音節，同時它又是一個最小的音義結合體──語素，字的形、音、義互相結合，三位一體。漢語音韻研究就是從字音，也就是從音節入手的。音節（字音）的組成也不是直接分析爲元音和輔音的，而是首先把聲調離析出來，然後把音節分析爲聲母和韻母兩部分，韻母再分爲韻頭和韻基，韻基再分爲韻腹和韻尾。漢語音韻學一直就是在這樣的聲韻調體系中通過成千上萬個漢字來研究字音各個組成單位（聲調、聲母、韻頭、韻腹、韻尾）的變化、發展及其內在的關係和相互影響的。這看起來似乎與 19 世紀後期才發展起來的音位學毫不相干，實際上卻包含著現代音位分析的原理。因爲音位無非就是從話語裡分析歸納出來的一類語音的代表（用字母音標表示），音韻學研究的正是調類、聲類、韻類的劃分和演變，本身就是一種歷史音系學。而字音（音節）又是與話語直接關聯的，包含了出現在語流中的各種音位變體。例如被歸入「言前」韻裡的字「安、煙、彎、冤」就包含了 /a/ 音位中 [a][ɛ][æ] 這些音位變體。被歸入「遙條」韻的「熬、腰」等字和被歸入「江陽」韻的「昂、央、汪」等字就包含了 /a/ 音位的音位變體 [ɑ]。同時，根據四呼分類排列的韻母表，又等於把普通話的元音音位和各類音位變體出現的位置、條件以及音位之間的組合關係都在一張平面圖表上顯示了出來。所以根據傳統的聲韻調體系來歸納普通話的聲位、韻位、調位是符合現代音位分析原理的。上面介紹的，出現在二十世紀八〇年代初期的韻位系統，實際上已蘊涵在民國初年根據傳統音韻學創制的注音符號（中國第一個法定的採用民族形式字母的拼音方案）中，見表 9-12：

表9-12 韻位與國語注音字母韻母表的對比

韻位分析法中的十八個					韻位注音字母的基本韻母				
/a o ɤ ɛ ɿ ʅ (ɚ) i u y/					ㄚ ㄛ ㄜ ㄝ ㄓ ㄧ ㄨ ㄩ				
/aⁱ eⁱ aᵘ ɤᵘ əʳ/					ㄞ ㄟ ㄠ ㄡ ㄦ				
/aⁿ əⁿ aᵑ əᵑ uᵑ/					ㄢ ㄣ ㄤ ㄥ (ㄨㄥ)				

為推廣民族共同語 —— 國語而創制國語注音字母（後改稱國語注音符號）時，西方的語音學才剛剛開始傳入中國，音位學更是不為人知。但是後來現代語言學家一致認為，國語注音字母的制定，從音位學的角度來審視，是極為高明的。這顯然不能用巧合來解釋。

可見，根據聲韻調體系和元輔音體系來分析音位、歸納音位是相輔相成、相得益彰的。已經把這兩種體系結合在一起的是《中文拼音方案》，《方案》根據元輔音體系確定了字母與語音的配置關係，同時列出了根據四呼排列的韻母表，其實《方案》中字母（音位）與不同讀音（音位變體）之間的關係，都已經包含在其中。下一章「《中文拼音方案》與普通話音位的關係」將進一步用現代音系學的公式化表達方式，把字母（音位）和語音（音位變體）的關係簡單明瞭地展現出來。

練習

1. 試舉例說明嚴式記音與寬式記音的不同以及各自的用處。

2. 如果把普通話 [i][ɿ][ʅ] 三個元音分別歸納為兩個音位 /i/ 和 /ï/，對輔音舌面音 [tɕ][tɕʻ][ɕ] 多重互補的音位歸納有什麼影響？還存在幾種可能的解決辦法？

3. 以普通話中元音的音位歸納為例，說明音位的歸納為何是多答案性

的。

4. 元輔音分析法和聲韻調分析法有什麼不同？各自都有哪些優點？

5. 以普通話為例，說說音位學中的語音單位（音位或音位變體）可以大於一個音素，也可以小於一個音素。

第十章

《中文拼音方案》
與普通話音位的
關係

一、字母和語音

　　《中文拼音方案》是根據普通話（北京話）的語音系統制定的。它不僅用於漢字注音、拼寫普通話，而且在中文資訊處理、言語工程和語言心理研究等領域中，也都是用以了解和研究普通話語音不可或缺的重要工具。

　　《中文拼音方案》拼寫普通話採用的是國際通行的拉丁（羅馬）字母，通過中文拼音字母學習和了解普通話語音必須建立兩個基本觀念：其一，《方案》中字母與語音的關係是錯綜複雜的，字母代表語音，但不等於語音，不能把二者混為一談。字母與語音之間並不完全是一對一的關係，尤其是元音字母，往往是一對多的關係。其二，字音（音節）的拼寫形式是根據實際語音擬定的，但是也不能由此簡單地認為，根據拼寫形式就可以把普通話裡所有的字音都一一準確地拼讀出來。有時候出於書寫方便、閱讀醒目方面的考慮，拼寫形式的設定也不是與實際讀音完全對應的，如果簡單地直接根據字母去硬拼，有時候就無法得到切合自然語言的實際讀音。有的拼寫形式還會省略個別字母，也不能由此就把字母的省略當成實際語音的完全闕如。

　　為什麼字母和語音、拼寫形式和實際讀音之間會形成這樣一種關係呢？其實，有了前兩章講解的音位學基本知識，這一問題很容易解釋清楚。首先，表音文字中的拼音字母固然是一種直接拼讀詞語讀音的音素文字，但是實際上，文字系統中的音素字母一般表示的不是語音學中所說的從音質角度劃分的發音單位——元音和輔音，而是從音位學社會功能的角度劃分出來的，有區別意義作用的語音單位——音位。每個字母的讀音只表示該音位中所包含的某一個音位變體的讀音，並不表示語流中出現的全部音位變體。《中文拼音方案》中的字

母也是如此，而且拉丁字母數量有限，只有二十六個，所以不能要求字母像語音學中專用的國際音標（有二百多個字母音標和大量附加符號）那樣，一個音標只代表一個固定的音值。凡是使用拉丁字母的國家都會採用字母變讀的辦法，讓字母在詞語拼寫中代表不同的讀音，所以在使用《中文拼音方案》時要注意，一個字母也許會表示幾個不同的讀音。其次，造成字母和語音不能對等的另一個原因是，《中文拼音方案》在擬定字音拼寫形式時，還要考慮書寫簡便，節省字母用量，閱讀醒目，不易混淆，音節起訖分明，不造成歧解等各種因素。所以在不違背實際讀音和音位分析的基礎上，需要對字音的拼寫形式（主要是韻母）做一些調節。

　　由於以上兩個原因，在使用《中文拼音方案》時要注意，字母相同，語音未必相同，如 bei（北）和 gen（根），兩個 e 的讀音顯然不同。有時字母不同，語音卻可以相同，如 ou（歐）和 en（恩），其中 o 和 e 表示的是同一個音質上略有差異的央元音 [ə]，但倘若按照實際語音，把 ou 韻母的拼寫形式寫成 eu，那麼 en 和 eu 在閱讀中就比較容易相混。在拼寫形式中也可以有字無音，如 wuyi（武藝），其中 y 和 w 只起分隔音節的作用；也可以無字有音，如 ying(影)，i 和韻尾 ng 之間明顯有一個被弱化了的韻腹元音，但在拼寫形式中卻沒有用字母表示出來。

　　《中文拼音方案》中所包含的聲韻調系統是完全符合普通話音位歸納原則的，但是作為一種採用拉丁字母書寫的，具有文字性質的拼寫系統，它又有許多其他因素必須加以考慮，而這些因素是單純地為一種語言歸納音位系統時完全可以不管的。比如說，為音位配置字母時，要考慮該拉丁字母在國際上的讀音習慣（國際通用音域）；要注意韻母和字母拼寫形式之間在閱讀上的區別度；必須擬定音節連讀法，防止在表達上產生歧義；甚至要考慮在傳統文化中形成的拼

寫習慣等。這些問題早在制定中國第一個法定的拉丁化拼音方案——「國語羅馬字」的時候就得到了充分的研究。當時,中國語言學的開拓者和奠基者趙元任先生就在《國語羅馬字的研究》中提出了制定拉丁化中文拼音的二十五條原則,其中有不少意見對後來的漢語拉丁化拼音設計都有重大影響,成爲制定中文拼音方案的基本原則。例如:

　⑴字母的用法不全從西文的習慣,「也不能全顧到中國人學外國語言,或外國人學中國語言的便當與否。要看是否適應自己的語言,自己用起來合宜不合宜」。

　⑵要求實用上的便利,不求理論上的系統規則、學理上的準確與否。例如,用西文裡表示濁輔音的字母 b、d、g 來表示漢語的清輔音,這樣「改借過來有無窮的便利」。

　⑶「文字尚形」。字形(指字音拼寫形式)要醒目,不易相混,要「盡字母全用」,借此「增加字形『面孔』的種類」,「於分辨上無妨礙處,字形要求短」。

　　這些意見在後來制定的「國語羅馬字」(1928)和「拉丁化新文字」(1931)等許多拼音方案中都得到了貫徹,在「千案聚粹,歷史集成」的《中文拼音方案》(1958)中尤其如此。其中最值得一提的是第⑶條「文字尚形」原則,趙元任先生在這裡闡明了一個極爲重要的語言心理事實:「無論何種文字,在實行的時候都是見面認字的」,「西人看書認字的時候,一點也不拼音,一個字有一個字的『面孔』,看見了同時就想到意思,讀出聲音來,和中國人認識漢字一樣的,並不是先讀出聲音,然後想到意思的。」西方人看拼音文字和中國人認漢字,用的都是「視覺讀法」,其言語心理的事實是一樣的,「都是見面認字」,「看字認面孔」的。所以,「羅馬字的好處不是在拼音的準確,是在(只)用極少數的字母(卻)可以拼出種種面孔的詞形」。

　　由此可見，《方案》只要在字母與語音的配置上不背離普通話的音位系統，它在字音的拼寫設計中要遵循的最主要的原則，就是文字學上的「尙形原則」，也就是通常所說的閱讀醒目，使用方便。在拼音方案制定過程中，之所以把韻母「熬」的拼寫形式由 au 改爲 ao，韻母「雍」的拼寫形式由 üng 或 iung 改定爲 iong 等，都是由於這方面的原因，與音位歸納並無關係。這裡的字母 o，在普通話語音系統裡代表的仍然是元音 [u]。總之，字母和語音不能混爲一談，爲了便於辨認和書寫，在字音音節的拼寫設計中，有時就會在不違背語音事實的基礎上，對字母的使用做一些調節。我們不能由此跟音位分析完全混淆在一起，用音位歸納中音位變體的互補關係、語音近似原則去加以衡量和評論。總之，我們在通過《中文拼音方案》了解普通話的語音時，務必明確：首先，前者只是後者的書面拼寫形式，不要把主體和客體混同起來；其次，拼寫設計不能違反音位歸納的原則，不能背離語音事實，但這兩者之間也不能簡單地等同起來，它另有自己「文字尙形」的原則。因此，《中文拼音方案》（書面拼寫系統）與普通話語音（語音本體）是有區別的，分屬於不同性質的語音層面。

　　下面圍繞字母和語音的對應關係，從字母和字音拼寫形式設計的角度分別對《中文拼音方案》的字母表、聲母表和韻母表進行系統、扼要的闡述。

二、漢語拼音字母和普通話音位的對應關係

　　《中文拼音方案》採用了世界上通行範圍最廣的二十六個拉丁字母。它被漢語採用後就稱爲中文拼音字母，就好像它被英語、德語、法語採用後就要分別稱爲英文字母、德文字母、法文字母一樣。

　　中文拼音字母的組成包括字母表中的二十六個基本字母和六個增補字母：其中有四個是雙字母——zh、ch、sh、ng，兩個是加符字

母——ê 和 ü。中文拼音字母中有六個用於表示元音音位，字母和音位的對應關係如下：

ɑ—/a/　　　　o—/o/　　　　e—/e/

i—/i/　　　　u—/u/　　　　ü—/y/

由於國際音標也是在拉丁字母的基礎上設計製作的，所以元音音位中只有一個/y/音位，音標和字母是不同的。

　　中文拼音字母中用於表示輔音音位的字母最多，一共有二十二個（雙字母算一個字母單位），輔音字母和輔音音位的對應關係如下：

b—/p/　　　　p—/p'/　　　　m—/m/　　　　f—/f/

d—/t/　　　　t—/t'/　　　　n—/n/　　　　l—/l/

g—/k/　　　　k—/k'/　　　　ng—/ŋ/　　　　h—/x/

j—/tɕ/　　　　q—/tɕ'/　　　　x—/ɕ/

zh—/tʂ/　　　　ch—/tʂ'/　　　　sh—/ʂ/　　　　r—/r/

z—/ts/　　　　c—/ts'/　　　　s—/s/

　　在輔音音位中，字母與語音的配置關係有幾點需要做一些說明。《方案》用拉丁字母系統和國際音標中都表示濁輔音的 b、d、g 表示漢語中的不送氣清塞音 [p][t][k]，就拉丁字母使用的國際習慣和學理來說，是不準確的，因為屬於印歐語系的大多數西方語言都利用清濁這一對發音特徵構成音位對立，在拉丁字母系統中，輔音字母的清濁配對也因此十分嚴格整齊。因此，凡是外國人為漢語設計的拼音方案，都不用 b、d、g 而用 p、t、k 表示清塞音，並在這三個字母上加送氣符號表示普通話輔音系統中，送氣和不送氣的音位對立。但是從

字母設計的角度看，這個加在字母右上方的送氣符號（倒撇）容易脫漏，而且既不美觀又影響字母連寫，其缺點是顯而易見的。所以在綿延半個多世紀的中文拼音運動中，凡中國人自己設計的中文拼音，無不「因地制宜」，隨自己語言的特點，採用 b、d、g 和 p、t、k 配對的辦法來表示漢語中無清濁對立而有送氣和不送氣對立的這一語音特徵。「這樣改借過來」，不僅在拉丁字母的使用上「有無窮的便利」，而且在音理上也符合漢語自身的特點。因為在前面的章節中已經說明，在漢語（北京話）裡，凡送氣清塞音都是一種強輔音，而不送氣清塞音則都是一種弱輔音。發音時除聲帶不顫動以外，在肌肉緊張程度和氣流強弱方面都接近於濁輔音，在語流音變中也因此往往會變成濁音，所以在語音學的嚴式記音中，精確的標音應該使用濁音清化的音標 [b̥][d̥][g̊]。許多說印歐語言的西方學者囿於拉丁字母的傳統用法，對《方案》字母和語音配置上的這一作法，往往提出頗不以為然的意見。至今歐美的外國留學生在初學漢語時，受自己元語中使用拉丁字母的影響，往往會把 beijing（北京）中的字母 b 讀成真正的濁塞音，而不是清塞音。這是因為他們不了解中文拼音中，對 b、d、g 這三個字母的用法是完全切合漢語特點的，是中國人使用拉丁字母開創性的變通。

　　字母表中，中文拼音方案用字母 r 兼表可以充當聲母濁擦音的 [ʐ]（即通音 [ɻ]）和兒韻母、兒化韻中的捲舌成分 [-r]，如 ruan（軟）、er（耳）、huar（花兒）等。這似乎也有點不合拉丁字母傳統的使用習慣，但這種安排其實也是有理有據的，一是用字母 r 表示與 sh 配對的聲母，這在中文拼音運動湧現的多種拼音方案，以及後來在美國通行較廣的耶魯式中文拼音中都有先例。二是字母 r 在聲母、兒韻母和兒化韻中都是表示一個舌尖上翹有點捲舌的發音特徵，而在音位學上又處於互補分布的關係中（音節開首和音節末

尾），所以用同一字母 r 表示，符合字母與語音配合的經濟原則。至於在音位音標的選擇中之所以不用 [ʐ]，那是因為在國際音標的音位標音中，[ʐ] 不便於用在音節末尾表示元音的捲舌成分，而選用 r 卻沒有這個問題，而且在語言的性質上更切合它是一個通音的實際音值。

　　根據《方案》對字母和語音的配置安排，我們可以用六個元音字母 a、o、e、i、u、ü 和二十二個輔音字母，以及隔音字母和隔音符號，完滿地拼寫普通話。所謂「完滿」，指的是這一拼寫系統可以表達普通話裡的各類音節和所有的字音，並可以拼寫所有由片語組成的話語。

　　字母表中字母的排列順序完全按照拉丁文原有的次序，元音和輔音參差間隔混合排序，這樣朗讀起來比較好聽，字母表的應用價值也比較高。因為這是國際通用的排列順序，便於圖書索引、編碼等方面的應用。字母表中的每個字母都有自己的名稱，所謂名稱，就是包含該字母所代表的漢語音值在內的名稱音（在字母表內用注音符號加以標注）。按國際通例，元音字母以本音（音值）為名稱，一符數音者，則以其主要讀音為名稱音，如字母中的 i 和 e。輔音字母則按照該字母所代表的音值（即本音）加上元音一起拼讀構成名稱音。因為輔音字母所代表的是噪音，發音都不太響亮，必須加上一個元音，拼合在一起，發音才會響亮，才便於稱說、朗讀。如字母 b 讀ㄅㄝ [pe]，h 讀ㄏㄚ [xa]，j 讀ㄐㄧㄝ [tɕiɛ] 等。中文拼音字母名稱音的命名既要體現漢語的音值，又要遵從拉丁字母的國際讀音習慣。此外，也要考慮它在字母系統內的區別性，比如，n 之所以不讀 ên，就是因為有不少漢語方言 n、l 不分。一個讀 nê，一個讀 êl，便於互相區別。

　　為了不打亂拉丁字母國際通用的排列順序，中文拼音字母中的增

補字母，即雙字母 zh、ch、sh、ng 和加符字母 ê、ü，都不列入字母表。它們的名稱音分別體現在聲母表和韻母表中。

三、聲母表中字母與語音的配置關係

語音學中最小的發音單位——元音和輔音是從西方音素制的拼音文字的角度劃分出來的，而中國傳統的漢語音韻學根據中國文字的特點，歷來從方塊漢字的字音（音節）入手分析語音。漢語的無調音節只有四百多個，以帶調音節計算，常用的也只有一千兩百多個。普通話千言萬語，從語音上說，它的組合單位和結構系統都包含在內了。所以，為普通話設計一種拼寫語音的拼音方案，總要列出一個西方拼音文字系統中沒有的聲母表和韻母表。只要掌握了這幾十個組成音節的基本結構單位，再配上四個聲調，就能全面掌握普通話的語音系統，就可以讀出並拼寫出任何一個漢字的字音了。

漢語的音節結構應該逐層二分，首先可以分為聲母和韻母兩部分。聲母都是由輔音充當的，但是二十二個輔音音位中，有一個舌根鼻輔音 ng 不能出現在音節的開首與韻母相拼，所以不能算聲母。因此，《中文拼音方案》的聲母表總共列出了二十一個輔音聲母：

表10-1　《中文拼音方案》聲母表

b	p	m	f		d	t	n	l
ㄅ玻	ㄆ坡	ㄇ摸	ㄈ佛		ㄉ得	ㄊ特	ㄋ訥	ㄌ勒
g	k	h			j	q	x	
ㄍ哥	ㄎ科	ㄏ喝			ㄐ基	ㄑ欺	ㄒ希	
zh	ch	sh	r		z	c	s	
ㄓ知	ㄔ蚩	ㄕ詩	ㄖ日		ㄗ資	ㄘ雌	ㄙ思	

聲母表包括不列入字母表但可以作聲母用的三個增補字母 zh、ch、sh。此外，聲母的排列順序也不同於字母的元輔音混合排列法，它採用語音學中的發音部位排列法，先列單輔音，從唇開始，自前至後，後列複輔音（塞擦音），自後往前返回：唇音 b、p、m、f，舌尖音 d、t、n、l，舌根音（舌面後音）g、k、h，舌面音 j、q、x，舌尖後音 zh、ch、sh、r，舌尖前音 z、c、s。

聲母表中，拉丁字聲母下面用國語注音符號表示聲母的本音（音值），如ㄅ表示 b 是一個雙唇不送氣清塞音 [p]，ㄊ表示 t 是一個舌尖齒齦送氣清塞音，ㄏ表示 h 是一個舌根清擦音等。之所以要這樣做，因爲在《中文拼音方案》公布前（1958 年 2 月），採用民族形式字母的國語注音符號（1918 年）是中國第一個法定的拼音方案，作爲漢字的注音工具，在全國已通行了將近四十年，用它來跟拉丁字母表對照，對當時迅速推廣《中文拼音方案》是有利的。與國語注音符號並列的漢字則是該羅馬字聲母的呼讀音，如「玻、坡、摸、佛」就是 b、p、m、f 的呼讀音，也就是名稱音。聲母表內各個聲母的呼讀音，都是由聲母的本音加上元音 o（ㄛ）或 e(ㄜ) 構成的。因爲聲母都是輔音，不加上一個元音構成呼讀音，聲母本身的音值很不容易聽清楚。

輔音字母在字母表裡要有一個名稱音，在聲母表裡要有一個呼讀音，這都是爲了便於稱說、朗讀。那麼爲什麼相同字母的名稱音和呼讀音不統一呢？例如 b 的字母表名稱是 bê（ㄅㄝ），而 b 的聲母表呼讀音是 bo（ㄅ），它的本音（音值）卻都是雙唇不送氣清塞音 [p]。爲什麼呢？那是因爲字母表和聲母表內的字母排列順序各有不同的依據。字母表裡的字母順序是按照國際習慣，以拉丁字母的傳統順序排列的，而聲母表裡的輔音字母是按照語音學裡的發音部位、發音方法排列的。此外，字母名稱音和聲母呼讀音各自添加元音的位置和加什

麼元音也不相同，所以儘管是同一個輔音字母，它的名稱音和呼讀音聽起來也很不一樣了。比如，z、c、s 在聲母表裡的呼讀音是「資、雌、思」，在字母表裡的名稱音卻讀 zê、cê、sê，m 和 r 的字母名稱音分別是 êm 和 a'er，聲母呼讀音卻是 mo（摸）和 ri（日），聽起來相差很大。儘管名稱音和呼讀音同樣適用於漢字拼音——因為所含的音值是一致的，但同一個字母有兩種讀法，畢竟是件麻煩事。可如果從其中選擇一種，用字母名稱音去讀聲母表，或反過來用聲母呼讀音去讀字母表，都會覺得不順口，因為字母順序不同，添加的元音也不同。而改用英文字母的讀法（名稱音），則名稱音和漢語音值又不一致，在學理上也說不通。這一問題至今意見不一致，目前只能維持現狀，保留各自的讀法，各司其職。名稱音專用於字母表，便於保持拉丁字母的國際通用順序，呼讀音則是字母充當聲母後的讀法，這符合國內已通行了幾十年的社會傳統。

　　就字母與語音的配置關係說，《中文拼音方案》聲母表的全部字母都是專用字母，一音一符，不採用一個字母在不同條件下代表另一種讀音的變讀法。對比過去歷史上曾出現過的許多中文拼音資料，這可以說是《中文拼音方案》在拼音設計上的一個特點。而《方案》之所以能做到這一點，關鍵是它為三個舌面音聲母 [tɕ][tɕ'][ɕ] 各自配置了專用字母。在第九章第五節「普通話的輔音音位和聲調音位」中，我們已經闡明這一套舌面音聲母，就語音分布關係說，它跟舌根音 g、k、h，舌尖前音 z、c、s，舌尖後音 zh、ch、sh 這三套聲母都是互補的，不會在相同的語音環境裡構成對立關係。所以在拼音設計中，不必為之單獨配置專用字母，可以讓這一套舌面音聲母與跟它構成互補關係的聲母合用相同的字母，採用變讀法，根據語境的不同，也就是字母組合關係的不同，讓同一個字母兼表兩種讀音。這符合字母使用的經濟原則，可以在字母表中騰出三個字母來另作他

用。歷史上，中文拼音運動中，許多漢語拉丁化拼音方案都是這麼處理的，例如在國際上，郵電系統中通行很久的「威妥瑪」拼音方案（1867）和中國第一套法定的國語羅馬字拼音方案（國語注音符號第二式），都是把舌面音和舌尖後音在音位上歸併在一起的，讓代表「知、吃、詩」的輔音字母 j、ch、sh（國羅）在元音字母 i 之前變讀為舌面音「基、欺、希」。在國內（1949 年以前），社會群眾中推行最廣的「北方拉丁化新文字」（簡稱「北拉」）的拼音設計中，則讓讀舌根音的字母 g、k、h（哥、科、喝）在元音字母 i 之前變讀為「基、欺、希」（gi、ki、xi）。《中文拼音方案》在設計過程中，也提出過不為舌面音聲母設計專用字母而採用變讀法的方案，但是經過全國性的廣泛討論，最後還是決定採用現行的全部聲母都有專用字母的方案。因為從拼寫設計的「尚形原則」來看，這可以盡字母全用，借此增加「字形面孔」，即拼寫形式的不同，有利於閱讀。另外，這也符合中國自己的社會文化傳統並有利於民族共同語——普通話的推廣。因為在近代漢語音韻學和通行了幾十年的國語注音符號的拼音設計中，舌面音聲母都是作為三個獨立的聲母單位看待的。

　　就拉丁字母使用的國際通行音域說，字母 j 的基本讀音是濁塞擦音 [dʒ]（如英文）或濁擦音 [ʒ]（如法文、葡文、羅馬尼亞文）。字母 q 的基本讀音則是 [k] 或 [k']（如英文、法文、德文、西班牙文等），字母 x 只有在葡文中表示舌葉音 [ʃ]，通常都表示複輔音 [ks]。因此，《中文拼音方案》用字母 j 表示漢語中的 [tɕ]，用 q 表示送氣的 [tɕ']，都屬於拉丁字母基本讀音的引申運用，用字母 x 表示舌面清擦音 [ɕ]，則是與字母原音值無關的借用。字母讀音的這種引申用法和借用，在現代採用拉丁字母的各國文字中都有例可援。

四、韻母表中元音字母的讀音規則

《中文拼音方案》的韻母表內一共有三十五個韻母，由六個元音字母 a、o、e、i、u、ü（代表六個元音音位），兩個輔音字母 n 和 ng（代表兩個輔音韻尾）一起組成。另有四個韻母：既不跟任何聲母相拼，也不跟其他元音組合的捲舌韻母 er；只跟舌尖前音相拼的韻母 [ɿ] 和只跟舌尖後音相拼的韻母 [ʅ]，這兩個韻母要單獨表示時，《方案》採用字母 i 前加短橫道的 -i 表示；要與舌面元音 [i] 區別時，可以用上加兩點的字母 ï。另外還有一個一般只能出現在複合韻母中，但又在嘆詞中可以單獨使用的 ê（欸）。這四個韻母由於在音韻系統中地位較爲特殊，爲了保持韻母表的整齊系統，不收在韻母表內，而列在韻母表下面的「說明」中。所以《方案》內普通話的全部韻母應該是三十九個（不包括由基本韻母派生的兒化韻）。

《中文拼音方案》的韻母表主要是按傳統的漢語音韻學韻母「四呼」的分類原則排列的，它體現了韻母之間的組合關係及其類聚（韻類）關係，便於學習和掌握。表內三十五個韻母的組成和排列見表 10-2：

表10-2　《中文拼音方案》韻母表

	i 一　衣	u ㄨ　烏	ü ㄩ　迂
a ㄚ　啊	ia 一ㄚ　呀	ua ㄨㄚ　蛙	
o ㄛ　喔		uo ㄨㄛ　窩	
e ㄜ　鵝	ie 一ㄝ　耶		üe ㄩㄝ　約

ai ㄞ　哀		uai ㄨㄞ　歪	
ei ㄟ　欸		uei ㄨㄟ　威	
ao ㄠ　熬	iao ㄧㄠ　腰		
ou ㄡ　歐	iou ㄧㄡ　憂		
an ㄢ　安	ian ㄧㄢ　煙	uan ㄨㄢ　彎	üan ㄩㄢ　冤
en ㄣ　恩	in ㄧㄣ　因	uen ㄨㄣ　溫	ün ㄩㄣ　暈
ang ㄤ　昂	iang ㄧㄤ　央	uang ㄨㄤ　汪	
eng ㄥ　亨的韻母	ing ㄧㄥ　英	ueng ㄨㄥ　翁	
ong （ㄨㄥ）　轟的韻母	iong ㄩㄥ　雍		

　　《方案》根據四呼分類法，按韻頭的不同，總體上把韻母排成開、齊、合、撮四大豎行，但也參照韻母拼寫形式的不同做了個別調整，方便一般群眾的學習和使用。所以在音韻系統中應分別列入合口呼的 ong[uŋ] 和撮口呼的 iong[yŋ]，按韻頭字母被分別列入了開口呼和齊齒呼。韻母表第一豎行的開口呼韻母是整個韻母表（韻母系統）的基幹，可以稱之為「韻基」（或基本韻母），第一橫行 i、u、ü 三個單元音分別與作為基本韻母的韻基相拼，就分別構成齊齒呼韻母、合口呼韻母和撮口呼韻母，構成了普通話的韻母系統。普通話的全部韻母都要納入這一四呼的音韻框架。

　　韻母表豎行的四呼分類體現了普通話韻母的聲韻配合關係，凡列在同一豎行，屬於同一呼的韻母，它們與聲母的配合關係一定相同。例如，屬於齊齒呼的 i 韻母不能跟舌根音聲母 g、k、h 相拼，那麼其他的齊齒呼韻母也都不能跟舌根音聲母相拼。屬於合口呼的 u 韻母不能跟舌面音聲母 j、q、x 相拼，那麼其他合口呼韻母也都不能跟舌面音聲母相拼。

　　韻母表同時又大體上顯示了普通話韻母之間的韻類關係，從韻母表的第二橫行開始，凡屬於同一橫行的韻母，一般就屬於同一韻類。例如，a、ia、ua 這三個韻母，韻頭不同，但韻基（韻腹、韻尾）相同，同屬一個韻部，叫作「發花」韻（韻目）。屬於同一個韻類的字，在韻文詩歌、戲曲唱詞中就可以互相合轍押韻。普通話全部韻母的分韻系統主要有兩種，一種是明清以來就在北方地區流行的「十三轍」，分韻較寬，把北京話的韻母分為十三類，通俗文藝創作大都依此押韻。另一種叫「十八韻」，分韻較細，把北京音系歸納為十八個韻部。但是這兩種分韻系統差別不大，除了兩個韻轍──十三轍中的「一七」轍和「中東」轍，十八韻分得更細一點，其他韻部全都相同，只是韻類的叫名（韻目）不同。

　　《方案》韻母表從第一橫行開始，i、u、ü 三個單韻母，十八韻中分別叫作「齊」韻、「模」韻、「魚」韻。這三個韻母跟第一豎行作為韻基的開口呼韻母一樣，也是韻母系統中的基本韻母，而且更重要，是韻母四呼分類的支點。第一橫行和第一豎行頂端的空格，就音韻系統說，應該是屬於開口呼的捲舌韻母 er 和舌尖元音韻母 [ɿ] 和 [ʅ] 的位置。但是《方案》因為在音位分析中採用把 [i][ɿ][ʅ] 歸納為一個音位的方案，並且用拉丁字母 i 分別表示在不同語境中這三個不同的元音，所以就無法讓字母 i 再出現在這個空格中了。同時，捲舌韻母 er 雖然屬於開口呼韻母，但是它在語音系統中特立獨行，跟任

何其他聲韻都沒有拼合關係，所以置於這個空格內也未必合宜。於是《方案》爲求韻母表的整齊系統，寧可把這一座標位置付諸空缺，而把捲舌韻母、舌尖元音韻母放在韻母表下面的「說明」中。

　　韻母表的第二橫行，包括 a、ia、ua 三個韻母，借用十三轍的韻目名稱，叫作「發花」韻。

　　第三橫行的兩個韻母 o、uo 和第四橫行的三個韻母 e、ie、üe，《方案》根據韻腹元音字母相同的原則分列兩行。但在十三轍裡，o、uo、e 同屬「坡梭」韻，ie、üe 另屬「疊雪」（「乜斜」）韻。而十八韻則把這五個韻母分爲三個韻，o、uo 屬「波」韻，e 單立一韻，屬「哥」韻，ie、üe 另加一個 ê（欸）則屬「皆」韻。由此也可看出，十八韻的分韻比十三轍要細。

　　從韻母表的第五橫行開始至第十一橫行，各行韻母依次分屬「懷來」、「灰堆」、「遙條」、「油求」、「言前」、「人辰」、「江陽」各韻，十三轍和十八韻分韻並無不同。

　　最值得注意的是《方案》韻母表的第十二和第十三兩個橫行裡的五個韻母，在十三轍和國語注音符號裡都是四呼相配的一套韻母（注音符號爲ㄥ、一ㄥ、ㄨㄥ、ㄩㄥ），十三轍裡叫「中東」韻。但 1928 年的國語羅馬字拼音方案依據ㄨㄥ韻在自成音節（如「翁」）和前拼聲母（如「轟」）時的讀音差別，把ㄨㄥ分爲兩個韻母 ong[uŋ] 和 ueng[uəŋ]。據此，1941 年公布的《中華新韻》中的十八韻，也就把原來四呼相配的一套韻母分爲兩個韻：eng[əŋ]、ing[iəŋ]、ung[uəŋ] 屬「庚」韻，ong[uŋ] 和撮口呼的 iong[yŋ] 則另屬「東」韻。《中文拼音方案》中，「翁」、「轟」、「擁」三個韻母的拼寫形式都是從國語羅馬字拼音方案中吸收過來的，韻母表又是根據韻腹元音字母相同的原則橫行排列的，所以 ong 和 iong 就被排列在同一橫行，分屬開口呼和齊齒呼韻母了。這種分類跟漢語音韻

學的四呼分類當然是不相合的，但《中文拼音方案》是一種字母拼寫系統，不是專用於記錄語音的國際音標。它有便於閱讀書寫等「文字尚形」的原則要考慮，所以在「中東」韻和四呼分類上做了一些調整，這是有利於《中文拼音方案》的推廣和使用的。

　　《中文拼音方案》的設計在字母形式的選擇（拉丁化）和字母定音問題（即字母與漢語音值的配置）解決以後，接下來就是一個拼寫方法問題，就漢語說，主要是一個音節拼寫法的問題。因爲在漢語裡，音節既是漢字的一個讀音單位，又是一個最小的語義單位，而音節拼寫法中的核心又可以簡單歸結爲一個韻母的拼寫形式設計問題。因爲漢語的音節中，聲母部分的輔音，從純粹語音學的角度說，其中的塞擦音固然是複輔音，但是從音位學的角度說仍然是單音位，而不是複合音位，因爲這些塞擦音總是結合在一起作爲一個語音單位使用的。所以普通話的聲母，從音位組合上說都是單純的。在設定了字母和語音的配置關係以後，每個聲母各有一個專用字母就不存在拼寫形式設計問題了。韻母則不然，它的組成是複雜的，可以是兩個或三個元音字母的組合，也可以是一個或兩個元音字母與輔音字母（限於鼻輔音字母）的組合，字母連寫成串就構成韻母的拼寫形式。這就要從全域上考慮各韻母的拼寫形式，比如書寫是否簡便，閱讀是否醒目，彼此之間是否容易區別，是否適應社會上通行已久的拼音傳統等。音節拼寫法、韻母拼寫形式的設計涉及《中文拼音方案》在整體使用上的方方面面，所以必須經過縝密研究，權衡利弊，然後才能做出抉擇。

　　在元音字母與普通話元音音位的語音配置確定以後，韻母拼寫形式的設定還需要根據文字學的「尚形原則」（參看本章第一節），使韻母的拼寫形式閱讀醒目，不易相混，同時也要考慮韻母的拼寫形式配合傳統的漢語音韻學中的韻母四呼分類框架。而在沒有中國文化

傳統背景的西方人設計的中文拼音中，這方面的問題往往是不予考慮的。例如，他們幾乎都把「煙」韻的拼寫形式設定為 ien，從語音上說這完全符合自然語言的實際讀音，因為「煙」韻中的主要元音（韻腹）與「椰」韻（ie）確實是相同的。但是中國人自己設計的中文拼音卻都採用了 ian 這一拼寫形式，因為 ian 韻是與「安」韻相配的齊齒呼韻母，an（安）、ian（煙）、uan（彎）、üan（冤）正好在拼寫形式上體現了它們是四呼相配的一套韻母，同屬「言前」韻。如果採用 ien 的拼寫形式，就跟其他三個韻母的拼寫形式不匹配了。

韻母拼寫形式設計中的「尚形原則」也是西方人設計中文拼音時不太注意的方面。比如在「歐」韻、「憂」韻和「恩」韻的拼音設計中，他們往往都採用字母 e 來標寫這三個韻母中的主要元音（韻腹），把它們的拼寫形式分別設定為 eu（歐）、ieu（憂）和 en（恩）。就實際語音說，這也是切合實際的，這三個韻母的主要元音確實都是音色上略有差異的央元音 [ə]。但是從「尚形原則」、「見面認字」和閱讀認知基礎的角度來評論，就值得重新考慮了。因為在這樣的拼寫系統中，eu（歐）、en（恩）、ieu（憂）、ien（煙），還有 ung（翁）和 iung（擁）等韻母的拼寫形式彼此區別度不高，閱讀不醒目，在手寫中尤其容易互相混淆。因此在中文拼音運動中，中國人自己設計的中文拼音幾乎都把「歐」韻、「優」韻和「煙」韻的拼寫形式分別改為 ou（歐）、iou（憂）和 ian（煙），同時 ung（翁）和 iung（擁）也往往被改為 ong 和 iong。幾十年來，這已經成為中文拼音設計的社會傳統。

《中文拼音方案》根據「尚形原則」和四呼分類框架來設定韻母的拼寫形式，這並不意味著它不管或脫離了普通話的音位分析。事實上，任何音素制的字母文字系統都是在音位分析的基礎上制定的，否則它很難做到只用少量字母就能直接拼寫語言中全部詞語的讀音。中

文拼音當然也是如此，《方案》韻母拼寫形式的設計顯然是建立在以下音位分析基礎上的（參看第九章）：

三個高元音音位：/i/、/u/、/y/

兩個中元音音位：/o/、/e/

一個低元音音位：/a/

其中值得注意的是，普通話裡/o/和/e/這兩個元音音位，它們各自所包含的語音變體在分布上都是互補的，所以在字母和語音的配置上完全可以靈活調配。更何況韻母拼寫形式的設定是以韻母作為整體單位（即韻位元）的，只要韻母之間不發生對立關係，韻母拼寫形式中元音字母的使用就是自由的。例如韻母「熬」的拼寫形式寫成ao或au，「轟」的韻母拼寫形式寫成ung或ong，「擁」的拼寫形式寫成üng或iung或iong，都跟音位歸納無關，完全決定於拼寫設計中的「尚形原則」。

前面說過，拼音文字（字母文字）中的字母讀音，一般都只是代表音位中的某個常用讀音，並不包括它在語流中出現的所有讀音。再加上作為一種書寫符號，在拼寫設計中又有閱讀醒目、書寫方便等因素要考慮，因此拼音形式和實際讀音往往不能完全緊密吻合，這在拼音字母系統中是常有的現象，是國際通例。所以如果把字音的拼寫形式跟字音的實際讀音簡單地等同起來，按一個個字母的讀音（名稱音）去硬拼，有時候就會得不到貼近自然語言的實際讀音。但是韻母表中，元音字母與各種不同讀音的連繫都有條理可循。解讀字母讀音變化的「鑰匙」就藏在字母組合中：一個字母的讀音變化一定是跟不同的字母組合關係連繫在一起的，同一個字母的不同讀音不可能出現在相同的字母組合（語境）中。下面就據此把元音字母在韻母拼寫形

式中的讀音變化，用音系學的表達方式，概括成讀音規則，以便一目
瞭然地學習和掌握。

在韻母表的六個元音字母中，字母 i 兼表舌面元音和舌尖元音，
它的讀音規則很簡單：在聲母 z、c、s 和 zh、ch、sh、r 之後分別讀
舌尖元音 [ɿ][ʅ]，在其他聲韻組合中都讀舌面元音 [i]。字母 u 在語
音上只有一種讀音：後高圓唇元音 [u]（烏），加符字母 ü 也只有一
種讀音：前高圓唇元音 [y]（迂）。至於在音節連寫時，u 有時要改
寫為 w 或前加 w 寫成 wu，ü 在音節連寫中往往要省略字母上的兩點，
或要前加 y，寫成 yu（魚）等，都是拼寫規則的問題，無須為此另立
讀音規則。所以，需要制定讀音規則，以說明大家掌握一個字母代表
多種讀音的元音字母，其實只有 a、o、e 三個，下面依次解讀。

(1) 字母 a 的讀音規則

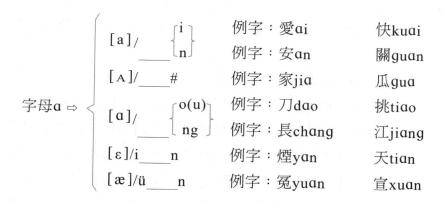

上述運算式中的符號箭頭⇒表示「讀」，斜線/表示「在……語境
中」，斜線後面的橫線____表示字母 a 所處的位置，大括弧 ｛｝表示
字母 a 後接的語音成分，括弧內任何一項均可。#號表示終止，無後接
成分。

據此，上面的運算式應解讀為：

①字母 a 在 i 韻尾或 n 韻尾前，讀前低不圓唇元音［a］。

②在零韻尾前讀央低不圓唇元音［ʌ］。

③在 u 韻尾（字母 o）和舌根輔音韻尾 ng 之前，讀後低不圓唇
　元音［ɑ］。

④在 i 韻頭和 n 韻尾中間，讀前半低不圓唇元音［ɛ］。

⑤在 ü 韻頭之後和 n 韻尾之前，讀前半低和低之間的不圓唇元
　音［æ］。

(2) 字母 o 的讀音規則

$$
\text{字母 o} \Rightarrow
\begin{cases}
[\,o\,]/u\underline{\quad}\# & \text{例字：我 wo} \quad \text{國 guo} \\
[\,uo\,]/B\underline{\quad}\# & \text{例字：波 bo} \quad \text{摸 mo} \\
[\,ə\,]/\underline{\quad}u & \text{例字：歐 ou} \quad \text{鉤 gou} \\
[\,u\,]/\underline{\quad}ng & \text{例字：空 kong} \quad \text{擁 yong}
\end{cases}
$$

解讀：

①字母 o 在 u 韻頭之後讀圓唇元音［o］。

②在唇音聲母（表中以大寫字母 B 表示）之後讀［uo］。

③在 u 韻尾之前讀央元音［ə］。

④在 ng 韻尾之前讀［u］。

　　字母 o 的第二條讀音規則需要做一些解釋，如果完全根據韻母
拼寫形式去解讀語音，則唇音聲母後的韻母只是一個單韻母［o］。但
是從實際語音和普通話的音韻系統說，唇音聲母跟其他非唇音聲母
（d、t、n、l，g、k、h 和 z、c、s，zh、ch、sh、r）一樣，相拼的
都是一個複韻母 uo，只不過其中的 u 韻頭在唇音聲母（b、p、m、
f）和圓唇元音 o 之間，受協同發音的影響，弱化為一個過渡音了。
所以在音節拼寫形式的設計中，為書寫簡便而予以省略了。早期在制

定和公布國語注音字母時，就曾明確地做出解釋：ㄅㄛ（波）、ㄆㄛ（潑）、ㄇㄛ（摸）、ㄈㄛ（佛）中的ㄛ [o] 是ㄨㄛ [uo] 的省寫。所以在字母讀音的制定中，應該還自然語言中實際讀音的本來面目（參看第二章第三節「普通話的單元音」）。這對漢語教學和普通話學習都是有益的。

(3)字母e的讀音規則

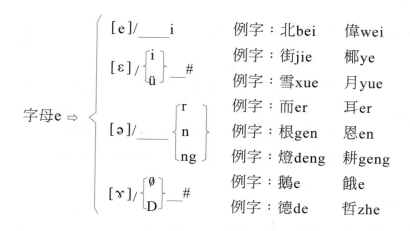

字母e ⇨

[e]/___i　　　例字：北bei　　偉wei

[ɛ]/ {i / ü} ___#　　例字：街jie　　椰ye
　　　　　　　　　例字：雪xue　　月yue

[ə]/___ {r / n / ng}　例字：而er　　耳er
　　　　　　　　　　例字：根gen　　恩en
　　　　　　　　　　例字：燈deng　耕geng

[ɤ]/ {ø / D} ___#　　例字：鵝e　　餓e
　　　　　　　　　　例字：德de　　哲zhe

解讀：

①字母 e 在 i 韻尾前，讀半高不圓唇元音 [e]。

②在i韻頭和ü韻頭之後，讀比[e]略低的前半低不圓唇元音[ɛ]。

③在捲舌韻尾 -r、前鼻音韻尾 -n、後鼻音韻尾 -ng 之前，讀央元音 [ə]。

④在零聲母音節（以 ø 表示）中，以及非唇音聲母（在表中以大寫字母 D 表示）之後零韻尾之前，讀後半高不圓唇元音 [ɤ]。

　　在韻母的嚴式標音中，「中東」韻（geng，耕）和「人辰」韻（gen，根）的主要元音略有不同，這裡為了簡約、通俗起見，統一採用央元音 [ə] 標寫（參看第九章）。

　　韻母在韻母表中的拼寫形式稱爲基本形式，在《中文拼音方案》的實際使用中，韻母在與輔音聲母相拼時，除 iou（優）、uei（威）、uen（溫）三個韻母另有省寫中間元音字母的寫法以外，其他韻母的拼寫形式都保持不變。但當韻母自成音節，不跟輔音聲母相拼時，《方案》音節拼寫法規定：凡以元音字母 a、o、e 起頭的開口呼韻母，在音節連寫中不處於首位時，必須前加隔音符號（'）。由 i、u、ü 起頭的齊齒呼、合口呼、撮口呼各類韻母，韻頭字母也要分別改寫爲 y、w、yu。這是爲了使沒有輔音聲母的音節（零聲母音節）在音節連寫、音節連讀中起訖分明，分隔清楚。根據普通話的音位組合規律，幾個元音字母連接在一起，要連起來讀，成爲一個音節，不可以分開讀成幾個音節（元音連讀法），兩個輔音字母連在一起則分開讀（如 tianguo，天國）（輔音分讀法），一個輔音字母夾在兩個元音字母中間則要跟後面的元音字母連讀，如 danao「大腦」。可見，如果不設定隔音符號（'）和隔音字母 y、w，那麼諸如「吳阿姨」和「外」、「胡阿姨」和「壞」、「地安門」和「電門」、「檔案」和「單幹」、「單襖」和「大腦」、「西安」和「線」、「飢餓」和「借」等詞語，它們不帶調的拼寫形式彼此都會一樣，無法確定應該拼讀成哪一個詞。可見，如果不設定拼寫法，《中文拼音方案》就只能給單個漢字注音，無法適用於連寫的多音節語詞和拼寫普通話。

五、《中文拼音方案》與普通話韻母寬式標音和嚴式標音的對照

　　在第二章和第九章中，我們對普通話的韻母做了細緻的嚴式記音（音值標音），並根據語音的分布關係進行音位分析，然後歸納爲寬式記音的音位標音。在這一章裡又介紹了《中文拼音方案》韻母拼寫形式中，字母和音位及其語音變體的關係。下面把普通話的拼音字

母、嚴式標音和寬式標音列成對照表（表 10-3），以便應用（嚴式標音中的附加符號一概省略，請參看正文）。

練習

1. 《中文拼音方案》中，字母與語音之間是不是「一音一符」的關係？

2. 為什麼說字音的拼寫形式與實際讀音並不總是緊密吻合的？

3. 基本韻母 iou、uei、uen 前拼聲母時，寫成 iu、ui、un 的語音根據是什麼？其中的韻腹元音在實際讀音中發生了什麼變化？

4. 試以音系學公式化的表達方式說明中文拼音字母 i 的讀音規則。

5. 為什麼說了解和研究普通話語音，不能停留在字母拼寫形式的層面上，必須透過字母深入到語言的嚴式記音中去，並弄清它與寬式記音之間的音位歸納關係？

表10-3 中文拼音字母與普通話韻母寬式和嚴式標音對照表

四呼	項目	開尾韻母 (-∅)						元音尾韻母 (-i)		元音尾韻母 (-u)		鼻音尾韻母 (-n)		鼻音尾韻母 (-ŋ)		
開口呼	例字	資	啊	喔	鵝	欸	兒	哀	欸	熬	歐	安	恩	昂	鞥	
	拼音字母	-i	a	o	e	ê	er	ai	ei	ao	ou	an	en	ang	eng	
	寬式標音	[ɿ]/[ʅ]	[a]	[o]	[ɤ]	[ɛ]	[ər]	[ai]	[ei]	[au]	[ou]	[an]	[ən]	[aŋ]	[əŋ]	
	嚴式標音	[ɿ]/[ʅ]	[A]	[o]	[ɤ]	[E]	[ər]	[aɪ]	[eɪ]	[ɑʊ]	[oʊ]	[an]	[ən]	[ɑŋ]	[ʌŋ]	
	注音符號	帀	ㄚ	ㄛ	ㄜ	ㄝ	ㄦ	ㄞ	ㄟ	ㄠ	ㄡ	ㄢ	ㄣ	ㄤ	ㄥ	
齊齒呼	例字	一	呀			耶				腰	優	煙	音	央	英	
	拼音字母	i	ia			ie				iao	iou	ian	in	iang	ing	
	寬式標音	[i]	[ia]			[iɛ]				[iau]	[iou]	[ian]	[in]	[iaŋ]	[iŋ]	
	嚴式標音	[i]	[iA]			[iE]				[iɑʊ]	[ioʊ]	[iɛn]	[iˀn]	[iɑŋ]	[iˀŋ]	
	注音符號	ㄧ	ㄧㄚ			ㄧㄝ				ㄧㄠ	ㄧㄡ	ㄧㄢ	ㄧㄣ	ㄧㄤ	ㄧㄥ	
合口呼	例字	烏	蛙	窩				歪	威			彎	溫	汪	翁	轟
	拼音字母	u	ua	uo				uai	uei			uan	uen	uang	ueng	ong
	寬式標音	[u]	[ua]	[uo]				[uai]	[uei]			[uan]	[uən]	[uaŋ]	[uəŋ]	[uŋ]
	嚴式標音	[u]	[uA]	[uo]				[uaɪ]	[ueɪ]			[uan]	[uən]	[uɑŋ]	[uʌŋ]	[ʊŋ]
	注音符號	ㄨ	ㄨㄚ	ㄨㄛ				ㄨㄞ	ㄨㄟ			ㄨㄢ	ㄨㄣ	ㄨㄤ	ㄨㄥ	ㄨㄥ
撮口呼	例字	迂				約						冤	暈			擁
	拼音字母	ü				üe						üan	ün			iong
	寬式標音	[y]				[yɛ]						[yan]	[yn]			[yŋ]/[iuŋ]
	嚴式標音	[y]				[yE]						[yᵛan]	[yᵛn]			[yʊŋ]/[iuŋ]
	注音符號	ㄩ				ㄩㄝ						ㄩㄢ	ㄩㄣ			ㄩㄥ

參考文獻

1. 鮑懷翹，1984，〈普通話單元音分類的生理解釋〉，《中國語文》第2期，117～127頁。

2. 曹劍芬，1987，〈論清濁與帶音不帶音的關係〉，《中國語文》第2期，101～109頁。

3. 曹劍芬，2002，〈漢語聲調與語調的關係〉，《中國語文》 第3期，195～202頁。

4. 曹劍芬、楊順安，1984，〈北京話複合元音的實驗研究〉，《中國語文》第6期，426～433頁。

5. 曹文，2010，《漢語焦點重音的韻律實現》，北京：北京語言大學出版社。

6. 曹文，2010，〈漢語平調的聲調感知研究〉，《中國語文》第6期，536～543頁。

7. 初敏，王韞佳，包明真，2004，〈普通話節律組織中的局部句法約束和長度約束〉，《語言學論叢》第30輯，北京：商務印書館，129～146頁。

8. [美]霍凱特，1986，《現代語言學教程》（上）（第二、十一、十二、十五章），索振羽、葉蜚聲譯，北京：北京大學出版社。

9. 賈媛、熊子瑜、李愛軍，2008，〈普通話焦點重音對語句音高的作用〉，《中國語音學報》第1期，118～124頁。

10. 厲為民，1981，〈試論輕聲和重音〉，《中國語文》第1期，35～40頁。

11. 林茂燦，2004，〈漢語語調與聲調〉，《語言文字應用》第3期，57～67頁。

12. 林茂燦，2006，〈疑問和陳述語氣與邊界調〉，《中國語文》第4期，364～376頁。

13. 林茂燦，2012，《漢語語調實驗研究》，北京：中國社會科學出版社。

14. 林茂燦、顏景助，1980，〈北京話輕聲的聲學性質〉，《方言》第3期，166～178頁。

15. 林茂燦、顏景助、孫國華，1984，〈北京話兩字組正常重音的初步實驗〉，《方言》第1期，57～73頁。

16. 林燾，1962，〈現代漢語輕音和句法結構的關係〉，《中國語文》第7期，301～311頁；又載於《林燾語言學論文集》，北京：商務印書館，2001年，23～48頁。

17. 林燾，1983，〈探討北京話輕音性質的初步實驗〉，《語言學論叢》第10輯，北京：商務印書館，16～37頁；又載於《林燾語言學論文集》，120～141頁。

18. 林燾，1984，〈聲調感知問題〉，《中國語言學報》第2期；又載於《林燾語言學論文集》，142～155頁。

19. 林燾，1995，〈日元音值考〉，《燕京學報》新1期，403～419頁；又載於《林燾語言學論文集》，317～319頁。

20. 陸致極，1987，〈試論普通話音位的區別特徵〉，《語文研究》第4期，10～20頁。

21. 路繼倫、王嘉齡，2005，〈關於輕聲的界定〉，《當代語言學》7卷2期，107～112頁。

22. 羅常培、王均，1981，《普通語音學綱要》，附錄（四）「音位的『區別特徵』和『生成音系學』」，北京：商務印書館。

23. ［美］顧西沃，1964，〈不同的音位歸納法的取捨問題〉，金有景譯，《語言學資料》（內部刊物）第1期（總第19號），《中國語文》編輯部編，25～27頁。

24. ［英］鐘斯，D.，1980，〈「音位」的歷史和涵義〉，遊汝傑譯，《國外語言學》第2期，23～38頁。

25. 沈炯，1985，〈北京話聲調的音域和語調〉，載於林燾、王理嘉等《北京語音實驗錄》，北京：北京大學出版社，73～130頁。

26. 沈炯，1992，〈漢語語調模型芻議〉，《語文研究》第4期，16～24頁。

27. 沈炯，1994，〈漢語語調構造和語調類型〉，《方言》第3期，

221～228頁。

28. 沈炯、Hoek，J.H.，1994，〈漢語語勢重音的音理〉（簡要報告），《語文研究》第3期，10～15頁。

29. 石鋒，1990，〈論五度值記調法〉，載於石鋒《語音學探微》，北京：北京大學出版社，27～52頁。

30. 石鋒，2008，《語音格局——語音學與音系學的交匯點》，北京：商務印書館。

31. 石鋒，2009，《實驗音系學探索》，北京：北京大學出版社。

32. 石鋒、王萍，2006，〈北京話單字音聲調的統計分析〉，《中國語文》第1期，33～40頁。

33. 史存直，1957，〈北京話音位問題商榷〉，《中國語文》2月號，9～12頁。

34. 宋元嘉，1965，〈評哈忒門和霍凱特對北京語音的分析〉，《中國語文》第3期，169～178頁。

35. 王蓓、呂士楠、楊玉芳，2002，〈漢語語句中重讀音節音高變化模式研究〉，《聲學學報》第3期，234～240頁。

36. 王福堂，2007，〈普通話語音標準中聲韻調音值的幾個問題〉，《語言學論叢》第35輯，北京：商務印書館，18～27頁。

37. 王輔世，1963，〈北京話韻母的幾個問題〉，《中國語文》第2期，115～124頁。

38. 王洪君，1995，〈普通話韻母的分類〉，《語文建設》第1期，3～5頁。

39. 王洪君，2000，〈漢語的韻律詞與韻律短語〉，《中國語文》第6期，525～536頁。

40. 王洪君，2002，〈普通話中節律邊界與節律模式、語法、語用的關聯〉，《語言學論叢》第26輯，北京：商務印書館，279～300頁。

41. 王洪君，2004，〈試論漢語的節奏類型——鬆緊型〉，《語言科學》第3期，21～28頁。

42. 王洪君，2008，《漢語非線性音系學》（增訂版），北京：北京大學出版社。

43. 王理嘉，1988，〈普通話音位研究中的幾個問題〉，《語文研究》第3期，3～8頁。

44. 王理嘉，1991，《音系學基礎》，北京：語文出版社。

45. 王理嘉，2003，《中文拼音運動與漢民族標準語》，北京：語文出版社。

46. 王理嘉，2005，〈《中文拼音方案》與世界漢語語音教學〉，《世界漢語教學》第2期，5～11頁。

47. 王力，1979，〈現代漢語語音分析中的幾個問題〉，《中國語文》第4期，281～286頁。

48. 王力，1983，〈再論日元的音值，兼論普通話聲母表〉，《中國語文》第1期，20～23頁。

49. 王韞佳，2004，〈音高和時長在普通話輕聲知覺中的作用〉，《聲學學報》29卷5期，453～461頁。

50. 王韞佳，2008，〈試論普通話疑問語氣的聲學關聯物〉，《語言學論叢》第37輯，北京：商務印書館，183～205頁。

51. 王韞佳、初敏，2008，〈關於普通話詞重音的若干問題〉，《中國語音學報》第1輯，北京：商務印書館，141～147頁。

52. 王韞佳、初敏、賀琳，2003，〈漢語語句重音的分類和分布的初步實驗研究〉，《心理學報》35卷6期，734～742頁。

53. 王志潔、馮勝利，2006，〈聲調對比法與北京話雙音組的重音類型〉，《語言科學》5卷1期，3～22頁。

54. 吳宗濟，1982，〈普通話語句中的聲調變化〉，《中國語文》第6期，439～449頁。

55. 吳宗濟、林茂燦（主編），1989，《實驗語音學概要》，北京：高等教育出版社。

56. 徐世榮，1957，〈北京語音音位簡述〉，《語文學習》8月號，22～24頁。

57. 薛鳳生，1986，《北京音系解析》，北京：北京語言學院出版社。

58. ［美］雅柯布遜、［瑞典］方特、［美］哈勒，1981，〈語音分析初探──區別性特徵及其相互關係〉，王力譯，《國外語言學》第3

期1～11頁、第4期1～22頁。

59. 顏景助、林茂燦，1988，〈北京話三字組重音的聲學表現〉，《方言》第3期，227～237頁。

60. 游汝傑、錢乃榮、高鉦夏，1980，〈論普通話的音位系統〉，《中國語文》第5期，328～334頁。

61. 袁家驊等，1989，《漢語方言概要》（第二版），北京：文字改革出版社。

62. 趙元任，1922，〈國語羅馬字的研究〉，載於《趙元任語言學論文集》，北京：商務印書館，2002年，37～89頁。

63. 趙元任，1928，《現代吳語的研究》，北京：清華學校研究院；又，北京：科學出版社，1956年。

64. 趙元任，1930，〈一套標調的字母〉，載於吳宗濟等編《趙元任語言學論文集》，北京：商務印書館，2002年，713～717頁。

65. 趙元任，1932，〈英語語調（附美語變體）與漢語對應語調初探〉，載於吳宗濟等編《趙元任語言學論文集》，北京：商務印書館，2002年，718～733頁。

66. 趙元任，1933，〈漢語的字調跟語調〉，載於吳宗濟等編《趙元任語言學論文集》，北京：商務印書館，2002年，734～749頁。

67. 趙元任，1934，〈音位標音法的多能性〉，載於吳宗濟等編《趙元任語言學論文集》，葉蜚聲譯，750～795頁。

68. 趙元任，1979，《漢語口語語法》，呂叔湘譯，北京：商務印書館；《中國話的文法》，丁邦新譯，載於《趙元任全集》第一卷，北京：商務印書館，2002年。

69. 趙元任，1980，《語言問題》，北京：商務印書館。

70. 周有光，1979，《漢字改革概論》，北京：文字改革出版社。

71. 周有光，1995，《中文拼音方案基礎知識》，北京：語文出版社。

72. Abramson, A.S., 1979.The noncategorical perception of tone categories in Thai. In Lindblom, B. & Öhman, S. (Eds.), *Frontiers of Speech Communication Research*, 127～134, London: Academic

Press.

73. Bolinger, D., 1972. Accent is predictable (if you're a mind-reader). *Language*, 48(3), 633~644.

74. Bolinger, D. L., 1958. A theory of pitch accent in English. *Word*, 14 (2~3), 109~149.

75. Cao, J. & Maddieson, I., 1992. An Exploration of Phonation Types in Wu Dialects of Chinese. *Journal of Phonetics*, 20, 70~92.

76. Cinque, G., 1993. A null theory of phrase & compound stress. *Linguistic Inquiry*, 24(2), 239~297.

77. Clark, J. & Yallop, C., 2000. *An Introduction to Phonetics and Phonology* (語音學與音系學入門). 2nd edition. Oxford: Blackwell Publishers Ltd. 北京: 外語教學與研究出版社.

78. Couper-Kuhlen, E., 1986. *An Introduction to English Prosody*. London: Edward Arnold.

79. Cruttenden, A., 2002. *Intonation* (語調). 2nd edition. Cambridge: Cambridge University Press. 北京: 北京大學出版社.

80. Francis, A.L. & Ciocca, V., 2003. Stimulus presentation order and the perception of lexical tones in Cantonese. *Journal of Acoustical Society of America*, 114(3), 1611~1621.

81. Fry, D.B., 1955. Duration and intensity as physical correlates of linguistic stress. *Journal of the Acoustical Society of America*, 27(4), 765~768.

82. Fry, D.B., 1958. Experiments in the perception of stress. *Language and Speech*, 1(2), 126~152.

83. Gandour, J.T., 1978. The perception of tone. In Fromkin, V. A. (Eds.), *Tone: A Linguistic Survey*, 41~76, New York: Academic Press.

84. Ladd, D.R., 1996. *Intonational Phonology*. 1st edition. Cambridge: Cambridge University Press.

85. Ladefoged, P., 2009. *A course in phonetics*. 5th edition. Boston,

MA: Thomson Wadsworth. 北京: 外語教學與研究出版社.

86. Lehiste, I., 1970. *Suprasegmentals*. Cambridge, MA: The MIT Press.

87. Selkirk, E., 1984. *Phonology and Syntax: The Relation between Sound and Structure*. Cambridge, MA: The MIT Press.

88. Trask, R.L., 2000. 語音學與音系學詞典(*A Dictionary of Phonetics and Phonology*)，北京： 語文出版社.

89. Wang, W.S-Y., 1976. Language change. *Annals of N.Y. Academy of Science*, 280, 61～72.

90. Xu, Y., 1999, Effects of tone and focus on the formation and alignment of F0 contours. *Journal of Phonetics*, 27, 55～105.

國家圖書館出版品預行編目資料

語音學教程 / 林燾，王理嘉著. -- 增訂二
版. -- 臺北市：五南，2019.11
　　面；　　公分.

ISBN 978-957-763-559-4(平裝)
1. 語音學
801.3　　　　　　　　　　108012470

1X87 語言文字學系列

語音學教程(增訂版)

作　　者 — 林　燾、王理嘉

增　　訂 — 王韞佳、王理嘉

發 行 人 — 楊榮川

總 經 理 — 楊士清

總 編 輯 — 楊秀麗

副總編輯 — 黃惠娟

責任編輯 — 高雅婷

封面設計 — 王麗娟

出 版 者 — 五南圖書出版股份有限公司

地　　址：106台北市大安區和平東路二段339號4樓

電　　話：(02)2705-5066　　傳　　真：(02)2706-6100

網　　址：http://www.wunan.com.tw

電子郵件：wunan@wunan.com.tw

劃撥帳號：01068953

戶　　名：五南圖書出版股份有限公司

法律顧問　林勝安律師事務所　林勝安律師

出版日期　2016年 7 月一版十刷
　　　　　2019年11月二版一刷

定　　價　新臺幣500元